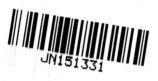

石川啄木の過程

新木安利

海鳥社

凡例

本文中の石川啄木、堺利彦、幸徳秋水の引用は［　］で示し、他の引用は「　」で示した。

引用の旧漢字は新漢字になおし、一部ルビを付した。

年号の表記は、引用はそのままにし、戦前は和暦表記を原則とし、適宜西暦を補った。戦後は西暦表記を使用した。

石川啄木の過程◉目次

堺利彦と幸徳秋水　265

石川啄木の過程

一、渋民、盛岡

　石川啄木は本名一《はじめ》、明治一九（一八八六）年二月二〇日（戸籍上、一説には明治一八年一〇月二八日ともいうが、啄木自身、履歴書などに明治一九年二月二〇日生まれと記している）、岩手県南岩手郡日戸《ひのと》村（現盛岡市日戸）の曹洞宗日照山常光寺で生まれた（年譜関係は岩城之徳の「石川啄木年譜」『石川啄木全集　八』に多くを負っている）。父は石川一禎《いってい》、母は工藤カツ、二人の姉サダ、トラに次ぐ第三子、長男であった。二一年、妹ミツ（光子）が生まれる。父一禎は僧侶であり、妻帯を憚り、一は母の籍に入れられ、小学校二年までは工藤姓を名乗っていた。カツは南部藩士の娘で気位が高く、啄木を溺愛し、啄木も気位い高く、我ままに育てられた。（なお、啄木の雅号を使い始めるのは明治三六年一一月からであるが、本稿では啄木で通す。）

　カツの兄葛原対月《かつらはらたいげつ》（常久）は一禎の師であった。師対月の後ろ盾で一禎は常光寺の住職になり、さらに明治二〇年、宝徳寺一四世住職遊座徳英の急逝（盲腸炎であった、という。三九歳）により、この時も対月や報恩寺の住職下村泰中の運動により、渋民村の曹洞宗万年山宝徳寺の一五世住職に栄転した。徳英の家族は、子供が幼く、法灯を継ぐことが出来ず、寺を出ることになり、生活に困窮した。徳栄の妻は石川家を恨んだ（遊座昭吾「石川家と遊座家」〈『広報たまやま』一九六一年四月一三日〉を岩城之徳が『石川啄木』〈学燈文庫、一九六一〉に引用したもの）。宝徳寺は明治一〇年、火事で焼失していたが、一禎は「設計から予算まで一切人手を借りずに切り盛りし」（三浦光子『近代作家研究叢書77　悲しき兄啄木』初音書房。一九四八、日本図書センター、一九九〇）、三年掛けて再建した。大工沼田末吉はその尽力により永代供養料を免除された（岩城之徳『石川啄木伝』筑摩書房、一九八五）。

　啄木はこの寺で我まま一杯に育った。父は啄木の持ち物に「石川一所有」と書き入れたし、啄木が夜中にユベシ（柚餅子）饅頭を食べたいと言いだすともうきかないので、カツは起きだして作ってやった。また盛岡高等小学校時代にも、友人が巻寿司を一本切らずに食べているのを見て、啄木は家に帰るや否や、自分もああして食べたいと言い出した。母はその話につまされ（家を離れて暮す啄木を）かわいそうでたまらく思い、涙を流しながら作って食べさせてやった（三浦光子「幼き日の兄啄木」『近代作家研究叢書77　悲しき兄啄木』）。自分の希望は誰かによって叶えられるという甘やかされた心理が育っていった。このことは将来大きな問題の原因になる。光子も引いている歌を引く。

「たゞ一人の／をとこの子なる我はかく育てり／父母も悲しかるらむ。」　（『悲しき玩具』）

明治二四（一八九一）年、学齢より一年早く渋民尋常小学校に入学、四年のところ三年で終え、明治二八年三月、主席で卒業した。渋民尋常小学校には高等科がなかったので（三一年に開校）、二〇キロ南の盛岡高等小学校（新渡戸仙岳校長）に進む。（満）九歳であった。父母のもとを離れ、母方の伯父工藤常象方に寄宿してのことだった。
明治二九年三月、啄木は伯母海沼イエの家（新築地二番地）に移った。海沼の家の近所に二年先輩の金田一京助（一八八二～一九七一）の家があった。

明治三一（一八九八）年四月、一二歳で盛岡尋常中学校（三二年、盛岡中学校に改称）に、一二八人中一〇番の成績で入学した。

翌三二年、田村叶（姉サダの夫）の家（帷子小路五番戸）に越した時、近所に住んでいた私立盛岡女学校の堀合節子（戸籍名セツ、明治一九（一八八六）年一〇月一四日生まれ）と知り合い、親しくなった。節子は長女で、ふき子、たか子、いく子、ちよ子、長男赳夫、了輔、ろく子、克巳の九人きょうだいで、母はトキ、父堀合忠操《ちゅうそう》は岩手郡役所の官吏であった。節子は盛岡第一尋常小学校入学、明治二九年、盛岡仁王尋常小学校卒業、（啄木より一年遅れて）盛岡高等小学校に入る。明治三二年、盛岡女学校（現・盛岡白百合学園中学校・高等学校。カトリック系のミッションスクール）の二年に編入学。節子はバイオリンやピアノを弾く才媛であった（その後、明治三五年三月卒業。三七年、滝沢村立篠木尋常高等小学校の代用教員となり、裁縫を教えた。月給五円）。

この二三年の夏休み、啄木は上野駅に転任していた山本千三郎・トラ（姉）を訪ね、品川で海を初めて見ている。余りきれいではなかったらしい（この先、山本千三郎・トラは、小樽、函館、小樽、岩見沢、小樽、室蘭、東京、長野、大阪、福知山、高知、富山などに転任し、啄木一家の支えとなった）。

明治三二年四月、盛岡中学では英語教師が欠員になったため、啄木は伊東圭一郎、阿部修一郎、小沢恒一、小野弘吉と、ユニオン会という英語の独習会を結成した。一流中学ではユニオン読本《リーダー》を使っているのに、盛岡中学はロングマン読本を使っているのが面白くないと言って、三年生なのに一級上級用の『ユニオン第四読本講義』の自修会をやることにした（昆豊『警世詩人　石川啄木』新典社、一九八五）。

この年七月一八日から、担任の富田小一郎教諭に引率され、級友七人と岩手南海岸を旅する。海を見るのはこれが二回目である。

明治三四（一九〇一）年二月、啄木は三、四年生が主導する校内刷新運動（ストライキ）に合流し（首謀者ではない）、二人の教師に対して授業ボイコットした。この事件の結末は、知事の採決により、二三人の教員のうち、多田校長以下一九名が休職転任または依願退職となり、生徒側は三年の首謀者及川八楼が四年進学と同時に諭旨退学となった。

啄木は初め海軍志望で、及川古志郎（後海軍大将・海軍大臣）と付き合っていたが、及川に金田一を紹介され、文学志望の金田一に、雑誌『明星』（明治三三年四月創刊）（のバックナンバー）を見せてもらう。金田一は新詩社の社友で『明星』に花明の号で投稿し、作品が掲載されていた。一首を紹介する。

「このまゝに夕の潮にまかれなばよき国あらむわたつみの上」（金田一花明、『明星』第八号）

文学に目覚めた啄木は『明星』的浪漫主義を学び、新詩社社友となり、与謝野晶子の『みだれ髪』の影響のもと、学校をさぼり、文学にのめり込んでいった。

［不来方のお城の草に寝ころびて／空に吸はれし／十五の心］　（『一握の砂』）

というようなことがあったのである。

明治三四年、四年の時、啄木は『三日月』を発行していたが、近所に住んでいた二年の瀬川深（委水楼）の作っていた回覧雑誌『五月雨』と合併し、九月、杜陵館で合併披露会を催した。（瀬川は後に第八高等学校（岡山）から京都帝大医科大学に進み、京都で『一握の砂』の出版を知り、啄木と連絡を取り、旧交を復活させた（吉田孤羊『啄木を繞《めぐ》る人々』改造社、一九二九。日本図書センター一九八四）。そして啄木の晩年、明治四四年一月九日付けの重要な手紙の受け手となる）。この時、金田一の送別会も同時に催し、歌会を開き、啄木は次の一首を作った。

［あめつちの酸素の神の恋成りて、水素は終に水となりけり］

皆はくすりと笑い、或は畳の上にひっくり返って笑い、喝采を送った。啄木は自信を得た（金田一『石川啄木』角川文庫、一九七〇改版）。これは後の「へなぶり」を思わせる。

回覧雑誌『爾伎多麻《にぎたま》』は九月二一日発行され、翠江の名で短歌を発表した

一二月、啄木は『岩手日報』に翠江の名前で「白羊会詠草」を掲載、翌三五年、白蘋《はくひん》（白い浮き草）の名前で「寸舌語」を連載した。また『明星』に投稿したり、また高山樗牛の天才論に共鳴した。

また四年のとき、田中正造の直訴（明治三四年一二月一〇日）の後、

［夕川に葦は枯れたり血にまどふ民の叫びのなど悲しきや（鉱毒）］（白羊会歌会草稿、一月）

という歌を詠んだ。このような所に、啄木の社会性の萌芽を見ることも出来よう。ユニオン会

は、八甲田山雪中行軍遭難事件（明治三五年一月二三〜三一日）の載った『岩手日報』号外を売って、足尾銅山の災害被害者に義捐金を送り、盛岡市内のキリスト教会に寄託した。

ところが三五年三月、四年の学期末試験（数学）で不正行為があったとして、四月、譴責処分を受けた。明治三五年七月、五年の一学期末試験でも友人狐崎嘉助に答を見せてもらったが、このカンニングが発覚、七月、保証人の田村叶（義兄）が呼び出され、二度目の譴責処分を受けた（この時四組の不正行為があり、処分を受けた人の中に、二年の藤原嘉藤治（宮沢賢治の音楽友達）がいる）（岩城『人物叢書　石川啄木』吉川弘文館、一九六一）。五年一学期の成績は、修身、作文、代数、図画が成績不成立、英語訳解が三九点、英文法が三八点（英語は得意なはずなのに）、歴史が三九点、動物三三点で不合格、出席時数が一〇四時間、欠席日数が二〇七時間であった。啄木は文学に目覚め、学校の勉強より、自分で買った本に夢中になっていた。これが師も友も知らない［学業のおこたりの因］であった（後述）。

啄木が『明星』に投稿していた短歌一首が、一〇月一日、白蘋の名で初めて載る。

［血に染めし歌をわが世のなごりにてさすらひここに野に叫ぶ秋］

明治三五（一九〇二）年一〇月二七日、啄木は盛岡中学を退学した。一七歳であった。ここにおいて啄木は明治の上昇コースを外れてしまうことになる。しかも、啄木はこれを挫折とは思っていなかった筈である。ここが分岐点であった事の重大さに気付いていない。中学に居残る友人を尻目に、東京に出て、文学で身を立てよう、なんとかなると思っていた。何しろ『明星』に一首載ったのだから。しかしそれはうぬぼれであり、無謀であり、野心であり、「天才」意識がそうさせたのであっただろうが、世間はそれほど甘くない。啄木の「さすらひ」が始まる。
啄木は、

「小生や生まれて頑迷、稚なきより人の言ふことに耳だも貸さぬ性質に候ひき。みづから斯うと思ひ極めたる事には父母の言葉さへ馬耳東風にきゝ流して、善かれ悪かれ、我が意を通さでは止まぬ程に候ひき。長じては学才等輩に秀で、人に神童など、称へられて益々この性を増長せしめ候ひぬ。友人の言を顧みで、中学卒業に先立つ数月にして飄然都門に入りしも、この性あればの事也。都門に入りて四ケ月、人に下るといふ事を知らず、人の常に行く路を厭ひて、僅か十七才の身乍ら自矜独り高うし、遂に病を得、友の笑を買ひ、黙然として故山に病骨を横ふるに至りしも、この性あればの事也。（略）」

（小笠原謙吉（迷宮）宛書簡　明治三九年一月一八日）

自分がこうと決めたら梃子でも動かない、父母の言葉も馬耳東風に聞き流し、同級生より成績が良かったから、人に神童と讃えられた。これが気位高く育った啄木の「天才」意識の拠って来るところである。啄木は、後に振り返って、

「何となく自分をえらい人のやうに／思ひてゐたりき／子供なりしかな」（『悲しき玩具』）

と思い返した。

『明星』に載ったさきの短歌は大仰ではあるが、自身の運命を予言しているようなところがある。もちろんこの時点で彼が抱いていたのは多分に天才的な、英雄的な、浪漫的な甘い野心である。この歌にある「さすらひ」の悲壮感が、実際誇張ではなくなり、どんなに過酷なものに

なるか思い及ぶはずもなかった。以後、死までの一〇年間、「天才」啄木は辛酸をなめつくすことになる。しかも自身が思っている以上に深刻な結果を呼ぶことになる。

啄木は中学退学後、明治三五年一〇月三一日、好摩駅から上京した。盛岡で途中下車し、ユニオン会のメンバーと記念写真を撮り、盛岡駅では、「恋しき人」節子は人目を避け、啄木を見つめていた。一一月一日、上野着。

東京は初めてではない。明治三二年、中二の夏、上野駅に勤めていた義兄山本千三郎（姉トラの夫）を訪ねて滞在したことがある。

啄木は先輩野村長一（胡堂）の意見を容れ、東京の中学への編入を照会したが、欠員がなく、入れなかった。一一月一〇日、『明星』の発行元新詩社の与謝野寛（鉄幹。一八七三〜一九三五）、晶子（一八七八〜一九四二）を東京市豊多磨郡渋谷村に訪ねている。また、『文学界』編集長の佐々醒雪を訪ね、就職しようとしたが、相手にされなかった。

啄木は一一月一四日、「杜陵《とりょう》なる美しの人のもとへ」長い手紙を認めた。節子のことを、「せつ子の君」とか「白百合の君」とか「美しき人」とか呼んでいる（日記「秋韷笛語《しゅうらくてきご》」）。

啄木は図書館や古本屋で東京と欧米の文化、シェークスピアやウオズヲルス（ワーズワース）を学び、イプセンの『ジョン・ガブリエル・ボルクマン』（英訳版）を翻訳、出版しようとしたがうまく行かなかった。

それでもめげず、一一月三〇日、上京一月、所期の望み通りにはなかなか行かないが、

「吾は吾信ずる所に行かんのみ、世の平凡者流の足跡を辿るが如きは、高俊の心ある者の堪

えうる所に非ざるなり」

（「秋韷笛語」明治三五年一一月三〇日）

と言って、「天才」の「高俊の心」、エリート意識一つを頼りに、東京の町で生きて行こうとする。『明星』に投稿を続け、一一月号に二首、一二月号に三首が掲載されている。翌三六年二月まで東京にいて、滞在費を借金でまかなった。が展望は開けず、病気になり、父が迎えに来た。

この時、啄木は茶を運んできた下宿の女中に、小遣いだと言って一円紙幣を三枚、ぽんと与えた。父はビックリしてたしなめたが、啄木は「いいえ、東京の下宿の女中はこれ位なことをして置かないと客の頭があがりませんよ」と言い放った。父がどんなに苦労してその金をつくって来たか、啄木は知らなかった（吉田『啄木を繞る人々』五九頁）。女中からそうとうやかましく言われていたようであり、それへの報復としての見栄張りだったろう。

父は檀家と相談なしに、寺の裏山の栗の木（と妹の三浦光子は言っているが、杉の木、と金田一京助は言っている）を切り、換金して二〇円を得、上京の費用に当てた。さらに、啄木が作った借金は、光子の証言により、「二百余円」（三浦光子『悲しき兄啄木』）であり、これを清算するためには、二〇円ではとても足りず、宗費一一三円を流用した（中村稔『石川啄木論』青土社　二〇一七）。これが後にどんな大きな重荷になるか、まだ誰も知らない。

明治三六年二月二七日、父と共に帰郷した啄木は、あくまで文筆で生きる心算だったのであろう、『明星』にも投稿し、五月、宝徳寺で「ワグネルの思想」を書き、『岩手日報』に七回連載した。東京の丸善で購入したC・A・リッジー『Wagner』（岩城「新しき詩歌の時代の石川啄木」）を参考下敷きにしたものであろう。

「ニイチエの所説に於ては、人生のあらゆる事実は凡て人間本源の動力たる権力意志の表現の、錯綜なる闘争の結果である。されば人生の価値とはやがて此権力意志の強弱程度に比例する。換言すれば最高なる人生とは即ち最強なる権力意志によって生ずる所の事実である。彼の所謂超人とは実に自分の価値なる（帰趣なる）生涯を作らんがためには、道徳と云はず、歴史と云はず、文明と云はず、果た自己以外の人衆と云はず、凡て自身の目的を阻碍する所の者は、挙げて之れを存在の世界から呪詛し去って毫も悔意の生じる事なく、ひたすらに撓《たゆ》みなき奮闘を続けて随所に自己の猛力を応用するに一寸の躊躇もない所の、無上なる権力意志の権化である」

（「ワグネルの思想」『岩手日報』明治三六年五月三一日～六月一〇日）

この強者の思想が啄木のニイチェ理解である。後に、啄木は「時代の自覚の根源は高山樗牛の自覚にあった。（略）自分自身の心的閲歴に徴しても明らかである。樗牛に目をさまして、戦つて、敗れて、考へて、泣いて、結果は今の自然主義（広い意味に於ける）！」（「明治四十一年日誌」七月六日）と書いている。ニーチェに促された高山林太郎（樗牛、一八七一～一九〇二）の自覚が啄木に影響を与え、「人生のあらゆる事実は凡て人間本源の動力たる権力意志の表現の、錯綜なる闘争の結果である」という意識を植え付けた。

こういった「人間本源の動力たる権力意志の表現の、錯綜なる闘争の結果」として、折から始まった日露戦争（明治三七年二月一〇日宣戦布告～三八年）を啄木は見ていたようである。啄木は日露戦争に関して民衆とともに戦勝を賛美している（後述）。

しかし「凡て自身の目的を阻碍する所の者は、挙げて之れを存在の世界から呪詛し去」るという排他的な態度では、AもBもCも……、無上を目指しての権力闘争は必至である。啄木はこれにトルストイのキリスト教原罪論を対比させる。人間の自由意志が、神の絶対意志と衝突したために生じた人類の平和の擾乱と不安と悲痛を解脱するには、

「神の意志に適合したる、即ち人類が存在の理想的境地の社会を建設せんとするには、（略）人間の自由意志を地下千里の底に埋没して、平等無差別の融然たる楽園を実現するの路のみである。トルストイの思想に現はれたる人類の究極の価値状態は、個性のあらゆる特殊の権能を、人道と云ふ規約の下に遠く大我の埒外に放擲《ぼうちゃく》して種族的、社会的心意が設我の平和を目的とするの謂である」（「ワグネルの思想」）

そうしてトルストイの所謂博愛主義、共産主義が生れた、と言うのである。排他的意志拡張の自由と、平等無差別の人道の矛盾は、如何に止揚されるか。啄木は「ニイチエは人間の差別性（物的）を見て他の平等性（心的）を視ない者である」と言い、「さらば何が人生の差別に永遠絶対の調和を齎すであろうか」と問い、このニイチエ（フリードリッヒ・ニーチェ、一八四四～一九〇〇）と、トルストイ（一八二八～一九一〇）を綜合するのが、ワグネル（リヒャルト・ワグナー、一八一三～一八八三）の「自他融合の意志」の思想である、と言う。ワグネルは、啄木によれば「従来の歌劇を捨て、其の芸術綜合の信念と目的とを表現した」（「閑天地」『岩手日報』明治三八年七月）のである。「自他融合の意志」、これが啄木の結論であろう（明治三九年一月一八日、小笠原謙吉宛の書簡では、トルストイの意志消滅の誤謬に陥らず、ニイ

チェの意志拡張のみの極端に走らない「ワグネルの楽劇の根底たる意志拡張の愛（傍点原文）の猛烈なる世界観は、根本より小生の性質と相吻合するを得るの理由あり」と書いている）。『岩手日報』連載第一回「小序」に全体の目次を示し、「ワグネルの性格」とか「ワグネルの政治思想」、「ワグネルの宗教」などの項目を挙げながら、ワグネルについては殆ど語らないままこの連載を中途で終えている。参考書があったとはいえ、その遠大にして壮大な企ては、一七歳の青年のよく成しうるところではなかっただろう。

　さらに後には、日露戦争の結果、「空前の勝利」を得たにも拘らず、同じ勝利を民族競争場裏に獲得することが出来なかった。それは小村寿太郎全権の罪ではない、「同胞を代表すべき一人の天才をも有せざりしに起因する大和民族の不幸也。（略）我今に当りて切実にニイチエと共に絶叫せんと欲す。凡庸なる社会は、一人の天才を迎へんがためには、よろしく喜んで百万の凡俗を犠牲に供すべき也」（「古酒新酒」『岩手日報』明治三九年一月一日）と言う。この時点では啄木がニイチエに肩入れしていることは明白である（この時、啄木は『あこがれ』を出版したが売れず、一家は宝徳寺を追われ盛岡に移り、『小天地』を創刊するがこれも売れず、かなり貧しかったが、それは「大人物を出すの揺籃か」と言っている。後述するように、貧窮と生老病死がまだ応えていなかったからだろう）。

　啄木にあるのは、高山樗牛の個人主義を経由したニーチェ、ワグナーの「天才」主義であり（しかし、啄木はニーチェ『悲劇の誕生』は読んだのだろうか）、ディオニュソス的に「人間の本源の動力たる権力意志」を最高に、最強に表現した者が最高の人生を手に入れる、それが「超人ー天才」という者であるという強気の思想である。本能＝自然の欲望＝権力意志を尊重して、自己発展と個人の解放を図ろうとする欲望自然主義であり、個人主義的なロマンチシズムと言える。平たく（通俗的に、単純に）言えば、権勢欲と出世欲である。多分、威張るタイプ。ニーチェは社会主義ではない。

啄木が傾倒した高山樗牛はかつて日本主義者であり、その尻尾を幾分残し、ニーチェの思想を解して例えばこういう事を言っている。

「何の目的ありて是の世に産出せられたるかは吾人の知る所に非ず、然れども生まれたる後の吾人の目的は言ふまでもなく幸福なるにあり。幸福とは何ぞや、吾人の信ずる所を以て見れば本能の満足即ち是のみ。本能とは何ぞや、人生本然の要求是也。人性本然の要求を満足せしむるもの、茲に是を美的生活と云ふ。／道徳と理性とは、人類を下等動物より区別する所の重もなる特質也。然れども吾人に最大の幸福を与へ得るものは是の両者に非ずして実は本能なることを知らざるべからず」（高山「美的生活を論ず」『太陽』明治三四年八月、『明治文学全集40　高山樗牛　齋藤野の人　姉崎嘲風　登張竹風』筑摩書房、一九七〇。新漢字に直した。傍点略）

「嗚呼、憫むべきは餓えたる人に非ずして、麺包の外に糧なき人のみ。人性本然の要求の満足せられたるところ、其処には乞食の生活にも帝王の羨むべき楽地ありて存する也。悲しむべきは貧しき人に非ずして、富貴の外に価値を解せざる人のみ。（略）望を失へる者よ、悲しむ勿れ。王国は常に爾の胸に在り、而して爾をして是の福音を解せしむるものは、美

的生活是也」（同書）

「是の如く人格の独立の為に、歴史発達論を否定したるニーチェは、更に論歩を進めて民主々義と社会主義とを一撃の下に破砕し、揚言して曰く人道の目的は衆庶平等の利福に存せずして、却て少数なる模範的人物の産出に在り。是の如き模範的人物は即ち天才也、超人（ユーベルメンシュ）也、即ち是れ無数の衆庶が育成したる文明の王冠とも見るべきもの也。されば若し衆庶にして、自ら自己の為に生存すると思はゞ、是れ大いなる誤り也、彼等は唯是の如き天才、超人の発生を助成する限りに於て其の生存の意義を有するのみと」

「凡そ文学者に要するもの学殖然り、識見亦然り、而して最も得難きものを是の気魄となす、是を以て真正の文学は古より傑士の事也」

（高山「文明批評家としての文学者」『太陽』明治三四年一月。前掲『明治文学全集40』）

ここで言われていることを繋げて読めば、虚無の地平に生まれ出て、人間の目的は幸福にあり、幸福は本能の満足にあり、それができるのは、ディオニュソス的に「人間の本源の動力たる権力意志」＝「本能」を最高に、最強に表現した個人である。そうした即ち「天才・超人」が最高の人生を手に入れる、ということになる。「美的生活」とは、そうした幸福を言うのであって、王侯の生活の富貴ではない。世界は「天才・超人」のためにあり、民衆・凡人は「天才」のために奉仕するのが当然である、ということである。これは啄木の教育論に通じる（後述）。

　高山は、ニーチェが精神は三様に変化すると言った説を踏まえているはずだ。「神は死んだ」（『悦ばしい知識』）。つまり、「（キリスト教的）同情は無を説く。無とは言わず、そのかわりに「彼岸」と言う、ないしは「神」と、ないしは「真の生」と、ないしは涅槃、救済、至福と言う」（『反キリスト者』）。即ち「最高の価値が無価値になった」（『力への意志』）のだから、生の目的なんぞはない（ここまではいい、が、もともと神は居ない、世界・宇宙はニヒリズムであると言ったほうがいい。あるのは熱力学の法則だけである）。「駱駝」は、負わされてきた「汝為すべし」（つまりキリスト教的道徳、という解釈・主張・思想）と言う「竜」と戦い、「獅子」になる。「獅子」（になれた者）は「我は欲す」という自由精神を創出し、次に生まれかわった「小児」が新しい自由を開始し、「人間本源の要求である本能」＝「人間本源の動力たる権力意志」を発揮する、のである（『ツァラツストラ』）。

「人性本然の要求である本能」＝欲望　の満足を得られ、美的生活の送れる幸福な人間は「超人（ユーベルメンシュ）」だけであるという「天才」主義であり、個人の解放と自己発展の出来るのは「天才」だけであるという（物凄い）思想である。（ニーチェについては、渡辺二郎編『ニーチェ・セレクション』平凡社ライブラリー　二〇〇五　を参照した。以下も同じ）

　僕の意見では、精神はさらに変容して、四様に変化するのである。「汝為すべし」というキリスト教道徳に平伏している「駱駝」が目覚めて、「我は欲す」と言う「獅子」になる。その「獅子」＝「天才」＝能動的ニヒリストが一人なら独裁である。「獅子」が二、三人、いや一〇〇人、一〇〇〇人いたら大変なこと（権力闘争）になる。Aの自由は、B、C、D、……の抑圧であり弾圧である。「獅子」＝「天才」はそれぞれの「竜」（それぞれの解釈・主張・思想・道徳）を戦わせ、競争原理の中身そのものである「人間本源の動力たる権力意志」を発揮し、「錯綜なる闘争」、つまり力まかせのサディスティック・トーナメント（若しくはサディスチック・リーグ、略してサ・リーグ）の権力闘争を始め、結果、勝ち抜いた「獅子」は「主人道徳」を獲得し、自分の「竜」（解釈・主張・思想・道徳）を育て、行き渡らせ、威張り始め、権勢を誇り、旧思想に留まるもの、逆らうもの、服《まつろ》わぬ者は弾圧して収容所・監獄に入れてしまう。他者（民衆）を「駱駝」にして「奴隷道徳」を押し付け、支配することになる。こうして「小児」は「大人」になる。第四の変化であり、反動であり、元の木阿弥である。そしてB、C、D、……はそのようなAの支配からの自由を求め始める。このサイクルを永遠に繰り返す（永劫回帰?）。（この項、新木「ハイジとツァラツストラ」『宮沢賢治の冒険』海鳥社、一九九五、参照）。

　何をいい気になっているのか。「ひたすらに撓《たゆ》みなき奮闘」を続け、道徳も歴史も蹴散らして、「無上なる権力意志の権化」＝「超人」となるなんぞというのは、弱肉強食の行動的ニヒリズム、或は無邪気で単純なサディストの手前勝手な言草である。競争原理が働いているからである。ニヒリストも自己正当化をする。恨み辛み、嫉妬やコンプレックスというのは「人間的な、あまりに人間的な」心情であり、ルサンチマンの克服なぞ、人間に出来ることではない（人は何年前のこと、何十年前のこと、何百年前の歴史も、憶えている）。超人なんぞありえない。自然に帰れとか、自然のままにとか、自然は美しいとか、自然に、自由にとか言うのは、自然の惨酷を認識し得ておらず、何の屈折も屈託も無い。生老病死の苦しみを知らないから言えることであり、若気の至りである。無知にして無恥である。あるのはエリート意識であり、無いのは優しさである。優勝劣敗と言うが、勝れた「天才」には人を憂う優しさがない。博愛がない。

　ところが中学のとき高山―ニーチェを読んだ啄木は、「何となく自分をえらい人のやうに／思ひてゐた」ものだから、これは自分のことを言っているのだとイカレてしまい、「天才」には芸術と恋愛が相応しいと、すっかりその気になり、そのとおり実践していたのである。堀合節子との恋愛はいよいよ深まった。

（先走って言っておく必要がある。この時期啄木は「人間本源の動力たる権力意志の表現」、個人主義的「自己発展の意志」を強調し、天才―超人思想や明星的浪漫主義に進んだが、その後、時代の趨勢であった自然主義に転じた。しかしその何も解決しない、批評のない自然主義も否定して社会主義への経過を辿る。貧窮と生老病死を体験し、「人民の中へ（ヴ・ナロード）」居住まいを正し、ともに、共に、友に、朋に、伴に、倫に生きようとする思想、「自他融合の意志」、即ち共同原理の姿勢を獲得しようとする。端的に言って、この不明の開明が石川啄木の過程である。）

（少し前に返って）明治三六年一一月、啄木は『明星』の新詩社社友に迎えられ、後に『あこがれ』に収められることになる詩や、「啄木鳥」（『明星』三六年一二月号）などを書き、鉄幹が「此詩が詩人たる君の地歩を決定する最初の意義あるもの」であるから、「この詩の発表を機会に新しく雅号を撰んで付けよう」（「啄木君の思い出」）という勧めによって、雅号を「啄木」に改めた。岩城之徳は、啄木本人が次のように書いているエッセイを発見して、鉄幹の言う所は記憶違いであると言っている（岩城「啄木の雅号をめぐる問題」『啄木評伝』）。

「村閭《そんりよ》の野老一日草堂に訪ひ来つて曰く、君嘗て家畔の沼堤に夏蘋の清高を愛して白蘋の号ありき、今之を改むるは何の由る所あるかと。予答へて曰く、窓前の幽林坎々《かんかん》として四季啄木鳥《きつつきどり》の樹杪《じゆびよう》を敲《たた》く音を絶たず閑静高古の響、真に親しむべし。（略）而して之に接する毎に予は如何なる時と雖ども、吟懐濶然《ぎんかいかつぜん》として清興の湧くを覚え、詩腸《しちよう》の愁渣《しゆうさ》を一洗するの快を得たる。取つて以て名付くる者唯斯くの如きが故のみと。客微かにうなづき去る。時に寒林を洩るゝ音あり、近くまた遠く、風に従つて揺曳する坎々の響、忽然として予また幻想に酔ふが如く、瞑目莞爾として一人息を殺す事多時。題して「啄木鳥」と云ふ一篇のソネットは此際に成りたる者なり」（「無題録」『岩手日報』明治三六年一二月九日）

啄木は、明治三四年（一五歳）まで『爾伎多麻』や『岩手日報』などで翠江、三五年は『岩手日報』の評論で麦羊子という雅号を名乗っていた。また三月から『盛岡中学校校友会雑誌』、『岩手日報』、『明星』などで、宝徳寺の禅房から見える沼堤に浮ぶ夏蘋（浮き草）の清高を愛して白蘋《はくひん》を名乗っていたが、さらに、三六年、『明星』一二月号では、短歌は白蘋、詩は啄木の雅号を用いている。同じ禅房から聞える啄木鳥の閑静高古の響を愛して、啄木と名乗ることにしたと言う。詩「啄木鳥」を読んでみる。

「いにしへ聖者が雅典《アデン》の森に撞きし、
光りぞ絶えせぬ天生『愛』の火もて
鋳《ゐ》にたる巨鐘《おほがね》、無窮のその声をぞ

染めなす『緑』よ、げにこそ霊の住家。
聞け、今、巷に喘げる塵の疾風《はやて》
よせ来て、若やぐ生命の森の精の
聖《きよ》きを攻むやと、終日《ひねもす》、啄木鳥《きつつきどり》、
巡りて警告《いましめ》夏樹の髄にきざむ。／／
往きしは三千年《みちとせ》、永劫猶すすみて
つきざる『時』の箭、無象の白羽の跡
追ひ行く不滅の教よ。――プラトー、汝《な》が
浄《きよ》きを高きを天路の栄《はえ》と云ひし
霊をぞ守りて、この森不断の糧、
奇《くし》かるつとめを小さき鳥のすなる。／（癸卯十一月上旬）」　（「啄木鳥」『あこがれ』）

装飾過多で大仰で意味が取りにくいが、「雅典《アデン》」はアテネのことである。「プラトー」はプラトンのことで、冒頭にいう「聖者」である。昔アテネの森に、プラトンが創設したアカデメイアの巨鐘の無窮の大音が、十方に響流し、山川草木、鳥獣虫魚、花鳥風月、森羅万象がその音を聞き、緑（の林）は霊の住家となっている。然るに巷に喘いでいる塵埃が疾風のように森の精の聖きを攻め立てているぞと、啄木鳥《きつつきどり》が「警告《いましめ》」するように、終日樹木を坎々《かんかん》と啄ばむ。それは「浄《きよ》きを高きを天路の栄《はえ》と云ひし／霊をぞ守りて、この森不断の糧」である。それが小さな啄木鳥の「つとめ」である。この音を聞いて、詩人啄木《たくぼく》の中から呼応するものがある。啐啄同時の機である。禅寺の緑に囲まれて居る詩人啄木の「つとめ」の自覚であろう。林（の）中の宝徳寺の禅房は、さながらアカデメイアといったところであろう、彼の夢想の中では。

啄木は自分が詩を書く理由として次のように書いている（この同じ手紙の中に、後掲の日露戦争賛美の一節がくる）。

「芸術は芸術のための芸術にて、功名などは副産物のまた副産物なりとは、堂々鉄幹氏等と申し交し居事に候へば、（略）潜かに超世の理想に憧るゝを楽しみと致し度き所存に御座候。僭越なる言葉を敢てせば、詩は理想の花、神の影、而してまた我生命に候也」

（野村長一（胡堂）宛書簡　明治三七年二月一〇日）

鉄幹の「君の歌は奔放にすぐ。新体詩上の新開拓をなさざるべからず」という勧めもあって、『明星』を舞台に精力的に詩作を続ける啄木は、気鋭の詩人として前途を開こうとしていた。右の「啄木鳥」もその元気と、「超世の理想」の花、「神の影」を記した「我生命」であったのであろう。

（後に彼は、そのような姿勢を「食ふべき詩」ではないと自己批判し、さらに後には、「ふるさとの寺の畔の／ひばの木の／いただきに来て啼きし閑古鳥！」（『悲しき玩具』）という歌を詠むのであるが、啄木鳥も啼いていたのである。というか、啄木鳥は長調で意気軒昂な感じだが、『悲しき玩具』の時代の閑古鳥は愁いをおびて何かもの寂しい、短調である。）

啄木はこの時期、また『岩手日報』、前田儀作（林外）・岩野泡鳴らの『白百合』、姉崎正治（嘲風）の『時代思潮』、『帝国文学』、『太陽』などに投稿し、文筆にいそしんでいた。

明治三七（一九〇四）年一月八日、日記に次のように書く。

「夜の八時すぎまでせつ子と語る。あゝ我けなげの妻、美しの妻、たとへ如何なる事のありとて、吾らは終生の友たる外に道なきなり。さなり、愛なくしては我は如何にして生くべきや。あゝこの一問はやがて我終生の方針なり、理想なり、希望なり。／波立つ胸のいかに温かなりしよ。輝く瞳のいかに美しく、又鋭く我心を射たりしよ」

（「甲辰詩程」明治三七（一九〇四）年一月八日）

もはや、節子を「妻」と呼んでいる。一四日、堀合節子との婚約が確定した。「ほゝゑみ自ら禁ぜず」と日記に書いている。しかし、節子の父堀合忠操はこの結婚に終始反対であり、節子が親戚の伯母やなんかに泣きつき、親戚からは又若い者同志のことだから万一どんなことがあるとも図られないと再三の忠告もあり、かつ娘の心根も可哀さうになって遂不承無承許した形」（吉田『啄木を繞る人々』一二六頁）なのであった。

こういった恋愛の進行中に、一方では日露戦争（明治三七年二月一〇日宣戦布告～三八年）が始まっていた。それを啄木は「人間本源の動力たる権力意志の表現」として捉えていたようである。啄木は日露戦争に関して民衆の興奮と熱狂に歩調を合わせ、戦勝を手ばなしで賛美し、快哉を叫んでいる。

「小生は、あらぬ不平を葬り去りて、この無邪気なる愛国の民と共に軍歌を唱へんと存じ候。明日は紀元の佳節、小生は郷校に村人を集めて、一席の悲壮なる講話を仕るべく候。飛報あり、露艦二隻仁川に封鎖せらると。肉踊り骨鳴る。（略）我は何故にかく激したるか。知らず。たゞ血は沸るなり。眼は燃ゆる也。快哉」

（野村長一宛書簡　明治三七年二月一〇日）

三七年二月一一日、新聞で、八日に旅順港で、水雷艇によりて敵の三艦を沈め、九日には総攻撃をして全勝したことを知り、啄木は、日記には「真に、骨鳴り、肉躍るの概あり」（「甲辰詩程」）と書く。自分まで強くなったような気がしたのであろう。そして三月に『岩手日報』に連載した「戦雲余録」では、日露戦争に関して主戦論に転じた『万朝報』から脱退して『平民新聞』を創刊した幸徳伝次郎（秋水）や堺利彦（枯川）らの非戦論を難じて、「冷笑」している。そういう考え方を、啄木は理解できなかったし、前途を阻碍《そがい》するものとしか思えなかった。しかも恋の成就と戦勝とで、ただただ血気盛んな明治の若者であった。このとき啄木は不明であった。

「今の世には社会主義者などゝ云ふ、非戦論客があつて、戦争が罪悪だなどゝ真面目な顔をして説いて居る者がある」

「今や挙国翕然《きゆうぜん》として、民百万、北天を指さして等しく戦呼を上げて居る、戦の為めの戦ではない。正義の為、文明の為、平和の為、終局の理想の為めに戦ふのである」

「今度の日露戦争が単に満州に於ける彼我の権利を確定して東洋の平和に万全の基礎を与へるのみでなく、更らに世界の平和のために彼の無道なる閥族政治を滅して露国を光明の中に復活させたいと熱望する者である」

（以上「戦雲余録」『岩手日報』）

ロシア皇帝の閥族政治を打破し、無告の農民を奴隷的状態から解放するため、東洋の平和のために、日露戦争はあると、この時、啄木は言う。強兵富国の明治という時流に見事なまでに乗っかっている。福沢諭吉の「脱亜論」（明治一八＝一八八五年）の影響か、欧米列強のやっている事を見習って、自分も強くなれば植民地を勝ち取れる、弱いままでは植民地にされるという強者の思想である。天才強者の自分には都合の好い思想だと思っているから。「天才」は戦争が好きなのであろう。戦争は自我拡張（のチャンス）であり、英雄を生み出すということだから。啄木は帝国主義の本質が分っていない。

トルストイは一九〇四（明治三七）年六月二七日に、『ロンドンタイムズ』に「日露戦争論」を寄稿した。これを、平民社の幸徳秋水と堺利彦らが翻訳し、『平民新聞』同年八月七日三九号にほとんど全紙面を使って掲載した。（姉崎嘲風の）『時代思潮』誌は英文を掲載した。

「東西を隔てた人々を見るといい。一方は一切の殺生を禁ずる仏教徒であり、一方は世界中の人々は兄弟であり、愛を大切にするキリスト教徒である。その数十万人が、今や惨酷な方法によって互に傷つけ合い、殺し合おうと勢いづき、陸に海に野獣のように戦い合う。ああ、何ということか」（『現代文　トルストイの日露戦争論』国書刊行会、二〇一一↑『平民新聞』明治三七年八月七日三九号）

キリスト教徒トルストイはこう言って、戦争の理不尽と凶暴、略奪、殺戮を批判し、反戦の意志を表明した。人は宗教を失い、また宗教を排斥した。ただ肉欲、恐怖、人間的な法律、とくに互いの催眠術によって指導されて、動物もしくは奴隷の境を抜け出ることができずにいる。人を自由にするものはただ宗教である。「皆人《みなびと》悔い改めよ」、「私は何者か。私はなぜ生きるのか。私は何をなすべきか、しなければならないのかと自問せしめよ」とキリストが言ったように、「神を愛し、隣人を愛し、自分が望むことを人に施す使命を実践すること」、これがキリスト教に於いて重要なのである。これは一九〇〇年前、キリスト教によって表明され、以後、広く全人類の大多数に知られるようになった考えである。しかし、今や敵はわたしたちを攻撃し、人民を殺戮し、財産を奪い取ろうとしている。この時何をすべきなのか、と問う者がいるだろう。トルストイは、答えて言う。一時的で、偶発的で、道理に外れた暴虐な要求のために永遠不変な私たちの生命の法則に背くことがどうして出来よう。私は、神が与えた私の生命によって、私が何をしたのか問われるだろう。私は神の法則を遵守したのか。私は神が私に命じられた以外のことを行なうことはできない。「汝の敵を愛せよ、そうすれば汝は一人の敵も持たないだろう」、云々、とトルストイ（七七歳）はキリスト教的信条に拠って戦争の不可を言う（啄木風に言えば、「自他融合の意志」である）。だが、戦争の当事者ロシアは、戦勝を神に祈る。その神は、トルストイが非戦の理由とした神と同じ神である。

　平民社（幸徳・堺）は、トルストイの崇高雄大な考えに、「一語一語が心身に染みわたり、万丈の交際は美しく光り輝いて火のように、花のように人を動かさずにはおかない趣と風格がある」と言い、麻痺した良心に絶好の注射剤となるであろうと言う。その一方で、「人はパンのみで生きることができないように、また聖書だけで生きているのではない。悔い改めよと何千年叫んでも、その生活状態が変わって衣食が足らなくなれば、食い合い、殺し合い、依然として現在の状態と変らない。資本主義を基礎とした列国の経済競争が激化したために、こうした戦争が起こったのだ」、と不満ももらす。そして資本主義ではなく社会主義の制度が確立し、万民が平等に生涯を送れるようになれば、悲惨な戦争を起こす必要もなくなるだろう、と言う（『平民新聞』明治三七年八月一四日四〇号）。戦争の原因はより目前の利害関係、政治・経済・軍事・外交的な側面が大きく、遠大な、より根本的な良心・正義・無私・同情・博愛、宗教的な自覚で解決するということは難しい、ということである。

　このトルストイの「日露戦争論」を『時代思潮』誌に掲載された英文で読んだニーチェ主義者啄木は、「流石に偉い。然し行なはれない」と言い、それっきり忘れてしまった。その時啄木は「無造作に戦争を是認し、且つ好む「日本人」の一人であった」から。（後に、「無邪気なる愛国の赤子、といふよりは、寧ろ無邪気なる好戦国民の一人であった僕は云々」（「明治四十一年日誌」九月一六日）、と自己批判しているし、八年後、幸徳事件を経過して、明治四四年四月には、このトルストイの論文を思い出し、写し取るような心を起こしている。後述）。

　啄木は何も分かっていない。戦勝の後、時代の若さと啄木の若さ（一九歳）が相俟って、前途は洋々である、かに見えた。

　分かっていないから、宝徳寺の書斎を啄木庵と称して彼の「無邪気な」エリート意識はある程度満足させられていた。三七年も節子との婚約、『明星』や『太陽』などへ詩を発表したり、まさに、「歌へ、酔へ、舞へ、喰へ」という明星的浪漫チックなものだった。各誌に発表した詩をまとめて処女詩集刊行の話も持ち上がり、新進の詩人として、順風満帆、自信に満ち溢れていたかのようである。一言で言えば、天才気取りであり、もう一言言えば、傲慢尊大であり、生来の気位の高さがこんな所に出てきているようだ。ブルとかガルとかいう臭味がある。ただ田舎村に居ては、文壇主流に乗り遅れるという気は、相当強くあった。

処女詩集『あこがれ』の詩法は、蒲原有明、薄田泣菫流の新体詩であり、四四四六調の一四行詩で、難解な漢語や雅語を操るのは、一九歳にしてはなかなか「天才」的のものだが、野心と客気が露骨に出ている。そしてこの文語定型詩に未来はなかった。

［沈める鐘（序詩）
渾沌露なす夢より、暗《やみ》を地《つち》に、／光を天にと劃《わか》ちしその曙、
五天の大御座高うもかへらすとて、／七宝花咲く紫雲の『時』の輦《くるま》
瓔珞さゆらぐ軒より、生と法《のり》の／進みを宣りたる無間の巨鐘をぞ、
永遠なる生命の証と、海に投げて、／蒼穹はるかに大神知ろし立ちぬ。／／
時世は流れて、八百千《やほち》の春はめぐり、／栄光いく度さかえつ、また滅びつ、
さて猶老なく、理想の極まりなき／日と夜の大地に不断の声をあげて、
（何等の霊異ぞ）劫初の海底より／『秘密』の響きを沈める鐘ぞ告ぐる。］

この詩は、節子の援助で丸善に注文、アメリカから取り寄せた（岩城「新しき詩歌の時代の石川啄木」）、アンナ・リディア・ワード編『SURF AND WAVE』所収のW・ミューラーの「VINETA」に酷似している、と藤沢全は指摘している。また「杜に立ちて」は、蒲原有明の「運命」という詩の、「十八歳の少年の手になるイミテーションとしてはみごとなものである」、と伊藤整は指摘している（伊藤「詩人の肖像」『新文芸読本　石川啄木』河出書房新社、一九九

一）。啄木はこの詩集を元に、「EBB AND FLOW」（干満）という習作ノートを作る。

またヨネ・ノグチ（野口米次郎。一八七五〜一九四七）の『From the Eastern Sea』を「白百合の君」（節子のこと）からプレゼントされ、『岩手日報』三七年一月一日に「詩談一則（『東海より』を読みて）」を載せ、

「之を読む事幾許ならずして幽妙の詩趣紙上に溢れ、胸底朗然として清興また一点の俗念を止めざるに似たり。（略）氏の詩を一貫する特長は云ふまでもなく、其東洋的香気を欧米の空気に放散するの偉観にあり」云々と言い、その中身について、「日本民族の詩的天職の根本的性質を渾円球《こんえんきゅう》上に標榜し出したる者」

と絶賛している。であれば、詩集のタイトルは、『東海より』というよりも、『東洋より』と訳した方がよさそうである。ノグチは欧米西洋文化に向けて、東洋‐日本の文化のあり様を表現したからである。そしてこの詩集が、「落莫たる寒村に蟄居して、日夕寂寥を友とする名なし草の」啄木の「米国行の志望に、強く制すべからざる加燃力を与へたのであります」と、渡米熱の手紙を野口に書いたこともある（野口米次郎宛書簡　明治三七年一月二一日）し、上の評論の載った新聞を送ったこともある。また、一一月（日付不明）には、ノグチ氏と会見し半日を費やした、という（秋浜市郎宛書簡　明治三七年一一月日付不詳）。渡米（の難しさ）について話したのか、何を話したのかは分からない。

一方で、姉崎正治（嘲風）には、「絆累《はんるい》と云ひ、貧といふ者の、古来幾多の熱血者を縛して、其健闘の歴史を暗中に葬り去りたる事少なからざるを思へば、巻を掩ふて低泣日暮を忘る、の

悲風とゞむべからず候。嗟嗟」と書き、家族の束縛や貧しさのため「落莫たる寒村」に逼塞している境遇からの脱出を望み、また、「あゝ、先生よ、「時代思潮」は、校正なり何なりと、小生が五尺の軀を動かすの余地無之候べきか」(姉崎宛書簡　明治三七年一月二七日)と、東京進出の足場を探している。

で、この「沈める鐘」という詩は、四・四・四・六調で書かれているが、四拍子のリズムに合わないので、甚だしく読みづらい。それとも「四・四」、「四・六」で、最後の六は三連符二つ、なのか。あるいは八分の六拍子なのか。啄木は姉崎に宛てた同じ手紙で、在来の七五調、五七調等の外に、八六調、八七調、七七調、四六七調、五八五調など先人の格調を試し、音楽的性質を与えようとしたが、五六六調の試作として「錦木塚」を計画した、と書いている。

「沈める鐘」とは啄木の詩の象徴であるが、語彙が豊かと言うか、ペダンチックな装飾があふれている。後に啄木自身、「たとえばちょっとした空地に高さ一丈位の木があったとすれば、空地を荒野にし、木を大木にし……」(「弓町より　喰うべき詩(一)」)と言ったのは、このような仮構を高踏的に誇張する詩法、雅語、詩語、漢語、大言壮語、美辞麗句を自嘲したのだと思われる。明星的浪漫主義とでも呼ぶべきそれは、確かに「食ふべき詩」ではなかった。

吉本隆明は、『あこがれ』の中では、「荒磯」、「光の門」、「あゆみ」、「祭の夜」などをのぞいてとるべきものがない、と言っている(吉本「啄木詩について」日本文学研究資料叢書　石川啄木』有精堂、一九七〇)。僕としては、このうち「祭の夜」について、言っておきたいことが一つある。市の祭の夜の半ば、愁ひに追われただ一人、秋の霧野の丘の上、我は墓石と共に立つ。すべての声は消え去り、大なる声が満ち、我は神と立っている……。これは宮沢賢治の「銀河鉄道の夜」を思わせる構図ではないか。ケンタウル祭の夜、人ごみを離れて、一人天気輪の丘を登り、どかどかするからだをつめたい草に投げるジョバンニの姿に重なる。夜空に銀河が横たわり、汽車の音が聞えてきて、天気輪の柱がぼんやりとした三角標の形になり、するとどこかで、銀河ステーション、銀河ステーションというふしぎな声が聞こえ、前期形ではブルカニロ博士が登場し、夢見実験が行なわれる……。銀鉄に乗って（死んだ）カムパネルラと中有の旅を始める……。疎外された者のもう一つの祭が始まる。

二、雲は天才である

順調に思えた啄木の生涯に二つの事件が表面化する。前述のように、一つは一禎（五六歳）が裏山の栗の木（杉の木ともいう）を切り換金したこと、もう一つは明治三七年一二月に父一禎が宗費一一三円余りを滞納したことが分かったことである。二つとも啄木の無謀な上京（明治三五年）とその尻拭いのために出来《しゅったい》したものである。このあたりまでは、石川家は裕福とまでは言わなくとも、貧しいわけではなかった。翌三八年三月、曹洞宗宗務院から住職罷免の処分を受け、一家は宝徳寺を出て盛岡に移り住む。一禎が宝徳寺にいたのは一八年間ということになる。

金田一京助によれば、「村人の調停もあって石川家さへウンといへば治まるばかりになったのを、母堂の強硬な主張で、終に寺を出てしまわれたのでした。（略）『もうせがれもえらくなって詩集を出すやうになったのだから、こんな寺にへばりついて居なくたって』と思って決断されたらしいですが」（金田一「啄木の追憶」、吉田『啄木を繞る人々』七一頁）ということで、母カツの気の強さ、気位の高さがこの結果を招いたようである。石川家の経済的基盤は破綻してしまった。
啄木は友人に借金を重ねていたが、それでも『あこがれ』が出版されれば、金が入り、全ては解決すると思っていた。見返す、とまでは思っていなかっただろうが、挽回するくらいは思っていただろう。

明治三七年九月二八日、啄木は北海道小樽の姉トラを訪ねて海を渡る。東京進出の費用を借りるためと言われている。「好摩が原の虫の音に送られて鉄車窓裡の人と相成り」、尻内に一泊、再び汽車に乗り野辺地が浜に下車し浜茄子の花を摘み、第三日、青森から陸奥丸で函館に渡り、一泊。ヘレーン号で海路二〇時間、一〇月二日、小樽に着き、山本千三郎・姉トラの家に到着した（小沢恒一宛書簡　一〇月一一日）。帰りは開通三日目の函樽《かんそん》鉄道に乗った（「閑天地」）。三週間の北海道の旅の結果、資金は（十分には）得られなかった。

啄木は明治三七（一九〇四）年一〇月三〇日（日露戦争の真最中である）、詩集刊行を目論んで三度目の上京をし、三一日六時頃都門に入った。この時も滞在費を友人への借金でまかなおうとした。次は、『太陽』、『時代思潮』に寄せた原稿の稿料が違算続きで貰えなくなったと言って、金田一に宛てた借金申込みと、そのあとの返済猶予依頼の手紙である。

「一月には詩集出版と、今書きつゝある小説とにて小百円は取れるつもり故、それにて御返済可致候に付、若し〳〵御都合よろしく候はゞ、誠に申かね候へども金十五円許り御拝借願はれまじくや」

（金田一宛書簡　明治三七年一一月二五日）

「兄よ。／あゝ我は大罪人となりぬ。我は今この風寒き都を奔走しつゝあり。願はくば少しくまたれよ」

（金田一宛書簡　明治三八年三月六日）

「兄よ、天下に小生の恐るべき敵は唯一つ有之候。そは実に生活の条件そのものに候。生活の条件は第一に金力に候。小生は金の一語をきく毎に云ひ難き厭悪と恐怖を感じ申し候。小生は少くとも悪人には無之候。然もたゞこの金のために、否金なき為め、貧なる為めに、親に不孝の子となり、友に不義の子と相成るにて候」

（金田一宛書簡　明治三八年四月一一日）

こんな人を食ったような調子で言葉巧みに、啄木は借金を繰り返す借金魔である。気にはしているのであろうが、文体として笑みが零《こぼ》れている。「天才」のために世界はあり、「天才」の希望・欲望は誰かが叶えてくれるという、苦労知らずに育った我ままな心理がここまで育っていた。この頃はまだ心に余裕があり、未来を信じていたようである。啄木は優しい友人を持ったものだが、貸す友人もよく考えなければならないだろう。友人に恵まれていたと言えば聞えはいいが、甘やかしては本人のためにならない。考え直すチャンスを奪うことになる。

結局東京の出版社は引き受けてくれず、出版は、盛岡高小時代の友人小田島真平の紹介で、出版社大学館勤務の兄嘉兵衛に依頼したが、売れる見込みがないので断られた。しかし、弟小田島尚二が日露戦争出征記念として費用三〇〇円を出してくれることになった。詩集『あこがれ』は明治三八（一九〇五）年五月三日に小田島書房から刊行された。初刷五〇〇部、二刷五〇〇部で、内一〇〇部はクロス張りの上製本であった。啄木一九歳である。「序」は上田敏、「跋」を与謝野鉄幹が書いたが、尾崎行雄（東京市長）に献じると言うのが、訳が分からない。

一つの権威主義であろうか。

鉄幹によると、啄木は「今日は尾崎先生を東京市庁に訪うて詩論をして、御馳走になって来ました」と言っていたそうである（「啄木君の思い出」）。また、伊藤整は啄木の話として次のように書いている。啄木はある日漂然と東京市庁に現れ、尾崎市長に面会したいと受付で申し入れた。石川一という名刺を持って係が尾崎に取り次ぐと、尾崎はろくに見もせず「通せ」と言った。啄木が部屋にはいると尾崎は書類を繰って忙しく執務中で、啄木には無関心であった。啄木は風呂敷から原稿を取り出し、これを出版したいと言ったが、尾崎は見もしなかった。退庁時間になって、尾崎はそんなこと言っても駄目だよ、と言って部屋から出て行った。翌日も尾崎を訪ねたが尾崎は啄木に構わず執務し、時間になると退庁した。その翌日も尾崎を訪ね、部屋の隅に腰掛けていると、尾崎は「小田島書店《ママ》御中　東京市長　尾崎行雄」という名刺を啄木に渡した。啄木は座っていただけだと言うだろうが、尾崎にはそうは思えなかったようだ。啄木は「この本屋は何処でございましょうか」と訊くと、「牛込、牛込」という答であった。啄木はこの名刺を持って飛び出し、牛込の小田島書店に行き、「尾崎市長からぜひ私の詩集をあなたの所で出してもらうようにとの言伝でした」と語った。主人は丁重にもてなし、これはほんの挨拶がわりだが、と言って、啄木に封筒を渡した。中には二〇円入っていた……。この話は、ある者はウソだといい、ある者はほらだと言っている（伊藤整「『あこがれ』前後の啄木」）。これが、尾崎への献辞の訳であろうか。しかし、「小田島書店」は出版に際して便宜的に付けられた名であるはずだが。

何だか強面のような気味だが、兎も角、五月三日、出版はなった。しかし思惑ははずれ、評価は得られず、本は売れず、生活は行き詰ることになる。

三月、父一禎は曹洞宗宗務院から住職罷免の処分を受け、一家は宝徳寺を出て盛岡に移り住む。啄木は上京中に父の住職罷免のことを知る。啄木の宝徳寺の「アカデメイア」は消えたのである。

五月一二日、一禎は啄木と節子の婚姻届を盛岡市役所に提出していた。啄木は『あこがれ』を持って五月二〇日帰途につく。三〇日には友人（上野広一、佐藤善助ら）主催の、啄木と節子の結婚披露宴が盛岡の帷子小路《かたびらこうじ》の自宅で行われることになっていたが、啄木は仙台で途中下車、（面識のない）土井晩翠を訪ね（『あこがれ』を名詞代わりに持って行っただろう）、母が病気と偽って一五円を借り、さらに旅館の滞在費用八円七〇銭を晩翠夫人に負担させた。仙台に一〇日いて、三〇日は盛岡を素通りして好摩に降り、

「友よ友よ、生は猶生きてあり、／二三《にさん》日中に行く、願くは心を安め玉へ。／三十日午前十一時十五分／好摩ステーションに下りて　はじめ」

という（電報ではなく）ハガキを上野広一に出し、結局自分の結婚披露宴に出席しなかった。

このことで、上野、佐藤、小沢恒一らユニオン会の友人は、絶交を申し渡し、啄木から去っていった。（少し先の話をすれば）小沢恒一は「いかなる馬鹿者も兄信ぜざるは明白に候。……さらば友よ、今后は永久に汝の敵也」という手紙（八月二日付け）を寄こして絶交した。しかし、この手紙を読んだ啄木の方でも、「貴下に対して永久に絶交せんと決心」していた。一方の

言草のみ聞いて事の真相を探求しようとしなかったから、と言うのである。そして翌三九年に小沢が年賀状を寄こした時、啄木の怒り（ルサンチマン）は持続していて、「本日限り、小生一家と貴下並びにいと子氏（注＝小沢の妻）との間の交りは断絶いたし候者也」（小沢宛書簡　明治三九年一月三日）と返事した。

　啄木にしてみれば、父の謹慎中の披露宴は遠慮したいということだったらしい。そうだとすれば一言言えばいいではないか。また一文無しで結婚費用が無く、その金策も出来なかったからともいう。弱みを見せたくなかったのであろうが、無責任で失礼な態度であることは間違いない。節子の立場を思い遣るべきである。兎にも角にも詩集の出版は成ったのだから、それを引き出物として出席者に配れば格好はついたのではないか。

　仲人の上野と佐藤は、節子にこの結婚を解消するよう忠告したが、節子は、

「（略）吾れはあく迄愛の永遠性なると言ふ事を信じ度候。（略）」（節子から上野広一・佐藤善助宛書簡　明治三八年六月二日。堀合了輔『啄木の妻　節子』、岩城「妻の家出」『石川啄木伝』、澤地『石川節子』）

と言い、その封筒の表に宛名、裏に、「石川せつ　しるす　六月二日」（遊座『石川啄木の世界』一七三頁）と、きっぱりと書き、啄木を信じた。四日、啄木は帰って来た。

　節子は数冊の詩集やバイオリンを持って嫁いだ（バイオリンは啄木の東京土産だったともいう）。啄木は「琴をひけ」という詩を書いているが、琴はバイオリンのことをそう言いかえた（虚構した）のであろうか。盛岡の新居の四畳半では、琴を弾くスペースはなかっただろう。

盛岡に移り住んだ石川一家の経済的責任が長男である啄木の上にかかって来た。彼の始めた仕事は『小天地』という雑誌を編集することである。九月、大信田落花の出資で発行した。寄稿者は岩野泡鳴、金田一京助、与謝野鉄幹、与謝野晶子、綱島梁川、小山内薫、正宗白鳥、平野万里、茅野蕭々といった錚々たる顔ぶれであった。節子も十数首を発表している。一首引く。

「よき衣草にまろねのあかつきや／こほろぎなきぬひとは夢みぬ　石川節子」

啄木の目論見としては、

「何年かの後には小天地社の特有船が間断なく桑港と横浜の間を航海し、部数三十万位づゝ発行する様にやるべく候、斯うなくては雑誌なんてつまらぬ事に候、然らずんば又、渋民あたりへ小活版所を起し、紙数を十頁位にして卵白の鳥子紙を用ゐ、自ら書き、自ら印刷し、自ら製本して、一部二円位のものを百部以上刷らぬことにしてやつて見たく候、（略）」

（金田一宛書簡　明治三八年九月二三日）

という風な、何とも浮かれた皮算用である。啄木の意気込みは兎も角、雑誌は売れず、一号で費えてしまい、一家はたちまち生活に行き詰った。一禎は師葛原対月を頼って青森県野辺地の常光寺（日戸の常光寺と同じ名前）に行き、役僧となる。

明治三九（一九〇六）年二月二五日、姉田村サダが秋田県鹿角郡小坂町において（夫田村叶が小坂鉱山の塗装工に転職していた）、五人の子を残して、肺結核で死去（三月一九日に知らせがあった）。三一歳。

三月四日、一禎の住職再任運動のため、また啄木が四月から小学校の教師になる予定で、一家は故郷渋民村に戻った。斎藤福方の表座敷が一家の住居である。そのときの感慨として、「共に詩を談ずる友の殆んど無い」渋民村の風情を次のように書いているが、ぶる、とか、がる、とかいう揶揄が飛んできそうな、何か一端の文士のような趣である。

「渋民は、家並百戸にも満たぬ、極く不便な、共に詩を談ずる友の殆んど無い、自然の風致の優れた外には何一つ取柄の無い野人の巣で、みちのくの広野の中の一寒村である。（略）渋民は我が故郷――幾万方里のこの地球の上で最も自分と関係深い故郷であるからだ。「故郷」の一語に含む甘美比なく魔力が、今迄、長く、深く、強く、常に自分の心の磁石を司配して居たからだ。愛と詩と煩悶と自負と涙と、及び故郷と、これは実に今迄の、又現在の、自分の内的生活の全部では無いか（略）」

（「渋民日記」明治三九年三月四日）

三月二三日、一禎に対して懲戒赦免の措置があった。四月一〇日、一禎は渋民村に戻って来たが、すでに宝徳寺に入っていた代理住職中村義寛との間で、檀家を巻き込んでの対立となった。

啄木は四月一四日から、岩手郡役所の学事係であった義父堀合忠操の奔走で、母校渋民尋常高等小学校の代用教員となっている。中学中退という学歴ゆえの代用教員である。しかも前任の「高橋訓導といふ有資格者を追ひ出して、無資格者なる自分」が採用されたのであった。教員四人のうちの末席である。月給八円。尋常科二年担任の啄木は役不足を感じただろう。また狭い部屋での、父、母、節子との四人暮らしは苦しい。

「そのかみの神童の名こそ／かなしけれ／故里に来て泣くはそのこと」

（『一握の砂』）

と、啄木は後に詠っている。

四月二一日、啄木は沼宮内で徴集検査を受けた。身長五尺二寸二分（一五八センチ）、「筋骨薄弱」で丙種合格、徴集免除であった。「自分を初め、徴集免除になったものが元気よく、合格者は却って頗る銷沈して居た」（「渋民日記」）。かつて中学時代、啄木は海軍志望であったのだが、この徴兵免除を喜んだ。

啄木は四月二九日まで毎日日記を付けていたがその後七月一九日まで八〇日間それを怠けていた。そして五月の分として次のように書く。

「故郷の自然は常に我が親友である、しかし、故郷の人間は常に予の敵である。（略）今年の三月、予が盛岡の寓を撤してこの村に移らむとした時、彼等はいかにしても予を閭門《りよもん》に入れまいとした。然し予は平気で来てしまった。世が学校に奉職しやうとした時、彼等は狂へる如くなつてこれを妨げた。然し予は勝つた。（略）父が帰つて来て、宝徳寺再任の問題が起るに及んで我が一家に対する陰謀は益々盛んになった。如何にしても我が一家を閭門の外に追ひ出さうとするのが、彼等畢生の目的であった」（「渋民日記　八十日間の記」）

渋民村は啄木の故郷であり、「故郷」の一語は、長く、深く、強く、常に啄木の心の磁石を司配してきた。そして渋民の皐月は一年中で最も美しいが、この二ヶ月のうちに、人間は常に敵であることが分かった。村の人間は宗教問題（住職再任問題）、教育問題（代用教員になったこと）、という政治問題（党派問題）で常に石川一家と対立した。一〇〇戸にも満たない村の中では、器（コップ）が小さいほど揺れは烈しくなる。啄木一家は村内の政治問題に悩まされ続けていた。そこには石川一禎が宝徳寺に入ったときの経緯が絡んでいる。
八月には、『小天地』の発行をめぐって警察から出頭するようにと葉書が来た。委託金費消の嫌疑がかかっているという。大信田落花と連絡を取り（大信田金次郎宛書簡　明治三九年八月四日）、嫌疑は晴れたが、水面下で渦巻く政争の根強さを感じただろう。反石川派の陰謀であろう。

昆豊が曹洞宗宗務庁所蔵の特撰書類を調査した結果を掻い摘んで次に示す。一禎が住職罷免の処分を受けたとき檀徒一同は協議の上、再住慰留に努めた。ところが宗門の事件屋・紛争屋の海野扶門という小国村の大円寺住職の暗躍があって、一度処分を受けた者は再住の道がないと言い出した。扶門は、前住職遊佐徳英の死去に伴い寺を出た遺児芳筍を推したが、芳筍は将軍寺住職となって間もないため、これを辞退した。そして扶門は船越村の海蔵寺の徒弟中村義寛を代務住職に担ぎ出した。三八年一一月には、正式に継目願書に調印し、岩手県第一宗務所に提出したが、義寛の履歴書が添付されていなかった。書類不備で本院への提出が遅れていたときに、三九年三月、宗令第二号によって一禎は懲戒赦免の恩典を受け、四月一〇日、渋民村に帰ってきた。

檀徒一同は宗令に従い、一禎の再住出願の手続きを取り、義寛の継目願書の撤回を本寺報恩寺などに申し出た。ところが、義寛の継目願書への調印取消の書類を提出する手続きを忘れていた。その不備を扶門が突き、義寛を使って村人を煽動し、継目願書を、県第一宗務所を通さず、直接本院へ提出した。このため一禎派と義寛派の紛擾となり、一禎の再住願書が正式のものと認定されながら、紛擾を理由に本院からの裁可が下りなかった。（なお、一禎の未納金は岩城によって一一三円余と言われているが、昆の調査では、扶門の文書には「百十一円余」とある。内訳は扶門の記憶によれば「金三十五円ハ山林木材売払代金支出、金三十六円余ハ総檀中ヨリ支出、金三十二円余ハ義寛ノ手許ヨリ支出」とあり、計百三円、である。）（昆『警世詩人石川啄木』）

「矢張りこれは誰かの悪意ある企画に相違ない。（略）噫、嫉み！　妬み！」（「渋民日記」）

と啄木は考えた。故郷の山河は親友であるが、人間はなぜ啄木を容れようとしないのか。心に傷が残った。すぐにもこの村を出ようかと思ったが、嬉しき景色や嬉しき人の数々を思い出し、世界にまたとない渋民を離れることは出来なかった。

そんな中（少し前後するが）、啄木は農繁期休暇を利用して、六月一〇日から二週間、曹洞宗宗務局に父の住職再任運動のため上京し、また新しい小説に刺激を受けた。

「近刊の小説類も大抵読んだ。夏目漱石、島崎藤村二氏だけは、学殖ある新作家だから注目に値する。アトは皆駄目。夏目氏は驚くべき文才を持って居る。しかし「偉大」がない。島崎氏は充分望みがある。「破戒」は確かに群を抜いて居る。しかし天才ではない。革命の健児ではない。（略）『これから自分も愈々小説を書くのだ』といふ決心が、帰郷の際唯一の予のお土産であった。（略）」

（「渋民日記」明治三九年七月一九日）

七月になって、三日から「革命の大破壊を報ずる時の鐘」を鳴らす心算で、「雲は天才である」を書き始め、中途で休んで、八日から一三日までかけて「面影」一四〇枚を脱稿、小山内薫に送ってどこかの雑誌への掲載を頼んだ（結局掲載されなかった）。さらに「雲は天才である」を書き継いだ（畠山亨宛書簡　明治三九年八月五日）。小説であるが、渋民尋常高等小学校と同じ職員構成であり、次の箇所は現実の啄木の状況と区別出来ない。

「この課外授業というのは、自分がそもそも生まれて初めて教鞭をとって、この校の職員室に末席をけがすようになっての一週間目、生徒の希望を入れて、というよりはむしろ自分の方が生徒以上に希望して開いたので、初等の英語と外国歴史の大体とを一時間ずつとは表面だけのこと、実際は、自分のもっているいっさいの知識、（知識といっても無論貧少なものであるが、自分は、しかし、みずからが日本一の代用教員をもって任じている）。いっさいの不平、いっさいの経験、いっさいの思想、――つまりいっさいの精神が、この二時間のうちに、機をうかがい時を待って、わが舌端を火箭となってほとばしる。的なき箭を放つのではない。（略）「千九百〇六年……この年〇月〇日、S――村尋常高等小学校内の一教場に暴動起こる」と後世の世界史が、よしや記さぬまでも、この一場の恐るべき光景は、自分並びに五十幾人のジャコビン党の胸板には、おそらく「時」の破壊の激浪も消しがたき永久不磨の金字で描かれるであろう。疑いもなくこの二時間は、自分が一日二十四時間千四百四十分のうち最も特異な、愉快な、幸福な時間で、大方自分が日々この学校の門を出入する意義も、全くこの課外授業があるためであるらしい。（略）」

（「雲は天才である」）

タイトルは『我輩は猫である』（一九〇五～一九〇六、『ホトトギス』連載）のもじりであるが、中身はむしろ『坊っちゃん』（明治三九＝一九〇六年）のほうに近い。「日本一の代用教員」というのは、『あこがれ』の詩人啄木のプライドの裏返しとしてのコンプレックスなのであろう。二年生の授業がものたりず、高等科の生徒に英語と世界史を語るというのは、自分の教養をひけらかさずにはいられない性分がさせる技なのであろう。ちなみに小説『足跡』（『スバル』明治四二年二月号）によると、S村尋常高等小学校の代用教員千早健は、「小さい時分から覇気の壮んな、才気に溢れた、一時は東京に出て、まだ二十にも足らぬ齢で著書の一つも出した」男で、自身も渠《かれ》を知る人も、片田舎の小学教師などで埋もれて了ふ男とは思ってゐなかった、ということである。

「雲は天才である」という小説は、常に末席にいなければならない代用教員新田《あらた》耕助が、田島金蔵校長、古山訓導から勝手に校歌だか革命歌だかを作って生徒に歌わせていることを問題にされ、それに反抗する元気な姿が描かれている。「革命健児」の心算であろうか。女性教師山本（馬鈴薯というあだな、というのが『坊っちゃん』的）はたぶん味方なのであろう。モデルは一年担任の上野《うわの》サメ（さめ子）で、サメは盛岡女学校（節子の一コ上）から岩手県師範学校に進み、三七年、同校女子部を卒業した。後に、「わが村に／初めてイエス＝クリストの道を説きたる／若き女かな」（『一握の砂』）と歌われた。

ストーリーは、生徒が革命歌を歌って行進した後、新田の友人天野朱雲の友人石本俊吉が紹介状を持って乞食姿で学校に現われ、講談調の長々しい来歴が語られる。書いている当人は悦に入っているかも知れないが、読者はそうでもない。それが終ってこれから展開するはずの所で中断してしまった。起承転結の転で終って結がない。「雲は天才である」は、未完の失敗作である。啄木は長いものより、短いもの向きではなかったろうか。書いている間に次のテーマに移ってしまうようで、長続きしない性格のようである。

　明治三九年一〇月に、サメは雫石村の小学校に転勤になった。後任は堀田秀子である。「かの家のかの窓にこそ／春の夜を／秀子とともに蛙《かわず》聴きけれ」（『一握の砂』）と歌われた。

　一一月には、「林中書」を書く。これを翌年三月、あの退学になった、啄木の意識としてはおん出て行った盛岡中学の『盛岡中学校校友会雑誌』に掲載するなぞというのは、学校側（啄木の友人内田直が編集委員だった）から依頼状（と粗末な原稿用紙）が送られてきたからとはいえ、これも詩集『あこがれ』の著者としての優越感というか、なにか複雑な心理が窺われる。啄木には言いたいことがあったのである。「明治の教育界に投ぐる爆裂弾！」（「渋民日記」）の心算だった。

　「師も友も知らで責めにき／謎に似る／わが学業のおこたりの因」　（『一握の砂』）

　啄木が学業をおこたったのは、教科書を売ったり湯屋に行くのを節約して買った本――即ち「先生からは禁じられた旨い旨い木の実」――「アダムでなくても禁制の木の実には誰しも手の出したい者」――を読んでいたからであった。「一書を読み了る毎に、人生の「美」と「厳粛」とに就いて、必ず何等かの智識を得た」。「大抵夜は二時三時まで薄暗き燈火の下に、読み、或は沈思した」（「林中書」『盛岡中学校校友会雑誌』第九号　明治四〇年三月一日）。

　啄木は教育一般を問うようにして、言う。

「日本の中学校には、他の学科が如何に優秀でも、一学科でも四十点以下の成績を得ると、落第させるといふ学校はないであろうか。如何。（略）人には誰しも能不能のあるもの。得意な学科もあり、不得意な学科もある。そして得意な学科には自と多量の精力を注ぐものであるのに、一切の学科へ同じ様に力を到せと強ふる教育者、――ツマリ、天才を殺して、凡人といふ地平線に転輾《ころが》つている石塊《いしころ》のみを作らうとする教育者はないであらうか。如何」

（「林中書」）

しかし啄木が心配しなくとも、（日本の）教育は競争原理を旨とし、エリートと凡人を篩い分けることを目的にしている。二割の指導者層とそれに（自発的に）追従する者たちとの選別が公然の秘密として罷り通っている。「天才」は自己拡張を楽しめるし、支配されるものは難しいことは分からないで済むし、一応のパンとサーカスがあり、まずまず暮していければそれでいいのである（?）。

誰にだって得意分野と不得手な分野はある。その得意な所を延ばしてやるのが教育である、とここまではいいが、啄木は、自分を追い出し、天才を殺して凡人を作る学校にあてつけて嫌味を言っている。前述のように、彼には成績不成立が四科目、四〇点以下の落第点が四科目あった。そして（日本一の）代用教員になった理由を次のように言う。

「予は何故平生呪詛して居る教育界に自らを投じたか? 諸君、新建設を成就せむが為めには、まず大破壊を成就せねばならぬ」

（同）

大破壊のためにはその最も破壊し易い箇所、足を攻撃するのがよいと言い、「教育」の足は小学校であり、木乃伊に呼吸を吹き込むことをねらったと言うのである。そして天才、即ち大人物を育てる、と意気込みを語る。

「天才——即ち大人物は、世界の骨である、眼である、脳である。人生の司配者である、人間の理想的典型である。世界史は矢張天才の伝記である」

「教育の最高目的は天才を養成することである。世界の歴史に意義あらしむる人間を作る事である。それから第二の目的は、恁《かか》る人生の司配者に服従し、且つ尊敬する事を天職とする、健全なる民衆を育てる事である。……」

（「林中書」明治四〇年三月一日）

と、教育の目的は世界の脳である「天才」とそれに服従若しくは隷従する「健全なる民衆」をそれぞれ育てることだと言っている。これが「日本一の代用教員」の志であったとしたら、とんでもないことである。ここにあるのは、まだ、ニーチェ・樗牛流の明治的な天才主義の系譜の上の、強者の支配の思想である。既成の権威・権力とどう切り結ぶのかよく分からないが、これは後（五年後、幸徳事件に際して）大きな問題となって、せりあがって来、「時代閉塞の現状」が書かれることになる（後述）。

しかしそれとは裏腹に、明治四〇年三月五日朝、帰郷して一一ヶ月、一禎は宝徳寺復帰を断念し、再び野辺地の対月の元へ行く。仏に仕える身で争いごとを諦めたのか。現実には、復帰のためには滞納した宗費を納めなければならなかったが、それが出来なかったからであったという。

同じ日の午後、節子が京子と共に戻ってきた。前年一二月二九日に生まれ、盛岡の実家で産後を過していた。誕生の前、啄木は次のように書いている。

「自分の子が生れるのだ。／あ、ぞく〳〵する、満足である、幸福である、十八歳の暮には、詩壇の新作家を以て目され、二十歳で処女詩集を公にして、同じ年せつ子と一緒になって、そして二十一歳、筆を小説に染め初め、小供から一躍してお父さんになる。……予は悲しまぬ。否、悲しむ理由がない」

（「渋民日記」十二月中）

次の日には次のように書いている。

「朝電報来る。（略）イマブジオミナヲウム○トキ　予はこの電報を握って臥床の中より躍り起きぬ。（略）あ、明治三十九年十二月廿日、石川啄木は京子の父となりぬ」

（同。トキは節子の母）

啄木は京子誕生の喜びを素直に表している（京子の名は金田一京助の名に因む）。戸籍上は翌四〇年一月一日出生となっている。なお同日の日記に、「この日、函館苜蓿《ぼくしゆく》社より、「紅苜蓿《べにまごやし》」第一冊来る。予の詩「公孫樹」「かりがね」「雪の夜」の三篇を載せたり」とあり、既に函館の苜蓿社の松岡蕗堂からの依頼で、三篇を送っていた。

三月二〇日、学年最後の授業日、卒業生送別会で、接待係、余興係、会場係、会計係、一切を生徒にやらせ、尋常二年の自分の組の五人は上級生以上の出来栄であった。啄木は喜び極まって落涙するほどであった。会が進み、余興の時、この日のために作って与えた「別れ」の曲を、堀田姉のオルガン、啄木のヴァイオリン伴奏（節子に習ったのだろうか）で、高等科女生徒五人が合唱した。この日最も美しい聴物であった。

「生徒の活動振りの愛らしかった事！　嗚呼、これも、予が過去一ヶ年間の生活の決して無意味でなかったことの一つの証拠ではなかろうか」（「明治四十丁未歳日誌」三月二〇日）

これは、「日本一の代用教員」の誇りであろうが、それが何故、学校を辞めるというのか。これで気が済んだというのだろうか。村の人々との関係悪化のためであろうか。父一禎の復帰がかなわぬことになったからであろうか。校長の態度が気に食わなかったらしいのだが。遠藤忠志校長は、「酒のめば／刀をぬきて妻を逐ふ教師もありき／村を逐はれき」（『一握の砂』）と詠われた人物だった。

四月一日に小学校に辞表を出していた啄木は、一九日、高等科の生徒を率いて校長排斥のストライキを行った。新建設のための大破壊であろうか。「雲は天才である」を実行して見せたのであろうか。

日記には「ストライキノ記」と、項目だけあって、

「（略）一九日、平田野の松原。同午后、職員室。――同夜、暗を縫ふ提灯。二十日、校長の転任、金矢氏の来校。――二十二日、免職の辞令。――二十三日告別」（同）

とあり、編者註として「以下十一ページ余白」とある。後で詳細を書くつもりだったのだろう。

二二日、啄木はこのことで免職となり（代用教員期間は一年である）、盛岡女学校を退学して渋民に帰っていた妹光子を連れて（母は渋民の知人宅、節子と京子は盛岡の実家）、函館に渡る。光子の船酔いを啄木は介抱した。これがただ一回の光子への優しさだったという。光子は小樽の姉山本トラ・千三郎（この時国鉄の小樽駅長）の元に身を寄せる。

「一家離散とはこれなるべし」（「明治四〇年丁未歳日誌」五月四日）

と残念、悲痛な思いを書いている。

「石をもて追はるるごとく／ふるさとを出でしかなしみ／消ゆる時なし」（『一握の砂』）

と、後に啄木は詠うのであるが、中学退学、上京、二〇〇円の借金、その尻拭いのための宗費流用と、ストライキという経過を見れば、原因は啄木自身にあると言えよう。

三、北海道

啄木は青函連絡船陸奥丸で津軽海峡を渡り、明治四〇（一九〇七）年五月五日、函館に着く。

「偉いなるかな海！　世界開発の初めより、絶間なき万畳の波浪をあげる海原よ、（略）我は世界に家なき浪々の逸民なり。今来つて此海を見たり。海の心はこれ、宇宙寿命を貫く永劫の大威力なり。（略）」

（明治四十年「丁未日誌」五月五日）

「石をもて追はるるごとく」、故郷を出た啄木であるが、海を見て、浪々の身を「世界に家なき逸民」と自称し、心を立て直そうとするように、悲壮感を漂わせ、奮い立たせる。ただ、これも後に自己批判して言う「空き地を広野にし、木を大木にし、（略）自分自身を詩人にし、旅人に」に仕立て上げるような感じはある。

函館は古くはアイヌ語でウスケシ（湾の端の意）と呼ばれ、臼岸などと書かれた。室町中期に館《たて》が作られ、それが箱のように見えたから箱館と呼ばれるようになった。江戸期は松前藩領だったが、安政一（一八五四）年、日米和親条約により（外国に）開港し、幕府直轄になった。明治になって北海道殖民開拓の玄関口となり、各地から様々な人が集まった。啄木が交友した苜蓿社《ぼくしゅくしゃ》の面々も、函館出身の人は一人もいない（福地順一「啄木をめぐる青春像――函館時代の交遊録」「石川啄木全集第8巻　月報」、岩城之徳『石川啄木全集7　書簡　解題』、『日本歴史大事典』）。

『明星』の社友で投稿仲間である松岡蕗堂を通じて、啄木は既に『紅苜蓿《べにまごやし》』が創刊されることを知っており、創刊号（明治四〇年一月）に詩三編を寄稿していた。啄木は松岡らに函館に行くことを打診し、発行元苜蓿社の同人達に招かれて渡道した。同人には、大島経男（流人、野百合。編集長）、吉野章三（白村）、松岡政之助（露堂）、岩崎正（白鯨）、並木武雄（翡翠）、沢田信太郎（天峯）らが居て、宮崎大四郎（郁雨）（明治一八（一八八五）年～一九六二）も後から加わっていた。大島、吉野、岩崎らは『明星』に投稿して掲載されていたし、啄木の名も知っていた。クローバーはアメリカから購入した農業機械に付着して、また箱の詰草として入って来、いつのまにか各地に繁茂した。白詰草と赤詰草（紅苜蓿）があり、見たところ可憐でもあるし、「北海文化も恰度クローバーのやうなものだから、といふのでそれを象徴して」命名したのであろう（吉田『啄木を繞る人々』二五〇頁）。

大島（私立ミッションスクール靖和女学校教師、クリスチャン）は北海道静内が実家、親が軍人であったため渡道。吉野（東川尋常高等小学校訓導）は、宮城県柴田郡船岡村出身。松岡（函館控訴院雇）は秋田県横堀出身。岩崎（函館郵便局員）は八戸出身、二九歳で肺結核のため死去。並木（日本郵船社員）は東京牛込で生まれ、旧姓加藤、父の死により、函館に養子に来た。沢田（函館商業会議所書記長代理）は秋田県出身で、家庭の都合で早稲田大学を中退して渡函。宮崎郁雨（宮崎味噌製造所、「金久」三年味噌の息子）は新潟県北蒲原郡荒川村出身で、食いつめた父に連れられて、函館にやってきた。みんな、北海道の新天地もしくは植民地、あるいはフロンティアに職を求めてやって来た。あわよくば一旗挙げようと思っていたかもしれない。啄木も然り。

沢田の世話で職につけることになり、五月一一日、啄木は函館商業会議所臨時雇（日給六〇銭）となったが、それは二〇日間で終った。月刊『紅苜蓿』は靖和女学校教師の大島経男が編集していたが、教え子との結婚問題が結局破綻し、郷里日高静内に帰ってしまったため、六号から啄木が編集することになった（給料が出るわけではない）。啄木は雑誌名『紅苜蓿』を「れっどくろばあ」と呼び変えた。六月一〇日、『紅苜蓿』第六冊に詩五篇等を発表。次はそのうちの一篇、「蟹に」である。

「潮満ちくれば穴に入り、／潮落ちゆけば這ひいでて、／
ひねもす横にあゆむなる／東の海の砂浜の／
かしこき蟹よ、今此処を／運命《さだめ》の浪にさらはれて／
心の龕《づし》の燈明の／汝《なれ》が眼より小《ささ》やかに／
滅《き》えみ明るみすなる子の、／行方を知らに、草臥れて／
辿りゆくとは、知るや、知らずや。」

（「蟹に」『紅苜蓿』第六冊）

この詩は、『一握の砂』（一九一〇）冒頭の、有名な「東海の小島の磯の白砂に／われ泣きぬれて／蟹とたはむる」の原形である（後述）。

六月一一日、啄木は吉野の世話で函館区立弥生尋常小学校の代用教員になる。月給一二円。同僚に訓導橘智恵子がいた。後に、

「山の子の／山を思ふがごとくにも／かなしき時は君を思へり

「君に似し姿を街に見る時の／こころ躍りを／あはれと思へ」　（『一握の砂』）

などと歌われた女性である。

七月七日、青柳町一八番地ラノ四号に移り、節子と京子を迎えた（この間が親子水入らずの期間であった）。一週間後に別の家（ムノ八号）に移る。後に、

「函館の青柳町こそかなしけれ／友の恋歌／矢ぐるまのはな」　（『一握の砂』）

と詠われたところである。

この時、啄木は郁雨に次のような礼状を書いている。ようやく生活も落ち着いたかと見えたが、実はそうではなかった。礼状の終わりに借金の話になる。

「お蔭にて人間の住む家らしくなり候ふ此処、自分の家のやうでもあり他人の家のやうでもあり（略）兎に角一本立になって懐中の淋しさは心も淋しくなる処所以に御座候、中上かね候へど、実は妻も可哀相だし、〇すこし当分御貸し下され度奉懇願候、少しにてよろしく御座候、早々」

（郁雨宛書簡　明治四〇年七月八日）

これは郁雨に対する借金無心の最初の手紙（端書）である。郁雨は「少し苦笑しながら直ぐ出向いて十円か十五円かおいて来た。最初から返して貰う意思は無かったから、金高は覚えて居ない」（郁雨『函館の砂』洋々社、一九七九、五九頁）。「実務には役に立たざるうた人と／我

を見る人に／金借りにけり」（『一握の砂』）。これはこの時の歌ではないだろうが、常習的に借金を繰り返す啄木を、郁雨はそう見ているにちがいないと、啄木は見ていたのである。

続いて八月四日、啄木は野辺地の常光寺に身を寄せていた母を迎えに行ったカツは夫と生活をともにしようとせず息子に掛かろうとするのだった。その後、妹光子も脚気転地療養のため小樽から啄木のもとに来た。親子五人が揃った訳だが。

一月後のさらなる借金申込みである。

「私とても妻に心配かけたくなきは山々に候、殊に母も参り候ふ事故、なるべくそんな気振も見せたくなく候、私、痩せた割合に元気よく候へど、矢張人間に御座候、人間に候へば人間らしく様々心配も致候、しかし、しかし、何とすればよいやら……お察し下され度候。（略）今月は大に倹約させ居り候へど、十二円で親子五人は軽業の如く候、万朝の十円小説にでも一つ出して見ようかなど考え居候、（略）」

（郁雨宛書簡　明治四〇年八月一一日）

八月一八日から、啄木は郁雨に齋藤哲朗（大硯）社長を紹介され、（小学校には内証で）函館日々新聞の遊軍記者となり、生活の立て直しを図る。「日日歌壇」を立て上げ、「辻講釈」という時事評論を書いたが、その矢先、二五日、函館大火によって、学校も新聞社も焼けてしまった。消失戸数一万五〇〇〇戸、四九ヶ町の内三三ヶ町、函館の五分の四（三分の二とも）が焼失した。函館毎日新聞社にあずけていた啄木最初の小説「面影」の原稿も、『紅苜蓿』第八冊の原稿も焼けてしまった。啄木の青柳町の家、郁雨の味噌製造工場は無事だった（この時郁雨は旭川の第七師団の野砲兵の演習場に居た)。

「予の見たるは幾万人の家をやく残忍の火にあらずして、悲壮極まる革命の旗を翻へし、長さ一里の火の壁の上より函館を掩へる真黒の手なりき、／かの夜、予は実に愉快なりき、愉快といふも言葉当らず、(略)心の声のあらむ限りに快哉を絶叫したりき。(略)予は乃ち盆踊を踊れり、渋民の盆踊を踊れり、(略)大火は函館にとりて根本的な革命なりき、函館は千百の過去の罪業と共に焼盡して今や新しき建設を要する新時代となりぬ、予は寧ろこれを以て函館に祝杯をあげむとす、(略)函館毎日新聞にやり置きし予の最初の小説「面影」と『紅苜蓿』第八冊の原稿全部とは烏有に帰したり、雑誌は函館と共に死せる也、こゝ数年のうちこの地にあつては再興の見込なし、(略)」

(「明治四十丁未歳日誌」　明治四〇年八月二七日)

啄木は　この大火は破壊と建設、即ち革命であり、新しい函館が建設されることになると言う。即ち、「新建設のための大破壊」であり、「函館の根本的革命は真赤な火によって成し遂げられ候」と言う。

これは、ニーチェの次の言葉の影響があるのだろう。

「善悪において創造者とならねばならない者は、まことに、まず破壊者となってもろもろの価値を破砕じなければならないのだ。／だから、最高の悪が、最高の善のためには必要なのだ。この最高の善とは、実は、創造的なものだからだ」

(『ツァラツストラ』)

そしてこの大火＝破壊が嬉しくて、ディオニュソス的陶酔を求めてであったろうか、渋民の盆踊を踊ったと書いている（「明治四十丁未歳日誌」八月二七日。大島経男宛書簡　明治四〇年八月二九日）。啄木は、明治三九年八月一三日、渋民の愛宕神社の祭典の時、「踊りは田舎一番の最大娯楽である」と言って、「或る少女から借りて、女の単衣に唐縮緬の帯、編笠を被って深更まで踊った」（八月中「渋民日記」全集第五巻一〇八頁）と書いているし、九月二、三、四日（旧暦七月一四、一五、一六日）の「田舎で一年中の最楽時たる盂蘭盆会で、（月下に篝火を焚き、太鼓をうって夜を明かし）一四日の晩から一八日の晩まで（三日がすんでも）五夜つゞけて踊った」と書いている（八月中「渋民日記」全集第五巻一一一～一一二頁）。（しかし、三浦光子は、この函館大火の時は踊っていないと言う（『悲しき兄啄木』）。函館の町としてはそのとおり大破壊であり、大火の後、函館市民は共同体のように協力して復興につとめた。長期的には復興都市計画なども行なわれるだろう。

　家を失った三、四万の市民は（小樽や札幌に移った人も多く居たが）、皆多少の縁故を求めて焼け残った家に、二家族、三家族が詰め込まれて同居した。その時平時には見られない不思議な、何かしら愉快な現象が見られた。

「それは、あらゆる制度と設備と階級と財産との攪乱された処に、人間の美しき性情の却って最も赤裸々に発露せられたことで有った。彼等の蒙った強大なる刺戟は、彼等をして何の顧慮もなく平時の虚礼の一切を捨てさせた。彼等はたゞ何等の飾気なき相互扶助の感情と現在の必要とに拠って、孜々《しし》として彼等の新しい家を建つることに急いだ」

（「所謂今度の事」明治四三年）

これは（社会主義に目覚めた）後に函館を振り返っての感想であり、評価であるが、破壊から建設への「相互扶助」の原形をここに認めている。全てを失った市民たちはどこか明るい気力に満ちていたのであろう。

しかし啄木の現実の問題として、勤務先の小学校も新聞社も焼失し、『紅苜蓿』も廃刊になり、生活の前途が危くなる。啄木は函館市民と共に町の再建に携わることなく（他の苜蓿社の面々も白村、白鯨、翡翠、郁雨以外は四散してしまう）、九月、代用教員をやめ、札幌に向かう（家族は小樽の姉の許へ行く）。北門新報社の校正係になるためだった。月給一五円。しかし北門新報社は発行部数六〇〇〇部であるが、財政の方は困難で、給料遅配の状態で、前借が常態の啄木にとっては都合の悪い会社だった。啄木は札幌の印象を次のように書いている。札幌は、

「「静けく大なる田舎町」と評せば最も適切なるべくや、四辺の風物が何となく外国風にて風俗も余程内地ばなれがし、そして人は皆日本人なるが面白く候はずや、停車場の前通りなるアカシヤの街樾《ナミキ》の下をゆく人くる人皆緩やかなる歩みを運び居候」

（岩崎正宛書簡　明治四〇年九月二〇日）

啄木は札幌で小国善平（露堂）と出会う。小国は気骨のある純正社会主義者で、一夜、議論したことがあったが、啄木は、

「所謂社会主義は予の常に冷笑する所、然も小国君のいふ所は見識あり、雅量あり、或意味に於て賛同し得ざるにあらず、社会主義は要するに低き問題なり然も必然の要求によつて起れるものなりとはこの夜の議論の相一致せる所なりき」

（「明治四十丁未歳日誌」九月二一日）

と書いている。啄木の天才主義の現状では社会主義は冷笑すべきものだが、やがて、啄木自身生老病死を体験し「低き」に位置することになった時、必然的に社会主義に賛同し、その門をくぐることになるだろう（後述）。

宮崎郁雨から、「事志と違はゞ、十一月我と共に函館に帰れ、飢えるも死ぬも諸共」、と言う手紙が来ていたのであろう、啄木は「宮崎郁雨君は、げに世に稀なる人なり、予彼を呼ぶに京ちゃんの叔父さんを以てす」と言う（「明治四十丁未歳日誌」九月二三日）。さらに郁雨宛書簡には、

「君は単に僕の友人ではない様なきがする。君は京ちゃんのおぢさんである。京ちゃんのおぢさんなら軈《やが》て僕とは兄弟だらう」

（宮崎郁雨宛書簡　明治四〇年九月二三日）

と直接言った。これには郁雨も感激一入であっただろう。郁雨は本当に啄木と兄弟になりたくなったのであろう。

札幌に来て二週間後、小国から話のあった小樽日報社行きが確定した（この辺りの事情を小説「札幌」に書いている）。九月二七日札幌を発ち、一〇月一日、小樽日報社の創刊に野口英吉（雨情、一八八二～一九四五）と共に参加し、記者となった。月給二〇円。住所は花園町一四番地の南部煎餅屋西川善太郎方の二階、隣の部屋に天口堂海老名又一郎という易者がいて、試みに姓名判断で占ってもらったところ、五五歳で死ぬとは情けない、と言った（事実はその半分にも満たない歳で死ぬのだが）。

（全くの余談だが、ここで野口に遭ったのも何かの縁、と思うから書いておきたい。野口雨情は後に童謡作家となり、「七つの子」などを作詞する。しかし、からすは七つも卵を産まない。からすの七歳《つ》は（かわいい）子供ではない（もう、よほどすれっからすだろう）。なぜ「ななつ」と言うのか。僕は、これは、韻の関係だと思う。

「かーらーすなぜなくの　からすはやーまーに／
かーわいいなーなーつの　こがあるからよー／
かーわい　かーわい　とからすはなくの／かーわい　かーわい　となくんだよー／
やーまのふーるすへ　いってみてごらん／まーるいめをした　いーいーこだーよー」

ゴシックのところがア音である。つまり、からすがかーかー鳴いているのである。そこで、ひとつ、ふたつ、みっつ……と行って、ア音が来るのは、ななつだけである。だから、意味など無視して、韻のために、からすの鳴き声のために、「ななつ」としたのではないだろうか。詩人はこれくらいのことは遣るのである。例えば北原白秋は、まざあ・ぐうすの一編「Rain, rain, go to Spain.」の脚韻を生かすため、「雨、雨、安房《あわ》へ行け」と訳した。頭韻で応じたのである。）

（元に戻って）小樽日報社では、早速野口と共に岩泉江東主筆の排斥運動をした。岩泉は辞任し、啄木の推薦で沢田信太郎（天峯）が主筆となった。啄木は、

「汝が痩せしからだはすべて／謀叛気のかたまりなりと／いわれてしこと」（『一握の砂』）

と詠っている。この頃、啄木は、旭川での演習で江別まで来たついでに訪ねてきた郁雨の援助で、小樽市畑一四番地の秋野音次郎の借家に移っている。ここには後沢田も越してきた。

啄木はまた札幌で新しい新聞が創刊されることを聞いて、たびたび札幌に出かけていたが、一二月一二日、無断欠勤を咎められて小林寅吉事務長と喧嘩になり、頭に四つ五つ瘤を作り、翌日小樽日報社を退社してしまった。啄木はここでも対立してしまう。「謀叛気のかたまり」というのは言いえているかもしれない。兎に角、小樽にいい思い出はないようである。

「負けたるは我にてありき／あらそひの因も我なりしと／今は思へり
殴らむといふに／殴れとつめよせし／昔の我のいとほしきかな」　（『一握の砂』）

というのはこの時のことであろう。

「ところで面白い事が出来た、昨夜事務長と喧嘩して頭に四つ五つ瘤を出した。僕は今日から出社せぬ、退社だ、〳〵、（略）」（郁雨宛書簡　明治四〇年一二月一三日）

郁雨は、借金魔啄木を見放さなかった訳を次のように書いている。「この手紙を見た瞬間、私は彼の感情の暴走振りに嫌気を感じ、行動の軽忽さに不満を覚えた。若し彼の年老いた母と、全信を捧げる妻とその愛児との上に思いを致さないならば、多分私は自然疎遠の形で彼との友好を捨てたに違いない。とは言っても一方では、性情の対蹠的な私は、自身には到底持ち又は行ない得ない不縛奔放の彼の思度や行為の持つ不思議な魅力に引かれて、無下に離れてしまう気持へも踏み切れないのであった」（『函館の砂』六三〜四頁）。「偉大なる？　駄々っ子」と付き合うのは大変だが、啄木の才能を買っていたとはいえ、資力があればこそ出来る事であろう。

辞めたはいいが、金が無い。啄木は、切羽つまった一二月三〇日になって、小樽日報社に未払い分の給料をもらいにいった。三一日の日記には、

「妻は唯一筋残れる帯を典じて一円五十銭を得来れり。母と予の衣二三《にさん》点を以て三円を借る。之を少しづつ頒ちて掛取を帰すなり。さながら犬の子を集めてパンをやるに似たり。／かくて十一時過ぎて漸く債鬼の足を絶つ」　（「明治四十丁未歳日誌」一二月三一日）

と書いているが、啄木は困窮の底にいて、まだ人の暮らし、人生というものがよく分かっていないようである。天才意識の裏返しである。社会主義の入口は目前に見えているはずなのに。

その直後、年が明けて、「天下の浪人」期間中、明治四一（一九〇八）年一月四日、啄木は西川光二郎の社会主義講演会「何故に困る者が殖ゆる乎」に出かけ、日記に次のような感想を書いている。

「此運動は、前代の種々な解放運動の後を享けて、労働者乃ち最下級の人民を資本家から解放して、本来の自由を与へむとする運動で、今では其理論上の立脚点は充分に研究され、且つ種々なる迫害あるに不拘、余程深く凡ての人の心に侵み込んで来た。今は社会主義を研究すべき時代は既に過ぎて、其を実現すべき手段方法を研究すべき時代になって居る。尤も此の運動は、単に哀れなる労働者を資本家から解放すると云ふでなく、一切の人間を生活の不条理なる苦痛から解放することを理想としなければならぬ。今日の会に出た人人の考へが其処まで達して居らぬのを、自分は遺憾に思ふた」

（「明治四十一年日誌」一月四日。書き直した分）

啄木の社会主義との出会いはこれが最初ではない。すでに札幌で北門新報社の小国露堂らと交遊し、「社会主義は低き問題」と言っており、ある程度の知識はあった。啄木の社会主義への関心が深まるのはこの年からである。しかしこの時点では、「今は社会主義を研究すべき時代は既に過ぎて、其を実現すべき手段方法を研究すべき時代になって居る」などと言ってまだ高みにいて傍観しており、自分の個人主義、天才主義と社会主義の関係が見えていない。「自分の思想の一部分」(「明治四十一年戊申日誌」一月四日)とは言うが、自身の切実な問題として捉えていない。

啄木は「明治四十一年戊申日誌」を一二日まで書いて、その後改めて書き直して「明治四十一年日誌」としているが、その一月一日には、次のように書いている(この年から口語で書いている)。

「茲に一家族があるとする。其家族の中、主人一人を除いた外は、皆老人や夫人や小児だとする。そして主人は何かしら一人前の働きをして月々十五円なり二十円なりの俸給を得て居て、其俸給が其家族全体の生活費に足らぬとする。(略)その家にも、富豪の家と同じに大晦日が来る。米屋魚屋炭屋から豆腐屋に至るまで、全部の支払いをせねば、明日から生活の資料を得られぬといふ恐ろしい大晦日が来る」　(「明治四十一年日誌」一月一日)

啄木は昨日のことのようにこれを書いている。そして続けて次のように書く。

「此驚くべき不条理は何処から来るか。云ふ迄もない社会組織が悪いからだ。悪社会は怎《ど》うすればよいか。外に仕方がない、破壊して了はなければならぬ。破壊だ、破壊だ。破壊の外に何がある」　(「明治四十一年日誌」一月一日)

一月一日の記述ではあるが、四日に西川の講演を聞き、一二日以降にこれを書(き直し)た時、西川の講演から学んだことが反映されているだろう。大晦日のことも思い出して、社会の不条理――貧富の差――が［自分の思想の一部分］ではなく、しみじみと、ひしひしと全身に応えて来たのであろう（だから書き直したのであろう）。年が明けたのを開明の一つのきっかけとした、ようである。［謀反気］の方向転換ということになるだろう。

それでも啄木の問題は文学であった。［予が天職は遂に文学なりき］（「明治四十丁未歳日誌」九月一九日）と言っていたように、新聞記者という仕事は、啄木にとって、遠からずと言えども当らず、の職業なのである。小樽日報社を辞めた後、啄木の［東京病］はすでに、例のごとく起こっていたのであった。

［夜、例のごとく東京病が起こった。新年の各雑誌を読んで、さほどの作もないのに安心した自分は、何だか恁《こ》う一日でもジッとしていられないような気がする。起て、起て、と心が喚く。東京に行きたい。むやみに東京に行きたい。どうせ貧乏するにも北海道まで来て貧乏するよりは、東京で貧乏した方がよい。東京だ、東京だ、東京に限るとめちゃくちゃに考える］

（「明治四十一年日誌」一月七日）

白石義郎は小樽日報社社長で釧路新聞社も経営しており、以前は福島県選出の立憲政友会の代議士であり、現在は北海道議会議員であった（岩崎正宛書簡　一〇月二日。大島経男宛書簡　一〇月一三日）。啄木は家族のことを考えて、釧路新聞社で働くことになり、単身赴任する。月給二五円。編集長格での待遇だった。明治四一年一月一九日、白石と共に小樽を出発、白石は所用のため札幌で降り、啄木は岩見沢の姉山本トラの家（山本千三郎は岩見沢駅長に転任していた）に一泊、二〇日は旭川駅前の宿屋に白石と合流、一泊。二一日朝、白石と一番列車で釧路に向かい、夜九時半頃、着。その出発と途中と到着の心境を次のように詠った。

「子を負ひて／雪の吹き入る停車場に／われ見送りし妻の眉かな
空知川雪に埋れて／鳥も見えず／岸辺の林に人ひとりゐき
さいはての駅に下り立ち／雪あかり／さびしき町にあゆみ入りにき」　（『一握の砂』）

雪降る停車場に、京子を背負って、啄木を見送る節子の心細さと不安を、眉という細部をえがいて表し、啄木の前途の不安も表している。二の歌は、この寒空の中を雪に埋もれて誰か一人何か仕事をしている、あれはオレではないかと訝っている。三の歌は、釧路に到着した時のことだが、実際には釧路新聞社社長白石が一緒で、釧路町長や社員の出迎えもあった。そういうことは捨象して、そのとき、この歌がいうように町もさびしかっただろうが、まだわずかに天才意識の矜持を背負っていたとしても、啄木自身さびしさを感じていたのである。とうとうこんな「さいはて」の地まで来てしまったという悲壮感。その両方を「雪あかり」が寒々と照らしていた。

二二日朝、起きてみると夜具の襟が息で真白に氷っていた。華氏マイナス二〇度（摂氏マイナス二九度）。釧路は雪は少ないが風が冷たい。記事を書くにもこおったインク壜を火に翳して溶かさねばならなかった（釧路の冬の寒さは小説「菊池君」の冒頭部に詳しい）。

「こほりたるインクの罎《びん》を／火に翳《かざ》し／涙ながれぬともしびの下《もと》
しらしらと氷かがやき／千鳥なく／釧路の海の冬の月かな」　（『一握の砂』）

しかし一月二六日に小樽の留守宅を訪ねた沢田信太郎は、啄木の残していた家族が、畳、建具、家具を売り払って、わずか七輪の火だけで寒さを凌いでいるという赤貧状態を報告している（岩城『石川啄木』）。その後、啄木は社と社長から特別に三五円貰ったので、一月末に二〇円送ったと言う（宮崎郁雨宛書簡　明治四一年二月八日）。家族は何とか一息つけただろう。しかし一息だけである。

二月二日、煉瓦造りの社屋の落成式があった。この時のことであったろうか、ある温厚な老政治家（白石のことだろう）が、「新体詩人です」と言って啄木を或る人に紹介した。啄木は、

「其時程烈しく、人の好意から侮辱を感じた事はなかった」　（「食ふべき詩」）

釧路は人口一万三〇〇〇人、物資の集散地たるべく築港計画が進んでいた。しかし本屋には講談本や算術の本しか置いてなく、啄木にとっては新らしい小説を読むのが難しい。尤も買う金があるわけではないが、本屋がないというのは馬鹿に心細い。東京の新聞が五、六日遅れて届いた。経験のある記者として、啄木は釧路では、鳥なき里の蝙蝠といった格で、我儘に企画を通すことが出来た。社の信用を得れば、一、二年の内に家の一軒ぐらいは貰えそうで、多少金をためて二、三年後には東京に出て、自費出版やるくらいの準備はつきそうだ、三月になって寒さが緩んだら家族を呼び寄せようと見通しをつけた（宮崎郁雨宛書簡　明治四一年二月八日）のだが。

「釧路へ来て茲《ここ》に四十日。新聞の為に随分尽して居るものの、本を手にした事は一度もない。此月の雑誌など、来た儘でまだ手をも触れぬ。生まれて初めて、酒に親しむ事だけは

覚えた。盃二つで赤くなった自分が、僅か四十日で一人前飲める程になった。芸者といふ者に近づいて見たのも生まれて以来釧路が初めてだ。之を思ふと、何といふ事はなく心に淋しい影がさす」

（「明治四十一年日誌」二月二九日）

啄木は『釧路新聞』に「釧路詞壇」を設けたり、政治評論を書いた。また釧路のことを書くには粋界の事情に通じていなければならない。もと無粋の啄木であるが、苦労して有力者の独占芸妓を自家薬籠中のものにして取材し、「紅筆便り」を書いた。芸能記者のような感じである。最果ての冬の寒々しい釧路の町の下宿の、火鉢唯一箇《たつたひとつ》で、寒さが背《そびら》から覆被《おつかぶ》さるようで、字を五つ六つ書くと、筆の尖がモウ堅くなるような二階の八畳間で（「菊池君」）人恋しく思う啄木にとって、温かみのあるのはそういう赤い灯青い灯の灯る場所だけだったのかもしれない。いや、取材のためということはあるのだが。

「啄木は毎日のように一人ないし二人の芸者と会い、その誰かと寝た。啄木の日記には、妻帯者である自分が繰り返し芸者と楽しんでいることについて戸惑いを覚えた形跡はない。こうしたことは釧路ではごく普通のことだった。芸者は極寒の荒涼とした町に住む男たちを、歌や踊りで慰めた。さらには寝床の相手をすることで、彼らの生活を耐えられるものにしたのだった」

（ドナルド・キーン、角地幸男訳『石川啄木』新潮社、二〇一六、一三二頁）

こうして啄木は、釧路の町に馴染んで行き、酒に親しみ、芸者に近づいた。

「兎も角も此短時日の間に釧路で自分を知らぬ人は一人もいなくなった。（略）石川啄木は釧路人から立派な新聞記者と思はれ、旗亭に放歌して芸者共にもて囃されて、夜は三時に寝て、朝は十時に起きる。／一切の仮面を剝ぎ去つた人生の現実は、然し乍ら之に尽きて居るのだ。／石川啄木!!」
（「明治四十一年日誌」二月二九日）

これが啄木の自覚であり、決して浮かれていたわけではない。「我を忘れむと酒に赴いた釧路の七旬の浅ましさ！」（同　四月二四日）というのが釧路の総括であった。

「火をしたふ虫のごとくに／ともしびの明るき家に／かよひ慣れにき
小奴といひし女の／やはらかき／耳朶なども忘れがたかり
死にたくはないかと言へば／これ見よと／咽喉《のんど》の痍《きず》を見せし女かな」
（『一握の砂』）

特に料亭鶤寅《しやもとら》の小奴（近江ジン＝坪仁子。一九歳）と親しんだ。三首目の「咽喉の痍」は、「実はりんぱせんの手術の傷あと」だったとか（金田一『石川啄木』九〇頁）。

啄木を追いかけるように、郁雨から手紙が届く。「せんじつめれば空な人間」という内容だった。その返事として、啄木はこの二月八日付けの郁雨宛の長文の手紙の中で、彼の人生観を語る。同じ時期に『釧路新聞』に「卓上一枝」を連載してやや詳しくこの問題について書いているが、趣旨は同じ（よう）なので、綯い交ぜにして引用する。

「ライフイリュージョン（生活幻像）と謂ふ語あり。人をして其無意識の生活を持続せしむる一切の不確実なる慾念、若くは幻影を指して謂ふ。生活幻像は時として希望と称せられ、理想と命名せらる。内、極めて不確実にして、外、徒《いたづ》らに美名を飾るもの。人生由来虚偽多焉。／一切の生活幻像を剝落したるの時、人は現実曝露の悲哀に陥る。現実曝露の悲哀は涙なき悲哀なり。何となれば人一切の幻像に離れたる時唯虚無を見る。虚無の境には熱もなし、涙もなし、唯沈黙あるのみ。此境に入れる者は所謂平凡なる悲劇の主人公なり。どうか成るといふ人なり」

（「卓上一枝」『釧路新聞』明治四一年二月）

「空な人間だと感じて苦しむ心が、乃ち何とかして空でなくなりたいと云ふ弱い〳〵希望だ、此希望を弱い〳〵希望だといふと、モウ実際生きてる気がなくなる、そこで一切の人間が此希望を弱くないものにして了ふ。所謂生活幻像《ライフイリュージョン》が茲に於いて生ずる、君、凡ての人は皆生活幻像を描いて、それが幻像に過ぎぬといふ事を成るべく知らぬフリをして、一生懸命それに縋って生きてゆく、理想だとか未来だとか云ふのは皆それだ、僕は個性論者だ、個人は飽く迄も個人で、自分自身を自分自身が司配し、自己の思想によって何処までも自由に自己の力を発揮すべきだと論ずる」

（宮崎郁雨宛書簡　明治四一年二月八日、傍点原文）

啄木は「人生を司配する者、汝なりや将たまた彼なりや」と問い、弱い人間は苦悩して、ライフイリュージョンを考え出し、しかもそれが単なる幻想であることを自分にもひた隠しにして、希望だとか理想だとか言い含め、それに縋る。しかしやはりその鍍金が剝げ、現実が曝露されると、もはや熱も涙もない虚無に陥ることになる。そこで虚無でなくなりたいと思う。啄木自身は、「自分自身を自分自身が司配し、自己の思想によって何処までも自由に自己の力を発揮すべきだ」と言うが、それは他者のライフイリュージョンに支配されず、自己のそれを生きることなのである。つまり、個人主義、自由主義である。

「自然主義といふ傾向の勃興したのは、今の人間の心に如何に深く「虚無」といふ思想が動いてるかを示すものだと自分は考える、自然主義が人を教訓し得る唯一の言葉は、唯「勝手になれ」といふ事の外にない、善もなければ悪もない、美も醜もない、唯々『アリノマヽ』有の儘！　勝手になれとは何たる心細い語だらう、然し乍ら君、人間の有し得る絶対の自由は『虚無』の外にない」

（郁雨宛書簡　同前）

ここで出てくるのがかのニーチェの「超人（ユーベルメンシュ）」である。

「ニイチエが超人の理想は高くして遠し。心力体力共に人間を超え、自ら呼吸し、自ら思想し、自己の意志によりて自己の生活を営み、絶対なる肯定の世界に在りて、自己並びに一切を司配する者なり。彼の強きことは希臘《ギリシャ》の諸神の如し。彼は唯弱きことを唯一の罪悪とす。一切の歴史、一切の法則、一切の道徳、一切の権威、一切の義務、皆斉《ひと》しく彼の眼中に無きところなり」

（「卓上一枝」）

世界は本来虚無であることをいいことに、「人間本源の動力たる権力意志」を発揮して、ここまで「超人」のように強くなれる者はそうはいない、だろう。自然主義者にしても、ここまで徹底できはしない、だろう。

「君、事実に於いて既に道徳は破壊されて居るよ。まだ幾分社会に残ってるにしても、それは形式だけだ、少なくとも僕の目には道徳などといふものはない。自他融合の意志と僕の名づくる『愛』はあるが、道徳は無い。既に霊肉の区別がなくなって、勝手になれと虚無の宣告を受けた人間にとっては、万事唯勝手にやればよい。君、実際現在の僕の、底の〳〵思想程明白な赤裸々な思想はないだらう。人の前では云はれぬが、僕は無政府主義だ、無宗教だ、うまい物は喰ふべく、うまい酒は飲むべし、流石にまだ実行した事はないが、本然の要求に基く際に肉慾のごときも決して罪悪でも何でもあるまいと理屈から考へてゐる、婦人の貞操といふが如きはマルデ根拠のない事だ、夫婦といふものも必至にして堅固なる結合では決してない、／噫、空な人間！　虚無！」　（郁雨宛書簡　同前）

ここに謂う「愛」とは欲望のことである。「流石にまだ実行した事はないが、本然の要求に基く際に肉慾のごときも決して罪悪でも何でもあるまいと理屈から考へてゐる」と啄木は郁雨に言う（ただし、この手紙から釧路を発つまで二、三ヶ月あるが、その間に実行したかも知れない。前述のように、釧路ではごく普通のことだった、とドナルド・キーンは言っている）。道徳は、形式だけは残っているとしても、既に破壊されている。万事勝手にやればいいのである。しかしながら、それはかえって困難である。皆が勝手放題になったら衝突が起きる。「人間本源の動力たる権力意志の表現の、錯綜なる闘争」である。サディストはそれを厭わないだろうが。

「然し乍ら君、矢張り人間は、悲しいかな生活現象に司配されてる方が幸福だよ。結婚し給へ、そして、盛んに活動してくれ給え、そして僕等を助けてくれ給へ」（郁雨宛書簡　同前）

啄木は郁雨には大人しくしていて欲しかったのだろう。（凡人は）生活幻像に司配されている方が幸福だよと言う。啄木は「僕は無政府主義だ、無宗教だ、うまい物は喰ふべく、うまい酒は飲むべし、肉慾のごときも決して罪悪でも何でもあるまいと理屈から考へてゐる」と言ってのけるのだが、この手紙は、自我の強い啄木とは性格や処世観の違う郁雨の反感をそそり、啄木を侮蔑するのに役立ったと言う（郁雨『函館の砂』六四頁）。それでも啄木を援助し続けるのは、郁雨の包容力というか、この奇貨は居《お》いておこうという心算だったのか。

寺で育った啄木は「空・無」の思想は分かっていただろう（?）。啄木は此の世界は［虚無］なのだと言う。それは正しい（あるのは熱力学の法則だけだ。そしてそれへの煩悩幻想趣味解釈、である）。後に［予は強固なる唯物論者である］（並木武雄宛書簡　明治四四年一一月一五日）と言うが、この時も既にそうだった。しかしまた、欲望する人間は虚無には耐えられない。そして虚無の地平において、善悪美醜ではなく、道徳も希望もなく、人間は個性論者として、個人主義者として、万事勝手にやればいい、と言う。これは強者（サディスト）の生の欲望が描くライフイリュージョンであり、而して弱者もまたライフイリュージョン（希望、理想、浪漫）を描く。しかしそうなると違うライフイリュージョンが出合い、当然衝突が起こる。Aの勝手（文字通り）とBの勝手（C、D、E……の勝手）がぶつかりあう。すったもんだ、きったはったのサディスチックな（権）力への意志の争闘の結果、Aの自由勝手はBの抑圧である。その交通整理の方法として支配のルールが出来る。ルールは勝った強い者の都合のいいように作られる。獅子、すなわち強者のライフイリュージョンは、他者を「駱駝」にし、悪に似る。

この虚無の思想はニーチェによったものであるが、ニーチェはもう一つの重要な思想を語る。

［事実などは存在せず、ただ解釈のみが存在する］

［世界を解釈する主役をなすものは、われわれの欲求である］

［世界は無限に解釈可能である］
［力への意志が解釈の働きをするのである］
（以上ニーチェ『力への意志』）

世界は生の欲望［人間本源の動力たる権力意志］が遣る「解釈」である、という基本的な思想を啄木はあまり取り上げていない。すなわち、思い、考え、意見、認識、理解、誤解、理想、幻想、妄想、誇大妄想、信念、独断、虚構……、つまりライフイリュージョンは生の欲望が遣る煩悩幻想趣味解釈で出来ているということをあまり取り上げてはいない。しかし、今右に述べたことは正に［人間本源の動力たる力への意志］の「解釈」の強弱の度合い、［錯綜する闘争］、綱引き、縄張り、平たく言えば権力闘争が世界を覆っているということである。Ａの解釈とＢの解釈の力の度合いの、力の強い者、声の大きい者、強欲で厚かましいヤツの言い分が通ると言うことは、遠慮しているとやられてしまう、ということである。言い換えれば、「空・無」であり、［虚無］であることをいいことに、（権）力への意志が自己拡張だ、オレの解釈・信念・妄想の勝ちだ、世界はオレの思い通りのものだ、やりたい放題やっちまえ、やった者勝ちだ、オレが勝ったんだから権力を握る、ということである。右は左を抑圧・弾圧し、左は右を抑圧・弾圧する。そしてそれがこの世界の自然であると言うのである（もちろんこれほど分かりやすく、露骨な言い方はしないが）。啄木は自然主義を是認する。即ち欲望自然主義である。能動的ニヒリズムである。サディズムである。権力闘争である。

同じ時期、啄木は「卓上一枝」の「五」の中で、「一人の天才を作らんが為には十万の凡人も又当に犠牲とすべし」というニーチェの言葉を引き合いに出し、次のように書いている（田舎町釧路を衝撃するためにニーチェの思想を紹介したのか。しかし、ニーチェを知らなくても、サディストは、それを普通にやっている）。

「一切の習慣と云ひ道徳といふ社会的法則も亦、新らしき肯定の世界にありては何等存在の理由あること無し。道徳とは、弱者の卑怯なる自衛的制約のみ、然らずば、堕落せる凡人社会にのみ必要ある防腐剤のみ、自ら思想し自ら司配する独立の個性にありては何の要かあらん」

（「卓上一枝」『釧路新聞』明治四一年二月）

虚無の世界は「自ら思想し自ら司配する独立の個性」、即ち強者＝支配者のためにあり、支配者は自分に都合のいいように法律を作る。その時道徳とは「弱者の卑怯なる自衛的制約のみ」云々というのは、ニーチェの言う、キリスト教は弱者のルサンチマンという思想（の受け売り）であり、やがて啄木の過去の思想となっていくはずだが、この時まだ胸中に燻っていたのであろう。とんでもないことである。まだ生老病死・四苦八苦を知らないからである。否、社会主義を知り、流石にもう幾らかは自他融合の道に近づいてきているはずだ。

この頃、

「今日は、大和民族といふ好戦種族が、九州から東の方大和に都して居た蝦夷民族を侵撃して勝を制し、遂に日本嶋の中央を占領して、其酋長が帝位に即き、神武天皇と名告つた紀念の日だ」

（「明治四十一年日誌」二月一一日）

と、自由な私空間である日記に書いているが、これは大杉栄の言う「征服の事実」（後述）であり、好戦的で力の強い者、（権）力への意志が強い者（サディスト）が権力を握り凡人民衆を支配するという、ニーチェの所謂「人間本源の動力たる権力意志」の［錯綜］の現実態ということであろう。合理主義者にして唯物論者啄木は、古事記神話のタカマガハラやアマクダリ（天孫降臨）などによる神格化（に発する道徳）を信じておらず、そんな謂れはありえないことを知っていた。単に大和民族が蝦夷民族に攻撃・侵略していった戦争［錯綜］の結果、即ち権力への意志を全うして勝者となった（にすぎない）ということを知っていた。そして啄木は第一学校の紀元節の式に臨むつもりだったが、［朝寝をしたため駄目］だった。三七年の日露戦争を賛美したころとは雲泥の差である。酔いが醒めてきた。

しかし最果ての地では文学の志は満たされぬものがあり、営利の為に新聞記事ばかり書いていると［筆が敵の思あり、夜、燈を剪つて机に向へどもまた筆を握るの心地なし］、と筆が痩せると言う。この北海の天地は［鋤と鍬、然らずば網を持って来るべき所にて、筆を荷ふて入るべき地には非ず］と言う。三月にはここでも上司と衝突して退社する。嫌いな奴と会うのが苦しい（怨憎会苦）。啄木はいつも人と衝突してしまう。そして［新しき文学的生活。小生の運命を極度まで試験する］ために、上京を決意する。

［小生の向ふべき第一の路は、千思万考の末、矢張小説の外なしと存居候］

（小笠原謙吉宛書簡　明治四一年四月一七日）

と言う。北海道はその小説のための素材探しの地だったのか（『一握の砂』の短歌のネタにもなったのだが）。

［人とともに事をはかるに／適せざる／わが性格を思ふ寝覚めかな］

（『悲しき玩具』）

彼は他者からみると生意気で鼻持ちならない「天才」だったようだ。
函館で代用教員から函館日々新聞の遊軍記者、札幌で北門新報社の校正係、小樽で小樽日報社、釧路で釧路新聞社と、啄木は一年足らずの間にめまぐるしく職場を変え、さすらったが、彼の心は愉しまなかった。そして「啄木釧路を去るべし。正に去るべし」（三月二八日）と決心し、釧路を逃げ出す。つまり貧乏するにも北海道でよりは、東京で貧乏した方がよい。「東京だ、東京だ、東京に限る」という東京病が再発したのだ。翌三月二九日午後、啄木は小奴の部屋を訪ね、「何を考へるともない、唯恁《こ》う、自分の心臓の鼓動を数へて居る様な、打沈んだ心地」で半日を過した。一枚写真を貰った。

啄木が釧路にいた時、家族は小樽で随分肩身の狭い思いをし、貧乏暮らしに耐えていた。啄木は四月五日朝、釧路港から海路（船の航路として、六日、岩手県宮古に寄り）、四月七日夜、函館に戻り、八日、宮崎郁雨に会った。東京病、つまり東京進出の意向を言い出しかねていると、郁雨の方から言ってくれた。

「家族を函館に置いて郁雨に頼んで、二三ヶ月の間、自分は独身のつもりで都門に創作的生活の基礎を築かうといふのだ」
（「明治四十一年日誌」四月九日）

郁雨の助力で家族を小樽から函館に呼び寄せ、二、三ヶ月の間面倒を見てもらうということになった。啄木はその間に文筆で身を立てる基礎を築く心算であった（そんなことが出来ると本気で考えていたとすれば、相当の自信家というより、身の程知らずである）。一三日、郁雨から一五円借りて、小樽に家族を迎えに行き、二〇日、函館に戻る。二四日夜、母と妻と子を函館の栄町に残し、郁雨から一〇円借り、横浜行き三河丸に乗り、海路上京した。二七日午後六時、横浜に着く。函館から青森に渡って東北本線で上京するにはどうしても故郷を通らねばならない。［二度と帰っていけぬ騒擾《さわぎ》を起して飛び出してから］、まだ一年しか経っていなかった。

［一木一草にも思出のある土地《ところ》を汽車の窓からみるだけでも、私にも堪へられぬことの様に思はれた］　（「一握の砂」『全集第四巻』一五五頁）

海路を選んだのは、渋民、盛岡を通りたくなかったからというのである。望郷の念は強かったが、敗残の姿を故郷にさらしたくはなかった。そして二度と故郷の土を踏むことはなかった。次の歌はその海路を回想して作っているのだろう。

［かの船の／かの航海の船客の一人でありき／死にかねたるは］　（『一握の砂』）

啄木はうまく行かない人生に、厭世観が強くなっていくようだ。死の想念と隣り合わせに、これまでも、これからも、啄木は生きている。

啄木は家庭の人ではなかった。［「生活」に適合する能はざる人間にして、人生の落伍者」（大島経男宛書簡　明治四一年四月二二日）と自分で認めているように、啄木には家族を養う意志と能力がないように見える。この個人主義者には自己の「天才」意識の拡張のためには家族は重荷のようである。地方新聞の記者というのも「天才」にとってはふさわしい場ではなかった。「天才」の「人間本源の動力たる権力意志」の「自己拡張」のためには家族の「犠牲」はやむを得ない。この場合、個人主義というのは、ナルシシズムといってもいいし、自分勝手なエゴイズムと言い換えてもかまわない。

予てより、

「予が天職は遂に文学なりき」

（「明治四十丁未歳日誌」九月一九日）

「どうせ貧乏するにも北海道まで来て貧乏するよりは、東京で貧乏した方がよい。東京だ、東京だ、東京に限るとめちゃくちゃに考える」

（「明治四十一年日誌」一月七日）

と言うこの個人主義的ロマンチストは、「天才」の花ひらく場所、陽の当たる場所を求めて我を通し、中央文壇へのあこがれから、「文学的運命」を試験するため、釧路を、北海道を「逃げ出し」、単身東京へさ迷い出たのであった。

四、東京

東京は五度目である。初めは、明治三二年夏、上野駅に勤めていた山本千三郎・姉トラを訪ねて行った時（これを算入しない人（中村稔）もいるが）。二度目は明治三五年一一月から翌年二月まで、中学を退学になった時。三回目は明治三七年一〇月、詩集刊行のため。五月まで居て、結婚披露宴をすっぽかした。四回目は三九年六月、渋民から父の宝徳寺復帰の画策のため。そして今回、五回目、函館から船に乗って上京し、明治四一年四月二七日、横浜に着いた。

明治四一（一九〇八）年四月二八日、啄木（二二歳）は千駄ヶ谷の新詩社に与謝野夫妻を訪ねる。啄木は上京する旨を知らせていたのであろう、鉄幹から来るように言われていた。啄木は北海道のあれこれを話したであろう。鉄幹は『明星』が売れなくなったことを語り、別の日、晶子は、以前は一二〇〇部発行していたが今では九〇〇部であること、毎月三〇円から五〇円の赤字であること、一〇〇号で廃刊にすること、などを語った。啄木はちょっと当てが外れただろう。

　啄木は着の身着のままで上京して、夏が来ても着替えの単衣がなかった。ある日、晶子は「石川さん、あんたそれ袷ね」「え、これしかないんですよ」「ぢゃ何んぼなんでもあんまりだわ。こんな暑いのに――」と、早速自分の単衣を男物に仕立て直して啄木に着せた（吉田『啄木を繞る人々』三四七頁）。啄木は意気揚々として下宿に帰り、金田一に嬉しそうに見せた。

明治四一年四月二九日、金田一京助（二四歳）を訪ね本郷菊坂町の下宿赤心館に泊めてもらう。五月五日から、独自に二階に六畳間を借りて一人「自分の部屋」に住む。金田一は第二高等学校（仙台）から、明治三七年九月、東京帝国大学文化大学に進み、四〇年、言語学科を卒業、この時海城中学校の教師をしていた（一〇月に辞めて、三省堂の校正者、国学院大学の講師となる）。

〔金田一君といふ人は、世界に唯一人の人である。かくも優しい情を持った人、かくも浄らかな情を持った人、かくもなつかしい人、決して世に二人とあるべきで無い。若し予が女であったら、屹度この人を恋したであらうと考へた〕（「明治四一十年日誌」五月六日。なお四月二十五日からは「明治四十一年日誌　其二」であるが「其二」は略す）

金田一にはこれまでも、この後も、様々に世話になっている。〔世に二人とあるべきで無い〕と言うが、最高に世話になった人として、もう一人忘れている、というか、宮崎郁雨については既に船の中で感謝を捧げている（「明治四十一年日誌」四月二五日）。（後にこの二人に、啄木は『一握の砂』をデヂケエトしている。）

啄木は、漱石の『虞美人草』（明治四〇年）なら一月で書けると言ってのけ（五月八日）、文筆で身を立てる心算で小説を書いた。一月余りの間に「菊地君」、「病院の窓」、「母」、「天鵞絨《ビロード》」、

「二筋の血」の五作品、計約三〇〇枚を書くが、どの雑誌も取り上げてくれなかった。このうち「天鵞絨」は、田舎娘二人が上京して、都会の生活のあれこれを見知っていくところだけは異化効果が描かれていて、面白いところもあるのだけれど。しかし自然主義小説が自己の内外を赤裸々に描写することが趣旨であるのなら、啄木には他に題材があったはずである。例えば父の（したがって家族の）宝徳寺退去問題とか、節子との結婚と披露宴騒動とか。後で書く心算だったと言うが。

この間、五月一六日の日記に、自然主義文学の傑作とされる田山花袋の『蒲団』を読んで、次のように書いている。

「家庭といふものが、近代人に何故満足を与へぬのかと云つた様な事を考へた。花は嵐が無くても自然に萎む。琥珀色の麦酒も香がぬけては苦くなる。恋は矢張花だ、酒だ、萎ませぬ様にするには、真空な硝子の箱に入れて置くに限る。香をぬかさぬ様に堅く栓をして置くに限る。／男と女とは結婚しない方が可いぢゃないかなどと考へて宿に帰る」

（「明治四十一年日誌」五月一六日）

啄木には家族というものが重過ぎるのである。

「結婚は恋の墓場なりと人はいふ。いふ人にはいはして置かう。然し我等は、嘗て恋人であった。そして今も恋人である。この恋は死ぬる日まで」

（「渋民日記」明治三九年一二月二六日）

と書いてから僅かに二年、白百合の君との恋愛、「歌へ、酔へ、舞へ、喰へ」と謳歌した恋愛も、今となっては（随分前から）萎れた花である。「恋は醒めた」（「ローマ字日記」明治四二年四月一五日）のである。恋愛は「人間本然の要求である本能」の罠であるか。「真空の硝子の箱」に入れても、窒息するだけである。結婚は社会の制度であり、社会的責任を伴うものである。結婚は社会の罠であるか。函館に残してきた家族が重荷となっている。東京で半独身生活を始めた啄木の自由（生きるにしろ死ぬにしろ）の足を引っ張る足枷となっている。ニーチェの、恋愛は短期間の愚行、それに終止符を打つのは結婚という長期間の愚行（『ツァラツストラ』）、という言葉を思い出しただろうか。「結婚は恋の墓場なりと人はいふ」が、自分でもそう思えてきた。

小説を書くには書いたが、またしても皮算用が外れた啄木は、思ってもみなかった苦渋を味わう破目に陥る。こんなはずではなかった。思い通りに行かない。二進も三進も行かない。一七日には、作家として創作活動に行き詰まり、一五日に剃刀で自殺した川上亮（眉山）の事について考えた。「知らず知らず時代に取残されてゆく創作家の末路」を、「よそ事とは思へな」かった。啄木にとって、「近来の最も深刻な悲劇である」（「明治四十一年日誌」六月一七日）。二三日には自然主義文学者の国木田哲夫（独歩）が結核で死去した。

ところが一方で、六月二三日から溢れるように短歌が出来た。だがそれがただちに金になるわけではない。

「昨夜枕についてから歌を作り初めたが、興が刻一刻に熾んになつて来て、遂々徹夜。夜があけて、本妙寺の墓地を散歩して来た。たとへるものもなく心地がすがすがしい。興はまだつづいて、午前十一時頃まで作つたもの、昨夜百二十首の余」

（「明治四十一年日記」六月二四日）

「頭がすっかり歌になっている。何を見ても何を聞いても皆歌だ。この日夜の二時までに百四十一首つくった。父母のことを歌ふ歌約四十首、泣きながら」

（同、六月二五日）

六月二三日に五五首、二四日に五〇首、二五日一四一首。「暇ナ時」というノートに、来し方を回想して次々に短歌にしていく（『新潮日本文学アルバム』所載の写真によれば、この歌稿は、一首は二行に書かれていて、三行ではない）。この中から一一四首を選び「石破集」として『明星』申歳七号に発表した（さらに、この「暇ナ時」の中の一部の作品（「東海の……」など）は後に『一握の砂』に収録されることになる）。

しかも他方では死の想念が啄木を啄ばむ。眉山と独歩のことが重く圧し掛かっている。

「噫、死なうか、田舎にかくれようか、はたまたモット苦闘をつづけようか、？　この夜の思ひはこれであった。何日になったら自分は、心安く其日一日を送ることが出来るであらう。安き一日⁉／死んだ独歩氏は幸福である。自ら殺した眉山氏も、死せむとして死しえざる者よりは幸福である。／作物と飢餓、その二つの一つ！／誰か知らぬまに殺してくれぬであらうか！　寝てる間に！」

（「明治四十一年日誌」六月二七日）

「目をさますと、凄まじい雨、うつらうつらと机の上で考へて、死にたくなった。死といふ外に安けさを求める工夫はない様に思へる。生活の苦痛！　それも自分一人ならまだしも、老いたる父は野辺地の居候、老いたる母と妻と子と妹は函館で友人の厄介！　ああ、自分は何とすればよいのか。今月もまた下宿料が払へぬではないか？／To be! or not to be?／死にたい。けれども自ら死なうとはしない！　悲しい事だ。自分で自分を自由にしえないとは！」

（「明治四十一年日誌」六月二九日）

創作と生活に行き詰り、追い詰められて、この危機状態がずっと続いている。人生、生きるに値するか否か、それが問題だ。この先も、「死んだ方がよい」（七月一六―一七日）とか、「死を欲する心が時々起つて来る」（七月一八日）とか、「唯、その死の囁きを聞いてゐる時だけ、何となく心がいちばん安らかな様な気がする」（七月二〇日）とか、死への親近感が精神の底部から湧きあがって来る。（権）力への意志が躓き続けているからか。否、啄木が真にニーチェの徒であるならば、この苦しみは創造的意志のための、いわば産みの苦しみである、はずである。

「創造すること――これこそは、悩みからの大きな救済であり、生を軽快にさせるものだ。しかし、創造者が存在するようになるためには、実はまた苦悩が必要であり、多くの変身が必要なのだ」（『ツァラツストラ』）。そして、「これが、生きるということだったのか。よし！　それならば、もう一度！」

（『ツァラツストラ』）

と、勇気を奮い起こしたことであろう。

京子が病気になったという知らせにはおろおろしたり、もう一方では、四一年五月からのことであるが、植木貞子が啄木に恋して来たからか、小説作法の必要からか、啄木は「家庭といふものが、近代人に何故満足を与へぬのか」考え、「男と女は結婚しない方が可いぢゃないかなどと」（五月一六日）考えている。ニーチェの、恋愛は短期間の愚行、結婚は長期間の愚行（『ツァラツストラ』）という言葉を、その通りだと思い出したであろうか。

釧路から郁雨に送った手紙で言っていた、

「道徳などといふものはない。万事唯勝手にやればよい。僕は無政府主義だ、無宗教だ、うまい物は喰ふべく、うまい酒は飲むべし、流石にまだ実行した事はないが、本然の要求に基く際に肉慾のごときも決して罪悪でも何でもあるまいと理屈から考へてゐる、夫人の貞操といふが如きはマルデ根拠のない事だ、夫婦といふものも必至にして堅固なる結合では決してない、／噫、空な人間！　虚無！」

（郁雨宛書簡　明治四一年二月八日　簡略して再掲）

という「虚無思想」を啄木は実践することになる。それは実は釧路にいた時から始まっていた。ツルゲーネフの小説『その前夜』を読み、それを分析して、啄木は言う。生まれて、欲望のままに、恋をして―それも熱烈な恋をして、失恋すれば、涙を流し、意気地がなければ、そのまま死を迎える。反対に恋を得て結婚し、善良なる夫となり、父となり、一生を無事に終える。あるいは夫婦喧嘩をして分かれ、意気地がなければそのまま死を迎える。そういう単純な図式は一九世紀までの小説で、今は次のように複雑に変わったと言う（「明治四十一年日記」五月二三日。金田一京助宛書簡　四一年五月二三日にも。原文の図を読み下した。次も同じ）。

①生まれて、恋をして、失恋しても第二の恋、第三の恋を経ていずれ死んでいく。②また別のパターンでは暴風のような恋をして、わが心君を忘れることになり、コスモポリタン（放浪

者）のように、この天地を家として自由に生き、やがて死にいたる。③また別のパターンでは、結婚しても不安と苦悶は尽きせず、第二の恋、第三の恋が芽生え、やがて死を迎える。④さらに別のパターンでは、父となり、家庭の人として平凡な人生を送ることになるが、それは悲劇的ではないか。⑤もう一つ別のパターンでは、結婚は生殖の機関であり子孫をもうけるためだけの無意義なことである。いずれも死を迎えて終る。……。

　この分類によれば、啄木は③結婚しても不安と苦悶に苛まれ、第二、第三の恋を望んでいたのかもしれない。すでに度々啄木を訪ねてきた植木貞子との関係があった。四一年八月八日、貞子は留守の啄木の部屋に入り、手紙や日記を盗み読み、「ほしくは取りに来れ」と書置きして持ち去った。啄木は烈火の如く怒った。啄木は一二日間、日記を認めることが出来なかった（「十二日間の記」として後から纏めて書いている）。一九日に貞子は返しに来た。日記は貞子の悪口を書いた、七月二九日から三一日の一頁が切り取られていた。これで貞子との関係は「最後の頁」となった（「明治四十一年日誌　十二日間の記」一九〇八年八月八～一九日）。

　また『明星』に投稿してきた大分県臼杵の菅原芳子に作品の添削を返送し（書簡　明治四一年六月二九日）、それはやがて「なつかしき芳子の君」と呼びかける恋文に変質して、「若し御身のお写真一枚お恵み下されば如何許りうれしき事に候べき！」（七月二一日）と、写真を送るように所望し、父母妻子がいることを打ち明けながら、「恋しく候、君」（八月一〇日）とか、「君、わが恋しき君、我ら何故相見ること叶はざるか」（八月二四日）とか、再三写真を送るように書き送っている。そして遂に写真が送られてきた。それを見て、「美しくない人だ」（「明治四十一年日誌」一〇月二日）と分かり、手紙の遣り取りは間遠になった。また芳子の友人の平山良子にも恋文を送り、写真を送ってもらい、「驚いた。仲々の美人だ」（一一月三〇日）と感心した。しかし芳子からの手紙で平山良子は良太郎の変名であったことを知り（「明治四十二年当用日記」一月一五日）（平山が自分で打ち明けたともいう）、これも間遠になった。美人の写真は別人のものだった訳だ。

　また、釧路から坪仁子（小奴）が訪ねてきた（一二月一日）。不忍池の畔を手をとって歩いた。浅草に行き、また手をとって歩いた。上野から日本橋（の宿屋）まで電車で送った。「分れる時キッスした」。翌日も坪仁子の宿を訪れた。大坂炭坑の逸身某と函館の奥村某がいた。六日にも日本橋まで迎えに行き、須田町から本郷三丁目まで、大都の巷を、手をとって歩いた。七日も日本橋へ行き、逢い、銀座を散歩し、「宿に帰ってスシを喰ひ乍ら悲しき身の上の相談――逸身氏の妾になれ、と勧めた」（「明治四十一年日誌」一二月七日）。半独身者は閑居して不善を為す。翌年二月二七日には、北海道に帰った仁子から二〇円の為替を受け取っている（「明治四十二年当用日記」）。

　また函館の弥生小学校で同僚だった橘智恵子を思い出して（短歌を何首も詠んで）いる。四三年、智恵子は空知郡の牧場主北村謹と結婚した（後に智恵子のことを歌った歌が収載されている『一握の砂』を贈ったところ、バターが贈られて来た）。

　郁雨との約束の二、三ヶ月（別の所では三、四ヶ月、半年とも言っている）が過ぎようとしている。しかし啄木は展望が開けない苦悩の中にいた。

「死場所を見つけねばならぬといふ考えが、親孝行をしたいといふ哀しい希望と共に、今の自分の頭を石の如く重く圧してゐる。静に考へうる境遇、そして親を養ふことの出来る境遇、今望む所は唯それだ。／何事も自分の満心の興をひくものがない！　ああ、命に倦むといふのがこれかしら。何事も深い興がなく、極端な破壊――自殺――の考えがチラチラと心を唆のかす。重い重い、冷たい圧迫が頭から去らぬ」

（「明治四十一年日誌」七月一九日）

「何故苦痛だったかといふに、僕は何も書かずにゐたからだ。芸術的良心とかいふ奴が、少なからず麻痺してゐたからだ。怠けたのではないが、実は怠けたと同様だ。何も書かずにゐて君に手紙をかくのは苦痛だよ。最近十日間に至ってはすべて苦痛であった。僕生まれてからこんな苦痛を感じた事がない。が、此頃位真面目だった事も今迄にない。真面目――赤裸々な真面目ほどの苦痛はまたとない」　（宮崎郁雨宛書簡　明治四一年七月二九日）

啄木の刊行された作品（『一握の砂』や『悲しき玩具』）だけ読んでいても、私空間である日記や書簡に書かれた内面の具体的な苦悩――死への親近感や自殺願望は知りえない。啄木も、人並みに、苦境を感じていて、強気ばかりではなかったことに、むしろほっとするようにも感じる。郁雨はこれで納得しただろうか。しかし問題の核心は啄木に死の観念が巣くっていることである。「自殺の考えがチラチラと心を唆す」というのは、虚無の影が突《つつ》いていたのかも知れないが、結核の初期症状が啄木の身体をチクチクと啄《ついばん》でいたからではないか。釧路から郁雨に送った手紙に言う、「人生の寂寞、俺は一人ポッチだという事を感じたら最後、モウダメだ。虚無！　虚無！　虚無という奴が横平な顔をして我等の前に立つ」という言葉は、ここに到って一層骨身に浸みたことであろう。

「蒼茫たる宇宙の間に僅かの時間を与へられて生きてゐるのが我ら人間だ。価値も何もあったものではない。（略）芸術にも定義なく、従って価値なく、自己にも定義なく価値がない。考へると死ぬ外はない。虚無だ。／盲動あるのみ。これが僕の得た目下の結論だ」

（同）

七月二七日、啄木は先月分の下宿料一五円未払いを赤心館にやかましく言われ、金策に出たが果たせず、電車に跳び込みたくなったと金田一に話した。金田一は啄木の分も払ってくれた。
「家族を函館の友に頼んでおいて、然も自分自身さへも友の情に泣かねばならぬ有様に対して、言ふ許りなき悲しみも湧いた」　（「明治四十一年日誌」一九〇八年七月二七日）
九月六日、金田一とともに森川町の蓋平館別荘の三階に移る。啄木の才能を信じていた金田一は、国語学者となるべく国語学の本とアイヌの文献は残し、自分の文学青年の側面を精算しようと、文学関係の本を売り払って啄木の滞納金の支払いと引越しの金を作ったのだった。啄木は、「死んだら貴君を守りますと笑談らしく」言った。啄木は苦境を救ってくれる本当に人のいい優しい友人を、二人まで、持ったものだ。八日、啄木は別に三畳半の部屋を借りた。

節子は啄木の許しを得て（「明治四十一年日誌」一〇月一〇日）、一〇月一九日から、大火で消失したが、新校舎が出来て間もない函館区立宝小学校の代用教員になっている（上京を熱望する、というか、長男の側に居たいカツは、これを「上京を妨害するものの様に非難し続けた」

（郁雨『函館の砂』一四三頁）という）。月給一二円。カツが京子の面倒を見るが、節子もカツも過労気味で、年度末の休暇中の日直が夜一二時までという校務であった。これが病気への抵抗力を失わせて行き、「節子の健康をそこなわずにはいなかった。節子発病の原因がカツの結核の感染によることは、今ではよく知られている。しかしまだ石川一族は結核に対してなんの警戒心もない。なにも知らない」（澤地久枝『石川節子』）。

　この頃、啄木は『明星』明治四一年七月号に「石破集」短歌一一四首、『明星』十月菊花号に「虚白集」短歌一〇二首、『スバル』四二年五月号に「莫復問」短歌六九首など、漢詩のタイトルを持つ短歌を発表しているが、この時期、『唐詩選』などを読んでいたという。「石破」は李賀の「李憑箜篌引」の「石破天驚……」から来ており、「虚白」は『荘子　人間世第四』の「虚室生白」、または（荘子を踏まえた）杜甫の「歸」の「虚白高人静」から、「莫復問」は王維の「送別」の「但去莫復問」から来ているという（河野有時「明治四十一年の紀念」『論集石川啄木』おうふう、一九九七）。

　一一月から一二月、『東京毎日新聞』の栗原元吉（古城）の厚意で同紙に連載した「鳥影《ちょうえい》」により、一一月三〇日、初めて稿料（一回一円）にして初めての収入、まず三〇円を得、下宿代二〇円を支払い、女中共へ二円、金田一とテンプラで飲み、大に喋った（「明治四十一年日誌」一一月三〇日）。「借金といふものは返せるものなんだなあ」、「借金を返すということは良い気持ちなものだなあ」、と言って二人哄笑した（金田一『石川啄木』角川文庫改版、一二二頁）。掲載紙を函館の節子に送り（宮崎郁雨も見ただろう）、盛岡の節子の母にも送った。「天才」啄木は自分の「仕事」を求めて、ここまで漂泊《さすらひ》してきたのだ。この時も、彼にとって「仕事」とは小説のことであり、「鳥影」はその取っ掛かりになるはずだった。しかし連載終了後、出版社に売り込むが、四二年三月三〇日、大学館から原稿を返された。単行本として出版されなかった。結局評価されることはなく、啄木は「面当にしんでくれようか！」と思った。ここでも違算である。

明治四一年一一月、『明星』が一〇〇号で終刊になり（啄木は「謎」短歌五二首を発表）、続いて創刊になる『スバル』に啄木は携わることになった。同人に平野万里、平出修（弁護士でもあり、後に大逆事件の被告の弁護をする。後述）、吉井勇、与謝野晶子、『明星』を飛び出していた北原白秋、木下杢太郎らがいた。翌四二年一月一日、『スバル』創刊号は平野万里が編集し、啄木を発行名義人として発行された。啄木は小説「赤痢」を発表した。しかし、二号（二月一日発行）は啄木が編集し、詩や散文（自分の小説「足跡」を含む）を大きい活字で組み、短歌（平野万里の作品を含む）を小さい活字で組んだことから平野と対立してしまう（以後疎遠になる）。彼はここでも衝突する。

文学・小説一本で家族を養うというのは並大抵のことではないことが、啄木にはもう十分分かっていなければならないはずなのに。彼には学習能力がないのだろうか。借金魔で浪費癖があり、気位ばかり高くて見栄っ張りで、新詩社関連の有名な作家、歌人との交際に己の自尊心を満足させている。それが啄木のセルフイメージなのであろう。

否、もう彼らの人間性が分かり始める。「吉井君は思想の皆無な人だ」（「明治四十一年日誌」

一〇月一二日）とか、「平野は哀れな夢想家である」（「明治四十二年当用日記」一月二日）とか言っている。もう彼らとはそう熱心につき合おうとはしなくなる。

新詩社の歌会や、小倉から戻った森鷗外の観潮楼歌会に度々出席し（最初は四一年五月二日）、作った短歌を『明星』などに発表した。鉄幹は啄木にだけは原稿料を払っていたが、それで生活できる訳ではない。初めのうちは真面目に作歌していたが、やがて

「ああ、惜しい1日を　つまらなく過した！　という悔恨の情が　にわかに予の胸にわいた。花を見るなら　なぜ　ひとり行って、ひとりで　思うさま見なかったのか？　歌の会！　何という　つまらぬ事だらう！」

（「ローマ字日記」一九〇九＝明治四二年四月一一日）

と言い出す。そうして作った歌は、

「家を出て、野越え、山越え、海越えて、あわれ、どこかに　行かんと思う

君が目は　万年筆の　しかけにや、絶えず涙を　流していたもう。」

などといった「へなぶり」であった。「まじめに歌など作る気になれないから」、「へなぶってやった」と言う。しかし、「へなぶり」は啄木調の新しい短歌を生み出す契機になったかもしれない。肩の力が抜けたのである。

山本健吉は、この間の事情を説明して言う。

「新詩社や観潮楼で、他の歌人たちのように、真面目に歌を作ろうという気が起らなかった。

何の深い思想もなく、空疎な修辞に憂き身をやつす歌人たちの愚かさが、眼に見えてきた。

彼はことさらに不真面目な、へなぶりの歌を作る。へなぶりとは、当時坂本《ママ》久良岐等が試みていた俳諧歌の一体である」　（山本「解説」『日本詩人全集8　石川啄木』）

啄木は『明星』風の粉飾過多、修辞過剰の勿体ぶった空想歌・浪漫歌・象徴歌の世界に、つくづく愛想づかししており、「へなぶり」調はそれらからの脱出法を彼に教えた。その悪ふざけが気取りや厚化粧をぬぐい去り、無味無飾の境から、人間存在の真実の声が低い響できこえて来て、やがて啄木の歌全体を充たすことになった。

「啄木調の短歌は、言わば瓢箪から駒が出たようなものである。文学的・思想的・生活的に追いつめられた果ての偽悪的悪ふざけの中で、啄木は自分の真実の声、真実の詩魂の所在に、はっと気づくのだ。不思議なことであった」（山本「啄木・久良伎《くらき》・子規」『国文学　解釈と鑑賞』一九七四年五月）。（阪井久良伎は久良岐とも書く。）

家族を呼び寄せるという郁雨との約束の、二、三ヶ月、半年は疾うに過ぎてしまった。

明治四二（一九〇九）年一月一九日、啄木は太田正雄（木下杢太郎）、北原隆太郎（白秋）、と連れ立って与謝野家からの帰途、四谷の天プラ屋で飲んだとき、木下に言った。

「（僕の最も深い弱味をみせようか?）（何だ?）（結婚したつてことよ!）」

（「明治四十二年当用日記」一月一九日）。

それは「夫婦関係を間違った制度」と考え「虚無思想」を抱く啄木の心底からの実感であり本音であったろう。

「先んじて恋のあまさと／かなしさを知りし我なり／先んじて老ゆ」

（『一握の砂』）

この歌にも「へなぶり」が感じられるが、早すぎた結婚は、逸早く甘さとかなしさを啄木に知らしめた。一禎の失職もあって、啄木は大きすぎる責任を負うことになった。啄木に「天才」意識はあっても常識的生活力はなく、路頭に迷うばかりである。そして、北原と太田と分かれた後、この半独身者は自由な私空間で不善をなし、浅草の私娼窟に行く。虚無平原の上のノーコントロール、欲望自然主義である。そして釧路から函館の郁雨に送った手紙に言っていた、「道徳などといふものはない。万事唯勝手にやればよい。僕は無政府主義だ、無宗教だ、うまい物は喰ふべく、うまい酒は飲むべし、肉慾のごときも決して罪悪でも何でもあるまいと理屈から考へてゐる」（明治四一年二月八日付け）という言葉、「流石にまだ実行した事はないが」と言っていた考えを実行したのである。啄木は既にそこに行ったことがある。

「凌雲閣の北、細路紛糾、広大なる迷宮あり、此処に住むもの皆女なり、若き女なり、家々御神燈を掲げ、行人を見て、頻に挑む。（略）塔下苑と名づく。蓋しくこれは地上の仙境なり」（「明治四十一年日誌」八月二一日）。

この時は金田一と見て廻っただけであったが、一一月一〇日、八時半頃、「塔下苑」に出かけ、「妙に肌寒い心地で一二時に帰った。／モウ行かぬ」（「明治四十一年日誌」）と書いている。しかし「ローマ字日記」には、秋から今（四月一〇日）までに、一三、四回行ったと書いており、日記から拾うと、二月二日、二月八日?、三月一〇日?、四月六日? などであろう。「事実に於いて既に道徳は破壊されて居」たのである。「虚無的盲動」である。

明治四二年二月、東京朝日新聞編集長の佐藤真一（北江）が盛岡出身で、啄木は自分の編集した『スバル』二号を贈って就職を依頼した。二月二四日、佐藤から手紙が来た。「とる手おそしと開いてみる二十五円外に夜勤一夜一円づゝ、都合三十円以上で東朝の校正に入らぬか」という文面であった。啄木は「これで予の東京生活の基礎が出来た！　暗き十ケ月の後の今夜のビールはうまかった」（「明治四十二年当用日記」二月二四日）と上機嫌である。出勤は午後一時ころから六時ころまで。就職が決まる。「まず第一に定収入を貰う様な職に就くべきだ」という郁雨の「常識的処世説」（「啄木の借金メモ」）にしたがったようである。

　ところが、二月二六日のことである。太田に呼ばれて三秀舎に行く時、懐中に五円札が四枚入っていた。電車に乗るには何かを買ってこれを小さくする必要があった。方々の店や勧工場をひやかしながら、神田まで来て、中西屋（本屋）に入った。何千冊の洋書が並んでいる棚の前で、啄木は今の境遇を忘れ、函館を忘れ、下宿屋のツケを忘れ、何もかも忘れて、馬鹿な、止せ〳〵という声を聞きながら、オスカー・ワイルドの『芸術と道徳』三円五〇銭を買ってしまった。

「哀れな、憐れな、慾れな欲望は、どうしても此時抑へることが出来なかったのだ、『止せ』と思ひながら財布を出した。『馬鹿！』と心で叫びながら買って了つた」

（宮崎郁雨宛書簡　明治四二年三月二日）

　しかし、これは名文である（だから許されるという訳ではない）。そして二月の晦日の晩に読んでしまい、一日、古本屋に一円三〇銭で売った。「これは滑稽ではない。僕にとって最も真面目な悲しみだ！」。読書は啄木の水と肥料であっただろう。欲望自然主義の浪費癖、と言って片付けてはならないものは感じるが。

　そしてその午後（三月一日）、校正係として東京朝日新聞社に出社した。（この年六月二七日から一〇月一〇日まで、夏目漱石は朝日新聞に「それから」を連載する。啄木が校正した（「（無題）」全集第四巻　三九五頁）。その後『門』も校正した。漱石の月給は二〇〇円）。朝日の短歌投稿欄「映花詞林」は三四年五月一九日で中止になっていたが、四三年九月一五日から、社会部長渋川柳次郎（玄耳）は「朝日歌壇」の選者に啄木を抜擢する。渋川は、先日啄木が『朝日』に出した歌を讃めて、「出来るだけ便宜を与へるから自己発展をやる手段を考へて来てくれ」（「明治四三年四月より」四月二日）と言っていた。。渋川は、啄木が他紙に書いた歌・文をも見てそう言ったのだろう。手当八円。（「朝日歌壇」は四四年二月二八日、八二回で、啄木の病気により中断。大正九年一月に再開、現在に続く）。

　啄木は早速給料の前借をする。社としては出来ないので、佐藤が貸してくれた。三月の給料日には、社から貰った給料は、顔だけ見て佐藤に返した。そしてまた前借である。「生活の基礎が出来た」から、早速家族を呼び寄せる算段をするかといえば、そうではない。

　一ヶ月が経ち、節子やカツにしても郁雨の世話になるのも一年が限界だと思ったのだろう。（ユングの所謂）グレートマザーが啄木を呑みこみに来る。すでに前年九月二三日から、節子は京子を連れて上京したい旨を言っていた。啄木は「三畳半に来られてもどうなるものか」と思ったし、今は家を持つ金と、下宿を移るには滞納金を払わねばならず、家族の旅費など到底足りない。が、それら無しなら（浅草で）遊ぶ金には足りる、遊ぶ金を借りなくてすむということに過ぎなかった。いや、それも前借の中から出すのだが。
　さらに言えば、後に啄木は、

「田も畑も売りて酒のみ／ほろびゆくふるさと人に／心寄する日

（『スバル』明治四三年一一月号→『一握の砂』）

百姓の多くは酒をやめしといふ。／もっと困らば、／何をやめるらむ。」

（明治四四年一月一七日→『悲しき玩具』）

という短歌を作っているが、田も畑も売り困窮の果てに、百姓は、娘を売ったのではなかったか。そうした娘たちが、そこにいたのではなかったか。そこは仙境でも竜宮でもなく、苦界である。苦界に身を沈めざるを得なかった娘たちに「心寄する」ことはなかったのか。そのことに思い至らなかったのか。つまり「批評」の心はそこまで届かなかったのか。だとすれば、いかにも迂闊である。

「対人生の態度に「批評」といふ事を余り軽く考へてゐはしまいか」

（「きれぎれに心に浮んだ感じと回想」『スバル』明治四二年一二月）

と書くのはこの年の一二月のことである。四三年九月には、「時代閉塞の現状」の中で、「（略）財産と共に道徳心をも失った貧民と淫売婦の増加は何を語るか」云々と書いたとき、批評は自身を直撃し、啄木は忸怩たる思いを感じたはずである。

（もし、と敢えて言いたくなるのだが、啄木が島田三郎の東京毎日新聞社に就職し、田中正造と共に足尾鉱毒事件や、廃娼運動など社会問題に取り組んでいたら、もっと早く社会に目覚め、こんなことにはならなかったかもしれない。もっとも木下はもう明治三九年に辞めて伊香保に籠もって執筆活動をしていて逢えないままだった。四〇年は谷中村強制収容の年である。この時啄木は北海道にいた。四一年、啄木は上京後、一一～一二月に、『東京毎日新聞』に、『明星』の友人栗原古城の世話で、小説「鳥影」を連載している。（その後四二年三月、朝日入社となる。）四二年一一～一二月、『東京毎日新聞』に「弓町より　食ふべき詩」を連載する。また度々短歌を掲載する。啄木と『東京毎日新聞』の関係は決して浅くはない。四二年、『東京毎日新聞』は『報知新聞』に身売りすることになる。また啄木は木下に関して「小説『墓場』に現れたる著者木下氏の思想と平民社一派の消息」（明治四三～四四年稿）という評論を書いている。なお、現在の『毎日新聞』の前身は『東京日日新聞』で、『東京毎日新聞』とは関係ない）。

　四月三日から、啄木は日記をローマ字で書き始める（いわゆる「ローマ字日記」（「NIKKI./1./MEIDI 4 2 NEN./1909.」）は黒クロース装のノートに〈清書したように〉書かれ、四月七日から六月一六日までの日記を言う。四月三日から六日までは「当用日記」に書かれている。また六月二日以降は「はつかかん」という要約になっている）。

　この中でこの「半独身者」は自身の不善をなす赤裸々な姿を見つめている。そこが文学だ、それが人間（の在りの儘）だ、自然主義文学、日本近代文学の最高傑作の一つだ、と持上げるのは好みだが、しかし、その頽廃を見つめて、その［虚無盲動］を［其儘］で何とかしようとしないのは自堕落（デカダンス）である。既成を［其儘］にして平気なのは啄木の信条にもとるだろう。啄木は「自然主義を是認するが、自然主義者ではない」（「明治四十一年日誌」五月八日）と言っていたし、「私の文学に求むる所は批評である」とも言っていた。たとえそこがニヒリズムの地平であったとしても「批評」こそは啄木の文学である。短歌の中にも「批評」はある。自堕落は極めて自然主義的であるが、「批評」がない。これでは早晩行きづまる。啄木の才能を信じて待つ節子への裏切りでもある。裏切りは釧路時代から始まっていたのだが。

　啄木は日記をローマ字で書く理由を言う。

「そんなら　なぜ　この日記をローマ字で書くことにしたか？　なぜだ？　予は妻を愛している。愛しているからこそ　この日記を読ませたくないのだ―しかし　これはうそだ！　愛してるのも事実、読ませたくないのも事実だが、この二つは必ずしも関係していない。／そんなら　予は弱者か？　いな、つまり　これは夫婦関係という　まちがった制度があるために起こるのだ。夫婦！　なんというばかな制度だろう！　そんなら　どうすればいいか！　／悲しいことだ」（四月七日。原文ローマ字。桑原武夫訳、岩波文庫。ただしピリオド、コンマは句読点に変えた。）

　妻に読まれたくないから節子の読めないローマ字で書いたという。なぜなら中身は裏切りだから。しかし節子はミッションスクールの卒業だからローマ字は、読み辛くはあっても、読めただろう。だが読めないと思うことで、自由な告白（自白！）が可能になった。また、金田一は国字改革論者で、しかもローマ字論者であったから、その影響もあったであろう。ただし、実際に相当に読み辛いことは事実なので、節子は読めても読まなかったのかも知れない（だから、破棄されずに残ったのかも知れない?)。

桑原武夫はローマ字表記法によって、啄木はいくつかの抑圧から逃れることができたと言う。「(1)家族の人々には読まれないという意味で精神的、さらに倫理的抑圧から、(2)日本文学の伝統の抑圧から、(3)それらをもふくめて、一般に、社会的抑圧から」。(2)について、「難しい雅語や漢字からの表現から脱却が可能あるいは不可避となり、そこに自由な新しい表現法が見出され、以後、啄木が、漢字かなまじり文で書くときにも、文体に自由さをまし、民衆的にして新鮮な表現をなしうることとなったのである」(桑原『ローマ字日記』解説、岩波文庫)。実際漢語には同音異義語が多くて、ローマ字で表すと意味が取りにくい。すでに日記は口語文で書いていた。

さらに啄木は夫婦関係というのは間違った制度である、というのであるが、啄木はこの時も虚無思想(ニヒリズム)を引きずっていたのであろう。それとも、近代的恋愛観が自我を解き放ち、「天才」的自由人に必要なのは恋愛であって、家族制度や家族関係というものは足枷以外ではなかったと言うのだろうか。儒教的親孝行が、あるいはまた明治民法が問題だと言うのだろうか。案外、「なんの係累のない——自分のとる金で自分ひとりを処置すればよい人たちがうらやましかった」(四月一八日)ということだろうか。

「昨日午後三時京子生れ申候、万歳、万歳、/岩手県岩手郡渋民村の　若きお父さんより/
極月廿日　雪の日」

(金田一京助宛葉書　明治三九年一二月二〇日)

この京子の誕生を祝う「若きお父さん」啄木に、家族を「悲しむ理由」がどこにあるか。どこに家族制度を廃しようという意思があるか。家族というものは両親と生れた子供の親愛感が作るものであって、それが貧困や病気や不和などで順調に行かなくなった時に、足枷と感じるようになる。一緒に居ることの不幸、別れることの幸福ということもあるが、勝手放題の無責任を許さないための制度となって圧し掛かってくる。結婚は啄木の「最も深い弱味」となっていた。

「浅草の凌雲閣のいただきに／腕組みし日の／長き日記かな」　（『一握の砂』）

この日がいつなのかは分からないが、四月一〇日であってもいいだろう、長い日記を書いている。

「時代の押し移りだ！　自然主義ははじめ　われらの　もっとも熱心に求めた　哲学であったことは　争われない。が、いつしか　われらは　その理論上の矛盾を見出した。そしてその矛盾を　つっ越して　われらの進んだとき、われらの手にある剣は　自然主義の剣ではなくなっていた、――少なくとも　予ひとりは、もはや傍観的態度なるものに　満足することができなくなってきた。作家の人生にたいする態度は、傍観ではいけぬ。作家は批評家でなければならぬ。でなければ、人生の改革者でなければならぬ。また……。／予の到達した積極的自然主義は　すなわち　また新理想主義である。理想という言葉をわれらは長いあいだ侮辱してきた。実際またかつて　われらの発見したごとく、哀れな空想にすぎなかった。‘Life illusion’（人生の幻想）にすぎなかった。しかし、われらは生きている。また生きねばならぬ。あらゆるものを破壊しつくして　新たに　われらの手ずからたてた、この理想は、もはや哀れな空想ではない。理想そのものは　やはり'Life illusion'だとしても、それなしには生きられないのだ。――この深い内部の要求までもすてるとなれば、予には死ぬよりほかの道がない。」

（『ローマ字日記』明治四二年四月一〇日。）

半独身者啄木は「人がいないところへ行きたいという希望」を持っている。この希望を忘れるために、人のたくさんいるところ――浅草の活動写真へ行く。その折、凌雲閣（十二階）に上って下界（即ち「塔下苑」）を眺めてみた。小さく動き回る人々が見えたりしただろう。そして腕組みしながら、考えた。右はけさ書いたもので、それは「ウソ」だと言う。「作家は批評家でなければならぬ。でなければ、人生の改革者でなければならぬ」と言うのも、自然主義の無批評を克服した「積極的自然主義　すなわち　新理想主義」というのも、「新たに　われらの手ずからたてた、この理想」、つまり「それなしには生きられない」「'Life illusion'」も、ウソだと言うのである（「Life illusion'」を桑原は「人生の幻想」と訳しているが、啄木自身は、前述のように、郁雨宛書簡〈明治四一年二月八日〉や「卓上一枝」〈『釧路新聞』〉の中で「生活幻像」と書いている）。それが「ウソ」だと言うのなら、この日の午後、啄木は「批評」も「'Life illusion'」も、つまり改革も革命も捨てたのである。そして次の認識に至る。

「いかなることにしろ、予は　人間の事業というものはえらいものと思わぬ。ほかのことより文学をえらい、たっといと思っていたのは　まだえらいはどんなことか知らぬときのことであった。人間のすることで何一つえらいことが　ありうるものか。人間そのものが

すでにえらくも　たっとくも　ないのだ」

（明治四二年四月一〇日）

そこまではいい。しかし「ハコダテでは　困っているぞ」と言う声、送金しなければならないと言う声を内心に聞きながらも、啄木は浪費癖がやめられない。自分の金は自分のためだけに消費する。凌雲閣を下りて、「塔下苑」に行った。「批評」を忘れて、というか、投げ捨てて。あるいは塔下苑に行くために「批評」を打ちやった。これは弱さなのであろうか、それとも（より弱い者への）強さなのであろうか？

「いくらか金のあるときは、予はなんのためろうことなく、かのみだらな声に満ちた、狭い、きたない町に行った。」

（「ローマ字日記」明治四二年四月一〇日）

啄木は己の弱さと醜さを認めざるを得なくなって行く。啄木は「僕は僕の小説に於て自分が先ず素裸体《スッパダカ》になつて、一点の秘すところなく告白しようと思ふ」（岩崎正宛書簡　明治四一年七月七日）と言っていたが、かつて「天才」を自任した男が、己のサディスチックで赤裸々な姿を見、「我」ながらみじめで、いたましい姿を自認したとき、漸く「人間はえらくない」と自覚したのだ。そして自分が何者であるかが分かりかけてきたのだ。

「つまり　疲れたのだ。戦わずして　疲れたのだ。／世の中をわたる道が　ふたつある。All or Nothing!　ひとつは　すべてにたいして　戦うことだ。これは勝つ、しからずんば死ぬ。もひとつは　なにものにたいしても　戦わぬことだ。これは勝たぬ、しかし負けることがない。負けることのないものには　安心がある。つねに勝つものには　元気がある。そしてどちらも　ものに恐れるということがない……。（略）予の性格は　不幸な性格だ。予は　弱者だ、たれのにも劣らぬ　立派な刀をもった弱者だ。戦わずにはおられぬ、しかし　勝つことはできぬ。しからば死ぬほかに道は無い。しかし　死ぬのはいやだ。死にたくない！　しからばどうして生きる？　／なにも知らずに　農夫のように　生きたい。（略）」（同、四月一〇日）

戦うことの結果は勝利か死であると言う。戦わぬことの結果は、勝たないが負けもしない、しかし安心がある、と言う。そうだろうか。戦って勝てず死んでも、誰かが継承してくれる、のではないか。啄木の思索は袋小路に入っていく。「つまり　疲れたのだ。戦わずして　疲れたのだ」。そして「なにも知らずに　農夫のように　生きたい」とまで言う（農夫にはそれなりの苦労があるのだが）。

遂に、ニーチェ主義者・「天才」主義者・強者は、「予は　弱者だ」と自覚した。そこまではいいが、その先が違う。弱者啄木は現実から逃げだし、虚無思想に陥り、「みだらな声にみちた、狭い、きたない町に」行ってしまったと。そこで彼は極めて自然主義的に、自虐的に己の内にある悪魔をさらけ出してしまう。啄木は地獄の亡者となり、その事がより弱い者にとって加虐的（サディスチック）な獄卒となる。在りの儘の醜悪、そのことに自己嫌悪をいだく。「ドン底」である。それでも麻薬中毒患者のように塔下苑や浮世小路に行くのを止めない。文字通り憂き世の袋小路である。痛ましい。自堕落であり、退廃である。批評がない。自律心がない。自然主義に惑溺《わくでき》してしまい、解決しようという意志がない。社会に目覚めていない。それでは人間は確かに「えらく」ない。啄木のモットウであった「批評」、「改革」、「革命」は何処に行った。

それは［ウソ］だったと言うのである、か。［批評］のない自然主義に居直っていては啄木は［戦わずして］［死］んでしまう。

繰り返し言えば、自然主義に惑溺していては、言い換えると、自堕落を［其儘］にしていては［批評することが出来ない］。彼に必要なのは［批評］である。［批評］が啄木の過程を導くのである。上京直後に［予は自然主義を是認するけれど、自然主義者ではない］（「明治四十一年日誌」五月八日）と自分でも言っていたではないか。また、「きれぎれに心に浮んだ感じと回想」の中でも、自然主義の矛盾を［つっ越して］行くと。［作家の人生にたいする態度は、傍観ではいけぬ。作家は批評家でなければならぬ。でなければ、人生の改革者でなければならぬ］と。［対人生の態度に「批評」といふ事を余り軽く考えてゐはしまいか］。それは今の啄木にとって果たせぬ難題となっていた。啄木の考えることは矛盾に満ちて、退廃的である。家族は家族制度となり、今の貧乏な彼には重圧である。責任放棄して自由になりたいという、疲れ果て、落魄した弱者の心情である。

浅草では、

［なにひとつ満足をうることもできぬ。人生そのものの苦痛に　たえず、人生そのものを　どうすることもできぬ。すべてが束縛だ。そして　重い責任がある。どうすればよいのだ?.］Hamlet（ハムレット）は“To be, or, not to be”（生きるべきか　死ぬべきか?.）と言った。］

［しかし　予は　疲れた！　予は弱者だ！　（四月一〇日）

1年ばかりのあいだ、いや、1月でも、／1週間でも、3日でも　いい、
神よ、もしあるなら、ああ、神よ、／わたしの願いは　これだけだ、どうか、
からだを　どこか　少しこはしてくれ、いたくても
かまわない、どうか　病気さしてくれ！／ああ！　どうか……／／
まっ白な、柔らかな、そして
からだが　ふうわりと　どこまでも――
安心の谷の底までも　沈んでゆくような　ふとんの上に、いや、
養老院の　古だたみの上でもいい、
なんにも考えずに、（そのまま死んでも
惜しくはない！）　ゆっくりと　ねてみたい！
手足を　たれか来て　盗んで行っても
知らずにいるほど　ゆっくり　ねてみたい（略）」

（明治四二年四月一〇日）

この人生に疲れた男は「病気をしたい」と逃避願望を抱いている。（後に中原中也（一九〇七～一九三七）が、「汚れつちまった悲しみは／なにのぞむなくねがふなく／汚れつちまった悲しみは／倦怠《けだい》のうちに死を夢む」とうたった時と同じ位相にある。中也も結核だった。）

「人という人のこころに／一人づつ囚人がいて／うめくかなしさ」

（『一握の砂』）

啄木は「あらゆる責任を　解除した　自由の生活！　われらが　それをうるの道は　ただ病気あるのみだ！」と言う。真っ白な、柔らかな、からだがふうわりと、どこまでも、安心の底

まで沈んで行くような、ふとんに寝て、ゆっくりと寝てみたい、そのまま死んでも惜しくない、と言う。しかし、彼の中にはもう一人「囚人」が居て、放棄出来ない家族扶養の責任と、自分の文学の可能性の重圧にうめいている。「どうか　病気さしてくれ」と啄木は言うが、この時すでに病気（結核）は進行中だったのである（五月一四日に、「2度ばかり　口の中から　おびただしく血が出た」というのは喀血であろう）。きつい、だるいという疲労感、倦怠感はその症状であろう。それは病気の結果なのに病気になろうと原因を求めている。ただ本人は、迂闊にも、結核とは思っていない、ようだ。「病気をしたい」という言葉は二年後実際に彼が入院した時にも繰り返されるが、病気になっても責任から逃避することはできなかった。安心して病気できなかった。しかし、この弱者は、弱者の「批評」を忘れ去ることはなかった。

母カツは、二月二七日にも、「三月になったら何が何でも一人上京する」（「明治四十二年当用日記」二月二七日）と言って来ていたが、啄木が定職についたことを知り、四月一三日、函館から上京したいという、「仮名ちがいだらけな」手紙をよこす。そのたどたどしさが啄木の胸を打つ。

「そちらへよぶことは　できませんか？　（略）（せつこは）あさ8じで、5じか6（じ）かまでかえらず、（京子に＝新木注）おっかさんと　なかれ、なんともこまります。それにいまはこづかいなし、いちえんでもよろしくそろ。なんとか　はやく　おくりくなされたく　ねがいます。おまえのつごうは　なんにちごろ　よびくださるか？　ぜひしらせてくれよ。へんじなきと（き）はこちらしまい、みな　まいりますから　そのしたく　なされませ、はこだてにおられませんから、これだけもうしあげまいらせそろ。かしこ／しがつ9か／かつより／いしかわ　さま」

（「ローマ字日記」四月一三日）

「予の心は　母の手紙を読んだときから　もう、さわやかではなかった。（略）どうせ予には　この重い責任を　はたすあてがない。……むしろ早く絶望してしまいたい」

（四月一三日）

「人の妻として　世にセッコほど　かあいそうな境遇にいるものが　あろうか！／現在の夫婦制度――すべての社会制度は　まちがいだらけだ。予は　なぜ親や妻や子のために束縛されねばならぬのか？　親や妻や子は　なぜ予のギセイとならねばならぬのか？　しかし　それは予が　親やセッコやキョウコを　愛している事実とは　おのずから別問題だ」

（四月一五日）

啄木には、節子を不幸にしているのは自分だという自覚がある。しかし、自分が妻子のために束縛されねばならないか、というのは逆ではないか。親や妻子はなぜギセイにならねばならないのか、また、自分は何故親や子のために束縛されねばならないか、というのは、社会制度として結婚して共同体を作って約束したからである。啄木がこんな無責任なことを言うのは、「裏切り」の罪障感の故であろう。

「人ひとり得るに過ぎざる事をもて／大願とせし／若きあやまち」

（『一握の砂』）

という歌を歌った所以であろうか。この歌は初め千駄ヶ谷歌会で披露された歌稿では、「人一人うるにすぎざる事をもて大願とするあやまちはよし」となっていて、『明星』明治四一年一〇月号では「あやまちは好し」となっていたが、啄木は四三年、『一握の砂』に収載するに当たって、前掲のように「若きあやまち」と推敲した。岩城は元の意味に解しているが（『別冊国文学№11　石川啄木必携』七九頁）、僕は推敲された最終形「若きあやまち」と解したい。若き日に節子と睦みあい、それを「よし」としていたのだが、いまとなってはあれは「あやまち」であったと言う。その時々に真実がある？　自由な欲望は倫理を蹴飛ばす。何度も言うが、ニーチェの言うには恋愛も結婚も「愚行」である。

あるいは、

「わが抱く思想はすべて／金なきに因するごとし／秋の風吹く」

（明治四三年九月作歌、『一握の砂』）

という歌を想っただろうか。この歌に言う「思想」は直接には社会主義関係のことであるが、家族関係・結婚制度の問題も、金がないことが原因、つまり経済的な理由で起ってくるようである。金があれば、問題にならなかったかもしれないし、金があればたいていのことは片付くかもしれないと言える訳で。尤も金があればあるで、別の問題が出てきたりする訳で、一筋縄では行かないのが社会のややこしさである。

妻子を愛していると言うが、夫婦制度とは別問題だろうか。別問題であったとしても結びつくことの方が多いだろう。またしても家族関係の問題が出てきたが、啄木は何を問題にしているのであろうか。世界は虚無であり（それは正しい）、家族というものは人間を束縛する不自由な制度だというのだろうか。ではその時自由とはどういうものだろうか。家族制度、家制度の儒教的封建的ありようが問題というのだろうか。社会というのは約束事で成り立っているが、それは確かに束縛である（約束の束は束縛の束。何月何日何時、どこそこで会うと約束したら、その約束に縛られるのは当然である）。「天才」の「自己拡張」などと体のいいことを言うが、完全なる自由は完全なる無責任によって成り立つのであってみれば、自由と倫理（ともに、友に、朋に、共に、伴に、倫に生きること）とはバランスをとりあわないと、弱肉強食の結果、強い者の遣りたい放題の自由でしかなくなってしまうだろう。それは限りなく悪に似る。啄木は家族の中では強者だったから、妻子は己の自由の足をひっぱるものと思えたのかもしれない。子供（京子）が生れた時の喜びを思い出すべきである。繰り返し言えば、啄木は家庭の人ではなく、家族を養う意志と能力がないようにみえる。自由・無責任は彼の「天才」意識が生み出すエゴイズムである。啄木には経済観念が無い。生活力、というか自立する意志がない、か、希薄である。自分の希望（欲望）は誰かが叶えてくれる、という育ち方をしたからか。「常識的処世説」（郁雨）がないようである。

それとも一家離散を強いる経済的な生活苦の問題であろうか。二五円の月給は一家五人が暮らしていけない額ではない。残業すれば一円の手当ても出る。しかし啄木の経済観念の無さは、「心の内でやめろやめろというのをききながらも」（四月八日）、あればあるだけ使い果たしてしまうという、浪費癖が証明している。それでも足りずに金田一の援助を度々受けている状態であった。終いには、

「みんなが死んでくれるか、予が死ぬか、ふたつにひとつだ！」　（四月一六日）

と言い出す始末である。エゴイスチックな責任逃避というべきである。聡明な彼にはその自己欺瞞がよく分かっていたはずである。そして逃げ出した先で己の悪魔と地獄を見た。

五月二日、渋民村の助役の息子イワモトミノル君が、徳島県生れのシミズモハチ君を連れてやってきた。都会というものに幻惑されて、何も知らずに飛び込んできたようだ。やがて焼け死ぬか、逃げ出すか、二つに一つ、前途には自殺したくなる時期が来るだろう。

「思ひきりよく故郷と縁を絶つては来たものの、一足都会の土を踏むともう直ぐその古びた、然しながら安らかであつた親譲りの家を思ひ出さずにはゐられない。どんな神経の鈍い田舎者にでも、多量の含有物を有つてゐる都会の空気を呼吸するには自分の肺の組織の余りに単純に出来てゐるといふ事だけは感じられるのである。かくて彼等の田園思慕の情は、その新しい生活の第一日に始まつて、生涯の長い劇《はげ》しい労苦と共にだんだん深くなつてゆく。（略）私も亦「悲しき移住者」の一人である。」

（「田園の思慕」『田園』明治四三年一月二五日）

これは少し後の記述であるが、二人の少年を見ていると、「より良き生活の存在を信じて」都会に出て来た、かつての自分のようだ、そしていずれ、今のどうにもならない自分の二の舞になって行くのだろう、と啄木は思い、面倒を見ることにした。トヨシマ館という下宿を見つけ、テンプラ屋に行って三人でめしを食い、会社は休むことにして、二人の荷物を取りに行き、渋民の話をいろいろ聞き、財布を空にして帰って来た。

啄木は、人に何か（例えば就職の口など）頼まれると、直ぐ喜んで応じるが、一応問い合わせ位の事はするが、其の人を満足させるような「出来るだけ尽力」するという約束を果たした事はない。しかしとうとう余りに利己の念に熾《さか》んな自分に倦厭《けんえん》の情を感じるようになり、「一日でも可いから、自分に対すると同じ熱心を以て（必要を感じて）、人の為に尽してみたいと此頃思ふ事がある」（「きれぎれに心に浮んだ感じと回想」『スバル』明治四二年一二月一日）と後に書いているが、「自分に対すると同じ熱心を以て」この二少年に関わって（善行を積んで）みたいと思ったのであろうか。

啄木には、今が底だという思いがある。今月の給料は前借しており、どこからも金が入る当てはない。来月には家族が上京してくる。ここから上って行くには、売れる原稿を書くしかない。そしてこの二人の青年を救わねばならない（五月六日）。シミズは京橋のある酒屋のデッチに住み込むことになり、イワモトは父からよろしくという手紙が来た（五月一五日）。

啄木は『スバル』四二年五月号に「莫復問（またとうなかれ）」六九首を発表して、その後翌年三月まで、短歌の発表が一〇ヶ月間途絶える。

五月一七日、啄木は我慢していた煙草が吸いたくて、『あこがれ』など数冊を持って古本屋に売りに行き、これは幾らなんだと『あこがれ』を指して訊くと、「五銭——ですね」と古本屋の主人が答えた。自信作も二束三文で片付けられた。啄木は「ハ、ハ、ハ、……」と笑ったが、それは情けない自嘲であり、直ちに空虚が襲いかかった。

六月一日、イワモトに手紙を持たせ、社から今月分の二五円を前借させ、五円は佐藤に払い、イワモトの下宿へ行って、シミズと二人分の下宿料を一三円払い、浅草に行き西洋料理を食い、小遣い一円をくれて、イワモトと別れた。それから「なんとかいう若い子供らしい女とねた」。その次には小奴に似た女とねた。雑誌を五、六冊買って、一〇時頃帰る。「残るところ４０銭」。こんな調子では破綻寸前、破産必至ではないか。大丈夫か。自然主義は自堕落を其儘にして何も解決しない。この自堕落な男に必要なのは自分自身を批評し、自分自身とたたかうことである。

一年後に、「自分といふ一生物の、限りなき醜さと限りなき愍然《あわれ》さを心ゆく許り嘲ってみるのは其の時だ」（「硝子窓」『新小説』明治四三年六月一日）と書いているが、「自分を……嘲う」のは、其の一年前の此の時にこそ（否、ずっと前に）なされるべきことであろう。さらに「戦ひを好む弱者の持つべき最良の武器は、透徹したる理性の外になかった！」（岩崎正宛書簡　明治四三年六月一三日）などと書いているが、「透徹した理性」など、この自堕落な男の何処にある。外に向かっては一端のことを言うが自分には甘い。一貫性がない。

明治四二（一九〇九）年六月一〇日、郁雨から、家族（カツ、節子、京子）と郁雨が、七日に函館を発ち、上京の途中、今は盛岡まで来ている、という手紙が来た（郁雨はここで初めてこれがカツの無断上京であることを知り狼狽した。待機中、郁雨は、一〇月に結婚することになる節子の妹ふき子と会った）。郁雨はこれを盛岡で書き、発信したのである。啄木は慌てて、金田一に相談し、「不取敢応急準備を整へる」ために五日間だけ猶予をもらい（郁雨宛書簡　明治四二年六月一〇日）、その間に新しい借家を探した。「ついに！」（「ローマ字日記　はつかかん」)、六月一六日、啄木の同意無しに、母（グレートマザー）が、家族が、言い換えれ家族制度扶養責任という重荷が上京して来た。啄木の上京以来、一年一ヵ月である。「ローマ字日記」はこの日に終る。自由な私空間の、まるで鬼の居ぬ間の放蕩記である。啄木の自堕落は一応の終止符を打つ。

　啄木は金田一の保証で赤心館への滞納金一一九円を一〇円ずつの月賦にしてもらい、郁雨の援助一五円で本郷弓町二丁目一八番地の喜之床の二階、六畳二間へ引っ越しする。目出度く？家族四人の生活が始まる。しかし、決して順調な生活というわけではなかった。

　ある時、金田一が訪ねてきて、啄木は留守だったが、節子が横に居ながら、カツは金田一に、啄木が辛く当たると、涙を流しながら訴えた、という。

「「もうもう私は、どんなことがあったからって、どんなことだって我慢します。私はほんとうにこの年になって、あんなつらい、死ぬような、死ぬよりもつらい目に逢わされました。気狂いになって死んでしまうか、いじめ殺されてしまうかと思いましたもの。死ぬまで我慢します。死んだ気になって我慢します。（略）だって私は、お国訛りで、どこへ向いてもお話しが出来ないんですもの、誰に向って胸の霽らしようも無いんですもの、悔しいやら、苦しいやら、情ないやら。（略）一に云えば一言に叱られます。この人のためにです。この人の為に本当に本当にひどい目にあいました。一はこの人さえあれば、母などは死んでも好いのでしょう」」　（金田一「弓町時代の思い出から」『石川啄木』一六二頁）

金田一は標準語で書いているが、カツは東北弁で話したのである。同郷人だからできることで、外に出て、誰彼に話しかけることは、カツには出来なかった。それで鬱屈するものが胸に溜まる。節子に話すと、北海道に居たころから続いている嫁姑の関係がさらに悪化する。「この人のために」、つまり節子のせいで、カツは肩身の狭い思いをして居る、私は我慢します、死ぬまで我慢します、死んだ気になって我慢しますと、訴える。啄木に言うと叱られるだけなので。こうして家族内でも閉塞感が募る。

　啄木は貧困に加え、カツと節子との不和軋轢を抱え込むことになる。さらには病気（結核）をも。これが啄木の家庭の現実である。

　宮崎郁雨は、啄木の妹光子と結婚したいと思って啄木に何度か許可を貰おうとした。啄木援助の訳には一つは「君は京ちゃんのおぢさんである」という啄木の言葉を憶えていて、啄木との義兄弟関係になることがあったのかもしれない。が、啄木は拒絶した。そこで郁雨は東京からの帰り、盛岡に寄り、節子のすぐ下の妹ふき子と結婚する話をまとめた。

　節子はふき子にあてた手紙で、

「私には少しもひまがない、ほんとうにかみ結うひまさえ得る事の出来ないあはれな女だ。宮崎の兄さんはよく知ってゐる。不幸な女だと云ふて深身の同情をよせてくれる。内のお母さんくらいえぢのある人はおそらく天下に二人とあるまいと思ふ。（略）お前は幸福な女だ！　私は不幸な女だ！　一年の間兄さんとたのんだ宮崎さん、わたしはほんとの兄さんと思ふて居た、お前が行けば私が姉さんになる。こればかりは大不平だ」（略）ほんとうに盛岡からこなければよかったと思ふよ。東京はまったくいやだ」（節子からふき子宛書簡

明治四二年七月五日。堀合了輔『啄木の妻　節子』、岩城「妻の家出——節子の十通の手紙」『石川啄木伝』筑摩書房、一九八五、所収）

と書いている。七月五日といえば、上京して二〇日過ぎた頃である。節子とカツの関係は旧態依然であった。「えぢのある」というのは「意地のある」ということで、依怙地で頑固で人（つまり節子）の言うことを聞かず、自分の意地を通し、融通が利かないといったような意味だろう。意地が悪い、とは少し違うと思われるが、節子から見れば、意地悪と大して違わないと思えただろう。カツとの不和と貧困と体調不良（肋膜炎）がもたらす不幸。「私は不幸な女だ！」には言い尽くせぬ実感がある。そして自分にも兄のように優しかった郁雨が、妹と結婚することになった戸惑いが見えている。節子と郁雨の間には、淡い三角関係がある。こんな所から、後に郁雨が節子に手紙をよこし、「不愉快な事件」（後述）を引き起こし、啄木との絶交問題を起こすことになる。

（節子は郁雨と結婚するふき子に「お前は幸福な女だ」と言ったが、ふき子は「後年、味噌醸造業を廃した郁雨とともに豪壮な郁雨荘に住み、三人の子たちはすべて東京へ遊学して学問をおさめる。六十八歳で亡くなるまで姉とは比較にならぬ恵まれた生活を送った」（澤地『石川節子』）ということである。）

　九月二八日、啄木は、収入つまり生活費を増やすため、『岩手日報』の主筆となっていた新渡戸仙岳（啄木と節子が在学中、盛岡高等小学校の校長だった）に、東京だよりのような原稿を書かせて欲しいと手紙を書き、受け入れられ、「百回通信」を連載することになった。

一〇月二日、節子は妹ふき子が宮崎郁雨に嫁ぐことになったので、その手伝いをすることと肋膜炎を癒すことを理由にして、

「私は私の愛を犠牲にして身を退くから、どうかお母さまの孝養を全うして下さる様に」

と啄木に書置きし、京子を連れて盛岡に帰ってしまった。

啄木はショックを受け、「かかあに逃げられあんした」と、金田一のところにとんで行き、戻るように手紙を書いてくれとたのむ。やはり家族は大事と思ったのか、それとも男の沽券に関わると思ったのか。今度は家族制度を楯に節子の説得を図る。啄木の家族制度への問題意識は底が浅い。啄木は反逆児であったが、節子の反逆に動転したのである。身勝手で、自己中心、矛盾の塊である。

因みに、堺利彦は『家庭の新風味』（明治三五＝一九〇二年）の中で、民法の離婚の条件の矛盾を指摘して言う。離婚の条件で「二、妻が姦通をなしたる場合」は、妻は離婚されるが、「三、夫が姦通罪によりて刑に処せられたる場合」と、夫には緩い規定になっているのを、「夫が姦淫をなしたるとき」（めかけぐるい、芸妓かい、女郎かいをも含む）に改めるべきだという。一箇条にして、「配偶者が姦淫をなしたるとき」と改めるべきだと言う。これであれば、「ローマ字日記」は（一面）配偶者の姦淫の記録であり、啄木はぐうの音も出ないことになる。啄木が家族制度は間違いだと言う時、この問題を考えていたかどうか。

金田一は啄木の苦境を聞いた時のことを次のように書いている。

「君（啄木＝注）が重い口調で、しみじみとはじめて母堂との不和のいきさつを詳しく話し、

「あれ無しには、私はとても生きられない」と自白し、焦燥と悲嘆と懊悩を搗き交ぜて「どうしてよいかわからない。私には、この際やっぱり、どうか戻ってくれと、逃げたかかあへ、言ってやれないし、戻ってくれなければ、私は生きておれないし、頼るのは、あなた一人です。どうか、こんなお願いをしては、済まないが、戻るように手紙を出してくださいませんか。私が可哀そうだと、意気地なく泣いてるように書いてもよいし、また私はばかだと書いてもよいし、私を何と書いてもよい。全幅の信任をあなたへささげます。
（略）」
（金田一『石川啄木』）

啄木がこんな弱みを他者に見せたのは初めてではないか。というか、啄木は作品の中に自分の家族のことを殆ど書いていない。日記や書簡を読まない限り、啄木の家庭の事情は分からない。日記を読んでも、盛岡中学退学の経緯や父が一一三円の宗費滞納によって寺を追われたことなどを書いていない。また節子との結婚披露宴をすっぽかしたことも書いていない。これらは小説の題材としていずれ書くつもりだったのか？　まだ早いと思っていたのか？

節子家出の件では、金田一は直ぐに長い手紙を書き、しまいには自分の妻が逃げたように、書きながらぼろぼろ泣いていた。啄木は、「おっ母さんが追ん出したも同じだから、おっ母さんが連れておいで」、と母を責めた。母も泣き出す。

新渡戸には、直接手紙を書き、「昼は物食はで飢を覚えず、夜は寝られぬ苦しさに飲みならはぬ酒飲み候。妻に棄てられたる夫の苦しみの斯く許りならんと思ひ及ばぬ事に候ひき」、と洗いざらい事情を話し、自分は「非常に反抗心の強き男」であるが、「今度は反抗どころか、全く妻の為に意久地なき限り」である、しかし若しこの上長引くようなら、「私は自分で自分の心がどうなるか解らず候」と言い、万一「娘を貧乏させたくない」と思う実家の方で理由をつけて節子の帰りを遅らせるような事があれば、二人の将来の全てを犠牲にし、「心ゆく限りの復讐をいたすべく候」と、くれぐれも偶然道で出会うような事があったら、一言言ってやって貰えれば、と書いている（新渡戸仙岳宛書簡　明治四二年一〇月一〇日）。前半は自己分析が正確なようだが、書いているうちに昂じてきたのか、節子に対する態のいいおどしであろう。新渡戸は節子を数回訪れ、説得したようだ。この手紙を見せたかどうかは分からない。

　金田一と新渡戸の取り成しで、節子はふき子と郁雨が結婚した一〇月二六日朝に戻ってきたが（入籍は四三年一月二四日）、相変わらずカツと節子の不和は続いた。この節子の反逆事件を契機に、啄木の「思想は急激に変化」する（宮崎郁雨宛書簡　明治四三年三月一三日）。彼はどうしようもない現実から逃げ出すことをやめ、遅蒔きながらそれと向き合うことにしたのだ。

　啄木は『岩手日報』に「百回通信」を連載して（明治四二年一〇月五日〜一一月二一日まで、二八回）、社会、国家のことを論じている。節子も堀合家の人たちも読んだはずである。節子の帰ってくる一〇月二六日（第一五回）には、「拝啓。障る事ありて業を休むこと五日。今日家人を迎へんが為に、昧爽車を駆って上野停車場に到り候。（略）」と書いている。

　この同じ明治四二（一九〇九）年一〇月二六日、伊藤博文がハルビン駅頭で、日韓併合に反対する韓国革命党青年安重根《アンジュングン》に暗殺された。一九〇四〜〇五年、枢密院議長として日露開戦・講和に参画、日露戦争後、初代韓国統監（一九〇五〜一九〇九）となり日韓併合を工作していた伊藤を、即ち朝鮮植民地化の張本人を、啄木は、「新日本の経営と東洋の平和の為に」尽した「偉大なる政治家」と呼んでいる（「百回通信」十六）、残念ながら。（どうも啄木は、時々本質が分からないうちに（締め切りに追われて？）言ってしまうクセがあるようだ。後に「九月の夜の不平」の中で、「地図の上朝鮮国にくろぐろと墨をぬりつゝ秋風を聴く」と、日韓併合（一九一〇年八月二九日）を批判しているが（後述）。

この頃、啄木は明治三七年暮れから四二年までの借金メモを作っている。渋民で一五四円、盛岡で二五九円、北海道で四八九円、東京で二七九円五〇銭など、一円、五円、一〇円から一〇〇円、一五〇円まで、額はさまざま六四件、計一三七二円五〇銭。多額のものを挙げると、堀合から一〇〇円、大信田から八〇円、山本千三郎から一〇〇円、郁雨から一五〇円、関サツ（釧路の下宿屋）から五〇円、金田一から一〇〇円、蓋平館から一三〇円、などである（『新潮日本文学アルバム　石川啄木』、宮崎郁雨「啄木の借金メモ」、岩城「啄木の借金メモ」『啄木評伝』）。

借金は返済されず、この後も増え続けることになる。啄木に自立心はないのだろうか。経済観念、金銭感覚、対人関係はどうなっているのだろう。郁雨は「人に迷惑を及ぼす所業は決して為すべきでない」という「常識的処世説」の持ち主であったが、啄木にそれはあるのか無いのか。無論、それはあるに決まっている。このままではいけないという意識はあったのである。

「予は　なるべく　借りたくない。もし　予が　なにごとによらず、人からあわれまれ、助けられることなしに　生活することができたら、予は　どんなにうれしいだろう！」
（「ローマ字日記」明治四二年四月一一日）

と言っているとおりだ。そして啄木は、節子の家出事件をきっかけに、「思想に急激な変化」があったと言っているが、次のような意見を言うようになった。

「（略）前に申上げた自己の生活の改善、統一、徹底といふことは、やがて自己を造るといふではありますまいか、（略）父も母も妻も子も今は皆私の許にまゐりました、私は私の全時間をあげて（殆んど）この一家の生活を先ず何よりも先にモット安易にするだけの金をとる為に働らいてゐます（略）」
（大島経男宛書簡　明治四三年一月九日）

続けて、眼がさめて一秒の躊躇もなく床を出て新聞社に出、一瞬の間断もなく働き続け、床について直ぐ眠ることが出来たら、どんなに愉快だろう。願わくばコロリと死んでしまえたら——、こう思うのは自分の弱い心が昔の空想にかくれたくなるその疲労を憎み且つ恐れるからだ、と啄木は言う。酔生夢死を望んでも、しかし啄木の自己証明である文学・批評精神がそれを許さない。啄木は働いた。一家の生活を守るため残業もした、『二葉亭全集』の校正も担当した。「はたらけどはたらけど」、それでも足りず、借金を続けざるを得ない。世界は「天才」のためにあり、民衆・凡人は「天才」のために奉仕するのが当然である、と言うのだとしたら、とんでもない考えであるが、そのことも分かっているだろう。

借金（すること）を極度に嫌っていた郁雨は、実は、啄木の「ルーズな借金生活」を嫌悪し、その文学的「天才」を認めながらも、その「処世方法を常に批判し軽蔑していたのである」（岩城之徳「啄木の借金メモ」『啄木評伝』）。踏み倒されたと思っている人もいるだろうが、ただ、ヴィンセント・ファン・ゴッホ（一八五三〜一八九〇）に於ける弟テオ、兄の才能を信じて支援し続けたテオのような存在は、あってもいいのではないか（この場合は兄弟だけど）。スポンサーとかパトロン、谷町とか出世払いとか。奇貨居くべし、とか。

確かに節子の家出は啄木を衝撃し、啄木を生活のレベルへ引き戻した。これが第一の［急激な変化］であるが、啄木は第二の［思想の急激な変化］の先触れのように、こんなことを言う。

［世には社会主義とさへ言へば、直に眉をひそむる手合多く候。然し乍ら、既に立憲政体が国民の権利を認容したる以上、其政策は国民多数の安寧福利を目的としたるものならざる可らざる事勿論に候。此第一義にして間違ひなき限り、立憲国の政治家は、当然、社会主義と称せらる丶思想の内容中、其実行し得べきだけを採りて以て、政策の基礎とすべき先天の約束を有する者と可申候。謂ふ心は聖代の恩沢を国の隅々まで行き亘らせよといふ而已《のみ》］（「百回通信」二十三　明治四二年一一月一〇日）

これは啄木としては初めて社会主義に、［聖代の恩沢］という言葉を安全弁として、［躊躇］（瀬川深宛書簡　明治四四年一月九日）しながらも肯定的に公的にふれた文章ではないか。［国民多数の安寧福利］という言葉は、後に知ることになる民衆《ナロード》の「安楽（ウェルビーイング）」という幸徳秋水の言葉と重なるが、天皇制国家社会主義は、幸徳の思想とは相容れない（後述）。しかし、急激な変化のあと、この時点で自身の貧しさから出てきた、人間としての必要条件の［躊躇］しながらの表現なのであろう。［批評］の回復、であろう。

啄木は、明治四三年の年末に、郁雨に宛てて「死ぬ時は函館へ行って死ぬ」という手紙を書き、この歳暮は「何う勘定しなほしてみても二十五円ばかり足らない、僕の頭は暗い、つく〳〵厭になつた」（宮崎郁雨宛書簡　明治四三年一二月二一日）と続け、無心の手紙を書いている。そして二五円の支援を受けとったのであろう、「今度も亦君に迷惑をかけ」たという礼状を書いている。

「僕にはイザといふ場合に頼む人が君の外に無いからでもある、また誰に頭を下げるよりも君に下げるのが快いからでもある、済まない事だとつく〳〵思ふ、意気地ないことだとつく〳〵思ふ」

（宮崎郁雨宛書簡　明治四三年一二月三〇日）

人を食ったような、照れ隠しのような文面であるが、郁雨には分かる文体なのであろうか。続けて一家の収入と支出の経済状況を書き出し、いわば式と答を詳しく書いている。啄木は生活のことを考えて夜勤もしたし、質入れもしたし、節約もした。しかしこの一年間の悪闘は、生活の不安を恐怖へと追いやっただけだった。そこで、啄木は言う。

「今迄は生活の事許りを尊重して来たのを、今後は生活と共に健康と才能をも尊重しなければならぬと思ふ、さうしてこの才能を尊重するといふ事を出来るだけ生活の尊重に一致させて行きたい（つまり原稿をかいて売りたい）」　（同）

原稿を書いて、売れれば問題はないのだが、この時期、即ち幸徳事件を通過した時期、「現在の社会組織を経済組織を破壊しなければならぬ」（瀬川深宛書簡　明治四四年一月九日）と考える啄木が書く原稿は、決して娯楽的な軽いものではなく、社会主義関係の文章になっていた（後述）。新聞紙法の下では、「俺の頭にある考へはみんな書く事の出来ない考へばかりだ。書いても書けない事はないが、書いたって発表する事が出来ない」（「平信（与岡山君書）」）ような文章だった。

井上ひさしは、盛岡中学の先輩啄木と一〇年後輩宮沢賢治の架空対談において、二人の性格を反映させて、賢治が、「つまり経済的に頼れる友人がいたために、もっと正確に申しますと、友人によって多少とも経済的に庇護されていたがために、あなた自身の経済観念の発達が遅れてしまった。そうおっしゃるのですね」、と言うと、啄木は、「だけどね、きみ。僕は結局のところ、恩を受けた友だちにはちゃんとそのお返しはしているんだぜ。京助さんは僕についての本を何冊も書いている。また僕を材料にして何十回となく講演もしている。その印税と講演料を考えてみなさい。（略）」と言う。そんなものだろうか。多くの低額の借金についてはどうのなのだろうか。宮崎郁雨については、「（そっぽを向いて）そんなもん、知らん」と言い放っている（井上「啄木に聞く」）。郁雨に関する言葉は、後の「不愉快な事件」（後述）が関わっているのだろうが。啄木は強気で、根に持つタイプだと、井上は見ている。

「友よさは／乞食の卑しさ厭ふなかれ／餓ゑたる時は我も爾《しか》りき（『一握の砂』）

何故かうかとなさけなくなり、／弱い心を何度も叱り、／金かりに行く。」（『悲しき玩具』）

友人が乞食の卑しさを悪しざまにののしるのを聞きとがめて、そんなに言うものじゃない、オレだって金に困って餓えた時はそうだった、と友に言ったのか、内心思っただけで口外しなかったのか。この二つの歌が何時のことを言っているかは分からないが、啄木も、オレの人生は借金だらけだなあ、と情けなく思うことはあったのである。しかし、何時かは倍返ししたいとも思ったはずである。「借金を返すというのは気持の可いもの」だから。

「わが抱く思想はすべて／金なきに因するごとし／秋の風吹く」

（明治四三年九月九日作↓『一握の砂』）

五、食ふべき詩

明治四二（一九〇九）年一一月三〇日から一二月七日まで、啄木は『東京毎日新聞』に「弓町より　食ふべき詩」を七回連載する。

「以前私も詩を作ってゐた事がある。十七八の頃から二三年の間である。其頃私は詩の外に何物も無かった。朝から晩まで何とも知れぬ物にあこがれてゐる心持は唯詩を作るといふ事によつて幾分発表の路を得てゐた。（略）譬へば一寸した空地に高さ一丈位の木が立つてゐて、それに日があたつてゐるのを見て或る感じを得たとすれば、空地を広野にし、木を大木にし、日を朝日か夕日にし、のみならずそれを見た自分自身を、詩人にし、旅人にし、若き愁ひある人にした上でなければ其感じが当時の詩の調子に合はず、また自分でも満足する事が出来なかつた」　（「食ふべき詩　一」）

一七、八のころから二、三年の間、啄木は「空想化する事なしには何事も考へられぬようになって」いたが、右の文は『あこがれ』（一九〇五）に収められた浪漫的で美文調の空想もしくは（誇大）妄想のような、「煩わしい手続き」を要する詩、即ち「一寸した」ことを大層なことのように言う詩法を自己批判しているのである。「空想文学に対する倦厭《けんえん》の情」、言い換えれば作為と虚言、虚構と妄想への嫌悪感が啄木の心を占めて来ていた。詩人気取りのブル、ガルの臭みが鼻持ちならない。あれは「両足を地面に喰っ付けてゐて歌ふ詩」ではない、と。

「詩人とか天才とかその頃の青年をわけもなく酔はしめた揮発性の言葉が、何時の間にか私を酔はしめなくなった」　（「食ふべき詩　一」）

啄木にこの認識の転回をもたらしたのは生活の現実である。生活苦と言ってもいい。神童とよばれ、英雄きどりの「天才」は、生老病死の苦労知らずの、世間知らずのお坊っちゃんで、文士のようなまねをした、傲慢で無責任な借金魔に過ぎなかった。遊民のような贅沢な暮しが高踏な詩を生むと思っていたのだ。あるいは「天才」に貧乏な生活なぞ相応しくない、凡人は「天才」のために尽すべきだなどと思っていたのだ。四、五年たって漸くそんな「天才」の自己陶酔が覚めてきた。文学に対する幻想が消えてきた。一家の糊口の責任、実生活・実社会の重圧が、即ち生老病死の現実が、甘い空想癖や、「自由」と称してそこから逃げ出す無責任を止めさせた。

「自己とか個性とかいふものは、流動物である」　（大島経男宛書簡　明治四三年一月九日）

「去年の秋の末に打撃をうけて以来、僕の思想は急激に変化した、僕の心は隅から隅まで、もとの僕ではなくなった様に思はれた」　（宮崎郁雨宛書簡　明治四三年三月一三日）。

「文学に対する迷信は数年前に於て小生の心より消え失せたり、文学的活動が他の諸々の人間の活動より優れりといふ理由一つもなし、といひて殊更に軽蔑する訳でもなけれど、

（略）文学者たらむよりも先ず人間たらむことを欲する者に候」

（岡山儀七宛書簡　明治四三年一〇月一〇日）

節子の家出事件によるショックは新しい啄木が生れるきっかけとなり、「食ふべき詩」を書く契機を作った。同時にこの辛酸が啄木に新しい詩の何たるかを開いたのである。一家の糊口の責任を果たせずして、何が［詩人］か。［「我は詩人なり」といふ不必要な自覚が、如何に従来の詩を堕落せしめたか］という自覚が芽生え、「天才」啄木は死に、「人間」啄木が生まれたのである。これまでの発言は、才気煥発ではあったが、いわゆる若書きであり（この時も若いのだが）、認識不足であった。問題の立て方が間違っていた。

さらに、渋民・盛岡時代、北海道時代、東京時代、

［色々の事件が相ついで起こった。「ついにドン底に落ちた」（略）そうしてこの現在の心持は新しい詩の真の精神を、初めて私に味はわせた］

（「食ふべき詩　四」）

と続けて書いている。啄木はこの新しい詩を「食ふべき詩」とよぶ。

［「食ふべき詩」とは電車の車内広告でよく見た「食ふべきビール」といふ言葉から思ひついて、仮に名づけたまでゞある。／謂ふ心は、両足を地面に喰つ付けてゐて歌ふ詩といふ事である。実人生となんらの間隔なき心持を以て歌う詩といふ事である。珍味乃至は御馳走ではなく、我々の日常の食事の香の物の如く、然《しか》く我々に「必要」な詩といふ事である］

（「食ふべき詩　五」）

ここにあるのはかつての「天才」主義の精算であり、新しい詩の宣言である。己の生活者の

視点と社会性の視点の獲得である。これは単なる自然主義ではない。真っ当な人間に新しく生まれ変るということである。啄木が自己の生活と社会に根ざした視点を得るに至った「流動」過程である。それは啄木と文学のために良いことだった。（しかし、そうはならず、プチブルのエリート意識そのままに、何の屈折もなく、「うれひ無げ」に、順調に、処世訓を実践し、高みをめざし社長や大地主、官僚や軍人、博士、大臣となって、立身出世する者も多くいたことだろう。）

「一隊の兵を見送りて／かなしかり／何ぞ彼らのうれひ無げなる」

（『一握の砂』）

自然主義文学者長谷川天渓が、「自然主義者は何の理想も解決も要求せず、在るが儘を在るが儘に見るが故に、秋毫も国家の存在と牴触することがない」、と言い、また、田山花袋が、「自然主義を単に文芸上の問題として考へて見たい」と言った（啄木「きれぎれに沈んだ感じと回想」）のを批判して、啄木は、

「真の詩人とは、自己を改善し、自己の哲学を実行せんとする政治家の如き勇気を有し、自己の生活を統一するに実業家の如き熱心を有し、さうして常に科学者の如き明敏なる判断と野蛮人の如き卒直なる態度を以て、自己の心に起り来る時々刻々の変化を、飾らず偽らず、極めて平気に正直に記載し報告するところの人でなければならぬ」

（「食ふべき詩　六」）

「従来及び現在の世界を観察するに当つて、道徳の性質及び発達を国家といふ組織から分離して考へる事は、極めて明白な誤謬である。――寧ろ、日本人に最も特有なる卑怯であ

る」

（「きれぎれに心に浮んだ感じと回想」明治四二年一一月二五日執筆）

と書いている。つまり、単に文芸上の問題として在るが儘を何も解決しようとしないのは問題で、自己と、社会と、国家と切り結んで改善する意識と判断力と勇気を持て、飾らず偽らずえがくことが詩人の要件であると言うのである。これは事実上「純粋自然主義の最後」（「時代閉塞の現状」の副題）の宣告を意味する訳で、啄木の、自然主義の克服であり、批評精神の回復である。そして、

「対人生の態度に「批評」といふ事を余り軽く考へてゐはしまいか」「「二重の生活」といふものに対する私の此倦厭の情は、どうしたら分明《はっきり》と人に解って貰へるだらうか」

（「きれぎれに心に浮んだ感じと回想」）

と書いている

啄木は「二重生活」を倦厭し、田山や長谷川の自然主義を批判し、自己の生活の統一と明敏な判断と率直な態度で、勇気を持って自己の哲学を実行し、改善したいと言う。それが詩人というものだと。この時啄木は、社会、或は国家の問題として、既成（権力）の「其儘」を「批評」し改革する必要を感じていた。啄木の社会化である。

しかし、この「二重生活」について、後に（四二年中）、金田一と議論することになる。

「（略）石川君は熱した語気で、下層生活の踰《こ》ゆべからざる貧苦の桎梏を描き、眦《まなじり》を決して奢侈階級の徒食を責め、こんな社会組織の不都合を、なお各自の罪として晏如する。私（金田一）は社会組織の欠陥を正視するのはよい。ただ社会組織の不完全なのも、その造り手

が人間だからだ。神ではないからだ、とはずすと、「それではとにかく、社会組織の不完全を認めるか」とせまる。「認める」と答えると、「それなら、それをば人間のせいだとして放置しておくのがよいか、それを是正すべきであるか」と切り込む。「是正すべきだ」と答える。すると、「しからば」と声を励まして、「すでに不完全であるゆえに是正すべきであるとする。だから革命が必要ではないか」と三段論法にたたみかけてくる。そういう結論になると私はいつも煮え切らなかった。／「不完全だ。よろしく是正すべきである——そこまではよい。けれどもただ『だから革命が必要だ』というのは当然帰結する唯一の結論ではないように思う。革命でなしに進化《エボルーション》でも是正されていけるからだ。二つの場合があるうち、自分の思っている一方のみへ持ってくるのは、性急な結論だ」と論理そのものへ抗議する。／「性急？　性急かなこれは」／と（啄木は）大口あけてアハハと笑いながら、しかし、しかしと首を捻って、（略）だから普通選挙の時代がぜひ将来されなければならないようなことまで事細かに話されて（略）」

（金田一『石川啄木』角川文庫、一九七〇改版、一七二頁）

こうして啄木は金田一の言を容れて、翌四三年二月、「性急な思想」を書く。金田一にとって「性急」という言葉は啄木の説に抗拒するための唯一の標語であった。その言葉を用いた啄木に、金田一は「微笑を禁じえなかった」と言う（同書、一七五頁）。

「性急な心は、目的を失つた心である。此山の頂きから彼の山の頂きに行かんとして、当然経ねばならぬところの路を踏まずに、一足飛びに、足を地から離した心である。危い事此

上もない。（略）」（「性急《せつかち》な思想」『東京毎日新聞』明治四三年二月一三、一四、一五日）

二重生活の是正・解消は性急ではいけないと言うことになる。となると、当面の「二重生活」はやむを得ないことになる。

明治四一年一月、小樽で西川光二郎の社会主義の講演会を聞いて以来、啄木の頭の一角に社会主義の問題が蟠っている。「天才」主義の仮面を脱いで、普通の人として生きていこうとした時、この問題がクローズアップされてきた。啄木の生活観は基盤の細い逆三角形で、初め高山・ニーチェによって右の高みに傾き、次に幸徳とクロポトキンによって左の低みに傾くことになる。高き問題から、「低き問題」へ、即ち、「天才」から「人民の中へ（ヴ・ナロード）」、言い換えると、競争原理から共同原理への経過を辿って来たのでる。それにしても、啄木の社会主義への目覚めは遅かった。そしてそれでも彼はいい意味で文学的であったのである。

啄木は「真の詩人」については前掲の通り、自己を改善し、自己の哲学を実行せんとする勇気を有し、自己の生活を統一する熱心を有し、明敏なる判断と卒直なる態度を以て、自己の心に起り来る時々刻々の変化を、飾らず偽らず、極めて平気に正直に記載し報告するところの人でなければならぬ、と書いているが、さらに詩人の資格について言う。

「詩人たる資格は三つある。詩人は先《まづ》第一に「人」でなければならぬ。第二に「人」でなければならぬ。第三に「人」でなければならぬ。さうして実に普通人の有ってゐる凡ての物を有つてゐるところの人でなければならぬ」

（「喰うべき詩　六」）

と言っているのを、「林中日記」（明治三九年三月八日）の次のくだりと比べて見よう。

〔芸術創作に三個の条件がある。／第一の条件は、「美」である。
第二の条件は、矢張「美」である。／第三の条件は、亦矢張「美」である。
（略）美は芸術の条件にして且つ目的なり、或は又、美の目的は美なり〕

これはかつての啄木の〔神に近い〕芸術至上主義的な言い分である。いかにも高踏的で、「天才」気取りで、ぶるで、がりで、聞いているこちらが恥ずかしくなってしまう。

今それを精算して、「食ふべき詩」に言う〔人〕とは、普通の民衆という意味であり、後で出てくる「ナロード」という意味でもある。社会化した啄木は〔人〕をテーマにした作品を書こうとした。

それにしても、〔民衆〕とは何だろう。民衆の中へ入っていっても、ただ朱に交わって朱くなり、長いものに巻かれてしまっては意味がない。〔民衆〕とは、自己を、社会を、変革しようとする自覚・自意識のある目覚めた〔人〕である。強権の改革も大変だが、民衆の変革は、理念も実践も容易な事ではない。しかしそんな中でたたかう姿が美しいのである。

繰り返し言えば、啄木は明星的浪漫主義から自然主義へ行くが、自然主義がその在りの儘を批評しないことに不足を感じ、在りの儘を改革し、国家との間に軋みを生じ、旧道徳の虚偽と戦う革命的ロマンティストになり、自己の生活の統一と明敏な判断と率直な態度で、勇気を持って自己の哲学・文学を実行し、〔真の詩人〕になろうとした。

六、一握の砂

「私は小説を書きたかつた。否、書くつもりであつた。又実際書いても見た。さうして遂に書けなかつた。其時、恰度夫婦喧嘩をして妻に敗けた夫が、理由もなく子供を叱つたり虐めたりするやうな一種の快感を、私は勝手気儘に短歌といふ一つの詩形を虐使する事に発見した」

（「喰ふべき詩　四」）

啄木が書きたかったのはやはり小説であった。しかも売れる小説であったのだが、実際には失敗作続きであった。しかし、その小説を書く合間の暇な時、「頭がすっかり歌になっている」状態になり、来し方を回想して次々に短歌にしていく。（明治四一年）六月二四日に一二〇余首、二五日には一四一首など、その後も短歌は溢れ出し、それらを「暇ナ時」というノートに書きためていた。

「ヒマナ時は、予が暇な時に頭脳に浮ぶ色んな影を写しとめておく瞬間瞬間の著述也」。

彼は別の歌稿ノートを「仕事の後」というタイトルにしている。その後も「明治四二年作歌手帳」、「明治四三年歌稿ノート」などを書いている。啄木は『莫復問』六九首（『スバル』四二年五月号）を発表してから、「手を取りし日」五首（『東京毎日新聞』四三年三月一〇日）を発表するまで、約一〇ヶ月間、短歌の発表が途絶えていたが、四月一二日、啄木は歌集「仕事の後」二五五首の編集を終え、翌日、春陽堂を訪ね、出版の依頼をしたが、数日後、原稿は返却された。

『一握の砂』は、この「仕事の後」と、『東京毎日新聞』や『東京朝日新聞』、『創作』、『スバル』、『精神修養』などの雑誌に載せたものを再編集し（約四〇〇首）、四三年一〇月、東雲堂書店と出版契約したもので、その後さらに歌を追加・再編集し、書名も『一握の砂』と改め、「明治四十一年夏以後の作一千余首中より五百五十一首を抜きてこの集に収」め、明治四三（一九一〇）年一二月一日、出版された。定価六〇銭。宮崎大四郎（郁雨）と金田一京助（花明）にデヂケイトされている。序文は啄木を朝日歌壇選者に抜擢した藪野椋十（渋川柳次郎〈玄耳〉）が書いた。

ここにいたる間には様々な「流離《さすらひ》」があった。渋民小学校生徒の啄木は「天才」と持てはやされたが、渋民小代用教員の啄木は、「天才」意識の故に問題のある教師だった。一禎の住職再任を目指すためもあったが、再任は叶わず一禎は野辺地へ家出してしまい、再任運動も終息する。啄木も「石をもて追わるるごとく」北海道へ渡ることになり、一年後文学を志して上京、小説を書いたが、物にならす、朝日新聞社就職、「ローマ字日記」の執筆、家族の上京、節子の家出、幸徳事件など、啄木に衝撃を与える事件が次々に起こっていた。

その歌には確かに利己主義というかナルシシズムがある。自ら「我を愛する歌」と言っているくらいである。が、昔に比べると随分穏やかなものだ。「いのちの一秒」を取り留め、歌に詠むことで、朗誦性を得ることになった。そこには普通人に共通する感慨や情状の機微が描かれており、その叙情性によって多くの一般民衆に愛唱されることになった。「さうぢゃ、そんなことがある、斯ういふ様な想ひは、俺にもある」と、序文で藪野椋十が言うように、僕もそういう心情を共有できたから。

「暇ナ時」、「仕事の後」というタイトルが示すように、その全力を傾け、全生命を託して作った「血に染めし歌」というような大仰なものではない。長いものを書こうとすると、いつも中途で終ってしまうことが多かったが、肩の力の抜けた状態で、「頭脳に浮かぶ色んな影」、心に浮んできた来し方の情景、渋民村や北海道で出会った人たちを回想し、「さすらひ」の「いのちの一秒」を取り留めようと、スナップショットのように、歌に定着させたものである。

「一生に二度とは帰つて来ないいのちの一秒だ。おれはその一秒がいとしい。たゞ逃してやりたくない。それを現すには、形が小さくて、手間暇のいらない歌が一番便利なのだ。（略）おれはいのちを愛するから歌を作る。（略）」　（「一利己主義者と友人との対話」）

「忙しい生活の間に心に浮んでは消えてゆく刹那々々の感じを愛惜する心が人間にある限り、歌といふものは滅びない。仮に現在の三十一文字が四十一文字になり、五十一文字になるにしても、兎に角歌といふものは滅びない。さうして我々はそれに依って、その刹那々々の生命を愛惜する心を満足させることが出来る」　（「歌のいろいろ」）

と言っているとおりだ。そうした「生命の一秒を愛惜」し、誰にでもある感覚を、美辞や雅語でなく、「我々の平生使ってゐる」普通の言葉による表現が「食ふべき詩」を可能にし、三行書きという短歌の詩化が共感を呼び、短歌に革命を齎したのであった。（しかし生前啄木がその評価を知ることはなく、注目されるのは、没後、『啄木全集』全三巻（新潮社、大正八年）が刊行され、短歌が人口に膾炙してからだった。）

歌集『一握の砂』は全五五一首、五章構成になっている。

第一章は「我を愛する歌」。一五一首。来し方を振り返った、自身を愛惜する歌が多い。ナルシシズムと言ってもいい。「おれはいのちを愛するから歌を作る。おれ自身が何より可愛いから歌を作る」（「一利己主義者と友人との対話」）と述べているが、これは歌集全体を通していえることである。軽みも備えている（ものもある）。

第二章は「煙」。一〇一首。故郷渋民村と盛岡の中学時代を詠んだ歌。

第三章は「秋風のこころよさに」。五一首。東京の蓋平館での暮らしぶりを詠う歌。

第四章は「忘れがたき人人　一、二」。一三三首。北海道の友人たちを詠んだ歌。その「二」は橘智恵子を詠ったもの。

第五章は「手套を脱ぐ時」。一一五首。東京朝日新聞社に入社した頃の歌。真一を悼む歌も八首追補されている。

この頃、社会性のある歌も作っているが、収録を控えたのは、出版法（明治二六年）による検閲・発禁を恐れたからであろう。「赤紙の表紙手擦れし／国禁の／書《ふみ》を行李に底にさがす日」は収録されている。

以下は僕が愛唱した短歌たちである（「／」は改行一首は三行書き。一頁に二首）。

「東海の小島の磯の白砂に／われ泣きぬれて／蟹とたはむる

しらなみの寄せては騒げる／函館の大森浜に／思ひしことども

頬につたふ／なみだのごわず／一握の砂を示しし人を忘れず

いたく錆びしピストル出でぬ／砂山の／砂を指もて掘りてありしに

いのちなき砂のかなしさよ／さらさらと／握れば指のあひだより落つ

大といふ字を百あまり／砂に書き／死ぬことをやめて帰り来れり

たはむれに母を背負ひて／そのあまり軽きに泣きて／三歩あゆまず

こころよく／我にはたらく仕事あれ／それを仕遂げて死なむと思ふ

「さばかりの事に死ぬるや」／「さばかりの事に生くるや」／止せ止せ問答

高山のいただきに登り／なにがなしに帽子をふりて／下り来しかな

何となく汽車に乗りたく思ひしのみ／汽車を下りしに／ゆくところなし

人間のつかはぬ言葉／ひょつとして／われのみ知れるごとく思ふ日

人といふ人のこころに／ひとりづつ囚人がゐて／うめくかなしさ

叱られて／わつと泣き出す子供心／その心にもなりてみたきかな

友がみなわれよりえらく見ゆる日よ／花を買ひ来て／妻としたしむ

不来方《こずかた》のお城の草に寝ころびて／空に吸はれし／十五の心

わがこころ／けふもひそかに泣かむとす／友みな己が道をあゆめり

かにかくに渋民村は恋しかり／おもひでの山／おもひでの川
石をもて追はるるごとく／ふるさとを出でしかなしみ／消ゆる時なし
やはらかに柳あをめる／北上の岸辺目に見ゆ／泣けとごとくに
いくたびか死なむとしては／死なざりし／わが来しかたのをかしく悲し
かの時に言ひそびれたる／大切の言葉は今も／胸にのこれど
ゆゑもなく海が見たくて／海に来ぬ／こころ傷みてたへがたき日に

（『一握の砂』東雲堂書店、明治四三年一二月）

啄木は浪漫主義からスタートし、一途に前を向いて歩いてきたが、ここでは「来し方」を振り返ってセンチメンタルになっている。北上川の岸に茂る柳は、懐かしさと罪障感のゆえに、啄木をして泣かしめるのである。過去の総括と言ってよい。それは啄木の経験（エクスペリエンス）の歌である。望郷の歌である。窪川鶴次郎は、「これら多様な感銘の中心をなしているものは（略）啄木のこのうえない無心の境地であったにちがいない」（「歌人啄木」）と言っているが、窪川の「無心」の対義語は「成心」である。ウケをねらうというか、下心がある状態で作ったのではない、ということだが、W・ブレイク的な意味においては、無心（イノセンス）というよりは、経験（エクスペリエンス）の歌である。（窪川的）無心で（ブレイク的）経験の歌を歌った。

渋民村の思い出、北海道時代の追憶と現在の展望のない生活。自信の喪失と失意、時には死を思うこともあった。そのような自己との適当な距離感が歌に叙情をもたらす。この叙情、もしくは感傷が読む者の胸にスッとしみいり、静かな感動を醸す。啄木が評価され文学史に名を残すのは、彼が「仕事」と思っていた小説ではなく、「仕事の後」（つまり小説と朝日新聞社での仕事の後）の「ヒマナ時」に作った短歌のゆえだったのだ。しかし彼が生前それを知ることはなかった。

『一握の砂』冒頭に置かれた歌「東海の……」の原形は、（前述のように）函館の『紅苜蓿』に書いた「蟹に」である。短歌に作り変えたのは、歌が湧き出し、「頭がすっかり歌になっている。何を見ても何を聞いても皆歌だ」と日記に書いた明治四一年六月二五日、「暇ナ時」の中であり（『新潮日本文学アルバム6　石川啄木』七〇頁）、『明星』同年七月号に発表されている。この「東海」は、陸繋島（トンボロ）である南の函館山（臥牛山）に繋がる砂州の、東（側の）海、東海岸、即ち大森浜のことである。東海の砂浜もしくは磯で、潮が満ちれば穴に入り、潮が引けば穴から出てきて横歩きする蟹に、運命の浪にさらわれて、「石をもて追はるるごとく」はるばる此処まで「さすらひ」てきた自身を重ねている。「われ泣きぬれて」というのは大仰であるかも知れないが、流離《さすらひ》の辛酸を思えば、事実そうであったことを、「人」として「飾らず偽らず」正直に記録したのであろう。「東海の小島」を日本列島とする解釈は、それはそれで自由であるが、啄木に即して言えば上の通りである。或は明治三六年に「白百合の君」から贈られた、ヨネ・ノグチの詩集『東海より』を踏まえていると考えるならば、米国行きの希望が叶えられず、日本（東洋）の「東海の小島」で呻吟している啄木の自画像であるとも言える。

「しらなみの……」をも合わせて考えてみると、啄木は函館に越してきて、大森浜の砂の上で、海を「情人」として日毎媾曳《あひびき》していた。浪はムク〳〵と高まって寄せ来ては、惜しげもなく、ド、、と砕け、真白の潮吹を見せ、砂の上を這い上ってきた。その浪に足を嘗めさせるのが好きだった。冴《あ》と思うと、浪が退いていき、北国の空気に漂う潮の香と浪の音は、啄木の心に刻みつけられた。

また、六月のある日、岩崎白鯨と二人、砂山の上に寝転んで遊んでいた。空は霽《は》れて、砂は心地よく温まってゐる。三、四時間も経って、二人は食い残しの夏みかんを砂の中に埋めた。南国の山に熟れた夏蜜柑を北海の浜の暖まった砂に埋めたら、屹度故郷の山の暖かさを夢に見るかも知れない、と思った。その後、このことを友人に話したところ、友人は散歩の序にその砂山を掘ってみた。出てきたのは（錆びたピストルではなく、ジャックナイフでもなく、ラブレターでもなく）腐った夏蜜柑であった。［夏蜜柑は腐るものである］（「汗に濡れつつ」『東京毎日新聞』明治四二年九月二四日）。

啄木は九歳で渋民村を出てから、代用教員になって渋民に帰った時でさえ落ち着かぬ心でいたし、北海道では次々に仕事を変え、東京では次々に下宿を変え、ほぼ漂泊（［さすらひ］）の生き方だった。故郷というものは、人の一生の最初期に刻印され、重しのように遠近感の基点となる。［石をもて追は］れた故郷であるが、望郷の想念は、それでも／それだけに、強く啄木を揺さぶる。

［故郷は遠くから想ふべき処で帰るべきところぢゃない］（啄木「我等の一団と彼　第二十六回」明治四三年五～六月稿。没後、『読売新聞』大正一年八月二九～九月二七日連載）。

と啄木は言う。

つまり、［ふるさとは遠きにありて思ふもの／そして悲しくうたふもの］（室生犀星「小景異情」『朱欒《ざんぼあ》』大正二年五月→『抒情小曲集』大正七（一九一八））という訳である。この両者の影響関係は時系列を見れば明らかであろう。犀星は『読売新聞』でこの小説「我等の一団と彼」を読んだであろう（中村稔『石川啄木論』）。

啄木の望郷の念は意外に強かった。渋民尋常高等小学校でストライキをやって、校長排斥を図った。校長は［酒のめば／刀をぬきて妻を逐《お》ふ教師もありき／村を逐はれき］（『一握の砂』）と歌われた人物である。校長は隣村の小学校に転出したが、啄木一家もまた［石をもて追はるるごとく］北海道に出て行く。一年後、また東京に憧れ、渋民、盛岡に顔向けできず（知人にでも遭ったら大変だから）、そこを回避するため、東北本線を通らず、船で上京した啄木であったが、光子から手紙を貰った後、

［渋民！　忘れんとして忘れ得ぬのは渋民だ！　渋民！　渋民！　我を育てそして迫害した渋民！……（略）］（『ローマ字日記』）

と故郷への愛憎を募らせている。［故郷は遠くから想ふべき処で帰るべきところぢゃない］は啄木の実感である。それはもう殆ど愛憎こもごも［病］のようである。

［病のごと／思郷のこころ湧く日なり／目に青空の煙かなしも］（『一握の砂』）

西の岩手山（二〇三八メートル）に発生した雲は、一日かけて東の姫神山（一一二四メートル）に渡って行く。その下を北上川が、北から南へ流れる。その雲の変現は確かに天才的である。［おもひでの山］は岩手山、［おもひでの川］は北上川である。渋民小学校はその十字路に

ある。「雲は天才である」の（革命）歌に、「雪をいただく岩手山／名さえ優しき姫神の／山の間を流れゆく／千古の水の北上に／心を洗ひ……」とある通りである。

「岩を踏みて天の装ひ地のひゞき朝の光に陸奥《ミチノク》を見る／（岩手山に登る）」

（「秋韷笛語《しゅうらくてきご》　明治三五年一一月二日」）

啄木は岩手山に登ったことが一度はあるのらしい。（ところで北上川は今も、旧松尾鉱山謹製の「オレンジジュース」を流しているのであろうか、泣けとごとくに。）（現在は清流に戻っている。「あとがき」参照）

しかし『一握の砂』はそんな青春の歌ばかりが載っているのではない。

「さいはての駅に下り立ち／雪あかり／さびしき町にあゆみ入りにき」

釧路赴任の時の歌であるが、今にして思えば、あれはそんないいものではなくて、まさにこの歌がいうようにさびしい己の姿だったと思い当たるのだ。当時のことを思い起こして、短歌に書き付けているうちに、そこにはおのずと血が滲んでいたのである。そして図らずも、『明星』に最初に選ばれた歌に言うように、「わが世のなごり」になってしまったのであった。

「食ふべき詩」にはまた、次のような一節がある。

「自分で自分を自殺し得る男とはどうしても信じかね乍ら、若し万一死ぬことが出来たなら……といふ様な事を考へて、あの森川町の下宿の一室で、友人の剃刀を持つて来て夜半潜かに幾度となく胸にあてゝ見た……やうな日が二月も三月も続いた」

（「食ふべき詩　四」）

森川町の蓋平館別荘に居たのは、明治四一年九月からであるが自殺の思いはその前からあった。川上眉山の自殺の事（四一年六月一五日）が響いていただろう。金田一から剃刀を借りて胸に当ててみたが、ためらい傷さえ出来なかった。自殺するような気力も無いのであった。それでも外見上は「鳥影」を連載したり、『スバル』の編集作業をしたり、『朝日新聞』の佐藤真一に就職依頼したりで、時間はどんどん過ぎて行った。既に引用した「死場所を見つけねばならぬ」（「明治四一年日誌」七月一九日）などの日記文もあり、啄木には、死は、すぐ後、または横にいて、常に彼を見ている隣人だったのである。しかし、これも青春である。

　そして明治四三年、『東京毎日新聞』に載せた短歌群から収録された歌は、啄木の精神の危機と言えるような作品が並んでいる。

「死ね死ねと己を怒り／もだしたる／心の底の暗きむなしさ

（『東京毎日新聞』、明治四三年四月四日）

水晶の玉をよろこびもてあそぶ／わがこの心／何の心ぞ

（同　明治四三年六月一八日）

大いなる水晶の玉を／ひとつ欲し／それにむかいひて物を思はむ

（同、明治四三年八月四日）

一隊の兵を見送りて／かなしかり／何ぞ彼等のうれひ無げなる

（同、明治四三年八月一四日）

死にたくてならぬ時あり／はばかりに人目を避けて／怖き顔する

かの船の／かの航海の船客の一人にてありき／死にかねたるは

いくたびか死なむとしては／死なざりし／わが来しかたのをかしくかなし」

（『東京朝日新聞』明治四三年五月七日。以上『一握の砂』に収録）

啄木の心の底にはいつも死の観念が横たわっている。「かの航海」というのは、村を追われて函館へ行く時か、函館から横浜へ行く時か、分からないが、両方かも知れない。一歩踏み出せば全て終るのであるが、それが出来ない。彼は寺の子だが、合理主義者で唯物論者で、宗教心は無かったようである。しかし、ここに来て「大いなる水晶の玉」を欲っし、それに向かって物を思うというのは、何の心かよく分からないが、「大いなるもの」への宗教心の発現のようでもある。啄木は満たされぬ空虚を心に感じ、時あたかも社会では大逆事件が起こり世情を騒がし、しかし自分はある興味を以てそれを見つめ始めた。しかし兵隊の一隊は大勢に順応し、というか体制そのもので何の屈託も屈折も無く闊歩している、それが啄木には悲しい。「いくたびか」の歌は、剃刀を胸に当てた二、三カ月のこと（「ローマ字日記」明治四二年五月一三日）を踏まえているだろう。それはふりかえれば「をかしくかなし」い事だが、今も常に胸に蟠っている。

節子の体調は妊娠中にわるくなるばかりだった。結核の感染の可能性がある。節子は盛岡に帰って産みたい思ったが、啄木はこれを認めなかった。大学病院で一〇月四日に生まれた真一は、その月の二七日に亡くなった（真一の名は佐藤真一に因む）（後述）。

『一握の砂』は一首三行書き、一ページに二首の歌集は文学界の注目をあびた。盛岡中学二年の宮沢賢治（一八九六～一九三三）もこの一〇年先輩の歌集を読み、行分けの短歌を書き、文学への志向を加速させた。多分、啄木の苦境は知らなかっただろう。中原中也（一九〇七～一九三七）も啄木を学び、「命なき石の悲しさよければころがりまた止まるのみ」などという短歌を作った。。

短歌を三行書きにしたことについては、土岐善麿（哀果。一八八五～一九八〇）のローマ字歌集『ＮＡＫＩＷＡＲＡＩ』（ローマ字ひろめ会　明治四三年四月刊）の三行書きに、啄木は共鳴したということもあろう。実際啄木は本のサイズや表紙の質や色を『ＮＡＫＩＷＡＲＡＩ』と同じにしようとしている（西村辰五郎宛書簡　明治四三年一〇月九日）。そして三行書きは結局短歌の持つ七五調のリズムの通俗性を回避し、それを破調にして詩の新しいリズムを獲得することになった。啄木自身次のように言っている。

「五も七も更に二とか三とか四とかにまだまだ分解することが出来る。歌の調子はまだまだ複雑になり得る余地がある。昔は何日の間にか五七五、七七と二行に書くことになつてゐたのを明治になつてから一本に書くことになつた。今度はあれを壊すんだね。歌には一首一首各異なつた調子がある筈だから、一首一首別なわけ方で何行かに書くことにするんだね」

（「一利己主義者と友人との対話」）

「一首を三行に書くといふ小生一流のやり方にて（現在の歌の調子を破るため）」

（吉野章三宛書簡　明治四三年一〇月一二日）

『一握の砂』五五一首、『悲しき玩具』一九四首を通して言えるのは、定型の中でのリズムの多様性というか、自由性である。短歌の基本「五七五七七」は七五調の四分の四拍子である。

と①う②か③い④の⑤ ××× こ①じ②ま③の④い⑤そ⑥の⑦ × し①ら②す③な④に⑤ ××× わ①れ②な③き④ぬ⑤れ⑥て⑦ × か①に②と③た④は⑤む⑥る⑦ ×

（①②…は八分音符、×は八分休符）

一行書きでは従来の安定した既成のリズムで読んでしまうが、三行書きは、新しいリズム、リズムの多様を得るためのデフォルメである。意味と内在律によって「五七／五七／七」、「五七／五／七七」、「五／七五／七七」、「五／七／五七七七」、さらに細分化した、「五／七五四／三七」、とか「五七／五四／三七」とかになる。字余りの歌も多く、三五音か三七音のものもある。

「いま、夢に閑古鳥を聞けり。／閑古鳥を忘れざりしが／かなしくあるかな。」

（『悲しき玩具』）

この歌は、「二・三・六・三／六・七／八」、と三五音であり、基本の四拍子・八分音符（エイトビート）・七五調をデフォルメした形になっている。だが「閑古鳥を」の所に一六分音符を入れることで、四拍子七五調を維持することが出来る（今どきの若者がやるラップ調）。（それにしても、前述のように宝徳寺の畔では、かつては啄木鳥が元気よく、けたたましく長調で啄ばんでいたのだったが、閑古鳥はいかにも寂しい短調の音色である。）

そしてもちろん、言葉のリズムには意味が乗っている。あるいは意味が言葉に内在のリズムを要請する。ここまで来ると、短歌の形式を用いた詩、というか、詩の形式で短歌を書いたということが出来る。短歌の詩化である。啄木は『あこがれ』の詩作においても、リズムの問題に腐心している。彼は新しい短歌の開発・改革に積極的である。民衆の自覚に目覚めたとはいえ、詩人の意識はなお旺盛である。それなしに啄木は啄木ではない。

七、時代閉塞の現状

啄木の小説「我らの一団と彼　第十八回」にこういうシーンがある。松永という三〇歳くらいの元画家が糊口のために新聞社に入社してきて、或る時風邪を引いたと言って一週間ばかり社を休んだ。出て来た時、松永は編集局の片隅で妙な咳をして、頬を紅くしていた。高橋が言うには、「おい、松永は死ぬぞ」。「然し肺病だつて十年も二十年も生きるのが有るぢやないか」と「私（亀山）」は答えた。それからしばらくして、高橋は「おい、松永は遂々《たうたう》喀血しちやつた」と「私」に言った。言つて了つてから、「私」は、今我々は「一人の友人の死期の近いたことを語つてゐるのだ」と思った。

啄木がこれを書いたのは明治四三（一九一〇）年五月から六月のことである。これは、啄木自身の自画像ではないか。どういう心境でこれを書いたか。彼は自分の病気に関して全て分かっていたのではないか。この小説は末尾に「完」の文字があるが、中途半端の感じは否めない。四三年六月と言えば、幸徳事件が公表された時期である。例によって啄木の関心は新しい問題へ移って、この小説にはそそくさと「完」の字を入れたようにも思える。

日露戦争（一九〇四～一九〇五）は山県閥の桂太郎内閣（第一次）によって始められた。大逆事件（一九一〇～一九一一）と日韓併合（一九一〇年八月二九日）は第二次桂内閣の仕業である。

明治四二（一九〇九）年五月六日、「安寧秩序ヲ紊シ又ハ風俗ヲ害スルモノト認ムルトキハ其ノ発売及頒布ヲ禁止シ」云々という新聞紙法を、新聞紙条例を廃止して公布、内相に発売頒布禁止権を与えた（これも桂内閣の仕業）。この法律により大逆事件関係記事は差し止められていたが、明治四三（一九一〇）年六月四日に一部解除され、五日、幸徳秋水らが一日に逮捕されていたことを各紙が報道した。『東京朝日新聞』は五日、「当局は一人の無政府主義者なきを世界に誇るに至るまで飽く迄其撲滅を期す方針なりと云ふ」と政府の方針を伝えた。啄木は一日早く情報を知った。長野県明科の宮下太吉らは五月二五日に逮捕されていた。政府当局は一九〇八年に「一一月謀議」があったとでっち上げ、（一九一〇年）六月三日には和歌山県新宮の大石誠之助らが逮捕された。この後も大阪、神戸、熊本に飛び火し、結局二六人が逮捕された。夜空にはハレー彗星が尾を引いていた。

この幸徳事件について、社会に目覚めた元新聞記者啄木は（節子家出事件の衝撃に続いて）、

「予の思想に一大変革ありたり。これよりポツポツ社会主義に関する書籍、雑誌を聚む」

（「前年（四十三）中重要記事」）

と日記に書いている。啄木が、この事件がないことをあることとしたでっち上げの「大逆事件」であること、その本質を知るのはもう少し後のことであったが、新聞社にいたことで、一般人

より情報を早く、多く知ることができた。しかも校正者として、一字一句ゆるがせにせずに読むことで、事件の本質を知り得た。また『明星』・『スバル』同人で弁護士の平出修《ひらいでしゅう》と友人であり、平出は与謝野鉄幹に頼まれて、鉄幹が直接間接に知っている二、三人の被告の弁護に当った（与謝野「啄木君の思い出」）ことから、啄木はより詳しく事件の内容を知りえた。時代閉塞の現状の中で、啄木の思想的転機となった。こういう反応をした人は多くない。多くの人はこの弾圧にふるえ上がったのである。

『一握の砂』（明治四三年一二月刊）から次の短歌を選んでみる。

「はたらけど／はたらけど猶わが生活楽にならざり／ぢっと手を見る」

（明治四三年七月二六日作）

岩城之徳は、「この歌の作られた当時の啄木はまだその（貧しさの）原因についての自覚が十分でなく、またそうした現実を社会の不条理として認識するだけの理論を持っていなかったので、これを個人の問題として自己に還元し、「ぢっと手を見る」と歌ったのである」と述べている。啄木の貧困の原因は彼の見栄っ張りと浪費癖という個人的要素が大きいと思われる。家計は火の車どころか、借金地獄だったのである。

それはともかくとして、これは短歌であるから、「ぢっと手を見る」と叙情にしてしまったが、啄木の視線はその先まで突き抜けてはいないだろうか。「ぢっと手を見」て、さらに考え続けたのである。その貧困の原因を個人のレベルを通り越して、社会の構造の問題、「現在の家族制度、階級制度、資本制度、知識売買制度」（「歌のいろいろ」明治四三年一二月）の問題として把握しているのである。かつてのニーチェ主義者はこの体制内での「（権）力への意志」を発揮して上昇しようとしていたが、此処にいたって、遅蒔きながら、人間はもっと素晴らしいものだと思い、認識を新たにし、体制そのものを［批評］し、批判し、社会全体の改革、社会の底上げ、福祉社会の実現、社会主義の理想に向けて舵を切った。啄木の過程の一大転機である。

［わが妻の昔の願ひ／音楽のことにかかりき／今はうたはず］

（『スバル』明治四三年一一月号）

節子はミッションスクールでバイオリンを弾き、音楽が好きだったが、天才気取りの啄木と恋愛し、結婚して今は生活苦に追われてそれどころではない。そんな妻を見ていると愛憐が湧いて来る。ふと我に返ると、オレの（貧乏の）ため（せい）だなあ、今となっては良かったのかどうか。

［わが抱く思想はすべて／金なきに因するごとし／秋の風吹く］（明治四三年九月九日作）

この歌の三行目もしかりである。［秋の風吹く］と季語のような感じで叙情にしてはいるが、かって自然主義を批判したように、［詩を詩として新らしいものにしようといふ事に熱心な余り、自己及び自己の生活を改善するといふ一大事を閑却してはゐないか］（「食ふべき詩」）という意識は常にあったのであり、詩の新しいリズムにばかりかまけていたわけではない。

さらに啄木は「時代閉塞の現状（強権、純粋自然主義の最後及び明日の考察）」において言う。この文章は魚住影雄（折《せつ》蘆《ろ》）の「自己主張の思想としての自然主義」（『東京朝日新聞』明治四三年八月二二日』という文章への反論として書かれている。自然主義が自己主張しているかどうか、権威・権力に対して逆らったことがあるかどうか、疑問である、と啄木は言う。
　そして今度の事件である。啄木が大逆事件（幸徳事件）を念頭に「時代閉塞の現状」を書いたのは明白である。啄木の感じた時代の閉塞感はそれが直接のものであったが、歴史的に見れば、明治の初期から（アジア太平洋戦争で敗戦するまで）各種の規制法が続けざまに施行・改正されて来たからである。弾圧の手はじわじわと表現と言論の自由を［閉塞］させていたのである。

明治二年　新聞紙印行条例、出版条例
　八年　讒謗律、新聞紙条例
一三年　集会条例
一七年　爆発物取締罰則
二〇年　保安条例
二三年　集会及政社法
二五年　予戒令
二六年　出版法
三三年　治安警察法
四二年　新聞紙法
（そしてこの先のことも書いておこう。
大正一四年　治安維持法

昭和　三年　治安維持法改正
昭和一六年三月　治安維持法改正（予防拘禁制を含む）
昭和一六年一二月　言論・出版・集会・結社臨時取締法）

一連の法律が締め付け押さえ込む窮屈、不自由感が窒息感、閉塞感を呼び起こすのである。

政府権力は何を恐れていたのか。権威・権力のフィクションがばれることか。国民の一体感の破綻か？　国民は弾圧を恐れて言いなりに付き従った。しかしやはり、そうではない人間――「民衆の敵」――先駆者がいたのである。非国民と呼ばれた。

啄木には権威・権力に対する抵抗感があり、そこを素通りする自然主義にも反感があり、「改善」のためには「批評」と「未来の考察」と行為が必要だと言うのである。ただ「性急」は誡めながら、である。なぜなら、前にも言ったように、

「性急な心は、目的を失つた心である。此山の頂きから彼の山の頂きに行かんとして、当然経ねばならぬところの路を踏まずに、一足飛びに、足を地から離した心である。危い事此上もない。（略）」（「性急な思想」『東京毎日新聞』明治四十三年二月一三、一四、一五日）

からである。この「性急は危い」ということを啄木は今度の事件が起こる前に認識していた。そして、事件後、八月下旬、啄木は朝日文芸欄に載せて貰う心算で「時代閉塞の現状」を書いたが、新聞紙法があるため慎重な姿勢をとっていた『朝日新聞』は載せてくれなかった（初出は没後、土岐善麿編『啄木遺稿』東雲堂書店、大正二年五月）。

「我々日本の青年は未だ嘗て彼の強権に対して何等の確執をも醸したことが無いのである。

従って国家が我々に取つて怨敵となるべき機会も未だ嘗て無かったのである。」

（「時代閉塞の現状　（強権、純粋自然主義及び明日の考察）」明治四三年八月執筆）

僕の考えでは、強権に対して反抗したのは各地に起こった一揆が挙げられるが、とりわけ足尾銅山鉱毒事件で民衆が四回の押し出しを行ったことを挙げたい。そのうち第四回（明治三三年二月一三日）は被害民一万二〇〇〇人が川俣で警官隊と衝突した（川俣事件）。青年に限れば、わずかに明治三四（一九〇一）年一二月一〇日、同じく鉱毒事件で田中正造が直訴した後（その直訴状は幸徳が書いた）、東京帝国大学学生二五〇人が現地を視察し支援に立ち上がろうとしたことがあったが、それも大学当局の弾圧で終息した。志賀直哉も、祖父が足尾銅山に関係していたことから、父の説得で足尾には行かず、支援品を送るのみであった。

「今や我々青年は、此自滅の状態から脱出する為に、遂に其「敵」の存在を意識しなければならぬ時期に到達してゐるのである。それは我々の希望や乃至其他の理由によるのではない、実に必至である。我々は一斉に起つて先づ此時代閉塞の現状に宣戦しなければならぬ。自然主義を捨て、盲目的反抗と元禄の回顧とを罷めて全精神を明日の考察――我々自身の時代に対する組織的考察に傾注しなければならぬのである」　（「時代閉塞の現状」）

啄木は社会に目覚めていた。一切の「既成」を「其儘」にしておいては、新たな建設はない。自然主義の「其儘」の無解決では自堕落を脱し得ない。文学者は先頭に立ち、「時代閉塞の現状に宣戦しなければならぬ」。

「君、僕はどうしても僕の思想が時代より一歩進んでゐるといふ自惚を此頃捨てることが出来ない、若し時間さへあつたら、屹度書きたいと思ふ著述の考案が今二つある、一つは「明日」といふのだ、これは歌を論ずるに託して現代の社会組織、政治組織、家族制度、教育制度、その他百般のことを抉るやうに批評し、昨日に帰らんとする旧思想家、今日に没頭しつゝある新思想家、――それらの人間の前に新たに明日といふ問題を提撕《ていせい》しようといふのだ、も一つは「第二十七議会」といふのだ、（略）」

（宮崎郁雨宛書簡　明治四三年二月一日、傍点原文）

「時代閉塞の現状（強権、純粋自然主義の最後及び明日の考察）」はすでに明治四三年八月（大逆事件後）に執筆していたわけで、「僕の思想が時代より一歩進んでゐる」と言うのはその通りであろうが、例えば幸徳秋水や堺利彦に比べれば、二歩三歩遅れていたと言えよう。文学者より先に社会主義者が居たわけである。啄木自身、

「自分の歩み込んだ一本路の前方に於て、先に歩いてゐた人達が突然火の中へ飛び込んだのを遠くから目撃したやうな気持ちでした」

（大島経男宛書簡　明治四四年二月六日）

と書いている通りである。空想でなく、「必要」が我々を未来に導く。「明日」の「必要」こそが我々の理想である。啄木のロマンチシズムは社会化している。あるいは社会主義化している。若しくは政治化している。ただし啄木の場合、政治とは権力闘争のことではなく、見知らぬ人のために力を尽くすこと、即ち、安寧福利、つまり人民の共同原理による福祉である（福祉は、幸徳の言葉である「安楽」と言い換えてもかまわない）。そしてこの文学の社会化の姿勢を、後に土岐哀果と雑誌を出そうとしたときにも貫いて、次のような手紙を書いている。

「僕は長い間自分を社会主義者と呼ぶことを躊躇してゐたが、今ではもう躊躇しない、（略）僕は僕の全身の熱心を今この問題に傾けてゐる、「安楽《ウェルビーイング》を要求する人間の権利である」

僕は一切の旧思想、旧制度に不満足だ」

（瀬川深宛書簡　明治四四年一月九日）

「我々は文学本位の文学から一足踏み出して「人民の中に行」きたいのであります」

（小田島理平治（孤舟）宛書簡　明治四四年二月一四日）

啄木はこれまでニーチェ主義を唱えて「天才」の「自己発展」を生きる指標とした個人主義者であった。「社会主義となるには、余りに個人の権威を重じて居る」からであった。

「さればといつて、専制的な利己主義者となるには余りに同情と涙に富んで居る。所詮余は余一人の特別なる意味に於ける個人主義者である。然しこの二つの矛盾は只余一人の性情ではない。一般人類に共通なる永劫不易の性情である。自己発展と自他融合と、この二つは宇宙の二大根本基礎である。」

（「渋民日記」明治三九年三月二〇日）

と書いてから五年、渋民で「ワグネルの思想」（三六年五〜六月）を書いてから八年、釧路で「卓上一枝」（四一年二月）を書いてから三年、ここに到ってついに（トルストイ的であるかはともかく）「自他融合」を肯い、博愛主義者として「人民の中へ」行こうとして、その「躊躇」を思い切ったのである。「人民の中に」と言うのは、ヴ・ナロードということである。啄木が今必要としているのは、かつての「天才」主義ではなく、全身の熱心を傾けた社会の改革であり、実効的なプロテストであった。なぜなら問題は社会の構造にあると認識したから。啄木は「天才」主義から「人民の中へ」、「食ふべき詩」を書き、「時代閉塞の現状」を破ろうと、その歩を進める。啄木の社会化の過程である。現実を［其儘］にしておくこと無く、［批評］と［明日の考察］が必要なのである。言い換えれば、「天才」の高みを目指していた啄木は、かつて「低き問題」と言っていた「人民の中へ（ヴ・ナロード）」、ともに、共に、朋に、友に、伴に、倫に歩く「低み」に到達して行った。かつての明星的浪漫主義は革命的ロマンティシズムに変質して行った。あるいは、［少い時から革命とか暴動とか反抗とかいふことに一種の憧憬を持つてゐた］啄木は、［Social Revolutionist］（大島経男宛書簡　明治四四年二月六日）に進化して行く。

ニーチェの精神の三様の変化を借用して言えば、「駱駝」は、「竜」によって「汝為すべし」という個人主義的、英雄・天才主義的競争原理の重荷を負わされてきたが、その「竜」と闘い、「獅子」となり、「我欲す」という自由精神を獲得し、「小児」として生れかわり、共同原理を「然り」と言って生きることを開始する。「ワグネルの思想」で語っていた、排他的意志拡張の自由より、平等無差別のトルストイ的博愛主義に転位した。（しかしそれもいずれ「大人」になって行くだろう。）

この時、もう一つの重大な事件が起こっていた。前年、韓国統監伊藤博文が暗殺され、桂太郎政権は日韓併合（一九一〇年八月二九日）を急ぎ、韓国の国号を朝鮮と改めさせ、朝鮮総督府を置いた。このことに関して啄木は「九月の夜の不平」を書いた。その中から四首を引く。

［つね日頃好みて言ひし革命の語をつゝしみて秋に入れりけり
秋の風我等明治の青年の危機をかなしむ顔撫でゝ吹く

時代閉塞の現状を奈何にせむ秋に入りてことに斯く思ふかな
地図の上朝鮮国にくろぐろと墨をぬりつゝ秋風を聴く
（『創作』一ノ八号、一〇月短歌号。『創作』は若山牧水が発行する雑誌）

北国育ちの啄木には東京の暑さは耐えがたいものだっただろうから、秋風が吹くのを心待ちにしていただろうが、数多い「秋風」の出てくる作品を遡ってみると、ここで「秋風を聴く」と言うのは趣が違ってくる。こうまで「秋風」が吹くと、それはもう「秋風のこころよさ」というわけには行くまい。心が離れていくという意味に取る方が正しい理解であろう。社会主義者にとっては「秋風」どころか、すでに「冬の時代」であったわけだが、秋の終りに顔を撫で、吹く風は、啄木のよく知る冬の寒さを思わせたことであろう。また「革命」という言葉を、その危険性を察知して、自由な私空間の中でも慎むようになった。「閉塞の現状」は簡単に破れるものではない。

「「労働者」「革命」などといふ言葉を／聞き覚えたる／五歳の子かな
五歳になる子に、何故ともなく、／ソニヤといふ露西亜名をつけて、／呼びてはよろこぶ。」
（『悲しき玩具』）

という短歌があるが、五歳の京子が聞き覚えて「革命」と口走ったり、京子を「ソニヤ」と呼んで面白がっていたのであるが、その意気を阻喪させてしまう桂政権の弾圧が始まり、「明治の青年」は危機を感じた。啄木は時代を閉塞させるその弾圧に不平だが、捕まえられてはたまらない。「朝鮮国にくろぐろと墨をぬり」というのは、植民地獲得を是とする政府は、日本本土と同じく朝鮮が赤く塗られた新地図を制作したが、それを「くろぐろと」塗るのは、植民地主義を「不平」に思っている啄木の姿勢である、と岩城は解説している。啄木は新聞社にいたから新しい地図を早く見ることができたのであろう。啄木にあるのは、大逆事件と日韓併合、合わせて、時代が閉塞していくという認識である。心中はやはり、日本はダメだ、という思いであろう。

「はたらけど」の歌は明治四三年七月二六日に作られたが、すでに啄木は社会主義の問題に入れ込んでいる時期である。貧困の構造を学んでいたであろう。七月二七日には、

「赤紙の表紙手擦れし／国禁の／書を行李の底に探す日」　（『一握の砂』）

の歌を作っている。因みにこの時期、啄木は西川光次郎と旧交を温め、西川の紹介で、神田・仲猿楽町豊生軒（ミルクホール）の藤田四郎から社会主義関係の本を借りて読んだ（「前年（明治四十三）中重要記事」）。啄木が読んだ「×（赤）紙の表紙手擦れし××××（国禁の書）」（×は昭和八年当時の伏字）は次の一九冊である（吉田孤羊「啄木の思想生活に於ける最後の転換」石川正雄編『石川啄木研究』楽浪書院、昭和八年。日本図書センター、一九八三）。

久津見蕨村　『×××××（無政府主義）』
北輝次郎　『純正社会主義の哲学』、『純正社会主義経済学』
田添鉄二　『経済進化論』
千山万水楼主人（河上肇）　『社会主義評論』
高橋五郎　『社会主義活弁』

クロポトキン　『THE TERROR IN RUSSIA』
森近運平・堺利彦　『社会主義綱要』
幸徳秋水　『平民主義』、『社会主義神髄』、『二十世紀の怪物帝国主義』
モーレー・柴田由太訳　『社会と主義』
村井知至　『社会主義』
片山潜・西川光二郎　『日本の労働運動』、『国際平和論』、『新社会政策』、『社会主義研究』（合本）、『社会の進化』、『秘密結社』。

ただ、これらを全て読んだのかは分からないし、このリスト以外に返却した本もあっただろうし、啄木は買っても読んだ本は直ぐ売ってしまうくせがあったから、これ以外にも読んだはずである。啄木が読んだ（はずの）堺・森近共著の『社会主義綱要』（明治四〇年）は、「今後当分の間、即ち他の一層善き類書の出づる迄は、社会主義の大体を知るに於て、蓋し最も善き手引なるべし」と堺自ら語っている（『社会主義大意　附　社会主義書類一覧』『平民社百年コレクション第2巻　堺利彦』四四三頁）。しかし『堺利彦全集』（法律文化社、一九七〇）に見当たらない。「社会主義綱要の序」（『全集第三巻』二八九頁）だけ載っているが、それによると堺は同書の最終章を書き、堺訳著を森近が少なからず利用しているので共著とした、ということである。

岩城は、当時最も広く読まれた煙山《けむやま》専太郎の『近世無政府主義』も読んだのでは、と言う。この本は堺利彦の評では、「仏露諸国に於ける無政府主義（虚無主義）の学説と運動とを記述せる者、最も有益の書なり」（堺「社会主義大意」）ということである。煙山（一八七七〜一九五四）は岩手県久慈町の出身で、啄木にとっては盛岡中学の先輩であり、第二高等学校から東京帝国大学文学部哲学科で学び、東京専門学校・早稲田大学の史学科、政治経済学部教授となった（岩城「女性革命家ソフィア・ペロフスカヤ」『石川啄木伝』）。

　啄木が読んで「これほど大きい、深い、そして確実にして且つ必要な哲学は外にない」と感激したクロポトキンの『青年に訴ふ』は、アメリカに居る岩佐作太郎から送られた革命叢書第一編『青年に訴ふ』である（と堀合了輔『啄木の妻節子』は言っている。一四八頁）。（大杉栄訳であれば、日刊『平民新聞』明治四〇（一九〇七）年に連載されていた。大杉はこれで起訴された。一三、四年後、全部書き換えて『労働運動』に連載したが、ひとまとめに出版すると、無残にやられてしまった（クロポトキン著、大杉訳「青年に訴う」『日本の名著46　大杉栄』中央公論社、一九六九））。

　「一人の男がパン屋の前をうろうろしていたかと思うと、やがて一片のパンをかっぱらって逃げ出して捕えられた。彼は失業労働者で、彼の家族の人々は、数日来なんにも食わないのだという。パン屋の主人は、この男を赦してやるよう頼んだが、警察官はそれを聞かないで、ついにその男は起訴せられ、六ヵ月の懲役に処せられた。これが神聖な裁判の命ずるところである。こうした裁判が毎日行われているのを見て、諸君の良心はかくのごとき現社会に対して、反抗しようとしないだろうか。（略）もし諸君が、単に教えられたことを繰り返すのみでなく、それを推理し分析して、その真の起源を掩うている偽りの雲を掃い去ったなら、諸君は必ず法律に対して侮蔑の念を起こすであろう。／法律は強者の権利である。その条項は、永い月日と、血腥い歴史を経て人類に伝えられた、すべての専制君主を神聖化するために存在するものだ。だから諸君が、法律の奴隷となって日々やっていることは、良心の掟に逆らって不正不義の味方をしているのだということがわかるだろう」　（クロポトキン著、大杉訳「青年に訴う」『日本の名著46　大杉栄』）

「まじめな青年諸君、婦人諸君、農夫諸君、労働者諸君、職人諸君、兵卒諸君。諸君はやがて自分の権利がどんなものであるか知ってついにわれわれの中に来るようになるだろう。諸君は全ての奴隷制度を一掃し、鎖を断ちきり、旧い習慣を打ちこわして、全人類に新しい地平線を開き、この人類社会に真の自由と真の平等と真の四海同胞主義を来たらしめ、すべての人が労働し、すべての人がその労働の結果を享有し、すべての人が合理的な人道的生活をするようになるこの革命を準備するために、諸君の同胞とともに働くようになるであろう」　（同書）

啄木も、一片のパンを盗んで懲役六ヵ月を食らった無職の男（『レ・ミゼラブル』のジャン・バルジャンのこと？）の話は身につまされたであろうし、「まじめな青年諸君」へのこの訴えに心を動かされたであろう。啄木は「哀史梗概」（堺利彦抄訳、『福岡日日新聞』明治三一年連載）は読んでないだろうが、『噫無情』（黒岩涙香訳、『万朝報』明治三五年連載、三九年刊）は読んだだろう。

　ほんの五、六年前まで、啄木は幸徳や堺の苦労も知らず、「社会主義者などと云ふ非戦論客があって、戦争が罪悪だなどと真面目な顔をして説いて居る」と、真面目な顔をして批判して居たのであった。（啄木が読んだ社会主義関係の本の内、幸徳秋水と堺利彦については後掲の「堺利彦と幸徳秋水」に譲る。）

啄木はピョートル・クロポトキン（一八四二〜一九二一）の『青年に訴ふ』を読んだ感想を、瀬川深宛の書簡に書いている。ここでは多少重複するがあらましを書いていくことにする。

「さうして僕は必ず現在の社会組織経済組織を破壊しなければならぬと信じてゐる、これ僕の空論ではなくて、過去数年間の実生活から得た結論である、僕は他日僕の所信の上に立つて多少の活動をしたいと思ふ、僕は長い間自分を社会主義者と呼ぶことを躊躇してゐたが、今ではもう躊躇しない、無論社会主義は最後の理想ではない、人類の社会的理想の結局は無政府主義の外にない（君、日本人はこの主義の何たるかを知らずに唯その名を恐れてゐる、僕はクロポトキンの著書を読んでビックリしたが、これほど大きい、深い、そして確実にして且つ必要な哲学は外にない。無政府主義は決して暴力主義でない、今度の陰謀事件は政府の圧迫の結果だ、そして僕の苦心して調査し且つその局に当つた弁護士から聞いたところによると、アノうちに真に暗殺を企てたのは四人しかいない、アトの二十二人は当然無罪にしなければならぬのだ）然し無政府主義はどこまでも最後の理想だ、実際家はまず社会主義者、若しくは国家社会主義者でなくてはならぬ、僕は僕の全心の熱心を今この問題に傾けてゐる、「安楽《ウェルビーイング》を要求する人間の権利である」僕は一切の旧思想、旧制度に不満足だ」

（瀬川深宛書簡　明治四四年一月九日。一部再掲、傍点は原文）

無政府主義というのは、どこまでも最後の理想で、そういうユートピアは現実には（もはや）あり得ない（と僕は思う）。啄木はかつてトルストイの思想に関して「流石に偉い。然し行はれない」と言ったことがあったが、無政府主義についても言えることであろう。全ての人間の自由を全的に解放してしかも矩《のり》を踰《こ》えないというのは、気持ちは分かるが、それは人間には無理なのだ。みんな意見が違うのだから。人間は、或は地球は、そして宇宙は、そこまで上等には出来ていない。かりにあったとして、その理想は次の瞬間、というか、いつの間にか、別の理想と衝突し、鍔迫り合いが始まるだろう。しかし理想を忘れないことは大切だ。

　世の中には色々なタイプの人間がいる。サディスト、マゾヒスト、ペシミストなどがいる。人間は様々な欲望を持ち、ニーチェも言うように、モノ・コトについて様々な解釈をするから、一人一人が、個人の全的解放や自己主張をやり始めると、主張同士が衝突する。かつての啄木のように、（権）力への意志、人間本源の動力たる権力意志の燃焼こそ天才の特権だ、おれは天才だ、英雄だ、と威張り始め、支配しようとする奴（サディスト）が必ず出てくる「錯綜なる闘争」である（例えば現在のように）。それは、僕に言わせれば、上昇志向・（権）力志向の小マゾヒストが努力して右の上（高み）のサディストに成り（果てる）ことである。善意からかどうか知らないけれど、おれの言う（命令する）とおりにすることがみんなの幸せ（平和）であり、おれの言うことに逆らうと不幸になるぞと、言う奴（善魔）が出てくる。そうはさせないぞと言う奴も出てくる。「錯綜なる」権力闘争が始まる。自由と称して、より強い者の自由（解釈）がまかり通ることになる。それは悪（悪魔）に似る。Aの自由はBの抑圧。勝った者の政府が出来上がる。そして正当化・神聖化の粉飾がおこなわれる。それにつき従う者がいる。一つ下さい、お供します。従わない奴には帯剣権力が弾圧する。恐怖政治が罷り通る。一方、小人は閑居して不善を為す。人間は弱い。つまり、元の木阿弥。どんな理想もそれを悪用するやつが必ず出てくる（例えば今度の大逆事件のように）。いい人の理想主義を虫のいい人が盗むのである。それは社会のレベルとしても言えることであるが、また、一人の人間のレベルでも言えることである。人間は、時としてサディストになったり、場合（相手）によっては優しい人になったりする。純粋な惻隠・慈善の情ではなく、愛する範囲が自分の愛する範囲、あるいは自己の国民に限られているからである。相手次第では闘わねばならないし、条件がおりあえば妥協もやむを得ない。一人の人間の中にも様々な自己が住んでいる。

　啄木は社会主義の理想を理解し、「僕は長い間自分を社会主義者と呼ぶことを躊躇してゐたが、今ではもう躊躇しない」、と言い、「無政府主義はどこまでも最後の理想だ、実際家は先づ社会主義者、若しくは国家社会主義者でなくてはならぬ、僕は僕の全身の熱心を今この問題に傾けてゐる」と続ける。

　以前啄木は二重生活を嫌悪していたが、理想（無政府主義）と現実（社会主義）の二重生活というか、社会主義（理想）と強権（現実）との二重生活というか、旧制度には不満だが、二重の二重生活は仕方ないことを認めざるえをえないことになる。一朝一夕に事が成ることはない。棄石や礎石が必要で、ながい時間が掛かるのである。啄木はこうした考えを、手紙や日記の中に書く。即ち、啄木の核心は、公表されない、私かな空間に於いて表明されている。

それからウェルビーイングを安楽と訳したのは幸徳秋水である。往生して安楽国に行く（「総廻向文」）のではなく、この現世での安楽国を目指したのであろう。「自他融合」の博愛主義は、啄木のもう一つの考えであったはずだが、ここにいたって、啄木は重点をこちらに移し、世界の「其儘」を「批評」し、人間はもっと素晴らしいはずだと信じ、惻隠の情から受難して、右の上に上昇することをやめ、左の下（低み）の正しいマゾヒストになり、社会の悲惨を解放しようとして、民衆の中へ（ヴ・ナロード）入っていく。そうして民衆の生活の向上、貧困や病気からの解放に力を尽くすこと、即ち相互扶助（ソリダリティ）の社会主義が安楽国を民衆に可能にすると、啄木は信じた。啄木が「一切の旧思想、旧制度に不満足」なのは、それらがこの社会福祉を目標にしていないからであり、それらは、将来克服されていくはずのものだからである。

繰り返しになるが、啄木は今度の裁判が始まる前の秋に次のように書いている。

「彼等の或者にあっては、無政府主義というのは詰り、凡ての人間が私慾を絶滅して完全なる個人にまで発達した状態に対する、熱烈な憧憬に過ぎない。又或者にあっては、相互扶助の感情の円満なる発現を遂げる状態を呼んで無政府と言ってるに過ぎない。（略）如何に固陋なる保守的道徳家に取っても決して左迄耳遠い言葉で有るはずが無い。若しこれらの点のみを彼等の所説から引離して見るならば、世にも憎むべき兇暴なる人間と見られて無政府主義者と、一般教育家および倫理学者との間に、何れだけの相違も無いので有る」

（「所謂今度の事」明治四三年秋稿）

啄木は一般に流布している無政府主義、社会主義の険悪にして暴力的なイメージは間違っており、むしろ人間的な優しい考えなのだと強調する。

明治四三（一九一〇）年三月、幸徳秋水は平民社を解散し、管野スガ（須賀子は筆名）を連れて、湯河原の天野屋に滞在、「通俗日本戦国史」を執筆していた。五月、管野は換金刑のため入獄。二五日、明科事件が発覚し、宮下太吉、新村忠雄が逮捕される。三一日、松室致《いたす》検事総長が刑法七三条の大逆罪として起訴。六月一日、幸徳は湯河原で逮捕され、東京監獄に収容される。続いて事件は熊野、大阪、神戸、熊本に飛び火し、都合二六人が逮捕された（堺利彦、荒畑寒村、大杉栄らは赤旗事件で入獄中であり難を逃れた。堺は九月二二日、出獄。ここではほんのあらましを書いた。詳細は後掲の「堺利彦と幸徳秋水」を参照してください。）（先のことまで書いておくが）四三年一二月一〇日、大逆事件の第一回公判が開かれたが、公判は大審院だけで終審であり、しかも傍聴を許さない、全過程が国民の目から隠されたまま終始した秘密裁判であった。

しかも公判の前に予審があり、その杜撰さを幸徳は論っている。検事の聞取書は初めの二、三回は読み聞かされたが、その後は、その場で聞取書を作ることもなければ随って読み聞かされることもなく、予審廷では自分の申立とは違わぬはないのだった。検事は取調べ中、「カマ」をかけ、「アノ人がさう言へばソンナ話があったかも知れません」くらいの申立をすれば、直ぐ「ソンナ話がありました」と確言したやうに記載され、これがまた他の被告への責道具にされた。

また数ケ所、数十ケ所の誤りがあっても、指摘して訂正し得るのは一ケ所位に過ぎなかった。いずれ公判があるのだから、その時に訂正すればよい位に思い、捨て置くことが多かったが、予審調書ほど大切なものはない訳で、法律裁判のことに詳しくない者の陥ることだった。こうして杜撰な調書が出来上がった（幸徳「陳弁書」）。平民社に出入した者を、事件の関係者だと予断して一網打尽にしようとしたのである。また予審調書には、幸徳の主張を判事・検事がわざと記録しなかったこともあるという。つまり、言ったこと・あったことを無かったことにされ、無かったことをあったことにされた。

　第二回公判は一二日、第三回は一三日、第四回は一四日、第五回は一五日、第六回は一六日、これで二六人全員の取調べを終えた。第六回の一六日には続けて証拠調べに入ろうとしたが、弁護側の反対にあい、二日おいて第七回の一九日から第一〇回の二二日まで、被告に対する補充の尋問が行なわれた。第一一回の二三日、弁護側は新宮教会牧師の沖野岩三郎らを証人申請したが、第一二回の二四日、全て却下された。不当であった。一二月二九日、公判終了。

　明治四四（一九一一）年一月一八日、幸徳ら被告二四人に死刑判決、二人に有期刑。一九日、一二人を無期に減刑。二四日、幸徳ら一一人に死刑執行。二五日、管野に死刑執行。二月七日、幸徳の遺骨は土佐中村町の正福寺墓地に葬られた（『日本の名著44　幸徳秋水』年譜）。

　啄木が大逆事件について聞いた弁護士というのは、『明星』『スバル』同人の平出修（一八七八～一九一四）である。沖野岩三郎（牧師）は『明星』の投稿者であったが、高木顕明と崎久保誓一の弁護人について与謝野鉄幹に相談し、平出が二人の弁護を引き受けることになった。

先の手紙（明治四四〈一九一一〉年一月九日付け瀬川宛）の数日前、一月三日、啄木は平出弁護士を訪ね、五日までに、幸徳秋水の「陳弁書」を借りて書き写している（「A LETTER FROM PRISON」）。これは啄木の関心の強さというか、ことの重大さを認識し得た行為である。「A LETTER FROM PRISON」は、［この一篇の文書は、幸徳秋水等二十六名の無政府主義者に関する特別裁判の公判進行中、事件の性質およびそれに対する自己の見解を弁明せんがために、明治四十三年十二月十八日、幸徳がその担当弁護人たる磯部四郎、花井卓蔵、今村力三郎の三氏に獄中から寄せたものである］。これを平出修弁護士から借りて、一月四、五日、啄木は筆写し、「EDITOR'S NOTES」を付した（「注」の番号は二六まであるが、実際には五までしか解説していない。明治四四年五月稿）。

幸徳はこの中で次のように述べている。


［無政府主義の革命といへば、直ぐ短銃や爆弾で主権者を狙撃する者の如くに解する者が多いのですが、夫は一般に無政府主義の何者たるかが分ってゐない為めであります。弁護士諸君には既に承知になってる如く、同主義の学説は殆ど東洋の老荘と同様の一種の哲学で、今日の如き権力、武力で強制的に統治する制度がなくなって、道徳、仁愛を以て結合せる、相互扶助、共同生活の社会を現出するのが、人類社会自然の大勢で、吾人の自由幸福を完くするのには、此大勢に従って進歩しなければならぬといふに在るのです。／随って無政府主義者が圧制を憎み、束縛を厭ひ、同時に暴力をも排斥するのは必然の道理で、

世に彼等程自由、平和を好むものはありません」

「実際歴史を調べると、他の諸党派に比して無政府主義者の暗殺がいちばん僅少なので、過去五十年許りの間に全世界を通じて十指にも足るまいと思ひます。顧みて彼の勤王家、愛国者を見ますなれば、同じ五十年間に、世界でなくて、我日本のみにしても殆ど数十人或は数百人を算するではありませんか。単に暗殺者を出したからとて暗殺主義なりと言はば、勤皇論、愛国思想ほど激烈な暗殺主義はない筈であります」

「私共の革命はレヴオルーションの訳語で、主権者の変更如何には頓着なく、政治組織、社会組織が根本に変革されねば革命とは申しません。（略）革命の成るのは何時でも水到渠《みずいたりきよ》成《な》るのです」

「無政府主義者の革命成るの時、皇室をドウするかとの問題が先日も出ましたが、夫れも我々が指揮、命令すべきことでありません。皇室自ら決すべき問題です。前にも申す如く、無政府主義者は武力、権力に強制されない万人自由の社会の実現を望むのです。其社会成るの時、何人が皇帝をドウするといふ権力を持ち、命令を下し得るものがありませう。他人の自由を害せざる限り、皇帝は自由に、勝手に其尊栄、幸福を保つの途に出で得るので、何等の束縛を受くべき筈はありません」

「私はまた今回の検事局及び予審廷の調べに於て、直接行動てふことが、矢張暴力革命とか、爆弾を用うる暴挙とかいふことを殆ど同義に解せられてゐる観があるのに驚きました。（略）其意味する所は労働組合全体の利益を増進するのには、議会に御頼み申しても埒が明かぬ、労働者のことは労働者自身に運動せねばならぬ、議員を介する間接運動ではなくして労働者自身が直接に運動しよう、即ち総代を出さないで自分等で押し出さうといふのに過ぎないのです。今少し具体的に言へば、工場の設備を完全にするにも、労働時間を制限するにも、議会に頼んで工場法を拵へて貰ふ運動よりも、直接に工場主に談判する、聞かれなければ同盟罷工をやるといふので、多くは同盟罷工のことに使はれているやうです」

以上は啄木が筆写した幸徳の「陳弁書」からの抜粋であるが、写している時も終わった時も、どこからか歌加留多の読声が聞こえ、笑い声も聞こえた。大逆事件が起きている時にそんな娯楽（パンとサーカス）に現をぬかしていていいのか、と啄木は思った。

幸徳の「陳弁書」を読んで、啄木はこの事件の本質を次のようにまとめている。

「意思の発動だけにとどまつて、未だ予備行為にも入ってゐないから、厳正の裁判では無論無罪になるべき性質のものであったに拘らず、政府及びその命を受けたる裁判官は、極力以上相聯絡なき三箇の罪案を打って一丸となし、以て国内に於ける無政府主義を一挙に撲滅するの機会を作らんと努力し、しかして遂に無法にもそれに成功したのである」

（「A LETTER FROM PRISON EDITOR'S NOTES 四」）

啄木の認識は的を射ている。「意思の発動だけ」であり、「予備行為にも入ってゐない」ものをことさらに事件化し、「相聯絡なき三箇の罪案を打って一丸となし」、社会主義者を一網打尽にしようとした天皇制強権を非難している。

無政府主義とは、政治組織、社会組織を変革して、（老荘が言うような）仁愛と相互扶助による自由幸福を目指すものであり、決して危険思想ではなく、暗殺主義（テロリズム）でもない。むしろ勤王・愛国主義の方こそ暗殺主義である。直接行動とは、間接的に議会に頼るのではなく、工場主との直接対話で、またはデモやストライキで、経営者に労働条件を改善させることである。決して短銃や爆弾で主権者を狙撃すること（暗殺主義）ではない。皇帝も、他人の自由を害せざる範囲で、自身の尊栄を決すればよい。万人と同じく、束縛せず束縛されずの自立自営の方途に出ることが出来る。

では、一切の暴力を否定する無政府主義者が、テロリズムに走るのはなぜか、という問いに、クロポトキンは次のように答えている、と啄木は書いている。

「熱誠、勇敢な人士は唯言葉のみで満足せず、必ず言語を行為に翻訳しようとする。言語と行為との間には殆ど区別がなくなる。されば暴政抑圧を以て人民に臨み、毫も省みる所なき者に対しては、単に言葉を以てその耳を打つのみに満足されなくなることがある。ましてその言語の使用までも禁ぜられるやうな場合には、行為を以て言語に代へようとする人々の出て来るのは、実に止むを得ないのである」

（A LETTER FROM PRISON EDITOR'S NOTES 四）

これは、後に、啄木は「われは知る、テロリストの／かなしき心を――／言葉とおこなひとを分ちがたき／ただひとつの心を／奪はれたる言葉のかはりに／おこなひをもて語らんとする心を、／われとわがからだを敵に擲げつくる心を――」（「三（ココアのひと匙）」）とテロリストのかなしき心として歌った所であるが、啄木はこれを「性急」という言葉で否定した訳である。

「相互扶助を基礎とする人類生活の理想的境地、即ち彼（注・幸徳）のいわゆる無政府共産の新社会においては、一切の事は、なんら権力の干渉を蒙らざる完全なる各個人、各団体の自由合意によって処理されなければならぬ。そうしてその生産および社会的利便もまたなんらの人為的拘束を受けずに、ただ各個人の必要に応じて分配されなければならぬ」（同五）

これが、啄木の「無政府共産」の理解である。啄木はこの理想が、遠い未来にある（或は過去にあった）ことを知っていただろう。あるいは「桃源郷」や老子の言う「小国寡民」の理想であり、安藤昌益の言う不耕貪食を戒める直耕自然世の理想である。（しかし欲望自然主義の資本主義の労使が同意するだろうか）。穏健派はしばらく二重生活はやむを得ない。

秋水がアメリカから帰って、一九〇七年一月創刊の『平民新聞』（日刊）の二月五日一六号に「余が思想の変化」を書き、社会主義の目的を達するには直接行動しかない、と述べたが、残念ながら、これを爆弾と誤解する［性急］な者が、政府当局・裁判官の中にも、逮捕された二六人の中にもいたようである（本書後掲の「堺利彦と幸徳秋水」を参照）。

「（君、日本人はこの主義の何たるかを知らずに唯その名を恐れてゐる、僕はクロポトキンの著書を読んでビックリしたが、これほど大きい、深い、そして確実にして且つ必要な哲学は外にない。無政府主義は決して暴力主義でない、今度の大逆事件は政府の圧迫の結果だ。そして僕の苦心して調査し、且つその局に当つた弁護士から聞いたところによると、アノうちに真に暗殺を企てたのは四人しかいない、アトの二十二人は当然無罪にしなければならぬのだ）」

（瀬川深宛書簡　明治四四年一月九日、前掲の一部。「明治四四年当用日記」一月三日にも）

無政府主義は暴力暗殺主義ではない、ということを啄木は学んだ。そして平出の話というのは、次の通りである。

「若し自分が裁判長だったら、管野すが、宮下太吉、新村忠雄、古川力作の四人を死刑に、幸徳大石の二人を無期に、内山愚堂を不敬罪で五年位に、そしてあとは無罪にすると平出君が言った」

（日記　明治四四年一月三日）

四人とは、爆裂弾の実験をした宮下と、管野の下宿で爆裂弾の投擲の練習をし、投げる順番をくじで決めるなどしたとされる新村、古河のことである。啄木は、前述のように「意思の発動だけにとどまつて、未だ予備行為にも入ってゐないから、厳正の裁判では無論無罪になるべき性質のものであった」と言うのだが、仮に大逆事件があったとしたら、その本体はこの四人である。他の被告には共同謀議の形跡はなく、秋水は管野の内縁の妻だから関係ないわけがないという予断で連座させられたわけである。管野は横山勝太郎弁護士に宛てて、針文字で、「彼（注・幸徳）ハ何モ知ラヌ」と幸徳の冤罪を訴えていた。秋水は、「そういう方法も必要かもしれないが、これからだね」と答え、この性急な計画に賛成しなかった。今はその時期ではない（まだ水は到らず、渠《きよ》の成る時期ではない）、と考えたのであろう。田中伸尚は、これら実験・練習などは児戯にも等しい行為に過ぎないと言う（田中『大逆事件　死と生の群像』岩波書店、二〇一〇)。然るに、「政府及びその命を受けたる裁判官は、極力以上相聯絡なき三箇の罪案を打って一丸となし、以て国内に於ける無政府主義を一挙に撲滅するの機会を作らんと努力し、しかして遂に無法にもそれに成功したのである」(「A LETTER FROM PRISON EDITOR'S NOTES」)。ないものをあると、でっち上げたのである。

明治四四(一九一一)年一月一八日には判決が出されている。杜撰な逮捕、杜撰な捜査、杜撰な予審、杜撰な裁判、杜撰な判決であった。二六名中、

幸徳伝次郎(三九歳)、管野スガ(二八歳)、宮下太吉(三五歳)、新村忠雄(二三歳)、古河力作(二六歳)、森近運平(二九歳)、松尾卯一太(三一歳)、新美卯一郎(三一歳)、奥宮健之(五三歳)、大石誠之助(四三歳)、成石平四郎(二八歳)、内山愚童(三六歳)ら二四名に大逆罪による死刑判決、

新田融(三〇歳)と新村善兵衛(三〇歳)に爆発物取締罰則違反で、それぞれ懲役一一年、懲役八年を言いわたした。

管野が「みなさんさようなら」と言うと、誰かが「御機嫌よう」と応じ、そして「無政府バンザイ」の声が追ってきた。多くの被告が同じ言葉を叫んだ。「無政府党バンザイ！」。誰一人信念を変えようとはしなかった。

啄木は、以前に「信念の巌」ということを言っていた。ソクラテスも基督も、「何事も自らのために弁ぜざりき。然もその緘黙は蓋しこの世に於ける最大の雄弁たりし也。信念の巌は死もこれを動かす能はず、況んや区々たる地上の権力をや」(「閑天地」『岩手日報』明治三八年六

月）。（ただしこれは権力側の信念ということもありうるから厄介である。いずれも人間の一時的な「区々たる」観念・幻想・煩悩であるものを絶対と思い込む危険を認識すべきである。）

翌一九日に上記以外の次の一二名は、無期に減刑された。

高木顕明（四六歳）、峯尾節堂（二五歳）、崎久保誓一（二五歳）、成石勘三郎（三〇歳）、
佐々木道元（二一歳）、飛松与次郎（二一歳）、武田九平（三五歳）、岡本頴一郎（三〇歳）、
三浦安太郎（二二歳）、岡林寅松（三四歳）、小松丑治（三四歳）、坂本清馬（二五歳）

判決の日（一八日）、新聞を見て啄木は「日本はダメだ」と考えた（「明治四十四年当用日記」一月一八日）。翌一九日も、新聞は死刑を報じ、「人類の幸福は独り強大なる国家の社会政策によってのみ得られる」という御用記事を掲げる徳富猪一郎（蘇峰。山県、桂らの長州閥に接近した）の『国民新聞』の社説を読んでいて、啄木は「畜生！　駄目だ！」という言葉が我知らず口に出た（同日記　一月一九日）。平出修宛一月二二日付け書簡では、「「日本は駄目だ」と叫びました」と書いている。

「彼等の一人と雖も其主義を捨てた者は無かった。（略）警察乃至法律といふ様なもの、力は、如何に人間の思想的行為に対つて無能なものであるかを語ってゐるではないか」
（啄木「所謂今度の事」）

権力の気に入らぬ思想は弾圧排除抹殺するということがこの事件の核心である。しかし人間の内面を罰することは出来ないことを、啄木は知っている。強権政府当局には、当局が抱く思想が絶対ではなく、一勢力の一時の「区々たる」幻想であることの自覚、謙虚さがない。人間

の傲慢もここに極まる。

上記秋水ら一一名が一月二四日に、管野スガが二五日に処刑された。

一月二三日と（死刑執行のあった）二四日には、啄木は「日本無政府主義者陰謀事件経過及び附帯現象」を纏め、二五日には、秋水らの手紙を借りて読み、又、二六日、平出宅で「特別裁判一件書類」（七千枚、一七冊）の初めの二冊と管野スガの分を方々読んでいる。

徳富健次郎（蘆花。蘇峰の弟）は『謀反論』の中で、この死刑こそ「暗殺」だと言っている。国家テロである。これは既に幸徳も「陳弁書」の中で、「暗殺者の出るのは独り無政府主義者のみでなく、国家社会党からも、共和党からも、自由民権論者からも、愛国者からも、勤王家からも沢山出て居ります。（略）勤皇論、愛国思想ほど激烈な暗殺主義はない筈であります。（略）初めに多く暴力を用うるのは寧ろ時の政府、有司とか、富豪、貴族とかで、民間の志士や労働者は常に彼等の暴力に挑発され、酷虐され、窘窮《きんきゅう》の余已なく亦暴力を以て対抗するに至るの形迹があるのです」と言っている。

上野英信（一九二三～一九八七）は、『天皇陛下萬歳　爆弾三勇士序説』（一九七一）の中で、「いわれなき神」のあるかぎり、「いわれなき死」がある、と言っているが、すでにこの事件の時から、いや「いわれなき神」が出現した時から、それは真実だったのである。その神に服う者はこれを利用して自分の権力の基礎とした。そして多くの民衆にとって、長いものには巻かれよ、触らぬ神に祟りなしであった。

国家には、みんな（民衆）が寄り集まってつくる福祉共同体というイメージと、その共同体を意のままに操ろうとする強権政府のイメージの、二つの側面がある。今度の事件で、啄木は、強権を奮って自分の意にそわぬものを弾圧し、民衆に敵対する国家（天皇絶対制国家）の正体を見たのである。必要とあらば、フレームアップで弾圧迫害し、見せしめにし、言論統制をする国家の正体を見たのである。より実態的に言えば、元老山県有朋、その（長州）閥族である首相桂太郎、その下の検事総長松室致（豊津藩育徳館出身）、司法省民刑局長兼大審院次席検事平沼騏一郎、その他の、自発的隷従システムによるでっち上げ事件である。

一月一三日、啄木は土岐善麿《ぜんまろ》（哀果、一八八五～一九八〇）と初めて出会い、三月から「樹木と果実」という雑誌を出す計画を立てている。先の瀬川宛の手紙（一月九日）で「僕の所信に立って多少の活動をしたい」といっていたことである。また大島経男宛の手紙（二月六日）では、出版法、新聞紙法を意識して、「発売禁止の危険のない範囲に於て、しょっちゅうマッチを擦っては青年の燃えやすい心に投げてやらうといふのです」と書き、雑誌の目的について、平出宛の手紙で次のように書いている。

「僕は長い間、一院主義、普通選挙主義、国際平和主義の雑誌を出したいと空想してゐました。然しそれは僕の現在の学力、財力では遂に空想に過ぎないのです（言ふ迄もなく）。且つ又金があつて出せたにした所で、今のあなたの所謂軍政政治の下では始終発売を禁ぜられる外ないでせう。／かくて今度の雑誌が企てられたのです。「時代進展の思想を今後我々が或は又他の人から唱へる時、それをすぐ受け入れることの出来るような青年を、百人でも二百人でも養つて置く」これがこの雑誌の目的です」

（平出修宛書簡　明治四四年一月二二日、傍点原文）

まだ社会主義の勉強を始めて間もない啄木の学力は確かに十分なものとは言えなかっただろう。それでも、民主主義と平和主義という所信が、天皇制・帝国主義とは相容れないものであることは分かっていた。啄木はここで極めて用心深い。天皇絶対制国家の凶暴さを目の当たりにしたばかりだったからである。

　啄木は今度の事件を分析して次のように書いている。

「①一般教育家及び倫理学者は、現在の生活状態の儘で其理想の幾分を各人の犠牲的精神の上に現はさうとする。

「②個人主義者は他人の如何に拘らず先づ自己一人の生涯に其理想を体現しようとする。

「③社会主義者にあつては、人間の現在の生活が頗る其理想と遠きを見て、因を社会組織の欠陥に帰し、主として其改革を計ろうとする。而して

「④彼の無政府主義者に至つては、実に、社会組織の改革と人間各自の進歩とを一挙にして成し遂げようとする者で有る。」（「所謂今度の事」明治四三年六～七月稿）（改行して①②③④と番号を付したのは新木）

　この四つのタイプの①について、個人の犠牲による現状否定だけで、既成の制度をそのままにしていては新しい建設はおぼつかない、と言っている。②の個人主義者も自己満足的である。かつて啄木がそうであった。中には小市民的な、パンとサーカスにうち興じ、個人が裕福になればいい、と考える問題意識の（少）ない人もいるだろう。

啄木は③社会主義者になった経緯について、大島経男あての手紙に、次のように書いている。

「現在の社会組織、経済組織、家族制度……それらをその儘にしておいて、自分だけ一人合理的な生活を建設しようといふことは、実験の結果、遂に失敗に終らざるを得ませんでした。その時から私は、一人で知らず〳〵の間にSocial Revolutionistとなり、色々の事に対してひそかにSocialisticな考へ方をするようになってゐました、恰度そこへ伝へられたのが今度の大事件の発覚でした、恐らく最も驚いたのは、かの頑迷なる武士道論者ではなくて、実にこの私だったでせう、私はその時、彼等の信条についても、又そのAnarchist Communismと普通所謂Socialismとの区別などもさっぱり知りませんでしたが、兎も角も前言ったやうな傾向にあった私、少い時から革命とか暴動とか反抗とかいふことに一種の憧憬を持ってゐた私にとっては、それが恰度、知らず〳〵自分の歩み込んだ一本路の前方に於て、先に歩いてゐた人達が突然火の中へ飛び込んだのを遠くから目撃したやうな気持ちでした」

（大島経男宛書簡　明治四四年二月六日。一部再掲）

小さい時から革命や暴動、反抗に憧れていた反逆児啄木であったが、これは、五年前「林中書」で、右も左も分からず、「既成」を其儘にしておいて、教育の目的は世界の脳である「天才」とそれに服従若しくは隷従する「健全なる民衆」をそれぞれ育てることだと言っていたことからすると、画期的な進歩である。「社会組織、経済組織、家族制度……それらをその儘にしておいて」、権威・権力を其儘にしておいて新しい建設はない、ということである。改革すべき「経済組織」の中には資本主義が含まれるであろうし、「家族制度」の中には家父長制度が含まれるであろう。確認すれば、「時代閉塞の現状」で、新な建設は、「「既成」の内にか、外にか。「既成」を其儘にしてか、しないでか。或は又自力によつてか、他力によつてか」と問い、「一切の既成を其儘にして置いて、其中に、自力を以て我々の天地を新に建設する、といふ事は全く不可能だ」と言っている。大逆事件を契機にしてこういう認識に至った知識人はそう多くは居ない。

　もう一つの方向からも、啄木は、かつて彼が信奉していた樗牛を批判して、この「既成」の改革を進めようとする。樗牛には伝習的迷信が多量にあり、既成と青年の新主張との間の理解が極限的であった。そしてその迷信の偶像を日蓮という過去の人間に託した時、「未来の権利」たる青年の心は、彼の死を待つまでもなく、早く既に彼を離れ始めたのである。繰り返し言えば、「一切の「既成」を其儘にして置いて、其中に、自力を以て我々が我々の天地を新に建設するといふ事は全く不可能だといふ事である」。改革とは「既成の」改革なのである。

　隠遁ユートピアでもなく、犠牲による対症的な解決でもなく、現実に安楽国《ウエルビーイング》が「必要」だと考えたそのときから、啄木は③社会主義者になった。

　そして④の無政府主義者たちの行動を、「社会組織の改革と人間各自の進歩とを一挙にして成し遂げようとする」のは「性急」だと言って、次のように書いている。

　「性急な心は、目的を失つた心である。此山の頂きから彼の山の頂きに行かんとして、当然経ねばならぬところの路を踏まずに、一足飛びに、足を地から離した心である。危い事此上もない。……」

（「性急な思想」『東京毎日新聞』明治四三年二月一三、一四、一五日。再掲）

この「性急」という言葉は、前述のように、啄木と話していた時の金田一の言葉である。社会に問題がある、これを根本から是正すべきである、即ち革命である、と啄木が径行に言うと、これに抗拒する唯一の言葉として、金田一は、「性急《せっかち》」という言葉で応じた（金田一『石川啄木』）。啄木も性急はいけないとは思うが、一方で手を拱いていられないという思いもある。時機を待っている間も、テキは強権を振るい続けるのだから。

「やや遠きものに思ひし／テロリストの悲しき心も——近づく日のあり」（『悲しき玩具』）

この歌は次の詩と同じ頃に作られたと思われる。

啄木は「呼子と口笛」の中の「三（ココアのひと匙）」を書いて、革命の性急を諫めながらも理解を寄せている。

「われは知る、テロリストの／かなしき心を——／
言葉とおこなひとを分ちがたき／ただひとつの心を／
奪はれたる言葉のかはりに／おこなひをもて語らんとする心を、／
われとわがからだを敵に擲げつくる心を——／
しかして、そは真面目にして熱心なる人の常に有つかなしみなり。／／
はてしなき議論の後の／冷めたるココアのひと匙を啜りて、／
そのうすにがき舌触りに／
われは知る、テロリストの／かなしき、かなしき心を。」

（1911・6・15・TOKYO）

この詩はクロポトキンの前掲の言葉に詩想を負っている。「熱誠、勇敢な人士は唯言葉のみで満足せず、必ず言葉を行為に翻訳しようとする。云々」（「A LETTER FROM PRISON」）。「言葉とおこなひとを分ちがたき／ただひとつの心を」という、その性急な心は、真面目にして熱心なる人々の有つ、「かなしき、かなしき心」である。（しかし、も一度言うが、言葉と行為を一致させようとするのは強権側も同じであるから厄介である。）

無政府主義者とは、「凡ての人間が私欲を絶滅して完全なる個人にまで発達した状態に対する熱烈なる憧憬、相互扶助の感情の円満なる発現を遂げる状態」（「所謂今度の事」）をめざす者であり、「今日の如き権力、武力で強制的に統治する制度がなくなって、道徳、仁愛を以て結合せよ、相互扶助、共同生活の社会を現出」させようとし、「圧制を憎み、束縛を厭ひ、同時に暴力をも排斥する」者である（「A LETTER FROM PRISON」の中の幸徳秋水の「陳弁書」）。個の力は弱いが、団結して頑張ろうとすると、強権の弾圧が言葉を奪いに来る。強権によって言葉を奪われたため、われとわがからだを敵に擲げつけるテロリストとしてたち現れることになる。強権という過激派が、それに見合った過激派を生み出す。だがしかし、急いては事を為損じる。

啄木はすでに「時代閉塞の現状」の中で、「明日の考察」を試みて、次のように言っていた。

「我々の理想は最早「善」や「美」に対する空想である訳はない。一切の空想を峻拒して、其処に残る唯一つの真実――「必要」！　これ実に我々が未来に向って求むべき一切である。我々は今最も厳密に、大胆に、自由に「今日」を研究して、其処に我々自身にとつての「明日」の必要を発見しなければならぬ。必要は最も確実なる理想である。／更に、既に我々が我々の理想を発見した時に於て、それを如何にして如何なる処に求むべきか。「既成」の内にか。外にか。「既成」を其儘にしてか、しないでか。或は又自力によつてか、他力によつてか、それはもう言ふまでもない。今日の我々は過去の我々ではないのである。（略）時代に没頭してゐては時代を批評する事が出来ない。私の文学に求むる所は批評である。」

（「時代閉塞の現状」一部再掲）

これは先程の引用文（「所謂今度の事」）の中の③の立場であり、啄木の主張である。時流に乗るのではなく、「既成」を［其儘］にしてではなく、しかも［性急］でなく、現実の改革には、［必要］こそ理想であると言う。

ものごとには時機がある。「水到り渠《きよ》成る」（『社会主義神髄』）、と幸徳秋水自身も言っている。因みに「秋水」という雅号は、恩賜的民権ではなく、回復的民権を進取しようという自由平等・民権共和の革命の鼓吹者で、同郷の師中江篤介（兆民、一八四七〜一九〇一）が贈ったものであるが（兆民自身が一時使っていた雅号でもあるが）、この言葉は『荘子外篇　秋水篇第十七』冒頭に謂う、「秋水時至　百川灌河（秋水時に至り、百川河に灌ぐ）」から来ている。秋の（台風や秋雨前線による）水が出る頃になれば、百の川から（黄）河に灌《そそ》ぎ、やがて東に流れ北海に注ぐ云々、ということである。時至り、（秋）水到り、渠（溝・小川）成る、と。「現在の生産・交換の方法、すなわち、資本家制度は、いまやその進化・発育の極点に達した。勢いがきわまれば、変化がおこる。花弁は花の散る日がくれば、いつか散乱せざるをえない。卵のからは、ヒヨコのうまれる日がくれば、いつか破壊されざるをえない。ただ散乱する。そして、あたらしい果実がうまれる。ただ破壊される。そしてヒヨコがうまれる。どうして社会・産業の組織だけが、この法則からまぬがれることができようか」（幸徳『社会主義神髄』）。秋水の名を負う幸徳は、「性急」な急進派ではない。

啄木も後にこんな歌を作って、「性急」はいけないと言っている。

「ひと晩に咲かせてみむと、／梅の鉢を火に焙りしが、／咲かざりしかな。」

（初出『創作』明治四十四年二月号『悲しき玩具』）

啄木はこの歌を幸徳事件を念頭に作ったはずである。そして梅の花が咲いたのはそれから一月後である。「梅の鉢に花が咲いた。紅い八重で、香ひがする」（「明治四十四年当用日記」一月二四日）。水が到らなければ渠は成らないのである（しかし、この日、社にでると、今朝から幸徳ら一一人の「死刑をやっている」という知らせを聞いた、という皮肉なことになった。社会はまだ極寒の時節である。後述）。

明治四三年五月に執筆され、没後に発表された「我等の一団と彼」の中で、啄木が次のように書くのも、彼の穏健な改革を表している。

「僕の野心は僕等が死んで、僕等の子供が死んで、僕等の孫の時代になつて、それも大分年を取つた頃に初めて実現される奴なんだよ。いくら僕等が焦心つたつてそれより早くはなりやしない」

（「我等の一団と彼」）

啄木の抱く思想は、社会に頭を押さえつけられ、病気に足を引っ張られて、二進も三進も行かない状態である。性急でなく、時機を待つしかないが、時代の閉塞はこれからさらに勢いを増し、大正デモクラシーという一時の緩みはあったが、資本主義は、いまやその進化・発育の極点に達し、勢いきわまって、戦争へと、破滅へと突き進む。

宮崎郁雨宛ての手紙でも、啄木は、穏健派の生きる道は、理想と現実の「二重生活」であり、面従腹背もやむを得ない、と言う。啄木はこうした考えを、手紙や日記の中に書く。即ち、私《ひそ》かな空間に於いて表明する。

「僕は新しい意味に於ての二重の生活を営むより外に、この世に生きる途はない様に思つて来出した。無意識な二重の生活ではなく、自分自身意識しての二重生活だ」

（宮崎郁雨宛書簡　明治四三年三月八日）

先の瀬川宛ての手紙で、「無政府主義はどこまでも最後の理想だ、実際家はまず社会主義者、若しくは国家社会主義者でなくてはならぬ」（瀬川深宛書簡　明治四四年一月九日）と言っていたのを考え合わせれば、現実的な理想主義、と言ったらいいだろうか。当然理想と　現実の二重生活を送ることになるが、しかし、それは「自分自身意識しての二重生活だ」。人はみな問題を抱え、何とか解決しても、また次の問題が前に現れる。それは人生の常態というものである。

金田一京助の伝える、いわゆる啄木の「晩年の思想的展開」の問題もここに落ち着くのではないか。金田一は啄木の紹介で林静江と結婚した（明治四二年）が、当初のうちは啄木もしばしば金田一を訪ねていたが、妻に遠慮したのか、金田一は啄木と段々疎遠になっていった。『一握の砂』を贈った時（四三年一二月）も、受け取りの葉書も寄こさないと言っていた。

ところが、明治四四年の夏から秋にかけてのころ、啄木は病床から杖に縋りながら金田一の家を訪ね（お金を借りる目的だったのか、それを言い出しかねたのか、訪ねることは訪ねたのだろう）、次のように言ったという。（しかしこ日のことを啄木自身は日記に書いていない。岩城は、これは四二年の秋のことではないか、と言っている（「啄木晩年の思想転回説について」『啄木評伝』）が、四二年では社会主義の話は出てこないはずだ。四二年は「ローマ字日記」を書き、六月一六日に函館から家族を迎え、一〇月二日に節子が家出した年であり、確かに「思想上の転機」にあったが、それは社会主義という思想上のものではない。社会主義に深入りするのは四三年に幸徳事件が発覚した後である。四二年であれば、啄木は杖に縋らずとも歩けた）。

「「やっぱりこの世界はこのままでよかったんです。幸徳一派の考えには重大な過誤のあることを今明白に知った」そう言い切って、「今の僕の懐《いだ》くこんな思想は何と呼ぶべきものだか自分にもまだ解らない。こんな正反対な語を連ねたら笑うかも知れないが（自分でも決して適当だとは思わないが、自分のこの心持を表現するのに、仮りに言うのだということを何べんも断りながら、国言葉で、「お笑わえんすなや」と断って）――社会主義的国家主義ですなあ」」　（金田一『石川啄木』角川文庫、一九七〇改版、一六九頁）

金田一は『啄木全集』（大正八年、新潮社）の年譜では、こう書いている。

「社会主義的帝国主義という表現を用い、そして、病床に跪坐して火を吐くように現代の社会組織を呪詛した口から、涙ぐましく一切の現実をこの儘肯定しようとする血の出る様な言葉が響いた」

金田一は、啄木が「社会主義的国家主義」若しくは「社会主義的帝国主義」と言ったという。いずれにしろ、字面からすれば全くの形容矛盾、変節といわれても仕方がない。ただし金田一は、

「（略）反対のものを二つ連ねておかしいけれど、社会主義的国家主義……」（この二名辞連結のうち、どちらが上だったか、考えると、気迷いも起るけれど、私は迷わずに最初の記憶どおりを、やはりこう書く。又国家主義もあるいは帝国主義の私の記憶ちがいか、とも迷ったりするが、すべての忖度を撤去して、最初の記憶どおりをやはり書く」

（同書、一八九頁）

と言っていて、はなはだ曖昧な所がある。さらに金田一が思想的「展開」を「転回」と書いたりしたことがあって、問題をややこしくしている（後に「最終期の啄木」の中で「展開」が正しいと言っている）。金田一は続けて次のように釈明している。

「自ら認めてそう言ったこの対蹠的な正反対の二つの名辞を、打ち連ねた心持ちがおそらく深い意味のある所ではあるまいか。いわば、今までの二大対立を包摂した、統一態へ到達した事を意味するのではあるまいか。社会主義的国家主義は、いわば国家主義的社会主義でもよし、あるいは個人主義的国家主義でも国家主義的個人主義でもよし、唯物論的唯心論でも、唯心論的唯物主義でも、はた現象即実在だの、煩悩即菩提だの、罪即救、娑婆即浄土、動即静、有即無と観ずる一種達人の物の見方に咫尺《しせき》していったのではなかったろ

うか」（同書、一九〇頁）

啄木にそんな悟り澄ました諦念のようなことを言う達人の余裕があったかどうか疑問が残る。煩悩即菩提などというのは、矛盾の限りである。何年も何年も苦しみぬき、悩みに悩みぬいた挙句、そっと肩に手を置き、「不断煩悩得涅槃」（『正信偈』）、と親鸞さんに言ってもらえれば、有り難さのあまり救われた気持ちにもなるかもしれないが、啄木は違うだろう。明治社会は国家主義ではあったが、社会主義を目の敵にして監視・弾圧している、そんな強権社会が「このまゝでよかったんです」なんぞということはありえない。啄木は「其儘」を「批評」し否定したはずだ。それが啄木の文学だったはずだ。

「国家主義」と啄木が言うのは、天皇の国家（大日本帝国）ということで、必ずしも膨脹植民地主義を指してはいないかもしれない（そこが認識不足である）。啄木は（まだ）天皇（制）を否定してはいない、ようだ。明治四〇年一月一日の日記には、「……予は陛下統臨の御代に生れ陛下の赤子の一人たるを無上の光栄とす。（略）」と書いている。このとき啄木は渋民尋常小学校の代用教員だった。一年後の四一年二月一一日には、釧路の自室で寝坊して、参加すべき紀元節に行かなかった（前述）。

また、「百回通信」（明治四二年）には、次のように書く。

「世には社会主義とさへ言へば、直に眉をひそむる手合多く候。然し乍ら、立憲政体が国民の権利を容認したる以上、其政策は国民多数の安寧福利を目的としたるものならざる可らざる事勿論に候。此第一義にして間違いなき限り、立憲国の政治家は、当然、社会主義と称せらるゝ思想の内容中、其実行し得べきだけを採りて以て、政策の基礎とすべき先天の約束を有する者と可申候。謂ふ心は聖代の恩沢を国の隅々まで行き亘らせよといふ而已《のみ》」（「百回通信」『岩手日報』明治四二年一〇月五日〜一一月二一日、二八回のうち二三回目、一一月一〇日、再掲。この時期、啄木は節子の家出〈一〇月二日〜二六日〉という一大事を抱えていた）

この段階では、社会主義の言う所も採り入れて立憲君主国として国民の安寧福利を図るべきと言うに留まる。「明治の子」として、素直に無邪気に、天皇がカリスマ的であれば、「聖代の恩沢を国の隅々まで行き亘らせ」うまくいくと考える「明治人」の限界はあったのではないか。しかし明治天皇制国家は決して民に優しくはなかった。例えば、あの田中正造（一八四一〜一九一三）も「明治人」として、明治三四年一二月一〇日、足尾鉱毒事件を天皇に直訴したことがあった（正造は後に「明治」を超えていく）。しかもその直訴状を書いたのは幸徳秋水であったし、その秋水も、初めのころは、「「衆とともにたのしむ」といった周の文王のような社会主義者はよろこんで奉戴したいと思うところである。そして、わが日本の祖宗列聖のような君王、ことに「民の富は、朕の富なり」とのたもうた仁徳天皇の大御心のようなのは、まったく社会主義と一致契合するもので、けっして矛盾するところはないのである」（幸徳『六合雑誌』明治三五年一一月一五日、『社会主義神髄』に収録）と書いていた。

神崎清は、「土佐の古勤王党、立志社の自由民権運動の空気をすってきた幸徳秋水は、国体論の支配から、まだほんとうに自由ではなかったのであろう」（神崎「反戦・平和の原点」『日本の名著44　幸徳秋水』の解説　三七頁）と言っている。

しかし、これも時代の制約、あるいは限界であろうか。「既成」を「其儘」にして置いていい訳が無い。「このまゝでよかったんです」なんぞということはない。この問題には社会主義を恐れていた金田一のバイアスがかかっているように思える。しかし、幸徳は、「中江兆民から回復的民権思想（後述）の洗礼をさずかり、さらに急進して社会主義者となってからでも皇室は別物だと主張していた」が（幼時の刷り込みは恐ろしくよく効く）、やがて「過去の拘束から解放されたまったくの自由な立場」に立つにいたり、幸徳は「天皇制の解体を思考するようになってきたのである」（神埼、同、六三頁）。所謂「思想の変化」である。

啄木が本当に「このまゝでよかったんです」と言ったとすれば、それは問題である。しかし、その後この大逆事件の天皇制による弾圧を目の当たりにして、一般庶民や思想界や文学者はふるえあがったのであるが、啄木の思想的変化は著しいものがある。啄木は怯まなかった。日記や手紙の中で、「国家の存在に抵触」して、「日本は駄目だ」と言うのである。「既成」を「其儘」にしておいては、自由も平等も民主主義もない。

啄木は先の瀬川宛の手紙（明治四四年一月九日）にあった「国家社会主義」と言ったのかも知れないが、この言葉の中身は大いに検討・吟味しなければならない。先ほどの「聖代の思想による国民多数の安寧福利」ということだろうか？　山路愛山流の「国家社会主義」のことを言っているのであろうか。それとも高畠素之が言う「国家社会主義」のことを言っているのであろうか。高畠は社会改良主義を唱え、社会政策による国家社会主義をめざしたが、それは国家主義社会と言い換えられるものだった（社会主義国家ではなく）。堺利彦は、高畠が「協調的、保守的、あるいは反動的傾向を顕著にした」、と批判し袂を分かっている。それは天皇中心の愛国社会主義（ないし愛国主義社会）とも言い換えられるし、社会主義の国家ではなく、北一輝や大川周明が言う国家中心主義であり、ドイツでは「国家社会主義労働者党（ナチス）」という名の政党が発足して（一九一九年）、第二次世界大戦、ホロコーストをはじめ、とんでもない災厄罪過を引き起こすことになる。

　しかし、啄木が言うのはそんなものではないと思うが、何主義にしろ、権力がオレの言うとおりにしろと言いだし、それ以外（つまり右は左を、左は右）を監視、弾圧、拷問、排除し始め、民衆が弾圧逃れのためにそれに自発的に隷従しだすと、大変なことになる。問題は権力なのである。

　啄木が前掲の瀬川宛一月九日の手紙で言う「国家社会主義」に込められた心は、（啄木本人に聞いてみたい所であるが）、国家として社会主義を行うということ、つまり自由・平等・博愛（社会福祉）・民主主義と平和主義とを行う社会主義の国家ということであろうか？　社会に問題があるとして、それを正さねばならない、そこで、革命で国家をなくしてしまえといって理想だけで突っ走るのは性急であり、危険である。あるいは選挙・議会制を通じて社会主義を目指す社会民主主義のことであろうか。いずれにせよ、道は遠いが、機を作り（運動し）、時至り、時機が来るまでは、理想と現実の二重生活はやむを得ない、ということであろう。

　啄木が言ったとされる「一切の現実を肯定する」というのも、その中に、現実を改革しようという営為が含まれている現実を肯定するということでなければならない。正反対な言葉を二つ連ねたのは、相互の弁証法的発展を期してのことである。それが歴史である。金田一も、自身のうろ覚えを反省して、「二大対立を弁証法的に綜合したということは、社会主義を棄てる棄てないの関係ではなく、人間の集団生活の本義に思い到った新しい人間観である」（「最終期の啄木」一九六一）と釈明している。

啄木は、人間に必要なのは、時代や社会に追従して上昇・出世する事ではなく、既成を「批評」し向上しようとする心である、と持論を言う。そしてその遠い理想としてあるのは、共同原理、即ち民主主義と平和主義と福祉主義の相互扶助の社会であった。しかし、生産機関、土地・資本の公有化、公共的経営、社会的収入の分配、社会の収入の大半を分配し私有に帰することなど（これらは幸徳が『社会主義神髄』〈明治三六年刊〉の中で論じていることだが）については、何も言っていない。啄木は『社会主義神髄』を読んだはずだが、啄木の考えはそこを表明するまでには至らなかったのではないか、勉強は道半ばであるし、啄木〈二五歳〉にはもう時間がない。

八、呼子と口笛

朝日新聞社社員としての啄木は、新聞の校正のほかに、『二葉亭全集』（全四巻）の第一巻（「浮雲」、「平凡」、など小説、四三年五月一〇日刊行）、第二巻（「あひびき」、「片恋」、「うき草」などツルゲーネフの翻訳もの、一一月一九日刊行）の校正係をしていた。二葉亭四迷（長谷川辰之助）も朝日新聞社社員で、四二年五月、ロシアからの帰国途中、ベンガル湾の船上で死去した。

「今度社では西村酔夢君が退社したので、二葉亭全集に関する一切の仕事が僕へ来た。一巻は今装幀中だから今月中には出る。二巻の原稿整理中だ。（略）然しお蔭で随分いそがしい、その分だけだって一人前だからね。それにまだ少しも報酬をくれない。全部出版してから一度に耳を揃へた礼をした方がよかろう位に、あの暢気な主筆（注・池辺吉太郎（三山））のことだから思ってるかも知れないが、僕は内々恨めしいよ。ハハハ」

（宮崎郁雨宛書簡　明治四三年四月一二日）

第一巻の凡例には「校正に就いては同社社員石川啄木氏が細心周到なる注意を以て専ら其労

に服せられたり」(『現代日本文学アルバム4　石川啄木』学習研究社、一九七四、一六三頁)とあり、啄木も「お蔭で二葉亭という『非凡なる凡人』をよほど了解することが出来た」(郁雨宛書簡　三月一三日)と言っている(四四年一二月まで続けた)。

明治四三年七月一日と五日、夏目漱石を長与病院に見舞って『ツルゲーネフ全集第五巻』を借りている。九月には、渋川玄耳によって、新設された「朝日歌壇」の選者に抜擢されている。

一〇月には長男真一が誕生した。

「君の希望通り男でさうして丈夫だ。名前は真一とつけた。(略)社の編輯長の名を無断で盗んだのだ、肥満した、さうして気持ちのいゝ位男らしい人だから、おれの子供もさうなってくれると可い、僕も近頃何とかして肥りたいと思ってゐる」

(郁雨宛書簡　明治四三年一〇月一〇日)

東雲堂書店と歌集『一握の砂』出版の契約をして、稿料二〇円を得たが、著作権の売り切りの形での契約であったため、印税は発生しなかった。この歌集の産婆役をつとめた真一が、一〇月二七日、この世の光を二四日間見ただけで、死んでしまった。これも幼児結核を疑うべきであろう。稿料二〇円は真一の薬餌になった。節子は自身の健康と体力維持のためであろう、医師から母乳を与えることを禁じられていた。

『一握の砂』は宮崎大四郎(郁雨)と金田一京助(花明)の二人に「デヂケエトされ」、また亡児真一に手向けられ、最終部に真一への挽歌など八首を追加している。

「二三こゑ／いまはのきはに微かにも泣きしといふに／なみだ誘はる

底知れぬ謎に対ひてあるごとし／死児のひたひに／またも手をやる」　（『一握の砂』）

金田一は、啄木から葬式の羽織袴を一日だけ貸してくれと頼まれて用意していたが、啄木は現われず、金田一は、浅草の了源寺（喜の床新井の菩提寺）で営まれた真一の葬儀に参列しなかった。その時彼は三省堂の百科大事典の校正係をしており、家にも帰らず徹夜続きの状態であった（金田一「無聊の啄木」）。

一一月一九日、『二葉亭四迷全集　第二巻』が刊行され、一二月一日に『一握の砂』が東雲堂書店から出版された。郁雨と金田一に、往年の友情と援助を感謝してデヂケエトされているが、金田一はそのうち逢って悦びやお礼を言うつもりで、受領のハガキを出さなかった。四四年の年始の挨拶に来た金田一は、啄木が留守だったため、「甚だキマリ悪そうにして帰ったさうである」。そしてその儘になり、啄木は不足に思い、疎隔を生じた（「明治四十四年当用日記」一月一日。「前年（四十三）中重要記事」）

しかしここまで来て、多忙を極めていた啄木は、大逆事件死刑判決（明治四四年一月一八日）の前後から腹が張っていたが、二月一日、東京帝国大学付属病院三浦内科で、慢性腹膜炎の診断を受ける。結核性のものである。これは大変だ、一日も早く入院せよ、このままなら、たった一年、と医師は言った（「明治四十四年当用日記」、宮崎郁雨宛書簡　明治四四年二月二日）。病状がここまでになるには、随分以前からの感染があったのである。

「そんならば生命が欲しくないのかと、／医者に言はれて、／だまりし心！
新しきからだを欲しと思ひけり、／手術の傷の／痕を撫でつつ」　　（『悲しき玩具』）

四日、青山内科に入院し、七日、腹膜に溜まった水を取る手術を受ける。ウィスキー色（濃黄色）の「水」を一升五合程取ったが貧血を起して中止になった。他の人は皆疑っている、若しくは知っているのに、啄木はまだ自身が結核であることを知らない、ようだ。二月二六日から、三八から三九度の発熱が六日間続き、漸くおさまった。三月六日、今度は肋膜炎の手術をして穴を開けたが、機械が壊れていて空気が入るため中止になった（土岐善麿宛書簡　明治四四年三月八日）。朝日新聞社同僚から八〇円の見舞金があった。三月一五日退院したが、「それはしかし病気のよくなつた為ではなく、金のつゞかなくなつた為でした」（高田治作宛書簡　明治四四年八月一五日）。

　この入院中、二月二三日、「午前のうちに土岐君が来て十二時頃まで話して行った。クロポトキンの自伝を持って来てかしてくれた」（日記）。それは『一革命家の思い出』第二巻（ロンドンのスミス・エールダ社、一九八八、英語版）である。
四月には印刷所の不誠実から『樹木と果実』の発行を断念した。『スバル』四四年四月号には三月一日発行という広告を出していたのだが、最初土岐がやめようと言ったがその時は啄木が反対した。一八日になって啄木からやめようということを言った（土岐宛書簡　四月一八日）。啄木は入院中だったから、全ての事を土岐に任せていたが、印刷所三正舎は営業不振のため倒産寸前で、それを知らずに頼んだので、雑誌購読申込み者の前金を含む印刷代前金を只取りされてしまい、雑誌はついに発行されなかった（高田治作宛書簡　八月一五日）。

　しかし、ワシントン大学のジェイ・ルービンの『風俗壊乱』という本から得た情報によって、今井泰子が語るところによると（「座談会　啄木と明治・啄木と現代」『国文学解釈と鑑賞』一九八五年二月号）、新聞紙法（明治四二年）の施行によって、啄木が望むような雑誌は「どう転んでも出るはずがないんです」という。時事に関する事項を掲載する者は補償金を納めなければならず、東京、大阪、その市街三里以内のものは二〇〇〇円、一ヵ月に三回以下の発行なら半額（一〇〇〇円）、違反すれば罰金なんぞの問題が待ち構えていて、発禁になるとその損失は発行人がかぶる……。啄木は、郁雨に、自分が本当に出したい雑誌のためには「少なくとも千五百円の金がいる」と書いている（郁雨宛書簡　明治四四年一月一四日）。啄木は知己を頼って前金を集め努力したが、時代進展の思想を受け入れる青年を百人でも二百人でも養っておく雑誌の発行は、ついに不可能だった（なお啄木没後、大正二年九月、土岐は『生活と芸術』を創刊した）。

　四月、啄木は病臥の日々が続き、不愉快な気持が続く。その理由は解りすぎるほど解っている。

「金！　生活の不安がどれほど惨酷なものかは友達は知るまい」
（「明治四十四年当用日記」四月二二日）

「今日は割合に熱が低かつたけれども三十七度五分まで上つた。退院以来もう四十日になるのにまだ全快しないとはどうしたことだろう。さうして予の前にはもう飢餓の恐怖が迫りつゝある。／起きてはト翁の論文を写し、寝ては金のことを考へた。もう今度の一日には社からの前借も出来さうにない」
（同、四月二五日）

貧窮と生老病死の実相を、つくづく、しみじみと、痛いほど知り尽くした啄木の現実である。

トルストイの「日露戦争論」（幸徳と堺が協力して訳した）を『平民新聞』（八月七日）から書き写しているのは、かつて「ワグネルの思想」（明治三六年）においてニーチェの権力意志の表現を取り、トルストイの博愛主義を退けていたことを思うと、ここにも画期的な進歩を見ることが出来る。

「（トルストイは）流石に偉い。然し行なはれない」というのは、従前のままだが、「但し八年前とは全く違った意味に於いてである」と言う。これはどういう意味だろうか。生老病死の苦難を経た今、「行なはれない」ことを知ったということは、人間は一筋縄ではいかないということを知ってしまった、つまり、最初は啄木も「天才」主義の立場から「行なはれない」と言っていたが、啄木が乗り越えてきた「天才」主義、もしくは「権力への意志」に凝り固まっている奴が多く居て、それが昔も今も現に行なわれているから、博愛主義はなかなか「行なわれない」ということだろう、か。

五月には「V NAROD SERIES」として、幸徳秋水の「陳弁書」を解説した「A LETTER FROM PRISON」を纏め、『平民新聞』の記事の整理をしたりした。事件を後世に伝えるためである。裁判記録「公判始末書」は行方不明という不可解なことになっている（田中伸尚『大逆事件　死と生の群像』）。

五月三〇日、節子の父堀合忠操が玉山村長をやめ、函館の樺太建網漁業水産組合連合会に就職することになり、盛岡の実家を引き払って函館に引越しをすることになったという手紙が届き、六月初め、節子は「盛岡の孝子に、「節子に盛岡に来るように」と手紙を書くことを頼んだ。しかしすぐその手紙が来ないため、しかたなく小山しげから金を借りて、「盛岡から手紙があって帰れといって五円送ってきた」といったところ、啄木に疑われ」た（堀合了輔『啄木の妻節子』一五二頁）。

節子が盛岡に帰省したいというのは、節子にすれば当然の心情である。十分理解できる、妥当な理由である。しかし啄木はまた逃げられるとでも思ったのか、これを認めなかった。実家から五円送ってきたという五円はおしげさんから借りたものだった。啄木はその嘘とはかりごとを許さなかった。ところが今度は本当に実家の孝子から「○ヤッタスグコイ」という電報と五円の電報為替が送られてきたが（○はお金の意味）、啄木はこれを送り返させた。そしてそちら（堀合家）が親権を行使して節子を呼び戻すなら、「それは自分の家庭の組織の観念と氷炭容れぬものだから離婚する」と手紙を書いた（「明治四四年当用日記」六月三〜六日）。いかにも家父長的である。家庭不和はさらにつのり、堀合家と義絶状態になった。

啄木は当局の強権発動を批判して、それまで「一切の因習、習慣の破壊」、「一切の旧思想、旧制度に不満足」だと言っていたのに、自分の家庭内では従来の（封建的な）「家族制度」を楯にしての強権発動には疑問を抱くことはないようだ。身勝手である。矛盾である。岩城之徳は「夫としての石川啄木が、思想家としての石川啄木に追いつけなかったことを意味し」ていると述べている（『石川啄木』吉川弘文館、一九六一）。啄木は社会でも家の中でも自分自身にも、大変な閉塞状況を抱えていたのであった。

五月一二日には、「今日は一日殆ど寝て暮らした。そのかはりクロポトキンの自伝を、拘引された処から脱獄して英吉利へ行ったところまで読んだ。妙にいろ〳〵のことが考へられた」（日記）という。哀果から借りたこの本はその後読了したのであろう。六月一五日頃、北原白秋から詩集『思い出』を贈られ、啄木も発奮して、「妙にいろ〳〵のことが考へられた」。

クロポトキンに材をとり、「はてしなき議論の後」①というタイトルの長詩（九編に分かれている）を書いた（幸徳らの死刑執行から約五ヶ月後である）。このうちの一、八、九を除く六編を「はてしなき議論の後」②として若山牧水（一八八五～一九二八）の発行する『創作』（四四年七月一日号）に発表した。これに、六月二五日作の「家」、二七日作の「飛行機」を加え、全八編にタイトルを与え（「はてしなき議論の後」、「ココアのひと匙」、「激論」、「書斎の午後」、「墓碑銘」、「古びたる鞄をあけて」、「家」、「飛行機」）、一六頁の手書き詩集「呼子と口笛」③とした（『群像日本の作家7　石川啄木』〈小学館、一九九一〉に、「呼子と口笛」③の写真版が載っている。これを見ると、出版出来ないので、清書して手書きの詩集としたのであろう）右開き、横書きである。（没後の大正二年、③は土岐哀果編『啄木遺稿』に収められた。なお岩城『石川啄木』吉川弘文館　に「「呼子と口笛」成立過程一覧」が載っている。『日本詩人全集8　石川啄木』新潮社、一九六七には、「呼子と口笛」④として全一一編が載っている。以下は新潮社版④をテキストとする）。

これらの詩編がモチーフとしているのは、周知のように、大逆事件である。

「暗き、暗き曠野にも似たる／わが頭脳の中に、
時として、電《いなづま》のほとばしる如く、／革命の思想はひらめけども――／／
あはれ、あはれ、／かの壮快なる雷鳴は遂に聞え来らず。／／
我は知る、／その電に照し出さるる／新しき世界の姿を。／
其処にては、物みなそのところを得べし。／／
されど、そは常に一瞬にして消え去るなり、／
しかして、かの壮快なる雷鳴は遂に聞え来らず。（略）」

（「はてしなき議論の後　一二」一九一一・六・一五夜）

啄木の暗き曠野のような頭脳の中に、壮快な電《いなずま》に照らされて革命の新しき世界が閃いたが、それは一瞬にして消え去った。否、政府権力によって消されてしまった。この詩編が『創作』に発表・掲載される時削除されたのも宜なるかな、である。事件発覚から約一年、死刑執行からまだ五ヶ月しか経っていない時期に、政府権力を刺激しては、元も子も無くなってしまう。発禁、罰金は多大な経済的負担を蒙ることになるから。以下の作品はそれほどあからさまではないから、検閲の目を二度（『創作』と『啄木遺稿』）逃れたのだろう。

「われらはわれらの求むるものの何なるかを知る、
また、民衆の求むるものの何なるかを知る、
しかして、我等の何を為すべきかを知る。
実に五十年前の露西亜の青年よりも多く知れり。

されど、誰一人、握りしめたる拳に卓をたたきて、
‘V NAROD!’ と叫び出ずるものなし」

（「はてしなき議論の後　二」1911.6.15.TOKYO）

「五十年前の露西亜の青年」というのは、近藤典彦に拠れば、「一八六四年に「人民の中へ」の運動の端緒を開いた人とされるカラコーゾフ（とその仲間）をイメージしていたことは確実」なのだと言う（近藤「長詩「はてしなき議論の後」に潜むモチーフ」『論集石川啄木』おうふう、一九九七）。ドミトリー・ウラディミロビッチ・カラコーゾフ（一八四〇〜一八六六）は、一八六六年四月一六日（つまり約五〇年前）、ロシア皇帝アレクサンドル二世（一八一八〜一八八一）を狙撃、暗殺未遂で死刑になったテロリストである（アレクサンドル二世は、一八八一年、「人民の意志」党のグリネビッキーが投じた爆弾により暗殺された）。

民衆が何を必要としているか、その為に何を為すべきか、（五〇年後の）我等は知っている。しかし叫び出すものが遂に居ないと啄木は言う。いや、叫び出ずる者はあったが、強権に弾圧され、ある者は拷問で殺され、ある者は獄につながれた。大逆事件に関して、多くの民衆は幸徳らを「民衆の敵」呼ばわりし、ある者たちは恐怖にふるえ上がったのである。堺利彦はこの「冬の時代」、売文社を興して社会主義者の生きる道を模索した。（「民衆の敵」幸徳らは、今にして思えば先駆者だったわけだが。）

「はてしなき議論の後　三（ココアのひと匙）」（前述した）は、「われは知る、テロリストの／かなしき心を」という書き出しだが、これは、白秋の『邪宗門・邪宗門秘曲』の「われは思

ふ、末世の邪宗、切支丹でうすの魔法」の語調の影響があることは明白である。遊人のような白秋への対抗心がある。すでに明治四二（一九〇九）年四月三日に白秋から贈られていて、夜二時迄読んで、「美しい、そして特色のある本だ。北原は幸福な人だ」、「故郷から来る金で、家を借りて婆やを雇って、勝手気儘に専心詩に耽ってゐる」、と日記に書いて羨ましがっている（「明治四十一年日記」七月二七日と「明治四十二年当用日記」四月三日と六日）。

それはともかく、この詩はクロポトキンの「熱誠、勇敢な人士は唯言葉のみで満足せず、必ず言葉を行為に翻訳しようとする。云々」（幸徳「A LETTER FROM PRISON」）という言葉に詩想を負っていることは前述した。

「われはこの国の女を好まず。／／
読みさしの舶来の本の／手ざはりあらき紙の上に／
あやまちて零したる葡萄酒の／なかなかに浸みてゆかぬかなしみ。（略）」
（はてしなき議論の後　四（書斎の午後））1911.6.15.TOKYO）

この国（日本）の女を好まないのは、かの国、つまりロシアの女を好むということである。その女とは、ロシアの女性革命家、「人民の意志」党のソフィア・ペロフスカヤ（一八五三〜一八八一）のことである。幸徳は彼女のことを短く紹介している。

「ペロブスカヤ女史は、ロシア貴族のなかでも、きわめて名門の家にうまれ、十五歳から革命運動に加わり、七三年の大弾圧で一年入獄したのち、北部ロシアへ追放されたが、牢獄から逃亡し、各種の暗殺に関係したあと、皇帝暗殺のときに（一八八一年）、合図の役をつとめて、死刑に処せられた。行年二十六歳で、有名な美人であった」（幸徳「ロシア革命が与えた教訓」週刊『直言』明治三八年二月一九日→『平民主義』明治四〇年、『日本の名著44　幸徳秋水』三二〇頁）

ペロフスカヤは啄木が［五歳になる子に、何故ともなく、／ソニヤといふ露西亜名をつけて、／呼びてはよろこ］んだ、その露西亜女性のことである（ソニヤはソフィアの愛称）。管野スガは彼女と同じように合図役を遣ろうとした、という（管野らはクロポトキンの『一革命家の思い出』、もしくは煙山専太郎著『近世無政府主義』（明治三五年刊）で合図役をつとめたソニアのことを読んでいたはずだ、と岩城は「女性革命家ソフィア・ペロフスカヤ」『石川啄木伝』一九八五　の中で言っているが、幸徳からも聞いていたと思われるし、菅野自身読んで知っていただろう）。啄木が平出宅で読んだ検事調書（「聴取書」）の中にも出てくる。そして［舶来の本］とは、［手ざはりあらき紙］で作られたクロポトキンの『Memoirs of a Revolutionist』（『一革命家の思い出』）であり、葡萄酒はキリストの血、衆《おほく》の人の為に流す所のもの」、つまり管野スガが多くの人のために自らの血を流したことだと近藤は言う（近藤、前掲論文）。

［かれは労働者――一個の機械職工なりき。／かれは常に熱心に、且つ快活に働き、／
暇あれば同志と語り、またよく読書したり。／彼はたばこも酒も用ひざりき。／／
かれの真摯にして不屈、且つ思慮深き性格は、／
かのジュラ山脈のバクウニンが友を忍ばしめたり。／
かれは烈しき熱に冒されて、病の床に横たはりつつ／

なほよく死にいたるまで譫言《うはごと》を口にせざりき。／／（略）
彼の遺骸は、一個の唯物論者として／かの栗の木の下に葬られたり。
われら同志の選びたる墓碑銘は左の如し、
「われには何時にても起つことを得る準備あり。」

（「はてしなき議論の後　六（墓碑銘）」1911.6.16.TOKYO）

これは労働者・機械工の宮下太吉（明治八＝一八七五〜一九一一）を歌った詩である。甲府の小学校を卒業し、独学で機械を学び、二八歳の時、尾張の亀崎鉄工所に雇われ、その後明科製材所にやって来て、爆裂弾の製作をした。四一年に平民新聞を読んで社会主義者になり、たばこも酒もやめて、社会主義、無政府主義に関する日本文の本は殆ど読み尽くす読書家であった。［真摯にして不屈、且つ思慮深い］青年であった。宮下は「天皇を斃して之れ亦吾々普通人間と同一に血の出るものであると云ふ事を示さなければ　天皇を尊ぶ迷信を打破する事が出来ないから機会があったらば爆弾を以て御通行の際　天皇陛下をやつ付けよーと決心致しました」（「聴取書」、原文カタカナ。）と述べた（という）。啄木はこの「聴取書」を平出宅で読ましてもらった。文中「御通行」とかいうのは、「聴取書」の記述者の用語であろう。宮下は処刑され、郊外の墓地の栗の木の下に葬られた。その墓碑銘は［「われには何時にても起つことを得る準備あり」］であるが、これは啄木が尊敬する宮下に贈った言葉である（近藤、前掲論文）。

［やがて、わが友は一葉の写真を探しあてて、／
「これなり」とわが手に置くや、／

静かにまた窓に凭《よ》りて口笛を吹き出したり。／
そは美くしとにもあらぬ若き女の写真なりき。」
（「はてしなき議論の後　七（古びたる鞄をあけて）」1911.6.16.TOKYO）

古びたる鞄をあけて、中から国禁の本を取り出したのは、啄木の友、大逆事件の弁護士平出修である。平出が探し出した本に挟んであったのは、「美くしとにもあらぬ」管野スガ（明治一四＝一八八一～一九一一）の写真である。堺利彦が幸徳と管野の写真の焼増しを拵え、御入用のものに頒布したそうだが、その一枚を平出も入手していた、ということである（近藤、前掲論文）。

次は「十（家）」である。

「西洋風の木造のさっぱりとしたひと構え／
高からずとも、さてはまた何の飾りもなくとても、／
広き階段とバルコンと明るき書斎……／
げにさなり、すわり心地のよき椅子も。」
（「はてしなき議論の後　十（家）」1911.6.25.TOKYO）

といった、都市居住者の「いそがしき心に一度浮びては、／はかなくも、またかなしくも、／なつかしくて、何時までも棄つるに惜しきこの思ひ、／……」を歌っている。決して家庭の人ではなかった啄木がこんな「家」のことを言うのは少し奇異な感じもするが、啄木の実生活を見ると、「静かに考へうる境遇、そして親を養ふことの出来る境遇、今望むのは唯一それだ」（明治四十一年日記」七月一九日）と以前言っていたように、即ち詩や小説が売れ、借金も病気もない、嫁姑のいさかいもない、このような（広くて、互いの距離を確保できる）家があれば、かなりの部分の悲惨は免れたのではあるまいか、という気もする。境遇が意識を決定する、のであれば。いかにもプチブル的なウェルビーイングの「必要」であり、「金なきに因する」思想、「時代より一歩先の思想」、即ち社会主義に行くことはなかったかも知れない。あるいは、革命が成就した後の社会ということであろうか。

「俺ひとり下宿宿にやりてくれぬかと、／今日も、あやふく、／いひ出でしかな」

（『悲しき玩具』）

そんな立派な「家」でなくとも、せめて病気と不和から解放され、執筆に専念したいという思いは啄木には切実であったろう。

「十一（飛行機）」は全文引用する。

「見よ、今日も、かの蒼空に／飛行機の高く飛べるを／／
給仕づとめの少年が／たまに非番の日曜日／
肺病やみの母親とたつた二人の家にゐて、／
ひとりせつせとリイダアの独学をする眼の疲れ……／／
見よ、今日も、かの蒼空に／飛行機の高く飛べるを」

（「はてしなき議論の後　十一（飛行機）」1911.6.27.TOKYO）

リイダアを読んでいるのは、すなわち啄木である。その見上げる空を飛んで行くのは、未来である。ここにある未来へのあこがれとは、社会の束縛や強権、貧困、病気、不和から解放された人間の自由、安楽《ウェルビーイング》ということであろう。（但し、日本で始めて飛行機が飛んだのは、四三年一二月一九日、徳川大尉が代々木が原で離陸させた。続いて、四四年四月一日から四日、アメリカの飛行家三人が目黒競馬場で興行した（四月二日の日記に、「新聞に飛行機の話が出てゐた」とあるのは、これのことだろう）。同年四月三日、所沢飛行場で陸軍の飛行演習が行なわれた。四月八日には徳川大尉が所沢飛行場でプレリオ式軍葉飛行機で、三一分四〇秒の飛行時間を記録した、という（平野謙「小さな感想」）。いずれにしても軍用機である。

九、悲しき玩具

しかるに現実には、時代も家庭も啄木自身も閉塞感が充満している。啄木の家庭を次々と悲惨が襲う。明治四四（一九一一）年六月、天候不順が続き、啄木の健康も調子が狂って来た。右方肋膜炎は殆ど異常を感じないほどによくなったが、今まで何ともなかった左の胸が痛み出し、一晩冷水湿布をやって眠らなかったことがあった。ぢっと坐って小さい呼吸をしているか、仰向けに寝ているかすれば三〇分位は痛みを忘れていることが出来るが、同じ姿勢が長くつゞくと痛くなる。欠伸をしたり、少しでも身体を動かすと叫びたいほど痛んだ。病院に行って診てもらうと、乾性肋膜炎ということで、もう治りかけているということであった。痛みが消えたので久しぶりに湯に入ったところ、風邪を引いて、咳の出るたびに少しまた痛んだ。その咳も大方鎮まり、熱もこの三、四日は七度四分以上には上らなくなった。（加藤四郎宛書簡　明治四四年七月一日）。これは結核の症状と思うべきであった。

　ところが、七月四日、啄木は三九度から四〇度の高熱を発し、床についてしまう。以後ずっと三八度から九度の発熱が続き、一二日には四〇度三分という高熱を発した（佐藤真一宛書簡四四年七月二二日）。ピラミドン（解熱剤であって、結核の治療薬ではない）でなんとか抑えるという毎日が続く。七月二八日には、節子も青山内科で肺尖加答児《カタル》と診断される（宮崎郁雨宛書簡　四四年八月八日）。肺結核の初期症状である。

八月七日、伝染性の病気であるため、喜之床の主人から出ていくように言われ、宮崎郁雨の援助で久堅町の借家に移った。郁雨が引っ越し費用四〇円を用立ててくれた。

［買ひおきし／薬つきたる朝に来し／　友のなさけの為替の悲しさ。］

（『悲しき玩具』）

ここで東京四年間の啄木の住居の変転、［さすらひ］をまとめておく。

赤心館　　＝本郷区菊坂　明治四一年五月四日〜九月六日
蓋平館別荘＝本郷区森川町　明治四一年九月六日〜明治四二年六月一六日
喜之床二階＝本郷区弓町　明治四二年六月一六日〜明治四四年八月七日
借家　　＝小石川区久堅町　明治四四年八月七日〜明治四五（一九一二）年四月

明治四四年八月一〇日、名古屋の聖使女学院の学生であり、夏休みで旭川にいた妹の光子が加勢に来た（九月一四日まで）。光子は最初喜之床に行ったが、啄木一家は引っ越した後だった。クリスチャンの光子は啄木一家の世話をしながら、啄木とキリスト教の話をしただろう。

［クリストを人なりといへば、／妹の眼が、かなしくも、／われをあはれむ。］

（『悲しき玩具』）

という短歌は、［強固な唯物論者］とキリスト者の、互いの意見の相違を悲しく思っている場面である。啄木は光子がキリスト教の話をするのをうるさく思っていた。

　光子の略歴をここで述べておきたい。光子（戸籍名ミツ）は、明治二一（一八八八）年一二月二〇日、宝徳寺で生まれた。曹洞宗の寺の子でありながら、明治三八（一九〇五）年、盛岡女学校（カトリックのミッションスクール。節子と同じ学校）に入った。啄木は光子にこれを読めと言って聖書を贈った。光子の中でキリスト教は［日毎日毎に魂の内部にはびこり行］ったが、学費が続かず、学校側が学費は出してやると言ったが、父が「お寺で育っていながらヤソのお世話になるなどとは怪しからぬこと――たつてといふなら勘当だ」と反対し、月給八円の代用教員啄木も「自分としては学費は出せないから、好きなようにしたらいい」と言う。光子は退学するしかなかった（明治四〇年一月）。五月、光子は啄木と函館に渡り、小樽の姉のもとに行き、小樽メソジスト教会で洗礼を受ける（二〇歳）。洗礼名はヨハンナ。しかし脚気治療のため函館の啄木のもとに転地し、函館のコルボン病院に行く。そこに勤務する聖公会（イギリス国教会系）の伝道婦で看護婦のミス・アンナ・エヴァンスの指導を受け、キリスト教に近づいていった。コルボン院長が病気になり、千葉房州に去ったため、明治四二年、ミス・エヴァンスは旭川赤十字病院に移り、光子も同行した。その後、明治四三年、光子は（［盛岡女学校の時の天主教とは違う］）名古屋の聖使女学院に入学（翌年一二月、武庫郡芦屋村に移転）、大正二（一九一三）年、同校を卒業後、日本聖公会の伝道婦となり、途中休職しながら、札幌、徳島、久留米、大牟田、奈良などで伝道した。

　大正一一（一九二二）年、三五歳で三浦清一（二八歳）と結婚、三浦が阿蘇宮地の聖テモテ教会専任牧師となり、光子も移動。その後大牟田、長崎、福岡、などに転勤。幸と賜郎の二児をもうけ、幸はジフテリアで死去（一三歳）。

大正一三年四月、光子は『九州日日新聞』に「兄啄木のことども」を六回連載。

昭和一五（一九四〇）年四月、宗教団体法が施行され、国家神道を別格としてすべての宗教を国家統制化に置いた。キリスト教ではカトリックの日本天主公教教団と、プロテスタントの日本基督教団の二つだけで、日本聖公会は日本基督教団への加入が勧告された。これはカトリックとプロテスタントの両極の中間の道を行くイギリス国教会（アングリカニズム）の原則からは受け入れ難いことであった。日本聖公会の牧師や信者は激しく対立し、合同派と非合同派に分かれた。

昭和一五年の春ごろから、教会は投石を受けたり、「ヤソは出て行け、スパイ」などの罵声を浴びせられたり、右翼の街宣を受けたり、襲撃を受けたりした。三浦は大東亜戦争開戦の日（一六年一二月八日）、台湾に居て伝道集会の予定であったが、現地の警察に差し止められ、帰国し、阿蘇の宮地駅に下りた所を逮捕された。護送に際して、網笠を拒否した。翌年六月まで拘留され、その時に拷問を受けたかどうかは戦後も語っていないが、彼の父親はアメリカ人であり、風貌もそのようであったから、推して知るべしであろう。

昭和一八年三月、福岡中央協会で九州教区の解散式が行なわれた。三浦はニケア信条よりもアウグスティンの教理論よりも偉大なものがある、「すめらぎの御ためとの一事のために／贖ひの福音を伝ふること、これである」と言い、妥協した。三浦は（家族も）上京し、私淑していた賀川豊彦の元に身を寄せ、一九年、賀川の神戸「愛隣館」館長として福祉事業に従事し、日本基督教団に移籍する。光子は日本聖公会に留まった。

戦後、一九四五年一一月、日本社会党が結成され、三浦は入党、一九五一年、兵庫県会議員に当選（社会党）、一九六二年、死去。光子は夫の後を継ぎ、神戸「愛隣館」館長になり、「二十数人の恵まれない少女たちの母としての仕事にいそしんでいる」。一九六八年、死去（八〇歳）。（三浦光子『日本近代作家研究叢書77　悲しき兄啄木』初音書房、一九四八、日本図書センター、一九九〇。小坂井澄『兄啄木に背きて』集英社、一九八六）

（元に戻って）光子は当時の結核治療の常道である、栄養と安静、良い空気を吸うための療養所（サナトリウム）に転地することを考えただろうが、そんなことが出来る経済状況ではないことも、分かっていただろう。皆病気なのだから、一人だけ入院と言うわけには行かない。相変わらず続く貧乏と病気と不和の三重苦。

「解けがたき／不和のあひだに身を処して／　ひとりかなしく今日も怒れり」（『悲しき玩具』）

明治四四年八月末には、母カツも高熱を出して寝込んでしまう。

九月三日、父一禎が小樽の次女山本トラ・千三郎のもとに去る（野辺地の葛原対月は四三年一一月八日に盛岡で亡くなっていた）。一禎から見て、一家は困窮し、妻（カツ）は病気で、息子（啄木）は病気で社会主義に行き、娘はキリスト教に行き、息子の妻も病気で夫とは不和で、同じ家にいて一家離散状態である。一禎には居場所が無かっただろう。「口べらし」のつもりもあったろうか。

九月一〇日頃、「美瑛の野より」、節子あてに手紙が届き、それを姪の田村いね（長姉田村サダの娘）が啄木のところへ持って行った。それを啄木が開封して読んだ。宮崎郁雨は美瑛の陸軍の演習地にいた。「貴女といっしょに死にたい」とか「貴女ひとりの写真を撮って送ってくれ」などと書かれてあったという（この手紙自体は失われているようである）。啄木は激怒し、「それで何か、お前ひとりで写真を写す気か？」、「今日限り離縁するから薬瓶を持って盛岡に帰れ！　京子は連れていかんでもよい」と言い、「今までかういうこととは知らずに信用しきってゐた。今までの友情なんか、何になるか。それとも知らずに援助をうけてゐたのを考へると……」と泣くように言った。

節子は啄木に泣いて謝り続け、夕方、御不浄の中で、普通に髪の結えないくらい短く髪を切った。光子が「そんなことはしなくつてもよかったのに」と言うと、節子は「いえ、私決心した証拠にかうしたの、本当に心配かけてすまなかったわね。光ちゃんは私の気持ちはわかつてくれるでせうね」と言った。光子は「私が手紙を取りに行つてゐたら、こんなことにはならなかつたのにねえ」と慰めた。（三浦光子「啄木最後の苦杯」『近代作家研究叢書77　悲しき兄啄木』日本図書センター、一九九〇、九〇～九一頁）

啄木は郁雨に絶交状を送った。その後、啄木は、名古屋に帰った光子に、

「お前（光子＝注）の知ってゐるあの不愉快な事件も昨夜になってどうやらキマリがついた、家に置く、然しこの事件についてもう決して手紙など書いてよこしてくれるな」

（石川光子宛書簡、明治四四年九月一六日）

と書き送った。「不愉快な事件」があったことは確かである（この事件のことはもう言うなと啄木は言ったのに、後に光子が蒸し返した形である）。ただし、これがプラトニックなものであったことは、啄木も「その点は僕も疑はないよ」と後に語った。郁雨は「節子さんに不貞の所以は絶対ありません」と言う。啄木と郁雨の友人丸谷喜市は、「美瑛よりの手紙」を啄木から見せられ、「夫人に対する君のこころ及び君の在り方は platonic なものと思ふが、それにしてもこのまま石川家との交際乃至文通を続けることは、結局、啄木夫妻の生活を危機に陥らしめる虞があるから、今後、夫人および同家との交際ないし文通は止めて欲しい」という意見を郁雨に伝えた。郁雨はこの意見を容れ、「啄木夫妻の幸福のために爾後義絶する決心」をした（岩城「死への一年四ヶ月」『石川啄木伝』）。ちなみに郁雨は次の歌を作っている（『郁雨歌集』堀合了輔『啄木の妻節子』所収、二七一～二頁）。

「かくばかりまめなる人の居にけりと／心ひかれき人妻君に
君思へば心わりなし啄木が／智恵子を恋ひしわりなさよりも
われ悔いずかのよき妻を侮《なみ》したる／友を憎みし直路《ひたみち》こころ」

問題は郁雨にあって節子にはないと思われる。郁雨は節子が可哀想で仕方なかったようである。

岩城之徳は郁雨に何度も取材して、郁雨から手紙を受け取っている。

「貧苦と病苦に悩む不幸な節子さんに対する肉親またはそれに繋がる身内のものとしての

切実な愛情の表現に行過ぎがあったり落度があったために、家庭生活では案外封建的であり、独善的に振舞って居た啄木の自尊心を傷つけることになったものと思ひます。その手紙の内容は覚えて居りませんが、とにかく自責を感じて居ります」

（郁雨から岩城への手紙　一九五六年六月六日、岩城『石川啄木伝』所収）

同じ日付の手紙が『啄木評伝』の中にも引用されているが、上の一節は出ていない。郁雨は自身の不徳を嘆き、「静かにその審判を待って来た数十年来の尊い忍辱を今更無意味のものに致したくありません。私は只管《ひたすら》「天の時」の来るのを待続けるつもりで居ります」と言う（岩城「宮崎郁雨の立場」『啄木評伝』一八二頁）。

岩城は取材の結果として、「なんら資料的な裏付けは得られず、この問題は多分に三浦夫人（光子＝注）の思いちがいであるように思われた」と書いている（岩城、同書、一八〇頁）。「なんら資料的な裏付けは得られ」なかったのは、問題の手紙が失われているからであろう（誰が破棄したのか？）。「その手紙の内容は覚えて居りませんが」というのもなんだか変である。郁雨は『函館の砂』の中でもこの件に関して何も語っていない（避けている）。

前年一〇月には節子が家出し、この六月は堀合家と絶縁し、今度は郁雨との絶交事件である。この「不愉快な事件」以後啄木の自尊心はひどく揺さぶられ、体調はさらに悪化し、日記以外作品を書かなくなる。また郁雨を当てに出来なくなり、経済的な危機を抱えることになる。

九月一四日、光子が名古屋に帰り、京子が遊踪性肺炎で四〇度六分の熱を出し倒れる（石川光子宛書簡　明治四四年一〇月二九日）。これも結核感染を疑うべきであろう。啄木、節子、カツ、京子、一家全員が病に倒れてしまったのだ。「家族内感染のサンプルのような生活のなかにいて、京子が感染をまぬがれることはほとんど不可能に近い」（澤地『石川節子』）。

九月一四日から、節子は「金銭出納簿」を付け始めた（啄木の指示であろう。翌四五年、啄木死去の翌日の四月一四日まで）。九月一三日の残高は一円七一銭。一四日に佐藤真一から一五円借りる。それで買ったのは、香ノ物、薬、氷、卵、電車ちん、煙管、菓子、びん、氷嚢、卵、氷、油、湯銭、計一円四五銭五厘（岩城「啄木晩年の金銭出納簿」『啄木評伝』）。卵は啄木の栄養源として、一箇ずつ買ったのであろう、氷は氷嚢の氷が溶けたら買うのであろう。お菓子は京子のおやつであろう。借りても借りても、生活は毎日やって来て、生活費と薬代に消えて行く。啄木の日記も借金と病状－発熱と病臥のことばかりである。貧困と病気と不和が啄木の家庭の現実である。（しかし、啄木は、小説はものにならなかったが、日記と書簡という私空間の中で、社会と文学の上の大きな仕事をして居たのである。）

母カツは、啄木の為に茶断ちをして平復を祈ってくれた。真一の命日には、「真坊。お父さんや母さんの病気の早く癒るやうに守れよ」と祈った。啄木はそれを聞いて涙を流した。「君、僕は僕の眼に涙のあった事を嬉しいと思ふ」。しかし、その為に「熱が一分一厘だって下りはしない」ことを、合理主義者啄木はよく知っていた（「平信（与岡山君書）」明治四四年一一月三日起稿）。

岡山儀七は中学時代の旧友である。彼に宛てた「平信（与岡山君書）」の中で、「或る晩」のこととして次のように書いている。「俺」が話しかけている相手は「妻」である。

「俺はもう書くことなんか止さう、俺の頭にある考へはみんな書く事の出来ない考へばかりだ。書いても書けない事はないが、書いたって発表する事が出来ない。（略）しかし俺の考へは間違っていない。（略）／しかし今朝になったら、僕の心もまた変った。君、僕はやっぱり「時機を待つ人」といふ悲しい人達の一人である外はない。――酒や皮肉にその日〳〵を紛らしたり、一生何事にも全力を注いで働らくといふ事なしに寂しく死んでゆく、意気地のない不平家の一人である外はない。（略）」　（「平信（与岡山君書）」）

啄木の頭にある考へはみんな「書いたって発表する事が出来ない」。発表すれば検閲に引っかかり、発禁になったりする。それでも「明日の考察」は、自由な私空間ででも、やっておかなければならない。現制度が崩壊し、新制度が如何にあるべきかを考えること、そのための準備、それは啄木の存在理由と言ってもいい。「時機を待つ人」は、性急でないがゆえに二重生活を余儀なくされ、「酒や皮肉にその日〳〵を紛らしたり」、「意気地のない不平家」となりがちだが、「僕は不幸にして、今の心ある日本人の多くと同じやうに、それの出来ない一人だった」

啄木の心は揺れている。せめて身体が健康であったら、書きたいものを書き、社会主義にも活動的になれたであろうが。状況は何一つ改善されず、閉塞状態のまま、懊悩だけが頭の中をこだまする。（現制度＝明治（憲法）制度が終るのは、一九四五年の敗戦まで待たねばならなかった。否、戦後も明治制度の尻尾は付けたままだった。）

明治四四（一九一一）年一二月二六日、朝日新聞社から賞与二〇円（『二葉亭全集』の校正による貢献からだろう）と、前借二七円を節子は受け取ってきた。佐藤の寛大な配慮である。が、それだけでは年が越せない。二九日、啄木は、朝日新聞社で『二葉亭全集』の編集担当責任者だったが、富山房（出版社）に転職し、雑誌『学生』の編集をしていた西村真次（酔夢）に宛て、次のような原稿料の前借依頼の手紙を書く。百計の尽きた後、もう借りられそうな人がいなくなったのだろう。「よく〳〵のこと」だった。

「西村さん。まる一年もすっかりご無沙汰してゐて、突然こんな手紙を差上げるなんて、自分ながら自分の行為を弁護することも出来ない次第で御座いますが、よく〳〵のことだと思って下さい」

と始まり、この一年の自分の病状を語り、親があり、妻があり、子がある中で、妻まで病院通いをしている窮状を語り、朝日新聞社が賞与をくれたが、それでもやはり年末が越せないと語り、続ける。

「西村さん。兎ても申上げられない程の無理なお願ひなので御座いますが、万一出来ます事ならば、原稿料の前借といふやうな名で金拾五円許りご都合して助けて頂けますまいか。これが健康な時なら、こんなお願ひをするにしても、徹夜でゞも何か書いて、直後お訪ねしてお願ひするのですけれど、今のからだではそれもできません。但しお許し下されば、あなたの御命令の期日までに御命令のものを是非かきます。私で出来るものなら何でも書きます。学生に読ませるやうな短篇でも、感想のやうなものでも、歌の評釈のやうなものでも、或はまた歌でも、何でも御命令通りに書きます。また名前出さなくても済むやうな種類のものでもよう御座います。／十五円といふと私にとつては大金で御座います。しかし実際の不足額の約四分の一で御座います。十五円あれば、四方八方きりつめて、さうして一円か二円正月の小遣が残る勘定なのです。何とかして（無理を極めたお願ひですが）助けていたゞけませんでせうか。／お葉書を下さればすぐ妻にお伺ひいたさせます、三十一日に間に合ふやうに」

（西村真次宛書簡　明治四四年一二月二九日）

切迫した窮乏、衰弱した気力、悲痛な依頼。もうここには昔のような態度はない。しかし西村は旅行中で、啄木は面倒な年末のかけとりは自身が申訳をし、熱は八度二分、百八の鐘をきいて寝た。節子の出納簿には、繰越金＝六円六九銭、収入＝五二円九五銭、支出＝五八円五〇銭五厘、（年末の）残金＝一円一三銭五厘、とある（「明治四十四年当用日記」一二月三一日。岩城「啄木晩年の金銭出納簿」『啄木評伝』）。

西村は三一日に旅行から帰り、晩に啄木の手紙を見て、元日に自分のポケットから五円入りの封筒を使いの者に届けさせた。啄木はしみじみ有りがたい、と思い、二日、礼状を書き、心で何度も手を合わせてお礼を言った。

しかし年が明けても病状も状況も変らない。明治四五（一九一二）年一月、『悲しき玩具』冒頭に収められた次の歌を作る。

「呼吸《いき》すれば、
胸の中にて鳴る音あり。
凩よりもさびしきその音！」

何とも言えず、切ない、寂寥感……。ずっしりと、病魔が居座り、ラッセル音だけが絶望的に体内に響く。内では［凩よりもさびしき音］が鳴り、外では［秋風］を通り過ぎて、啄木にとっても冬の時代が続く。どうにも動かせない現実。痩せ衰えた身体。気力の衰え。

［妻はこの頃また少し容態が悪い。髪も梳らず、古袷の上に寝巻を不恰好に着て、全く意地も張りもないやうな顔をしてゐて、さうして時々烈しく咳をする。私はその醜悪な姿を見る毎に何とも言へない暗い怒りと自棄の念に捉へられずには済まされない。（略）夜になって、京子の寝る時、妻はまた烈しく咳をした。『お前も寝ろ』と私は命令的に言った。妻も寝た。そこで私は、『咳の薬を買って来るが、のむか、のまないか』と聞いた。『私が明日行って買って来ます。』『いいや。おれの親切はお前にはうるさいやうだけれど、お前のその咳をきくとおれは気違ひになりさうだ。』かう言って私は寒い風の吹く中を、電車通りまで行って、咳の薬と浅田飴とを買って来た。私は自分を憐れむの情に堪へなかった］

（「千九百十二年日記」明治四五年一月七日）

病気と貧困と不和の三重苦が啄木の家庭に吹き荒れている。さらに閉塞感が社会を覆っている。なぜオレの所はこうなんだ、という誰にともない問いが、啄木の頭の中に渦巻いている。啄木の精神はぎりぎりのところで［気違い］にならずに踏み留まっているようだ。啄木の心には、それにも拘らず、否、それだからこそ、アレ（革命）を想う志望がある。

［十三日か一四日の晩から、せつ子と京子を隣室へ母と一緒に寝せることにした。せつ子はやっぱり咳がはげしいので、炊事向は万事また母一人でやつてゐたが、其の母が二三日前から時々啖と一しょに血を吐くやうになつた。それでもせつ子は、自分は薬を怠けて飲

まずにゐたりする癖に、水まで母にくませてゐた。あまり顔色がよくないので、今夜熱を計つたところが、三十八度二分、脈拍百〇二あった。医者に見せたくても金がない。兎も角二三日は寝てゐて貰ふことにした。『明日から私がします』とせつ子が言った。
　京子も今日はよかつたやうだが、二三日来また少し熱があつた。私の家は病人の家だ。どれもこれも不愉快な顔をした病人の家だ。『おれは去年の六月、とう〳〵お前が出てゆかないことになつた時から、おれの家の者が皆肺病になつて死ぬことを覚悟しているのだ。』こんな事を今朝言つてみた。私の熱も三十八度一分まで上つた。さうしてもう薬がとうに尽きてゐる」

（「千九百十二年日記」明治四五年一月一九日）

皆病気で、動けない。熱が三八度もあって、薬がない。金がない。生老病死が極まっている。「私の家は病人の家だ」。どうすればいい？
二一日に、佐藤真一から築地の市立施療院に入らないかという手紙が来たが、今は母が悪くてゐるから少し待って貰いたいという返事を出した。二二日になって、森田草平がやって来て、夏目（漱石）さんの奥さんへ行って一〇円貰って来たと言った。征露丸も一五〇許り持ってきてくれた。夜に熱が三六度七分五厘まで下がったのは征露丸のおかげかと思ったが、寝る前には三八度二分五厘まで上っていた。

　ある朝、啄木はうつらうつらしている時、突然、凄まじい音を聞いた。その瞬間、心にも、身体にも、ある力の充実している事を感じた。しかしその音は、犬に追われた猫が台所の上に飛び乗って、皿や鉢が割れた音だった。「なんだ、詰らない」と啄木は思ったが、その「詰らない」ささいなことに反応して起こった心身の緊張によって、自分の生存し得るだけの力を備えていることを知った。もう一度さっきのような音を聞きたいという願いが湧いてきた。物を壊す音の快さ、が頭脳の中に沁み渡つた。七、八年前、麦酒瓶を縁側から庭に叩きつけたときのことを思い出した。そのときの爽快感をその後感じたことはない。破壊！

「自分の周囲の一切の因襲と習慣との破壊！　私がこれを企てゝからもう何年になるだろう。全く何も彼も破壊して、自分自身の新しい生活を始めよう！」

この決心をもう何度繰返したゞろうか。しかし藻掻けば藻掻くほど、足掻けば足掻くほど、足は次第に泥の中に入っていった。もう浮び上ることは出来ないと自分でも思う。それでいて思い切る事も出来ない。とうとう、啄木は、他の一切のものを破壊する代りに、病み衰えた自分の体をひと思いに破壊することを考えた。ここが啄木の苦しい考えの結末になる（「病室より」明治四五年一月一九日稿。これが啄木最後の評論である）。

啄木の心の芯に、破壊、そして創造、の筋道が厳として存在する。「新建設を成就せむが為めには、先ず大破壊を成就せねばならぬ」（「林中書」明治四〇年）。しかし、述べてきているように、それは一朝一夕に出来るものではなく、莫大なエネルギーと時間がかかる。しかも啄木の考える「一切の因襲と習慣との破壊」というのは、当然天皇制の破壊を含む。他の人はまた別のことを考える。保守派もいる。すったもんだ、きったはった、になりかねない。性急を厭う穏健派は二重の生活を余儀なくされる。社会の進歩は鈍く、のろい。而して歴史の進歩は一進一退を繰り返し、さ迷い続ける。

一月二三日、ある行き違いのため二人の医師に見てもらったが、カツが老人性結核であることが分かった。カツは、一四歳のとき、労症（結核）を病んだことがある、と言った。石川一家に結核をもたらしたのはカツであった。石川一家は、結核性の体質であった。親孝行の啄木も、日記に、

「母の病気が分かったと同時に、現在私の家を包んでゐる不幸の原因も分かったやうなものである。私は今日といふ今日こそ自分が全く絶望の境にゐることを承認せざるを得なかった。私には母をなるべく長く生かしたいといふ希望と、長く生きられては困るといふ心が同時に働いてゐる」

（「千九百十二年日記」一月二三日。佐藤真一宛書簡　明治四五年一月二四日にも）

と書いている。さらに姉サダの死因についても思い当たるところがある。そう言っている啄木自身も、余命幾許もない……。発熱とピラミドン（解熱剤）……。しかし、薬を買う金のないときがあり、ジット寝ているしかないこともあった。（堀合了輔は、前掲の一月一九日とこの二三日の記述から、「啄木がこの病気の元を節子としていることに不満を感じる」（『啄木の妻節子』一七九頁）と書いているが、それは了輔の身びいき故の誤読である

一月二十九日、朝日新聞社の有志一七人の見舞金三四円四〇銭を佐藤真一が届けてくれた。朝日新聞社は出勤出来ない啄木を退職させず、給料の前借を認めていた。佐藤の配慮であった。啄木の晩年に、佐藤と土岐は大きな力になってくれた。

二月二〇日、日記が途絶える。

二月二八日、啄木を『二葉亭全集』の校正係にした池辺吉太郎（三山）が急逝（前年に朝日を退社していた）。

三月七日、母カツ、死去。六五歳。哀果の生家、浅草の等光寺で葬儀が営まれた。

三月三一日、『読売新聞』で啄木の重態を知った金田一が、見舞いに来た。金田一はこの一月、初めての女児を亡くしたばかりだった。それから書き始めた『新言語学』の稿料の二〇円は直ぐには出せないと出版社に言われ、有り金一〇円をかき集めて持参した。旧交は温まった。四月八日にも二円を届けた。

四月五日、一禎が、啄木危篤との知らせで上京してくる。

四月九日、土岐哀果の尽力で東雲堂書店から「一握の砂以後」を出版することになり、稿料として二〇円を得る。

四月一二日、啄木が節子に金田一を呼ぶように言った。一三日の朝早く、金田一は危篤状態の啄木を見舞った。若山牧水（一八八五～一九二八）も節子に呼ばれ、駆けつけて来た。『創作』の発行者で、四三年五月から啄木も作品（短歌）を寄せていた。太って健康で、独身で方々に旅して歌を作った。啄木はそれが羨ましくてならなかった。

啄木は金田一の勤務（国学院大の講師）を心配して、「遅くなりませんか、どうぞ学校へ」と気遣った。金田一は、節子が「この分ならだいじょうぶでしょうから、どうぞ」と言うので、今危篤だから離れられないのだと勘付かせるのもいけない、と思って出かけた。それから幾分も経たないで、容態が一変した（金田一『石川啄木』）。金田一は出かけたことを五〇年後も後悔している。

　牧水は京子がいないのに気付いて表に出た。八重桜の落花を拾って遊んでいた京子を連れて戻ると、老父と節子は啄木を抱きかかえて低い声で泣いていた。牧水を見て、「もうとても駄目です。臨終のやうです」と言った。九時半であった。

　牧水がかかりつけの医者に走ると、医者は診断書を書いてくれた。家に引き返して啄木の死顔をみたが、安らかに眠るようにとよく言うが、啄木の死顔はそんなではなかった。牧水は、また郵便局に走り関係者に連絡し、警察署に行き、区役所にも行き、葬儀社に行き、買物や自動電話まで一人で片付けた。蒸暑い日和で、街路には桜の花が咲き垂れていた（牧水「石川啄木の臨終」）。

　節子は啄木の臨終の模様を光子に書き送っている。

「兄さん十日ばかり前から夜眠られないでくるしんで居ましたがそのばんは自分もグッスリ眠たらしふ御座ひました、三時少し前に節子――起きてくれと申ますから急いで起きて見ましたらビッショリ汗になつて、ひどく息ぎれがする之がなほらなければ死ぬと申ましてね、水を呑みましたが、年よりが云ふ二階おちでした、それから少しおちついてから何か云ふ事がと聞きましたら、お前には気の毒だった、早くお産して丈夫になり京子を育てゝくれと申し、お父様にはすまないけれどもかせいで下さいと申ましてね――、（略）」（石川節子から石川光子宛の書簡、明治四五年五月二一日、岩城「死への一年四ヶ月」『石川啄木伝』）

啄木の「お前には気の毒だった」という節子への言葉は、若い頃語り合ったであろう将来の希望がかなわなかったこと、苦労の掛け通しだったことへの詫びであろうが、節子には啄木の苦しみは十分か分っていたはずだから、心は通じ合ったというところである。

明治四五（一九一二）年四月一三日午前九時三〇分、石川啄木は肺結核により死去。一禎と節子と若山牧水にみとられながら。（満）二六歳二ヵ月という生涯はあまりに短すぎた。

一五日（一四日、と哀果は言う）、哀果の実家、浅草の等光寺で葬儀。法名啄木居士。夏目漱石や森田草平、相馬御風、木下杢太郎、北原白秋、佐佐木信綱、朝日新聞の知友らが参列した。遺骨は寺の柿の木の下にあった墓石の下に埋葬された（カツと同じ場所）。節子の出納簿には、四月一四日、「お香料　二十五円」と書かれ、終っていた。

節子は八ヶ月の身重であった。一時光子や金田一のすすめで安房へ行きコルボン夫人の開設した療養所に身を寄せた。六月一四日、千葉県館山市北條町八幡の片山カノ方で房江を産んだ（房江の房は安房の房）。

六月二〇日、土岐哀果の奔走により、東雲堂書店から『悲しき玩具』が刊行された。明治四三年一一月から四四年八月二一日までの短歌一九四首と、歌論「一利己主義者と友人との会話」と「歌のいろいろ」を収載している。回想の歌が多かった『一握の砂』に比して、現在の社会や病気を呻吟する歌が多い。啄木が哀果に託した歌稿ノートとは別に、帋片《しへん》に書かれた二首（「呼吸すれば、／……」と「眼閉づれど／心に浮ぶ何もなし。／さびしくもまた眼をあけるかな。」）があって、哀果はこれを歌集の冒頭に置いた。また「一握の砂以後」という書名では紛らわしいという出版社の意向があり、『悲しき玩具《がんぐ》』の歌集名は、歌集に収められた「歌のいろいろ」の次の一文から、哀果が名付けた（土岐哀果「（あとがき）」。あとがきにはタイトルが無い）。

「……私に不便を感じさせ、苦痛に感じさせるいろいろの事に対しては、一指をも加へる事が出来ないではないか。否、それに忍従し、それに屈伏して、惨ましき二重の生活を続けて行く外に此の世に生きる方法を有たないではないか。自分でも色々自分に弁解しては見るもの丶、私の生活は矢張現在のの犠牲である。／目を移して死んだもののやうに畳の上に投げ出されてある人形を見た。歌は私の悲しい玩具《おもちや》である」

（「歌のいろいろ」明治四三年一二月）

ここには穏健主義ゆえの、理想と現実の二重生活に耐えていかねばならぬ辛い現実がある。ここにはもう「天才」も英雄もいない。いるのは、遠い未来を見つめて、今を生きる人間啄木である。人間啄木の実存である。彼は夢、もしくは革命的ロマン主義のゆえに苦闘していたのだ。それを「悲しい玩具」と言うのは、即効性を持つはずもない歌の限界であり、時代の限界でもあろう。

「自己の心に起り来る時々の変化を、飾らず偽らず、極めて平気に正直に記載し報告する」歌（「食らふべき詩」明治四二年一二月）、そして「忙しい生活の間に心に浮んでは消えてゆく刹那々々の感じを愛惜する」歌（「歌のいろいろ」明治四三年一二月）、を書いて、啄木は歌を改革した。その中にある歌の真実を読み取り、そこから自ずと生じてくるさらにもう一つ重要なこと、啄木が言うように、「食らふべき詩」として、自己及び自己の生活と社会を改革するという一大事を閑却してはならない。批評精神を鈍らせてはならない。改革しなければならないのは「家族制度、階級制度、資本制度、知識売買制度」「一切の因襲、習慣」（など）の「一切の旧思想。旧制度」である。啄木はその緒に就いたばかりで斃れた。しかし、「斃れてやまざるは我道なり」（田中正造）。真の近代化――「明日の考察」はまだ途上である。

ここで『明星』に最初に掲載された一〇年前の歌をもう一度引いておきたい。

「血に染めし歌をわが世のなごりにてさすらひここに野に叫ぶ秋」

（『明星』明治三五（一九〇二）年一〇月）

さらにもう一首、二首。

「こころよく／我にはたらく仕事あれ／それを仕遂げて死なむと思ふ」

（『一握の砂』）

故郷を喪失し、「さすらひ」続けた啄木の生涯はここで終るが、血染めの歌や文は遺り、「明日の考察」も受け継がれて行く。それにしても啄木の仕事はまだとば口についたばかりだった。しかし種は蒔かれたのである。そして、ここはまだ荒野である。

「新しき明日は来ると信ずといふ／自分の言葉に／嘘はなけれど――」

（『悲しき玩具』）

節子はその後のことを土岐哀果に報告している。コルバン夫人の親切で房州北條町八幡の片山方に行くことになったが、その前の晩、台所道具も荷造りし、最後の食事に蕎麦屋へ注文に出かけた間に、玄関脇に置いておいた柳行李を盗まれてしまった。夫を失い、最後に残された物質的な物を殆どなくしてしまったが、幸いなことに、座敷に置いてあった啄木の蔵書や原稿は無事だった。蔵書は金田一が、原稿は哀果が預って、保管することになった（土岐『啄木追懐』一五七頁）

五月二日、霊岸島から船で安房へ行き、六月一四日、無事房江を産んだ。

「私の手一つで育て、行かねばならぬ娘たちの運命が何とも云へない悲しい様にも思はれてなりません。父も知らない房江は三時間毎に牛乳百グラムづゝ呑んでヅン〳〵大きくなります。私かう云ふ熱（注・三九度）ではとても子供等の世話もおつくうで御座いますし、それに金もすつかりなくなりましたから、体がすこし丈夫になるまで函館に帰ろうと思うて居ります。夫が最後の朝も私は帰らないと云ひました。けれどもどうしてもこの体で、京子が他人の中に居て日毎〳〵悪くなつて行くのを見ては、さうでなくてさへ痛い頭がヅキ〳〵して来ます。本当に京子は悪くなりました。理由は申さなくともおわかりでせう。可愛想です。（略）之は私の本意ではありませんけれど、どうも仕方ありません。夫に対してはすまないけれども、どうしても帰らなければ親子三人うゑ死ぬより外ないのです」（石川節子から土岐哀果宛書簡、明治四五年七月七日、土岐『啄木追懐』二二二頁）

啄木は、臨終の時、「お父様にはすまないけれどもかせいで下さいと申ましてね――」と言ったと節子は言っているが、なぜか一禎はそうはしないで、次女トラの夫の山本千三郎の所（室蘭）へ行った。そうなると稼げる人は誰もいない。京子のきかんぼうであばれんぼうぶりは相変わらずだった。啄木が函館には行くなと言ったのは、函館には堀合の両親がいるが（明治四四年六月、堀合家は函館区富岡町五番地に引っ越していた）、義絶しているし、絶交した郁雨も居るからであったろう。節子も「私は帰らないと云ひました」が、「どうも仕方在りません」。「本意」ではないけれども、「帰らなければ親子三人うゑ死ぬより外ない」。それはもう目に見えている。

医者は産後一月すれば旅行も可能と言っていた。宿の他の客が「床をしいて咳をして居る人があるから気の毒だけれど他へ移る」と言うので、夏のかきいれ時で片山のお婆さんも困っていた。節子は鴨川に行こうかと思ったが、金も当ても無く、人に隠れるようにして居た。「居処がなかったり、行き処がなかったり、金がなかったりしてたえず心ばかりつかって居てはとても病気はなほらない」。途方にくれ、考えに考えて、できれば子供たちを盛岡の親戚に預けるつもりだったようだ。函館に行っても一〇月には自分だけは房州に戻り、またコルバン夫人の世話になるつもりだった（節子から哀果宛書簡、明治四五年七月二八日、土岐『啄木追懐』二二四〜五頁）。

八月一五日、二人の子を連れて房州北條を立った。哀果の尽力で「我等の一団と彼」が『読売新聞』に連載されることになり（八月二九日〜九月二七日）、その稿料（一回三円）が直ぐには出ないので、哀果が一部立て替えてくれて、旅費とした。上野で一泊、等光寺に啄木の墓参りをし、盛岡に降りて親戚に二人の子の養育を頼もうとしたが、無理だと断られ、九月四日、函館に向かった。節子が函館に行ったのは、両親の元に庇護を求めたのであろう。節子は子供を預けて、房州へ戻ろうとしたが、しかし遠く離れては何かと都合が悪いので、函館に居ることになった。節子は青柳町三二番地に母子三人の暮しを始める。しかし函館には郁雨も居るのであった。堀合家との「義絶」も郁雨との「絶交」もなし崩しになって行く。しかしそんなことを言っている場合ではなかった。

大正一（一九一二）年八月二九日〜九月二七日まで、哀果（読売新聞社社員）の尽力で、「我等の一団と彼」が『読売新聞』に二八回連載された。また哀果は、大正二年五月（没後一年余）、「時代閉塞の現状」・「呼子と口笛」を含む『啄木遺稿』（東雲堂書店）を出版し（荒畑寒村はこれを読んで「緑陰の家」、「啄木の思想」を書いた）、発行が不可能になった雑誌「樹木と果実」に代り、大正二年、『生活と芸術』を発行し、啄木の遺志を継いだ。啄木にとって哀果は、遺族の相談にのり、没後の作品・全集出版など、三人目のかけがえのない友である。

大正二（一九一三）年一月、節子は函館の豊川病院に入院した。三月、郁雨ではなく、岡田健蔵（私立函館図書館館長。後函館市立図書館館長）に依頼して、浅草等光寺の啄木とカツと了源寺の真一の遺骨を函館に移した。（岡田は、明治四〇年六月、函館毎日新聞社が寄贈収受の図書雑誌を函毎緑叢会附属図書室として自宅に設け、無料で公開閲覧せしめた。四二年、青柳町函館公園内にある協同館を借りて、私立函館図書館を開館した。昭和二年、本館竣工。三年、函館市に移管、市立図書館となり、五年、岡田が図書館長となった）（桜井健治「函館図書館」『石川啄木の手帖』学燈社、一九七八）。

啄木も立待岬が好きで、郁雨に「おれは死ぬときは函館へ行って死ぬ」（郁雨宛書簡　明治四三年一二月二一日）と言っていたから、それでよかったのかも知れないが、啄木は、郁雨へのこの手紙より後にこんな歌を作っている。

「今日もまた胸に痛みあり。／死ぬならば／ふるさとに行きて死なむと思ふ」

（『新日本』明治四四年七月号→『悲しき玩具』）

そしてこの歌を『悲しき玩具』に収録していた。

啄木のふるさとは、やはり渋民であろう。

「渋民は我が故郷——幾万方里のこの地球の上で最も自分と関係の深い故郷であるからだ。「故郷」の一語に含む甘美比ひなき魔力が、今迄、長く、深く、強く、常に自分の磁石を司配していたからだ（略）」

（「渋民日記」明治三九年三月四日）

たとえ石をもて追われた村ではあっても、今でもふるさとはふるさとなのである。函館はいわば「第二のふるさと」ということである。さらに明治四四年九月の「不愉快な事件」の後、啄木は節子に函館に行くなと言っていたし、また光子は石川家、一禎にも何の相談もなしに遺骨を移したことに強い不満を持っている。光子は移すなら故郷渋民村にしたかったらしい。渋民村への分骨も考えていた（三浦光子「墓を移すもの」「啄木の思い出」『悲しき啄木』）。

時系列に沿って整理すれば、次のようになる。

明治四三年一二月二一日　郁雨宛書簡、「おれは死ぬときは函館へ行って死ぬ」

明治四四年一月一四日　郁雨宛書簡、「函館は僕の第二の故郷」

明治四四年六月　堀合家は函館区富岡町五番地に引っ越した。

明治四四年『新日本』七月号　「……／死ぬならば／ふるさとに行きて死なむと思ふ」

明治四四年九月一〇日頃　「不愉快な事件」後、郁雨と絶交。

明治四五年?月　節子に函館には行くなと言う。節子は行かないと応える。

明治四五年四月一三日　啄木死去。

明治四五年六月二〇日　『悲しき玩具』刊行（絶交後、生前に、編集をほぼ終えており、「……／死ぬならば／ふるさとに行きて死なむと思ふ」収載。

明治四五年八月　節子は京子と房江を連れて函館の両親の元へ行く。

大正二年三月　節子は岡田に依頼して啄木の遺骨を函館に移す。

啄木は、「函館に行って死ぬ」を取消して、「ふるさとに行きて死なむと思ふ」に変えた（上書きした）ことになる。

　啄木の資料について金田一京助によると、「あの流離の境にいて一日も自己の日記を絶たなかったこと、自分の公にしたものは、新聞記事に至るまで保管してい、一々の詩も、歌も、常にちゃんとノートに記してそのデートさえも記入することを忘れなかった」（金田一「自己に忠実な人」）ということである。それは「俺の頭にある考へはみんな書く事の出来ない考へばかりだ。書いても書けない事はないが、書いたって発表する事が出来ない」と語っていた先駆する思想、評論などを含む。

　節子は啄木の才能を信じ、「愛の永遠性を信じ」、遺稿や遺品、焼けと言われた日記（啄木は丸谷喜市に、「君が焼いてくれ」と頼んだ）などの資料を守り通して、郁雨に託した（ただし明治四四年の日記は渡さなかった。九月四日から一〇月二〇日の、つまり「不愉快な事件」のところが脱落している（節子によって?）。脱落箇所は他にもある。この四四年の日記は京子の息子石川玲児が所蔵している。全集には四四年分も、脱落はそのままに、掲載されている）。

大正二（一九一三）年五月五日、節子は肺結核のため函館の豊川病院で死去。二七歳。法名貞安妙節信女。啄木に遅れること一年余である。


郁雨は、堀合忠操を通じて、山本千三郎・トラ方に寄寓して室蘭にいた一禎に、節子の葬儀と一家の遺骨の取り扱いについて意向をきいたが、「今頃その様な相談に与かることは迷惑であるから其方で適当処置して欲しい」という回答に接した。菩提寺も墓所もなく且つ女婿の許に老後を託して居られる一禎氏から、そのような返事の来ることは止むを得ない事情と諒承したのであるが、この「迷惑云々」という言葉に憤懣を感じたらしい岡田君は、「墓は断然函館に建てる」と、更めて固い決意を表明した、という（郁雨「啄木雑記帳」『函館の砂』）。一禎も無責任で変な人だが、岡田もたった一度の問い合わせで「墓は断然函館に建てる」と言うのは、早計性急だったのではないか。（あえて?）早まったのではないか。

郁雨は、啄木と絶縁関係にあったからだろう、岡田を表に立てて事を進めようとしている。岡田は啄木と郁雨の絶交関係と、啄木が節子に「函館に行くな」と言っていたことを知っていたか? 郁雨は岡田にそれを打ち明けていたか? 堀合忠操も啄木と義絶があったため、消極的だったという。「郁雨・岡田らは若さの勢いでこれを押し進め、埋葬式から納骨へと進んだものであった」（『啄木の妻節子』二二一、二三二頁）と堀合了輔は言うが、郁雨・岡田は既成事実を作ってしまいたかったのではないか。岡田は（郁雨も）『悲しき玩具』所収の「死ぬならば／ふるさとに行きて死なむと思ふ…」の歌を知らないはずはないと思えるし、歌が言う通り、啄木はホームシックだったのであり、「死ぬ」場所（＝第一のふるさと）と墓の位置は一致させ、（第一の）ふるさとに帰してやればいいのに、と僕は思う。

　大正二年六月二二日、節子の四九日の法要日に立待岬の墓所に、カツ、啄木、真一、節子の遺骨を埋葬し、檜木の墓標を建てた。正面に「啄木石川一々族之墓」、左側面に「東海の小島の磯の白砂にわれ泣きぬれて蟹とたはむる」の歌が、堀合忠操の手で書かれていた（郁雨「啄木雑記帳」『函館の砂』、『新潮日本文学アルバム6　石川啄木』）。

　大正一五年八月一日、「啄木一族墓」（郁雨の筆）は現在地、函館市住吉町共同墓地東南の一角、立待崎の眺望の佳い断崖の上に、郁雨と岡田健蔵の助力と若い人たちの好意によって新たに建てられ、郁雨と岡田の手で改葬された。郁雨は節子の気持ちを、「せめて悲願にも似た彼（注・啄木）の憧憬の地渋民村に、霊魂安住の墓所を持ちたい」だろうと慮っていたが、渋民村には「石をもて追はるるごとく」という過去の経緯から、そんな場所はなかった、と言うが（注）。〈注・しかし（大正一五年より前の）大正八年、『啄木全集　全三巻』（新潮社）が土岐善麿が中心になって編集・刊行され、啄木の短歌が人口に膾炙し始めた。啄木の再評価である。そして大正一一年に、渋民村では、北上川河畔の土地を某氏が寄付し、啄木の教え子が石材を寄付し、「無名青年之徒」二〇〇人が（その中には、花巻農学校教諭宮沢賢治もいた）雪を利用し橇を使って三日がかりで山から運び出し、哀果は頼まれた揮毫を断り、新聞の活字体が採用され、無名の石工が碑文を彫り、四月一三日の没後一〇年の命日に合わせて、歌碑（「やはらかに柳あをめる／北上の岸辺目にみゆ／泣けとごとくに」）が建てられているが（土岐『啄木追懐』一三〇〜一頁）。渋民村でも啄木は受け入れられていたのではないか。函館から上京する時は、故郷の渋民・盛岡を避けて海路を選んだ啄木であったが、今（大正八年以降）なら故郷に帰れたのではないか。宝徳寺の北側には墓地が広がっていて、そこなら可能だったのではないか？

さらに、現在渋民は、渋民小学校の移築、啄木記念館（一九七〇年四月一三日開館、建て替えて一九八六年五月三日開館）や、一九六一＝昭和三六年、啄木五〇回忌記念に、一七世住職遊座芳夫が、啄木一族鎮魂のために建てた宝徳寺の歌碑「ふるさとの寺の畔の／ひばの木の／いただきに来て啼きし閑古鳥」など、宝徳寺には四基があり（渡部芳紀「石川啄木文学散歩」『国文学解釈と鑑賞』一九八五年二月号）、にぎやかに受け入れられている。この閑古鳥の歌は啄木鳥より寂しげであるが、「閑古鳥」には、

「永遠《とこしなへ》！　それよ不滅のしばたたき／
またたき！　はたや、暫しのとこしなへ／この生、この詩、（しばしのとこしなへ）
或は消えめ、かの声消えし如、／消えても更に（不滅のしばたたき、）
たとへばこの世終滅《をわり》のあるとても／ああ我生きむ、かの声生くる如」

（「閑古鳥」『あこがれ』）

と詠われている。遊座昭吾『石川啄木の世界』四九八頁。昭吾は芳夫の弟）。即ち、わが詩は、閑古鳥の鳴き声がしきりで不滅なように、消えても永遠《とこしなへ》である、と。文字通りの「あこがれ」であったろう。

なお、宝徳寺住職は、一五世石川一禎が罷免された後、代理住職中村の後、一四世遊座徳栄の子芳苟が一六世となり、その子一七世芳夫は、石川正雄・京子と相談のうえ、一九六一年四月、昭和二年に亡くなった一五世住職石川一禎を、宝徳寺歴代住職の墓に分骨し（堀合了輔『啄木の妻節子』二二三頁）、同時に（前述の通り）、「ふるさとの寺の畔の……」の歌碑を境内に建てた。啄木の分骨はしなかった。宝徳寺は二〇〇〇年に建て替えられ、啄木の部屋が復元されている。〉

（元に戻って）そして新墓への改葬を、石川正雄・京子夫妻、堀合家にも連絡せずに行ったのは、「際立った行事を嫌う」からだと郁雨は言う。文学碑なら兎も角、墓なのだから、しかも「一族墓」なのだからそういう訳には行かないはずなのに。この日は天気が悪かった。

建設費用は千七百円余、九分通り郁雨の負担であった。若い人たちのカンパについて、郁雨は「私達を感激させたばかりでなく、若しかすると独力建設を誇負するかも知れない私の慢心の制動機ともなったと言える」と言っている（郁雨、同書、二七〇、二八六頁）。貧富の差というか、これは語って落ちた格好である。

しかし大正一五年には、『啄木全集』（新潮社、大正八年）の印税がかなりあったはずである。この全集の印税は二八〇〇円が二度であったと、堀合忠操は石川一禎宛の手紙に記している。

二〇〇円は京子と房江の養育費にあて、二六〇〇円は銀行に預け、二人の結婚の費用と一家再興の資にしたいと言い、「一《はじめ》君の徳此所に至らしめたるものと一層感じ居候」と忠操は書いている（堀合了輔『啄木の妻節子』二三二頁）が、借金は返したのだろうか。「石川家再興」の為として、啄木の墓にこれを使ってもよかったのではないか。場所の問題、規模の問題があるが。

　哀果は、新墓を見てきた者の話を容れて、「どこの富豪のものかと思うほどのもので、おそらく近代日本の文学者のうち、これほど立派な塋域《えいいき》をもつものは、絶無稀有であろう、とのことだ。（略）もし啄木の生前、こんな墓を建てるだけの金があったら、かはいい妻子を飢ゑさせなかったらうといふやうな意味の歌（正確に言うと「生の日に若し此の墓建つる金あらば／かあい妻子はうえざらましを」石川京子から哀果宛書簡　大正一四年一二月九日、土岐『啄木追懐』二四五頁）を落書きするものもあるので、遺族が困るといふやうなことも聞かされた」と言っているが、「函館の諸君の「心」に生きる啄木といふものが、この塋域にもっともよく象徴されると諸君が考へてゐれば、「函館の啄木」として、それでいいのだ」とも（気を使って）言っている（土岐『啄木追懐』九一頁）。しかし、数年前（大正八年）、大理石の立派な啄木の墓を建てる計画があって、資金が集まらないので実現出来ないと言って、岡田に設計図を見せられたとき、哀果は「そんな堂々たる墓碑を建立することには気が進まない」（土岐「墓標の前に立って」『啄木追懐』）と思ったのだった。その思いがこの時も言外に表れている。

　石川京子（一八歳）は、哀果への手紙の中で、この墓の建つことを、「こんな事を申したらきっとお叱りを受けると思ひますけど、でもどうぞ云はして下さいまし。私はそのやうな立派な

（本当に私の目からは随分立派に見えます）碑が少しもお父様にふさはしくないと云ふことを考へて居ります。貧しい一本の棒の方がどんなにお父様らしいでせう。お父様を思ひ出すのにはどんなにその方がふさはしいでせう」と言っている（京子から哀果宛書簡　大正一三年一二月六日、土岐『啄木追懐』二四四頁）。京子はちゃんと育っている。

墓の表に刻まれている「東海の／小島の磯の／白砂に／われ泣きぬれて／蟹とたはむる」の短歌は、「暇ナ時」の最後のページに啄木が書いていたものを、写真引き伸ばしで碑文とした。「啄木」という署名は、郁雨に来た書簡から字体の似たものを選んで合成した。

墓の裏側には、「その郷土愛の熱情から、我等の郷土函館とこの天才児啄木との深い繋がりを、世に誇示したい意図を潜めて」という岡田健蔵の意見を容れて、郁雨宛の長文の手紙から、啄木の自筆文字で合成し、

「これは嘘いつはりなく正直に言ふのだ。『大丈夫だ、よし〳〵、おれは死ぬ時は函館へ行って死ぬ』その時斯う思ったよ、何処で死ぬかは元より解った事ではないが、（略）僕は矢張死ぬ時は函館で死にたいやうに思ふ、（略）君、僕はどうしても僕の思想が時代より一歩進んでゐるといふ自惚を此頃捨てることが出来ない、（略）」（明治四三年一二月二一日。碑文に「（略）」はない。）

という碑文が（言い訳のように）刻まれている。郁雨は「胸中にそれを相当厳しく批判しながらも、岡田君の熾烈な愛郷心に気圧されて、何か割切れぬ曖昧な気持ちのまま同意してしまった当時の私の気持ちが可笑しく思出される」と書いている。郁雨は、岡田の逸《はや》る愛郷心に気圧

されたのだと言うが、啄木は函館には約四ヶ月居ただけであり（期間の問題ではないと言われそうだが）、本人も言う通り、「函館は僕の第二の故郷」（郁雨宛書簡　明治四四年一月一四日）だった。

「病のごと／思郷のこころ湧く日なり／目に青空の煙悲しも」

（『一握の砂』）

岡田の愛郷心よりも一度も帰れなかった啄木の愛郷心が大切にされるべきである。

また「死ぬならば／ふるさとに行きて死なむと思ふ」という歌を引用しながら、その日付については問題にしていない。郁雨にしてみれば、この遺業（偉業？）は居いておいた奇貨が生きて来たということか。現在、啄木、節子、一禎、カツ、真一、京子、房江の啄木一族七人が、眠って居る（郁雨「啄木雑記帳」『函館の砂』二八五～六頁、『新潮日本文学アルバム　6石川啄木』）。

（少し前に返って）節子の没後、父堀合忠操一家が京子と房江姉妹を育てる。大正八年一二月に節子の母トキが亡くなると、忠操が一人で育てた。

郁雨は節子に託された啄木の資料・日記を、永久保存を条件に、市立函館図書館（岡田健蔵館長）に寄贈した。宮崎郁雨・石川家・函館図書館の三者で日記類について取りかわされた「啄木日記寄贈書」には、「右は貴館に寄託中ノ処此度啄木遺族石川正雄氏ト合意ノ上貴館へ永久保存ノ条件ヲ以テ寄贈致候也／昭和十四年七月七日／宮崎大四郎」と書かれている（『石川啄木全集　第五巻　日記Ⅰ　解題』）。

この資料を中心に、刊行された著作・作品を含めて、数次にわたる『（石川）啄木全集』が編まれることになった。一九七八～八〇年に刊行の『石川啄木全集　全八巻』（筑摩書房）で一応の「完結」に達した、と編者小田切秀雄は述べている。

昭和二（一九二七）年二月二〇日、父一禎は、高知（山本千三郎の転勤先）で死去。七八歳。京子は函館の弥生小学校から遺愛女学校（ミッションスクール）に進み、同校を卒業、大正一五（一九二六）年四月、『北海タイムス』函館支局の記者須見正雄を婿養子に迎え、石川家を継ぎ、晴子、玲児の二児を産み、東京に移住した。昭和五（一九三〇）年一二月六日、急性肺炎で死去。二五歳。

房江は函館の聖保禄《セントポール》女学校を卒業し、茅ヶ崎の結核療養所南湖院で、姉の後を追うように、昭和五年一二月一九日、死去。一九歳。

社会の悲惨はまだしばらく続く。敢えて言えば、小樽の易者が言ったように五五歳（昭和一六年＝一九四一年）まで生きていたら、啄木はプロレタリア文学の書き手になっていたかもしれないが、いずれしょっ引かれて監獄に入れられたに違いない。大逆事件を契機として、関東大震災（一九二三年）後の大正一四（一九二五）年三月一九日、治安維持法が公布される。大日本帝国の強権はさらに荒れ狂い、思想弾圧は強化され、国家主義・帝国主義（ファシズム）が吹き荒れ、転落への道をひた走る。戦後になってようやく、大逆罪も治安維持法も廃止され、啄木の核心である社会主義関係の文章が公表された。

現在は啄木が亡くなって八五年（加筆時、一〇五年）、啄木の孫・曾孫の時代に当たるであろう。

「僕の野心は、僕等が死んで、僕等の子供が死んで、僕等の孫の時代になって、それも大分年を取った頃に初めて実現される奴なんだよ。いくら僕等が焦心《あせ》つたつてそれより早くはなりやしない。可いかね？　そして仮令《たとひ》それが実現されたところで、僕一個人に取つては何の増減も無いんだ」　（「我等の一団と彼　十六」明治四三（一九一〇）五～六月稿）

性急でなく、穏健な二重生活を選んだ啄木は、一〇〇年後のこの時代即ち「僕等の孫の時代」をどのように思うだろうか。

アジア太平洋戦争に敗れた結果、戦死者三一〇万人の犠牲を払い、日本の国家主義・帝国主義は大きく後退し、日本国憲法の元、一応の民主化は行われた。医学や薬学の進歩があり、ツベルクリン検査による早期発見やＢＣＧの接種、Ｘ線写真、ストレプトマイシンやパス、ヒドラジドといった薬の開発、栄養状態の改善などで結核は治る病気になった（『日本歴史大事典』）。医療制度の進歩もあり、一九五一年から全額公費負担で療養所での入院治療が出来るようになった。

また堺利彦が一九一七（大正六）年の衆議院選挙で訴えた項目（「堺利彦と幸徳秋水」本書三五八頁参照）は、明治憲法制度の元では実現しようもなかったが、死刑制度や無料診察、土地及び資本の公有などを除いて、新憲法の元、ほぼ実現している。つまり民衆の敵、非国民呼ばわりされた社会主義者は四〇年を先駆けていたということである。また革新政党や革新地方自治体による国家への働きかけもあり、一応の保険制度、福祉制度、年金制度等を加えて実現されてきた福祉社会は、「私の生活は矢張現在（一九一〇年代）の家族制度、階級制度、資本制度、知識売買制度の犠牲である」と言っていた啄木の思い描いていたもの（「一院主義、普通選挙主義、国際平和主義」）と、題目だけは、遠くはないかもしれない（一院主義は兎も角）。言論・集会・結社の自由、労働問題、教育問題など、戦前に堰き止められていたものが、一定の進歩を見せた。それでも「一切の因襲、習慣の破壊」と言っていたことから、中身を見れば細部にまでは行き渡らず、貧富の差は依然大きく、生活に困る人が多くいるのが資本主義社会である。資本主義社会は人為的な貧富の差とともにある。また戦前の旧思想・旧制度に回帰したがっている人も多くいる。

他方、現代の大衆社会の大量生産、大量消費は、啄木が言っていた「必要」をはるかに超えたヴァニティフェアの状態にあると言えよう。人々は生活の必要からというより、目の前にあるものないものへの欲望によって、欲望のおもむくままに行動している。欲望（煩悩）は自由で無辺である。発明は必要の母であり、供給が需要を生み出す。付加価値やＣＭや流行が欲望を掻き立てる。必要なのは金である。第三次産業が経済を席巻する。ちゃらちゃらという音がする。

近代は人間を様々な束縛から解放してきた。しかし、解放され、さしあたり食うに困らなくなった人間に、退屈が襲いかかる。人々はそこから逃れるために、様々なゲームを考え出し、浮遊・享楽している。時流という勝馬に乗ろうとする。人生をゲームのようにもて遊んでいる。パンとサーカスには事欠かない。近代をもたらした過程を忘れて、その結果だけを楽観的に享受している。まるで苦労して得た社会の安楽を二代目三代目（孫の世代）が食いつぶしているようだ。しかし、実は近代は様々な新たな抑圧を生み出している。例えば、原爆、原発、資源問題、環境問題、廃棄物問題、南北問題、人権問題、階級問題等等。Ａの自由はＢの抑圧である。小市民たちはそれに気付いているのかいないのか、自分の回りの小世界を出ようとしない。こんなはずではなかった、と啄木は言うかもしれない。

そして今日社会主義は人気がない。これは「生産分配の機関と権力」の反動・強権化（スターリン主義）が民衆の自由をないがしろにしたためである。僕が思うに、問題は社会主義というよりは、権力の問題である。資本主義の権力は早く、反動・強権化して、日清・日露戦争からアジア・太平洋戦争まで、植民地主義（帝国主義）に手を汚していた。右は左を、左は右を弾圧する。まさに啄木の時代から（否、有史以来）。

啄木はもう古い、とか、啄木の役割は終わったとか、一部で言われているようだが、そんなことはない。バトンを受け継いだら、どのような曲折の後、そのバトンは今ここにあるのか、その過程を、そのバトンの第一走者や第二走者に思いを馳せてみるべきである。そうすれば、啄木の批評精神は生き続ける。批評とともに人間の心は叙情を求めるものだから、『一握の砂』の「いのちの一秒」は、永遠の一秒である。

石川啄木略年譜（岩城之徳編年譜を参照）

西暦	和暦	事項
一八八六年	明治一九年	二月二〇日、岩手県南岩手郡日戸村乙二一番地、曹洞宗日照山常光寺で生れる。「戸主工藤カツ長男　私生　一」（前年一〇月二七日に生れたとする説もある）。父石川一禎、母工藤カツ。長姉サダ（この時一一歳）、次姉トラ（九歳）がいた。
一八八七年	明治二〇年	三月、一禎が北岩手郡渋民村の宝徳寺住職に転出したので一家も転住。
一八八八年	明治二一年	一二月二〇日、ミツ（光子）生まれる。
一八九一年	明治二四年	五月二日、渋民尋常小学校へ入学。一〇月、サダは田村末吉（叶）と結婚。
一八九二年	明治二五年	九月三日、母工藤カツ、家名を廃してトラ、一、ミツを伴って石川家へ入籍。
一八九五年	明治二八年	三月、渋民尋常小学校を卒業。四月二日、盛岡高等小学校へ入学。
一八九八年	明治三一年	三月二五日、同校卒業。四月二五日、盛岡中学校入学。一二八人中一〇番。
一八九九年	明治三二年	この年、堀合節子（盛岡高等小学校を卒業し、盛岡女学校二年に編入学）と知り合う。夏、上野駅勤務の山本千三郎・姉トラを訪ねて初上京。
一九〇〇年	明治三三年	及川古志郎、野村長一、金田一京助らと交友。金田一から『明星』を借りて読む。
一九〇一年	明治三四年	二月二五日、教員欠員の問題から三、四年の生徒が校内刷新を掲げ、授業ボイコットによるストライキを決行。二月二八日、啄木と阿部修一郎が起草した具申書を校長に提出。。五月、ユニオンリーダーの自修会の名目で阿部や小沢恒一らとユニオン会を組織した。六月、回覧雑誌『三日月』第三号を発行

一九〇二年　明治三五年

九月、啄木らの『三日月』と瀬川深らの『五月雨』が合併、回覧雑誌『爾伎多麻』を発行する。『岩手日報』に石川翠江の名で「白羊会詠草（一）夕の歌」を発表。

一月、前年一二月一〇日、田中正造が足尾鉱銅山毒事件に関して天皇直訴に失敗した事件があり、ユニオン会は八甲田山雪中行軍遭難事件の号外記事を売って、鉱毒事件の被害者に義捐金を送った。「夕川に葦は枯れたり血にまどふ民の叫びのなど悲しきや（鉱毒）」。

三月、学年末試験で不正行為（カンニング）があり、四月一七日、譴責処分。

三月二六日、堀合節子、盛岡女学校を卒業。

七月、また試験での不正行為が発覚、一五日、譴責、答案無効の処分。

一〇月一日、『明星』に初めて短歌一首が載る。「血に染めし歌をわが世のなごりにてさすらひここに野にさけぶ秋　白蘋」。

一〇月二七日、盛岡中学校に退学届けを提出。文学で身を立てるため、月末上京。

一一月一日、上野着。先輩野村長一（胡堂）の忠告で、神田界隈の中学五年に編入しようとしたが、空きが無く断念。

九日、豊多磨郡渋谷村字渋谷の新詩社に与謝野寛（鉄幹）、晶子を訪ねる。

一二月二八日、『文芸界』編集主任佐々政一（醒雪）を訪ねるが、会えなかった。

一九〇三年　明治三六年

二月二六日、病気になり、父が迎えに来て、二七日、帰郷。

五月三一日、「ワグネルの思想」を『岩手日報』に七回連載。『明星』への投稿を続ける。一一月、東京新詩社同人になる。

一二月、「啄木」の号を使い始める。

一九〇四年	明治三七年	一月、堀合節子と婚約。二月三日、母が堀合家に結納を持参。 二月、前年から「EBB AND FLOW」のノートを作る。 二月一〇日、日露戦争開戦。 三月三日、〜一九日まで、「戦雲余録」を『岩手日報』に八回連載。 三月三一日、堀合節子、岩手郡滝沢尋常高等小学校の代用教員となる。 一〇月三一日、処女詩集刊行のため、上京。 一二月二六日、父一禎、一一三円余の宗費滞納のため、曹洞宗宗務院より住職罷免の処分を受ける。
一九〇五年	明治三八年	三月二日、石川一家は宝徳寺を退去。啄木は東京にいてこれを知り、懊悩煩悶の日を送る。 三月三一日、堀合節子、篠木尋常高等小学校の代用教員を辞す。 五月三日、詩集『あこがれ』を小田島書房から刊行。 五月一二日、父が啄木と堀合節子との婚姻届を盛岡市役所に提出。 二〇日、啄木は東京を出て二九日まで仙台にいて、面識もない土井林吉（晩翠）に、母が病気と偽って一五円を借り、さらに旅館の滞在費用八円七〇銭を晩翠夫人に負担させた。 三一日、友人主催の結婚披露宴に欠席。友人の顰蹙を買い、絶交に到る。 六月四日、盛岡市帷子小路八番戸に新居を構え、節子と、父母と光子と同居。 二五日、加賀野第二地割字久保田一〇六番地に転居。 九月五日、『小天地』第一号発刊。以後続かず。
一九〇六年	明治三九年	一月、生活困窮のため、父は青森県野辺地の義兄師僧葛原対月の元に行く。 二月二五日、姉田村サダが死去（秋田県鹿角郡小坂町）。

三月四日、光子を盛岡女学校の教師にあずけ、母と節子を連れて渋民村へ帰る。

三月二三日、曹洞宗宗務院から懲戒赦免の特赦令の通知が届く。父一禎帰郷。一禎の再任を宗務院に願い出るが、既に中村義寛が入っており、檀家は二派に分かれて争う。

四月一四日、啄木は岩手郡渋民尋常高等小学校の代用教員になる。月給八円。

四月二一日、沼宮内町で徴兵検査を受け、筋骨薄弱で丙種合格、徴集免除となった。

六月一〇日、農繁休暇を利用して上京。父の宝徳寺復帰の可能性を探る。夏目漱石、島崎藤村らの小説に刺激を受ける。

七月、「雲は天才である」を執筆。途中で廃し、「面影」を脱稿した。

一二月二九日、節子の盛岡の実家で京子誕生。戸籍上の誕生日は翌年一月一日。

一九〇七年　明治四〇年

三月五日、一禎が家出、野辺地の対月の元へ去る。住職復帰運動は失敗。

四月一日、小学校に辞表を出す。

四月一九日、高等科の生徒を率いて校長排斥のストライキを敢行。

四月二二日、免職の辞令を受ける。

五月四日、妹光子を連れて函館へ渡る。母は渋民村の知人宅、節子と京子は盛岡の実家。

五月五日、函館着。苜蓿社の同人に迎えられる。光子は小樽の山本千三郎・トラ宅に行く。

六月一一日、函館区立弥生尋常小学校の代用教員になる。月給一二円。橘智恵子を知る。

七月七日、青柳町一八番地ラノ四号に妻子を迎える。一週間後、ムノ八号に移る。八月四日、母を迎える。光子も脚気転地のため同居。

八月一八日、函館日日新聞の遊軍記者となる。

八月二五日、函館大火。啄木一家、郁雨家は焼けなかったが、小学校も新聞社も焼ける。

九月一一日、小学校に退職届。一三日、札幌の北門新報の校正係となる。

九月二七日、小樽の小樽日報の創業に参加。月給二〇円。一〇月二日、母・妻子と共に花園町一四の西沢方の二階に住む。

一一月一六日、啄木の意見を容れ、白石義郎社長は岩泉主筆を解任。二〇日、啄木の推挙で沢田信太郎が北海道庁を辞して小樽日報社に赴任。

一二月一二日　小林事務長と争論、殴られて退社する。一家困窮。

一九〇八年　明治四一年

一月四日、西川光次郎の社会主義演説会を聞きに行く。

一月一三日、白石社長と会い、釧路新聞に入社決定。月給二五円。

一九日、家族を残し、白石と釧路へ行く。二一日着。

一月二二日、出社。「釧路詞壇」を設け、「紅筆便り」などを書く。芸者小奴との交情深まり、連夜旗亭に沈酔する。

二月、『釧路新聞』に「卓上一枚」を連載。

三月二八日、釧路決別の辞を日記に書く。

四月五日、海路（宮古経由）函館に向かう。

二四日、宮崎大四郎（郁雨）の厚意で、家族は小樽から函館に移り、渋民、盛岡を通らないため海路単身上京。二八日、横浜着、新詩社に入る。

五月四日、金田一京助の厚意で赤心館に同宿。小説を書く。一月の間に「菊池君」、「病院の窓」、「母」、「天鵞絨」、「二筋の血」などを書くが、売り込みに失敗。生活困窮。

六月二三日、～連夜、歌興が湧き、歌を作る。

九月六日、金田一の厚意で蓋平館別荘に移る。

一一月一日、～一二月末、栗原元吉（古城）の厚意により「鳥影」を『東京毎日新聞』に六〇回連載。

一一月五日、『明星』一〇〇号で終刊。平野万里と『スバル』創刊の準備に当る。

一九〇九年　明治四二年

一月一日、『スバル』創刊（月刊）。啄木は発行名義人。同人に与謝野晶子、平野万里、吉井勇、平出修、ら。

二月三日、同郷の東京朝日新聞編集長佐藤真一（北江）に履歴書と『スバル』2号を送り、七日訪問して就職を懇請。二四日、校正係として入社決定。月給二五円。

三月一日、出社。　この頃から浅草十二階界隈「塔下苑」を徘徊。

四月三日、～六月一六日、「ローマ字日記」を書く。

四月、函館の母から上京したい旨の手紙（九日付け）が来る。

六月一六日、宮崎郁雨が同伴して、家族が上京してくる。弓町の喜之床二階に移る。

一〇月二日、節子、書置きを残して京子と共に盛岡の実家へ帰る。肋膜炎の治療とカツとの不和、妹ふき子の郁雨との結婚の準備のため。金田一と新渡戸仙岳の尽力により、二六日、戻る。

一〇月五日～一一月二一日、『岩手日報に』「百回通信」を（二八回）連載。

一一月三〇日、～「弓町より　食ふべき詩」を『東京毎日新聞』に七回連載。

一二月二〇日、父が野辺地から上京。

一九一〇年　明治四三年

二月一三日、「性急な思想」を『東京毎日新聞』に三回連載。

三月下旬、前年一一月から携わってきた『二葉亭全集』第一巻』の校正が終わる。五月一〇日刊行。

四月七日、『二葉亭四迷全集　第二巻』の校正担任になる。

五月末、～六月中旬、「我等の一団と彼」執筆（発表は『読売新聞』大正一年八月二九日～九月二七日）。

六月五日、各紙は幸徳秋水らの「陰謀事件」（大逆事件）を報道。啄木は衝撃を受け、社会主義関係の本を読み、深い関心を示し、思想上の転機となる。

七月一日、『二葉亭全集　第二巻』収録の「けふり」（ツルゲーネフ原作）校訂のため、長与胃腸病院に入院中の夏目漱石を訪ねる。五日にも訪ね、「SMOKE」収載の『ツルゲーネフ全集第五巻』（英訳版）を借りる。

八月下旬、『東京朝日新聞』の二二、二三日掲載の、魚住折蘆「自己主張の思想としての自然主義」への反論として「時代閉塞の現状」を書くが、掲載してもらえなかった。

八月二九日、日韓併合。

九月一五日、渋川柳次郎（玄耳・藪野椋十）の抜擢により「朝日歌壇」の選者となる（～翌年二月二八日、八二回）

一〇月四日、真一生れる。この日、『一握の砂』出版の契約を東雲堂書店と結び、二〇円の稿料のうち一〇円を受け取る。九日、残りの一〇円を受け取る。

一〇月二七日、真一、死去。

一一月一日、『創作』に「一利己主義者と友人との対話」発表。

一一月九日、大審院特別刑事部において、幸徳秋水ら二六名に対する刑法第七三条の罪（大逆事件）に関する被告事件について公判開始の決定がなされた。

一二月一日、歌集『一握の砂』を東雲堂書店から刊行。序文藪野椋十（渋川柳次郎〈玄耳〉）。五五一首、定価六〇銭。

一二月一〇日、から『東京朝日新聞』に「歌のいろ〳〵」を五回連載。

大逆事件第一回公判。

一九一一年
明治四四年

一月三日、平出修（弁護士、『スバル』同人）を訪ね、大逆事件特別裁判の内容を聞き、幸徳が磯部四郎・花井卓蔵・今井力三郎短刀弁護士に宛てた「陳弁書」を借り、四日筆写した。

一月一〇日、アメリカで秘密出版された革命叢書第一編クロポトキン『青年に訴ふ』愛読した。

一月一三日、読売新聞社で土岐善麿（哀果）と会い、『樹木と果実』の発行について話し合う。

一月一八日、幸徳秋水ら二六人に対する判決。二四人が死刑、二人が有期刑という結果に烈しい興奮を覚え、「日本は駄目だ」と叫んだ。

一月一九日、大命により、一二人が無期懲役に減刑された。

一月二四日、「日本無政府主義者陰謀事件経過及び附帯現象」をまとめる。

一月二四日、幸徳ら一一人の死刑執行。二五日、管野スガの死刑執行。

一月二六日、平出宅で、七〇〇〇枚一七冊に及ぶ裁判記録のうち、初めの二冊と管野の分を読む。

二月一日、東大病院附属三浦内科で診察を受け、青山医学士から慢性腹膜炎と診断される。四日、入院。手術を受ける。三月一五日、退院。

四月一八日、印刷所三正舎の不誠実から『樹木と果実』の発行を断念。

四月二四日、～五月二日にかけて『平民新聞』に掲載されたトルストイ「日露戦争論」を筆写した。

五月、「A LETTER FROM PRISON 'V NAROD' SERIES」を書き、大逆事件の真相を世に伝えようとする。

六月三日、節子の実家堀合家が函館に移るので、その前に節子が盛岡に帰省を希望したことから、トラブルが起り、堀合家と絶縁した。

六月一五日、～一七日、「はてしなき議論の後」の九編の詩を書く。

七月四日、高熱を発する。節子も体調がわるく、二八日、肺尖カタルと診断された。家事はカツが担う。

八月七日、郁雨の援助で、久堅町七四ノ四六へ転居。

八月一〇日、啄木の知らせで、妹光子が旭川から上京（九月一四日まで）。

九月三日、父一禎、家を出て、小樽の手宮駅長の山本千三郎・トラを頼る。

九月、「不愉快な事件」があり、郁雨と絶縁。

九月一四日、啄木の指示で節子は「金銭出納簿」を付け始める（翌年四月一三日まで）

一一月一七日、クロポトキンの「ロシアの恐怖」を筆写し終わる。

一一月二三日、柿本庄六医師の診断で、カツ、結核であることが判明。

一九一二年

明治四五年

		三月七日、カツ、死去。六六歳。 三月三一日、金田一が見舞いに来る。 四月五日、啄木重態の知らせで、室蘭に転じていた山本家から、一禎が上京。 四月、土岐哀果の奔走で、東雲堂書店から「一握の砂以後」が出版されることになり、稿料二〇円を得る。 四月一三日早朝、危篤に陥り、午前九時三〇分、一禎、節子、若山牧水に看取られながら、肺結核により死去。（満）二六歳二ヵ月。法名啄木居士。 四月一五日、哀果の実家、浅草の等光寺で葬儀。夏目漱石、森田草平、相馬御風、北原白秋、佐々木信綱、朝日新聞関係者らが参列。遺骨は等光寺に仮埋葬。 六月一四日、節子は千葉県館山市北条町八幡の片山カツ方で房江を産む。 六月二〇日、土岐哀果の奔走により、東雲堂書店から『悲しき玩具』が刊行された。明治四三年一一月から四四年八月二一日までの短歌一九四首と、歌論「一利己主義者と友人との会話」と「歌のいろ〳〵」を収載。
一九一二年	大正元年	七月三〇日改元 八月一五日、節子は、土岐哀果に旅費を都合してもらい、京子と房江を連れて館山北条を立ち、等光寺に啄木の墓参をし、盛岡に向かう。 八月二九日〜九月二七日、『読売新聞』に「我等の一団と彼」が連載される。 九月四日、節子は、函館の実家を頼り、青柳町三二番地に母子三人の暮しを始める。
一九一三年	大正二年	一月、節子は函館の豊川病院に入院した。

一九一九年	大正八年	三月、節子の依頼により、岡田健蔵が浅草等光寺の啄木とカツと真一の遺骨を函館の立待岬の墓に移した 五月五日、節子、肺結核のため死去。二七歳。法名は貞安妙節信女。堀合忠操一家が京子と房江姉妹を育てる。 五月、土岐善麿編『啄木遺稿』が東雲堂書店から刊行される。 この年から翌年にかけて『啄木全集』（新潮社）全三巻が刊行され、短歌が人口に膾炙する。
一九二二年	大正一一年	渋民村の北上川河畔に、「無名青年之徒」が「やわらかに柳あおめる／北上の岸辺目に見ゆ／泣けとごとくに」の歌碑を建てる。
一九二六年	大正一五年	八月一日、「啄木一族墓」が、岡田の尽力と、義弟郁雨の助力によって建てられ、「東海の小島の磯の白砂に／われ泣きぬれて／蟹とたはむる」の短歌が刻まれている。
一九三九年	昭和一四年	七月七日、郁雨は節子に託された啄木の資料を、永久保存を条件に、函館市立図書館に寄贈した。

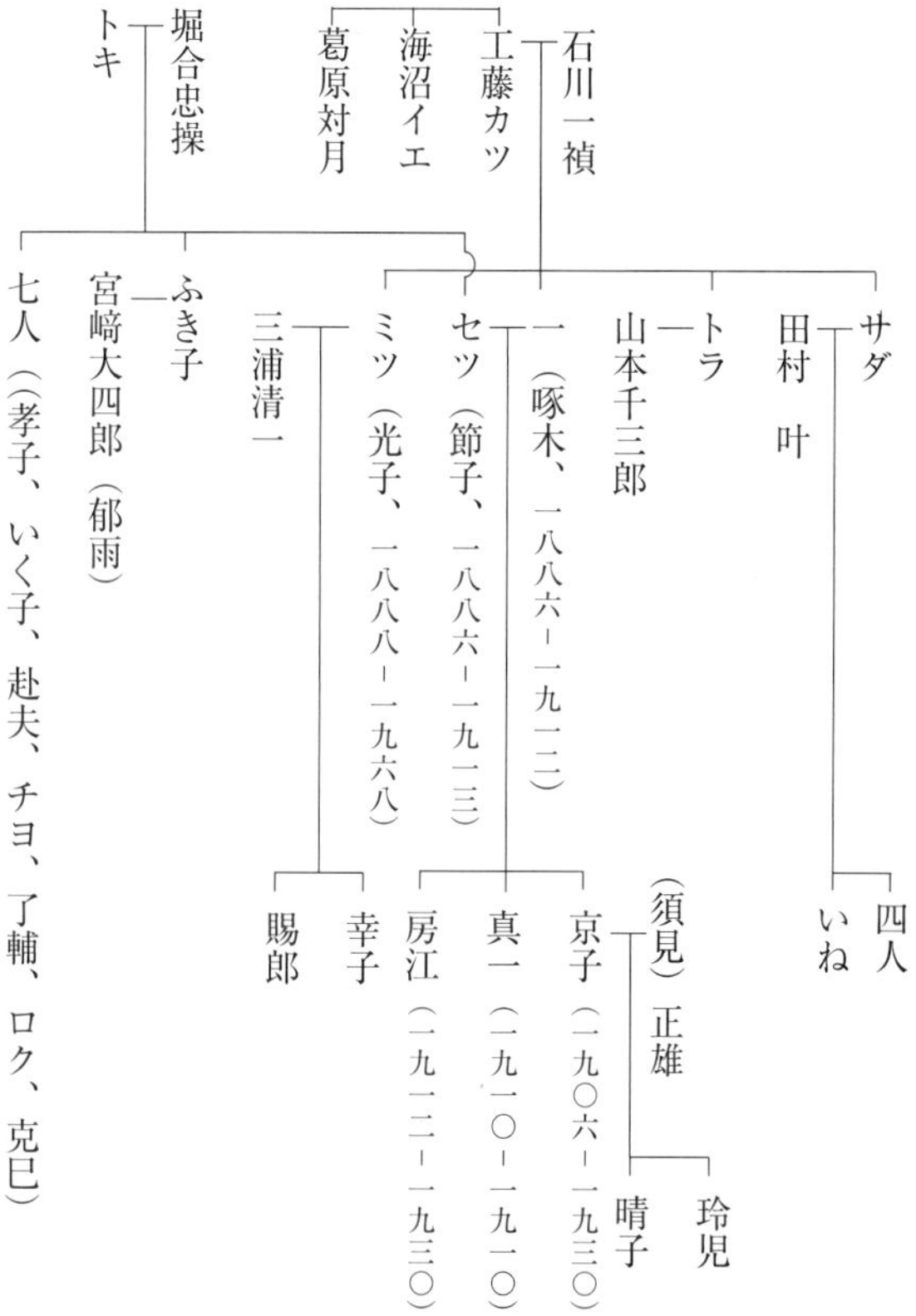

石川啄木関係系図（関係分。一禎は六人きょうだい、カツは七人きょうだい、節子は九人きょうだい）

参考文献

石川啄木『石川啄木全集』全八巻　筑摩書房　一九七八

第一巻　歌集

第二巻　詩集

第三巻　小説

第四巻　評論・感想

第五巻　日記Ⅰ

第六巻　日記Ⅱ

第七巻　書簡

第八巻　啄木研究

石川啄木『あこがれ』小田島書房、明治三六年。（復刻版）日本近代文学館、一九七二

石川啄木『一握の砂』東雲堂書房、明治三八年。（復刻版）日本近代文学館、一九七三

石川啄木『悲しき玩具』東雲堂書店、明治四三年。（復刻版）日本近代文学館、一九七二

石川啄木『日本詩人全集　8　石川啄木』新潮社、一九六七

石川啄木『雲は天才である』角川文庫、一九六九

石川啄木、桑原武夫編訳『ローマ字日記』岩波文庫、一九七七

石川啄木『時代閉塞の現状　食うべき詩』岩波文庫、一九七八

石川啄木『雲は天才である』講談社文芸文庫、二〇一七

吉田孤羊『日本文学研究叢書　啄木を繞る人々』（改造社、一九二九）日本図書センター、一九八四

土岐善麿『啄木追懐』新人社、一九四七
三浦光子『近代作家研究叢書77　悲しき兄啄木』（初音書房、一九四八）、日本図書センター、一九九〇
金田一京助『石川啄木』角川文庫、一九五一
宮崎郁雨『函館の砂―啄木の歌と私と―』（東峰書院、一九六〇）洋々社、一九七九
岩城之徳『石川啄木』学燈文庫、一九六一
岩城之徳『人物叢書62　石川啄木』吉川弘文館、一九六一
杉森久英『啄木の悲しき生涯』河出書房新社、一九六五
岩城之徳編『回想の石川啄木』八木書店、一九六七
司代隆三編『石川啄木事典』明治書院、一九七〇
日本文学研究資料刊行会『日本文学研究資料叢書　石川啄木』有精堂、一九七〇
碓田のぼる『石川啄木』東邦出版社、一九七三
野田宇太郎『歴史と文学の旅　石川啄木の世界』平凡社、一九七三
堀合了輔『啄木の妻　節子』洋々社、一九七四
『国文学　解釈と鑑賞　石川啄木の世界』至文堂、一九七四・五
『現代日本文学アルバム4　石川啄木」学習研究社　一九七四
岩城之徳『啄木評伝』学燈社、一九七六
加藤悌三『石川啄木論考』啓隆閣、一九七六
国文学編集部『石川啄木の手帖』学燈社、一九七八
草壁焔太『石川啄木』講談社、一九八〇
岩城之徳『別冊国文学11　石川啄木必携』学燈社、一九八一
米田利昭『石川啄木』勁草書房、一九八一

『現代詩読本　石川啄木』思潮社、一九八三
『国文学　生誕百年　石川啄木』学燈社、一九八四・六
岩城之徳『新潮日本文学アルバム6　石川啄木』新潮社、一九八四
岩城之徳『石川啄木伝』筑摩書房、一九八五
『国文学　解釈と鑑賞　特集石川啄木』至文堂、一九八五・二
昆　豊『警世詩人　石川啄木』新典社、一九八五
石川啄木記念館監修『文学探訪　石川啄木記念館　改訂版』蒼丘書林、一九八六
小坂井澄『兄啄木に背きて―光子流転』集英社、一九八六
遊座昭吾『石川啄木の世界』八重岳書房、一九八七
『新文芸読本　石川啄木』河出書房新社、一九九一
『群像日本の作家7　石川啄木』小学館、一九九一
澤地久枝『石川節子　愛の永遠を信じたく候』文春文庫、一九九一
国際啄木学会『論集石川啄木』おうふう、一九九七
関　厚夫『詩物語　啄木と賢治』産経新聞出版、二〇〇八
遊座昭吾他編『石川啄木の世界への誘い』石川啄木没後百年記念事業実行委員会、二〇一三
盛岡市教育委員会歴史文化課編『石川啄木記念館　展示ガイド』同課、二〇一四
ドナルド・キーン、角地幸男訳『石川啄木』新潮社、二〇一六
中村　稔『石川啄木論』青土社、二〇一七
鳥越　碧『わが夫啄木』文藝春秋企画出版部、二〇一九

堺利彦と幸徳秋水

一、堺利彦

堺利彦は、明治三（一八七〇）年一一月二五日（新暦では、四年一月一五日）（明治五年一二月三日を、西暦にあわせて、明治六（一八七三）年一月一日とした）、豊前国仲津郡松坂（現・福岡県京都郡みやこ町犀川大坂）で生まれた。父得司は小笠原藩士（一五石四人扶持、大正時代の月給三、四〇円に相当する、と「余の自伝」『桜の国、地震の国』の中で言っている）であった。母コト（琴。志津野氏）。平太郎（異母兄）、乙槌の二兄がいた。生後間もなく仲津郡豊津村石走りに移る。堺家は信州松本以来小笠原家の移動に付き従ってきた。利彦は「貧乏士族の子であった」が、「自ら称して「土蜘蛛の子孫」といふ。そこに先ず、私としての、多少の誇りがある」（「土蜘蛛旅行」『中央公論』昭和五（一九三〇）年一二月号）。昔、等覚寺《とかくじ》山の青竜窟（鍾乳洞）に住んでいた土蜘蛛が景行天皇に誅伐されたという、その土蜘蛛の子孫であると（『堺利彦伝』一九二六。中公文庫、一九七八）。社会主義に目覚めた後からであろう、心情的にはそういう化外の位置にいたのである。

幕末（慶応二～三年）、幕府の第二次長州征伐で高杉晋作の奇兵隊に敗れた小倉・小笠原藩は、城を自焼して田川郡香春へ退き、藩士も（企救《きく》郡は長州藩の統治下におかれたため）田川郡、京都《みやこ》郡、仲津郡、築城郡、上毛郡の商家や農家に分散して移住する（堺家は大坂山の麓、松坂村に移る。利彦はここで生れた）。次いで、天保時代から開発の始まっていたナンギョウバル（難行原？　堺は「望郷台」で南郷原と書いている）・錦原といった台地に藩庁を移す。今川と祓《はらい》川に挟まれた丘陵地で、近くに国分寺と国分尼寺（跡）がある。

（豊前国府も近くにあることが推量されただろう。国府の推定候補地はいくつかあったが、一九八四年からの発掘調査で位置が確定した。現在豊前国府公園になっている。北は門司の鳶ヶ巣山、南は犬ヶ岳を結ぶ南北線上にあり、北東〈鬼門〉に草場豊日別神社、南西〈裏鬼門〉に惣社八幡がある。言っておきますがそんな迷信を僕が信じているわけではなく、古代のインテリはそんな陰陽五行のこだい妄想ばかり考えていた、と僕は考えているということです、近くを宇佐官道が走る。県道五八号椎田―勝山線は宇佐官道を意識して造られている。）〈（　）内は新木〉

　明治二（一八六九）年一二月二二日に、新政府に願書を提出し、そこは「故名豊津郡」だったと偽り、翌三（一八七〇）年一月一一日、認可の知らせが届き、豊津藩となった。豊前国仲津郡の豊と津を取ったものと思われる（古賀武夫「豊津の歴史」豊津町誌編纂委員会『豊津町誌』一九八五、所収）。

　明治四年七月、廃藩置県により、豊津県となり、一一月、千束《ちづか》県、中津県と、日田県管轄となっていた企救郡を合わせて小倉県となる。この時点で豊津の藩都・県都の役割は終る。「豊津の城下は未成品のまま、まだほんの荒ごなしのまま、新時代の風雨の中に放りだされた。そこに豊津の特殊性がある」（『堺利彦伝』）。さらに九年四月、小倉県と福岡県が合併して福岡県となり、八月、福岡県と筑後の三潴県（柳川・久留米・三池県）が合併して福岡県となる（豊前八郡のうち下毛郡と宇佐郡は大分県に編入）。二九年、郡制改革により、京都郡と仲津郡が合併して京都郡、築城《ついき》郡と上毛郡が合併して築上《ちくじょう》郡となった。

「私は福岡県人と呼ばれることがあまり嬉しくなかった。何だか筑前の附属になったような気持のするのが少し厭だった。福岡県というものは、私に取って、故郷ではない。故郷はただ豊前ばかりである。私はどこまでも豊前人でありたい（略）」（『堺利彦伝』）

堺の少年時代の思い出として次の一節を引用する。

「しかし豊前国豊津！　それが彼に取って、日本国中でたった一つの、いかなる物にも代えがたい懐かしの故郷である。十六年の春秋をそこに過して、（略）、彼はまずその性格体格の根本を、そこの環境から作りあげられた。彼は今、現在の私をして、恍惚たるエクスタシーの感を以て、あえてその当年の事物を回顧せしめる」（『堺利彦伝』）

「母は滅多に外出しなかったので、たまに前の山に千振摘みなどに行く時、私らはそれを大変な珍しいことのようにして、そのあとについて行った。母は千振を摘んでは蔭干しにしておいて、毎朝それを茶の中に振りだして飲むのであった。千べん振ってもまだ苦いと言うのが恐らくその名の出処であろう。私もいつかその真似をして、あの苦い味わいを、何か少し尊い物のように思っていた。後に私が人生のある事件を批評する時、「苦底の甘味」

という言葉を用いたことがあるが、それは千振の味に思い寄せたのであった。また千振という草のツイツイと立っている姿、あのささやかな白い花の形などが、何とも言われぬしおらしさを私に感じさせた。そして、それも恐らく、母から開かせられた目の働きであったろうと思う」

（同書）

一九六〇年に堺利彦顕彰会によって建設された豊津町にある歌碑、

「母と共に花しほらしの／薬艸の千振つみし／故郷の野よ」

は、この時の思い出を歌ったものであろう。赤旗事件で入獄中の歌である。「夜中に目が覚めたりすると、故郷のことをシミジミと思ひ出す。歌の様のものが幾つも出来た」ということである。堺の郷土愛の深さが知れる。ただし獄中から本吉のお民（兄乙槌の娘）に送りたい歌として、堺為子宛　明治四一年一二月九日付の書簡中にある歌は次の一首だけである。

「今も猶蕨生ふるや茸出づるや我が故郷の痩松原に」

この望郷歌（第一首とする）を改作したのが、「赤土の痩せ松原の茸蕨それに交じりて生れにし我」であろう。後に『楽天囚人』の出版に際し獄中書簡を収載した時に大幅な加除修正があって、その時に加筆されたものが、望郷歌第二首「母と共に……」と第三首「我父の誇の西瓜井に浸し氷なすまで冷やして喰ひし」の二首である（「貝塚より　その三」『全集第三巻』には三首が載っている）。（なお、堺は故郷に歌碑が建つときに記される碑文として、この「母と共に……」にしてくれと言っていたそうで、それ（自分の碑ができると想い、それに注文をつけるというの）はどうなんだろう、と原田さやかは言っている。）

堺が故郷豊津を想って書いた文章は、「故山の情話」、「望郷台」、「故郷の七日」、「故郷の無産大衆に訴える」、「土蜘蛛旅行」、「帰郷雑筆」、「故郷のあこがれ」など数多い。「望郷台」では、「眼を閉じて身を仮りに高きに置けば、懐かしき我故郷の面影、髣髴として浮び来。心は早や其の中に分け入りて、山の峰、川の上、我が家、人の邸、其処此処を駈け廻りて、数知れぬ様々の幻ぞ湧き出る」と書き起こし、「其六　見わたす山々」では、英彦山、求菩提山、そして「遥かなる右手に平峡野《ひらおの》（注・カルスト台地平尾台のこと）あり。山の上の平なること、一里四方。樹木はあらず。其の一角稍聳えて竜が鼻（注・六八〇メートル）と呼ばる。／稍近きに大坂山（注・五七三メートル）あり。大坂山は凡山なれども、豊津の原の夕立雲は、常に之の峰を岫《しゅう》とこそすれ」と書いている。堺はこの大坂山の麓で生れた。なお、『堺利彦伝』で、「高く隆起した所を、竜が鼻と呼びなしているが、等覚寺山はすなわちその竜が鼻の下の方にある」というのは少し違うと思う（かなり離れている。眼を閉じて脳裏に浮んだ心象《イメージ》を書いたためであろう）。堺にとって故郷は、遠くから想い続け、帰りたい処でもあった。

明治九（一八七六）年、裁錦小学校（現・豊津小学校）入学、明治一五年、旧制豊津中学入学（藩校育徳館の後身（何度も校名変更があったが、現・中高一貫の育徳館中学・高校）。同校は進取の気風があり、堺入学の以前のことであるが、藩校育徳館時代にフハン（ファン）・カステールというお雇いのオランダ人教師がいたが、藩内の排外保守勢力（尊王攘夷ということだろう）の反発によって彼は豊津着任が出来なかった。その保守勢力の中心人物が松室致《いたす》

（嘉永五＝一八五二年〜昭和六＝一九三一）であった。（小正路淑泰「赤旗事件の堺利彦獄中書簡解題」『堺利彦獄中書簡を読む』四三頁）。「世上にて外国人は人の油または血をとるなど、埒もなき事を申し唱ふるものこれ有る折柄にて云々。聊も浮言に惑うべからず候事」（『豊津町史』四三六頁）と、県庁は「諭文」を発した。カステールは明治四（一八七一）年一〇月、行橋の分校（大橋洋学校と呼ばれた）で教鞭をとった。

松室は司法省法学校（後の東大法学部）に進み、フランス法を学んだ。排外主義はどうなったのであろうか。後、大逆事件の検事総長、司法大臣となる。

明治一九（一八八六）年、豊津中学を主席で卒業した堺は、築城郡椎田村（に移っていた）中村千治家の養子となって学資の援助を受け、上京。四月、同人社で学び、夏、第一高等学校の試験に落第した。秋、共立学校（後の開成中学）で学び、明治二〇（一八八七）年夏、第一高等中学校（後の第一高等学校）に進んだ（一七歳）が、悪友と放蕩生活を送り、学費未納のため除籍になり、中村家から離縁される。立身出世の登竜門を踏み外した。

明治二二年、長兄平太郎の急死により、次兄乙槌はすでに本吉家を継いでいたので、利彦が復籍し、堺家を継ぐ。乙槌（欠伸《けっしん》）の影響で文学を志し、『福岡日日新聞』に小説「悪魔」を投稿し採用される。大阪に移り、天王寺で三年ほど小学校教員をしたり、小説や翻案小説を発表した。この教員時代に、俳句熱がおこり俳諧趣味から、枯川《こせん》と号した（枯川は祓川のことである、と小正路淑泰は言っている）。

また、大阪では一つのまじめな恋があった。初恋だと言っていい、と堺は言う。天王寺の浦橋家には男女の子供が五人もいて、よく遊びに行っていたが、その中に秀子がいた。手を触れあったこともない。飲酒遊蕩、乱暴狼藉を演じている男が、一方において道徳的な態度を取っていた。彼女（浦橋秀子）の理知的な気品に圧せられたのかも知れない。しかし彼女は早くから病にかかっており、間もなく死んだ。［蛍一つ、闇に呑まれて消えにける］（『堺利彦伝』）。

明治二六年一一月、西村時彦（天囚）の世話で『新浪華』の記者となったが、これは国民教会の機関紙で、保守的国粋主義系統に属するもので、堺はいつか国粋主義の一雑兵となっていた。二七年、日清戦争が始まり、広島大本営で臨時議会が開かれると、堺は『新浪華』の記者として特派された。

明治二八年、母コト死去。二九年、父得司死去。

二九年、堺は堀成之（紫山、俳人、読売新聞記者）の妹堀美知子と結婚（その妹保子は三九年、大杉栄と結婚）。堺が『読売新聞』に書いた「望郷台」（明治二九年三～四月）などを読んだ征矢野《そやの》半弥（慶応異変後、築城郡下城井《しもきい》村に家を挙げて移住。育徳館出身、自由民権運動家、この時、福岡日日新聞社長（現・西日本新聞）、衆議院議員）に誘われ、明治二九（一八九六）年五月、福岡に行き、福岡日日新聞記者となった。福岡では平和な小家庭を持った。堺の心に革命が起こりかけた。

［父母の死に依りて予が受けたる大打撃の跡は、此時更に烈しく痛みはじめた。過去七年の放縦なりしわが生活を思ふに、血に染み埃に塗れ、衣裂け髪乱れ、或は酔うて路傍に仆れ、或は怒って人を罵るが如き我が姿の、あり〳〵と見える心地がする。而して其の間に

於て父母を苦め尽して遂に死に至らしめた事を思へば、我ながら実に愛想の尽きた、憎むべく、賤むべき、浅ましの此の身であるのだ。予は白日独り机に倚つて是等の感想に耽り、背にも腋にも冷汗を流し尽して、遂に堪えずして歔欷《きょき》流涕《りゅうてい》に沈み、妻の訝りを招いた事も幾度かある」

（「予の半生」『半生の墓』『平民社百年コレクション第2巻　堺利彦』一七九頁）

かくて、放蕩息子堺は過去のすさんだ生活を深く反省し、福岡に一年いて、小説を書き、また故郷豊津、行橋、椎田を訪れた。

兄乙槌の発病（肺結核）を知り、明治三〇（一八九七）年五月、上京。征矢野が返却すべき本と紹介状とクスグッタイような気持を持って、同郷の末松謙澄を訪ねた。末松（一八五五～一九二〇）は青萍と号し、京都郡前田村（現・行橋市前田）出身。豊津の隣の京都郡上稗田村の村上仏山の私塾水哉園、ケンブリッジ大学に学ぶ。伊藤博文の女婿、後第三次伊藤内閣の逓信大臣（明治三一年一月一二日～六月二四日）、第四次伊藤内閣の内務大臣（明治三三年一〇月一九日～翌年六月二日）をつとめた。吏党末松と自由党征矢野は衆議院第一回総選挙（明治二三年）で戦い、末松が勝利したが、今は和睦し、提携している。堺は、末松が引き受け、山路弥吉（愛山）、笹川種郎（臨風）らがやっていた毛利家の歴史書『防長回天史』全一二巻の編纂に加わる。何があったのか知らないが、「青萍は小人なるかな。我はとうていかくのごとき人の下にあるにたえざるなり」（「三十歳記」明治三二年四月二三日、『堺利彦全集　第一巻』）と末松の人物像を述べている。

『防長回天史』の編纂は暇だった。気楽で、金も食えるだけは貰えるし、友人と来往しては散歩する、馬鹿話をするなどノンキ極ることであった。二年間の清き生活で、大阪以来の一身の汚れをやや洗い落としたような気もする。多少維新史の知識も蓄えた（「予の半生」）。

明治三一年三月、東京から『福岡日日新聞』に「哀史梗概」（V・ユーゴーの『レ・ミゼラブル』一八六二の抄訳）を連載している。

ユーゴーの序文を紹介し、［文明の表面には人為の地獄あり。（略）貧より来る男子の屈辱、飢餓より来る婦人の堕落、身体の苦艱及び精神の暗黒より来る小児の萎縮］、即ち貧困と無知が問題なのであり、［強者が跋扈せる此社会の裏面を剔抉］しようとしている。饑に迫られて麪一片を盗んで引捕えられ、懲役五箇年を宣告され、脱獄を繰り返して都合一九年の後、漸く放免された戎巴爾戎（ジャン・バルジャン）や、そんな彼を暖かくもてなした僧正美里流（ミリール）の物語を語る。

堺はただ翻訳しただけなのではない。［労働者に仕事を与へざる社会は罪なきか］と、社会の構造が問題なのだと言うのである。これは堺の社会化の端緒ではないだろうか。ここまで、堺には社会主義者という意識は全くなかったというのであるが、「哀史梗概」が問題にしていることは、つまり資本主義の問題、社会主義の主題であると自覚してきた、ということか。なお黒岩涙香訳の『噫無情』が『万朝報』に連載されるのは明治三五年一〇月のことであり、刊行は三九年。（堺「哀史梗概」『半生の墓』→堀切利高編『平民社百年コレクション第二巻　堺利彦』論創社、二〇〇二、所収）。

『防長回天史』の編纂が三二年六月に終了すると、堺は慰労金千円を貰い、各所の借金を返済し、美知子に百円与え、福岡で着物など質入していたので身なりを整え、四人に三七〇円を貸した（「三十歳記」明治三二年七月五日）。

美知子の胃病がすぐれない。この時期、堺は近親者を続けて亡くしている。

明治二八年に母コト、二九年に父得司、三〇年八月、兄本吉乙槌（欠伸）死去。三〇年一〇月、長男不二彦誕生。三二年八月、不二彦脳膜炎発症。一二月、不二彦死去。三六（一九〇三）年一月、真柄《まがら》（マーガレットのもじり）誕生。三七年八月、妻美知子、結核で死去。

明治三八（一九〇五）年九月、延岡為子と再婚。為子は金沢の『平民新聞』読者で、炊事係募集の記事に応じて上京し（三八年二月八日）、発行を手伝った。［しかしてその自然の成行きはついに破鍋に綴蓋との間に因縁を結ばせた。予は実に自然に与えられたるかの感を抱いた］（「破鍋綴蓋《われなべとじぶた》の記」『直言』三八年九月一〇日、『全集第三巻』法律文化社、一七〇頁）。

明治三二年七月、堺（二九歳）は黒岩周六（涙香）の『万朝報』に入社、幸徳伝次郎（秋水）、内村鑑三らを知る。ここからが堺の本領である。明治三三（一九〇〇）年六月から七月、北清事変（義和団事件）の従軍記者として『万朝報』に「天津通信」を連載した。堺は戦争の実態を見た。

［それからまた少し行って南門前の大道に出たが、ここにはもはや死骸が横たわっている。しかもわが兵の死骸である。ツイその横には馬も一頭倒れていた。馬の腹はまんまるにふくれて足は空にむいて突っ張っていた。また少し行くとまた死骸がある。わが兵のもあれ

ば清兵のもある。道ばたにもあれば家の中にもある。予はいちいち死骸を見るの勇気は無かった。多くの人馬の死骸の中を通りぬけて、城門近くの村落まで進んだ時、予はさらに多くの死骸を見て驚いた。両側のこわれた家の中に、子供のあおむけになって倒れているのもあれば、老婆の血まぶれになってころがっているのもある。それに何千何万というはえが群がっている。（略）」

（「天津通信」『万朝報』明治三三年七月二五日、『全集第一巻』六一頁）

堺の心に戦争への嫌悪感が溢れた。戦争は敵・味方の殺し合いの末、その砲弾・銃弾の達するところで死骸の山が出来、それが放置され、悪臭を放つ地獄図なのであった。あるいは逃げ惑う女たち子供たちの悲惨な姿であった。これらの状況を見て、堺は食欲も無く、痩せてきて、やがて帰国する。堺は酸鼻極まる戦争の実態を見た。このことが堺の反戦の根源になっているだろう。しかし一方、大砲や小銃をぶっ放し、勝ち戦の手柄話をする将校兵士の方が多くいたのであった。この感性の違いはなぜ、どうして生じたのであろう。

明治三四（一九〇一）年五月三一日、幸徳秋水、安部磯雄、片山潜、木下尚江、川上清、西川光二郎の六人（皆『万朝報』の記者である）が、「社会主義を経とし民主主義を緯とする」（「社会民主党宣言」）社会民主党を創立した。堺は末松内務大臣を訪ね、考えを聞いた。

「末松は内務大臣として全力を尽して鎮圧すると言っている、末松も目先の見えぬことを言っている、ちょうど昔の人が自由民権家をいやがったようなことを言っている」

（「三十歳記」明治三四年五月二二日、『全集第一巻』）。

社会民主党は、第四次伊藤内閣内務大臣末松謙澄によって、治安警察法違反として即日禁止・解散させられ、堺は入党できなかった。

『万朝報』は社会民主党の宣言をそのまま紙上に載せたりして、社会主義の機関紙のような様相があった。この頃、堺は社会主義者としての自覚を持ち始め、三四年七月、社会改革の理想を唱える社内の「理想団」の組織に、内村、黒岩、幸徳らとともに参加した。堺は、福沢諭吉の影響を受けて、すでに三三年五月から「家庭の新風味」を『国力』に連載しており、天下国家に檄するより、身近な自身、家族、親族、友人、隣人といった狭小なる範囲で、一身の正しさ、一家の和気、などの善事美事を問題にすることを、「理想団」における自身のテーマとした（「予は理想団員として何をなさんとするか」『万朝報』明治三四年八月一一日、『全集第一巻』）。これは堺の婦人・家庭論に発展していくだろう。今の社会は権勢利禄の争奪の場であるが、家庭は義理人情の共同生活の場であり暗黒の中の光である。善良なる家庭に行なわれる共同生活を、すなわち男子・女子・老人・小児、みなそれぞれの才力に応じた労働をなし、めいめい必要に応じて公平な分配をなし、相愛し、相助けて生涯を送るという親愛和楽を、社会全般に行なわれるようにしたい。共同の思想による共同生活、社会を一大家庭とし、安んじて暮らせる社会を実現したい、と書いた（「社会と家庭」『万朝報』明治三六年四月二九日、『全集第一巻』二六四頁）。

二、幸徳秋水

幸徳伝次郎（秋水）は明治四（一八七一）年一一月五日、高知県幡多郡中村町で生まれた。父嘉平次は酒造業兼薬種業、母は多治子。三男二女の末子。父は伝次郎が一歳の時、急死。小さい頃は神童と呼ばれた。明治一八年、中村中学卒業後、何度か高知や東京に出るが、二一年、一八歳の時、大阪で、土佐・高知出身の中江篤介《とくすけ》（兆民、弘化四＝一八四七〜明治三四＝一九〇一）の書生となった。幸徳への兆民の影響は多大にして偉大である。兆民は、恩賜的民権ではなく、回復的民権（基本的人権）を進取しようという自由平等・民権共和の革命の鼓吹者である（幸徳「兆民先生」『日本の名著44　幸徳秋水』中央公論社、一九六九）。「秋水」の雅号は兆民自身が一時使っていた雅号でもあるが、これを後に幸徳伝次郎に贈った。前掲のように、「秋水」は、『荘子外篇　秋水篇第十七』冒頭に謂う、「秋水時至　百川灌河（秋水時に至り、百川河に灌ぐ）」から来ている。秋の（台風や秋雨前線による）出水の頃になれば、百の川から（黄）河に灌《そそ》ぎ、やがて東に流れ北海に注ぐ云々、ということである。時至り、（秋）水到り、渠《きょ》成る、ということである。

中江兆民は明治四（一八七一）年一二月、岩倉使節団に同行しフランスに留学し、一八七四年、帰国した。アメリカ周りだったので（津田梅子、六歳はアメリカに留学した）、フランスに居たのはリヨンに七二年の七ヶ月、パリに七三年の一年間である。パリ・コミューン（一八七一年三月一八日～五月二八日、二万五〇〇〇人の死者を出し鎮圧された）後のフランス社会の混乱を見ただろう。

兆民は婁騒（ジャン＝ジャック・ルソー、一七一二～一七七八）や、自由・平等・博愛を旗印にしたフランス革命（一七八九年）について学び、自身の自由民権論の基礎とした。ルソーの『社会契約説』（一七六二）を、明治九（一八七六）年に訳した『民約論』の草稿の筆写本が、自由民権家の間に流布し、自由民権運動の理論的支柱となった（明治一五年に、漢訳「民約訳解」を刊行）。自由平等な個人が政治の主体であり、その個人の契約により政治社会を形成する。委任された政治家が横暴なときは抵抗権を行使する、という主張である。ルソーは「君主と人民の利害の根本的対立を説き、さらに革命による人民主権の国家の出現を示唆した。ルソーの革命的民主主義は明らかに立憲君主制ではなく、共和主義を志向するものであった。その理論がフランス革命に結実したことは、あまりにも有名である」（河野健二「東洋のルソー　中江兆民」『日本の名著36　中江兆民』解説、中央公論社、一九七〇、四四頁）。しかし、兆民は、「フランス革命は、人類歴史上の偉業である、けれどもわたくしは、その悲惨さを見るにしのびない」（幸徳「兆民先生」一七八頁）とも言って、解毒もしている。

幸徳は、兆民の『三酔人経綸問答』の中で南海先生の言う「恩賜的民権」と「回復的民権の進取」について考えさせられる。

中江兆民は、「此一段の文章は少く自慢なり」と言って、次のように謂う。

「且つ世の所謂民権なる者は、自ら二種有り。英仏の民権は恢復的の民権なり。下より進みて之を取りし者なり。世又一種恩賜的の民権と称す可き者有り。上より恵みて之を与ふる者なり。恢復的の民権は下より進取するが故に、其分量の多寡は、我れの随意に定むる所なり。恩賜的の民権は上より恵与するが故に、其分量の多寡は、我れの得て定むる所に非ざるなり。若し恩賜的の民権を得て、直に変じて恢復的の民権と為さんと欲するが如きは、豈《あに》事理の序《ついで》ならん哉。／嗚呼、国王宰相たる者威力を恃みて敢て自由権を其民に還さず。是れ方《まさ》に禍乱の基にして、英仏の民が其恢復的民権の業有りし所以なり。（略）」（中江兆民『三酔人経綸問答』明治二〇（一八八七）年刊、『近代日本思想大系3　中江兆民集』筑摩書房、一九七四、四四頁）

幸徳はこれを解説して、次のように述べている

「世間のいわゆる民権というものには、二つの種類がある。イギリス・フランスの民権は、回復的な民権である。下からすすんでとったものである。世間にはまた、一種の恩賜的な民権というべきものがある。上からめぐんであたえるものである。回復的な民権は、下から進取するがために、権利の分量の多い少ないは、人民が自由にきめられるのである。（略）さよう、先生は、けっきょく恩賜的の民権で満足する人ではなかったのである」

（幸徳「兆民先生」『日本の名著44　幸徳秋水』桑原武夫・島田虔次訳一六〇頁）

「およそ民権は、他人から賜与されていいはずのものではない。みずからすすんでこそ、それを回復することができるのである。あの王侯・貴族の恩賜からでたものは、またそれを剝奪されることがあるのを知らねばならない」（同書、一五五頁）

すなわち明治欽定憲法（明治二二＝一八八九年）は「恩賜的の憲法」であり、兆民はこれを「変革して進取的の民権としなければならない」と言うのである。兆民は「革命の鼓吹者」である。兆民は国会の開設を目指す。明治二三（一八九〇）年、第一回衆議院総選挙に立候補し、当選する。そして民党（自由党と改進党）の合同によって、（坂本龍馬が取り持った薩長同盟の成れの果て）薩長藩閥政府の絶滅を計るが、政治家の無思慮・無節操に失望し、三ヶ月で議員をやめてしまった。幸徳も同じように恩賜的民権では駄目だと考えたのだが、よりラディカルに無政府主義に傾斜して行く。

西洋に天賦人権説というのがあって、この「天」はキリスト教の「ヘヴン＝神」であり、天＝ヘヴンが人権（基本的人権）を平等に与えるということであり、その人間が国を作り、人賦国権、即ち人間が政府に国権を与えるということである。下からの人権獲得であるが、これに対して、日本では、天賦国権、国賦人権ということになっている（河上肇「日本独特の国家主義」『中央公論』一九一一年三月号。『河上肇評論集』岩波文庫、一九八七）。この「天」は天皇である。天皇が国を作り、その国が人間に人権を賦与する。上からの与えられた人権ということであり、天皇に平伏《ひれふ》していることになる。即ち「恩賜の人権」である。どれいはそれを有難く押頂くかもしれないが、それを恩賜（天皇から賜った）と思うのが愚かである。自立した人間はそれを肯じない。回復的民権とは、天皇に恩賜されなくとも、全ての人間が本来（生まれながらに）持っている基本的人権（自然権）を進んで取り返し、回復して、自立した人間として生きて行くということである。

ただし、兆民は穏健派である。政治社会は専制から立憲制になり、立憲制から民主制になる。それには相当の時間を要す。専制から一挙に民主制に入るのは順序が違う。「二、三人の連中だけが、ひとり悦に入って、民主主義は道義にかなっている、などと喜んでみても、大衆があわてとまどい、わきかえるのを、どうしようもない。これはわかりきった理屈です」（『三酔人経綸問答』『日本の名著36　中江兆民』二六四頁）。さらに、民主主義者洋学紳士に対して、「思想は種子です。脳髄は畑です。あなたがほんとうに民主思想が好きなら、口でしゃべり、本に書いてその種子を人々の脳髄のなかにまいておきなさい」（同書、二六五頁）、と言う。兆民は「革命の鼓吹者」であるが、二、三人の先駆けでは民衆が付いてこれない。民衆が理解・支持するまでには、その間「民衆の敵」と呼ばれるかもしれないが、コップに、或はバケツに水が溜まるには時間がかかる。時機を待つことになる。兆民も「性急」はいけない、と言うのである。「秋水」と名乗ったこともある所以である。

明治三一（一八九八）年、幸徳は兆民の紹介で『万朝報』の新聞記者となる。

明治三四（一九〇一）年三月末、兆民は大阪に行ったとき倒れ、喉頭がんで余命一年半と診断された。気管を切開され喋ることができなくなり、「本に書いてその種子を人々の脳髄のなかにまいてお」こう、「一言でも後世の人に告げよう」と、思いつくままに随想録『一年有半』

を書いて紙碑とした。シューカツである。八月四日、幸徳はこの原稿を兆民から託され、九月三日、博文館から刊行した。九月一〇日、兆民は東京に戻って来、さらに『続一年有半　一名無神無霊魂』を書き継ぎ、一〇日ほどで脱稿し、幸徳が、旧著『理学鉤玄』を付して、一〇月中に刊行した。この本に謂う、五尺の「身体は本体であり、精神はその働きである（薪と火の関係である）。身体が死すれば精魂は即時になくなる」が、言葉として遺すことは出来る。元素の集まりである身体は死とともに解離し、元素に還元され、不朽不滅で、どこかに存在している（四三三、四三六頁）。つまり熱力学の法則（エネルギーは一定である、エントロピーは増大する）という無始無終無辺無限の無神論・唯物論は、もともと唯物論者であった幸徳に大きな影響を与えた。

（余談でもないが、精神は即ち言葉であるから（思うことと表現が正しく一致することは難しいが）、遺すことは可能である。「（ひかりはたもち　その電灯は失はれ）」（『春と修羅』序）と言ったのは、熱力学の法則を理解し、「まずもろともにかがやく宇宙の微塵となりて無方の空にちらばらう」と言って法華経的還元を信じた宮沢賢治（明治二九＝一八九六〜昭和八＝一九三三）であるが、電灯（身体）が解離還元しても、（精神の）ひかりを保つには、言葉を紙に書いて（出来れば本にして）、「種子を人々の脳髄のなかにまいて遺す」のが良い。石川啄木もそれを考えた。すぐれた本は時空を超え、再版されて、古今東西に流布するだろう。ただし、自説を強権的に押し付け、他説を弾圧する手合も居るから注意した方がいい。）

幸徳は、田中正造の足尾銅山鉱毒事件に関しての直訴（三四年一二月一〇日）にあたって、頼まれて直訴状を代筆していた（一一月一二日）。正造直訴決行後、幸徳は兆民の元に駆けつけるが、兆民はすでに意識不明となっていた。一二月一三日、中江兆民、死去（五五歳）。解剖の結果、死因は食道がんであった。

幸徳は『二十世紀の怪物帝国主義』（明治三四＝一九〇一年四月）の中で、次のように言っている（要約する）。

帝国主義は、愛国心を経《たていと》とし、軍国主義を緯《よこいと》として織りあげた政策ではないか。そしてまた愛国心は病原菌であり、軍国主義はその伝染の媒介である。これが二十世紀の怪物の正体である。

世界各国の政治・経済・社会・歴史を考察しながら、愛国心（パトリオチズム）は、純粋な同情・惻隠・慈善の情ではなく、愛する範囲が自分の国土、自己の国民に限られている。他人を愛さず、自己の一身を愛するものである。一身の虚栄、虚誇である。さらに言えば、愛国心は今や発展して軍国主義（ミリタリズム）となり、外国・外人の討伐を栄誉とする好戦の心となっている。即ち、動物的（野獣的）天性であり、好戦的愛国心である。（その生存競争が人間を向上させ、生活を裕かにする、という俗説があるが）それは迷信、狂熱、虚誇である。戦争は陰謀であり、詭計である。軍備を誇揚するな、徴兵制を崇拝することをやめよ。好戦的愛国心はその私欲をみたすため、勝手に他の国土を侵略し、他の財産を掠奪し、他の人民を殺戮し、もしくは臣妾・奴僕とし、そして意気揚々として、これが大帝国の建設である、などと言う。それ（植民地主義）はとりもなおさず、切取り強盗ではないか。これでは、政治、教育、商工業を歪める文明の賊、進歩の敵、世界人類の罪人である。これら迷信、狂熱、虚誇といった諸種の弊害を防止し、知識、理義、真実につき、（野獣的）好戦の観念をすて、（人間的）博愛の心につくことが人類の進歩というものである（相互扶助、社会福祉ということである）。

もう一つ、多数人民の購買力がとぼしいのは、富の分配が公平を失して、貧富の差がますます懸隔しているからである。それは資本家・工業家が、法外の利益（余剰価値）を独占しているためではないか。欧米における今日の経済問題は、他の未開の人民を圧伏して商品の消費を強要するよりも、まず自国の多数人民の購買力を増進させることでなければならない。そのためには、資本に対する法外の利益の独占を禁止して、一般労働に対する利益の配分を公平にしなければならない。しかし資本家はそうはせず、一時の虚栄を誇り、海外領土拡大に莫大な資本を投入する。その結果どうなるか。政府の財政はますます膨張し、資本家の狂奔はますますはげしくなり、分配はますます不公平になる。国民多数の困窮はますます増大し、次にやってくるのは破産と堕落だけである。

日本経済の実態は、これよりももっとひどいのである。一三師団の陸軍、三〇万トンの海軍は、台湾や北清事変に派兵され、国威と国光は上った。議会はこれを賛美し、軍人の胸には勲章が飾られ、文士・詩人はこれを謳歌した。が、どれほど国民を偉大にしたか、どれほどの福利を社会にあたえたか。八千万円の歳計は数年たたないうちに三倍になった。政府は増税につぐ増税をなし、市場はますます困惑した。風俗はますます頽廃し、罪悪は日ましに増加した。社会変革の説は嘲罵をもってむかえられ、教育普及の論は冷笑をもってあしらわれた。もしこのままいくなら、東洋の君子国の二千五百年の歴史は、アッというまのみじかい夢に終るしかない。これが、わが日本における帝国主義の効果ではないか。

　だから、わたくし（幸徳）は、断言する。帝国主義なる政策は、少数の欲望のために、多数の福利をうばうものである。野蛮的感情のために、科学的進歩を阻害するものである。人類の自由・平等を殲滅し、社会の正義・道徳を殺害し、世界文明をぶちこわす破壊者である、と。（幸徳「二十世紀の怪物帝国主義」『日本の名著44　幸徳秋水』より要約）

　人間はもっと素晴らしいもの（に進化して行く）と考えるか、人間はそれほど上等には出来ていないと考えるかで、道は分かれる。この解釈の分かれ目はどうして生じるのか。それが最大の問題だ。社会主義は、動物界は生存競争かもしれないが人間は違うと考え、前者の理想を追求して共同原理を模索し、「帝国主義的現実」を［批評］し否定し、改革しようとする。しかし、生存競争・優勝劣敗を［其儘］に容認する現実主義者は、後者の（野獣的）弱肉強食の競争原理、「帝国主義的現実」を肯定して、現実世界の政治・経済・社会に跋扈し、（社会主義的）理想主義者を邪魔者扱いする（弾圧する）。

　また幸徳は「社会党の戦争観」という文章の中で次のように書いている。

［戦争の目的は、植民地と新市場の拡張にあるだろう。（略）／戦争は政治家・資本家にとっては、あるいは有益で必要であろう。が、多数人類にとって、ほんとうに幾億の財富と幾千の生命をかける価値があるのか。／だから、われわれは、要求するのである。全国の財富を政治家・資本家の階級的利益のために生産することなく、社会人民全体の需要を満足

させるために生産させよ。これを実現しようと思えば、すなわち、生産分配の機関と権力とを、少数階級の手からうばって、社会公共の手にひきわたせ。このようにできれば、かならずや、社会の貧困が救治されるだろう。各国の経済的衝突が、したがってまた、絶滅するであろう。そして、現在の悲惨な戦争は、まったく無用のものになって、世界中でその根絶をはかることができるであろう。」（幸徳「社会党の戦争観」『平民新聞』明治三七年八月二一日、『平民主義』明治四〇年刊に収録。『日本の名著44　幸徳秋水』）

ここに日露戦争に関して言われていることは社会主義の核心といっていいものである。すなわち、『平民新聞』の「宣言」である自由－平民主義（自由民権）、平等－社会福祉主義（相互扶助・安楽）、博愛－平和主義（非戦）、といったポイントを指摘できる。財富を社会全体のものにし、それを公平に分配することで、労働者に購買力をつけ、国内消費を増やせば、海外に市場を求めて侵略・植民地経営をする必要もなくなる。従って戦争も起こらない。

石川啄木もこうした主張に、なるほどそういうことかと膝を打って同意した筈である。藤田四郎から借りて社会主義関係の本を読み、啄木は漸く自分の進むべき道のとば口に立ったのである。

三、平民新聞

明治三六（一九〇三）年一〇月八日、ロシアは満州からの撤兵の第三期目の期限を守らなかった。主戦論者は鼻息荒く声高に日露開戦を主張した。

その日（八日）、堺利彦は夜勤であったから夕刻に出社した。地方版（遅版）の刷り上ってきたのを見ると、二面の下の方に大きな見出しで、「戦争は避く可らざる乎」という、『万朝報』として明白に開戦を主張する、という短い宣言様の一文が組み込まれていた。黒岩周六（涙香）の文であった。早版の編集時には幸徳も居て、その編集が終ってから「社会主義者非戦論大演説会」（神田青年会館）に出かけていた。開戦論の記事は、幸徳が出かけた後に黒岩が差し替えたものに違いない、と堺は思った。さもなければ幸徳が文句を言ったはずだから。

堺は夜の編集をいい加減に片付けて、同じく「社会主義者非戦論大演説会」に出かけ、安部磯雄、片山潜、木下尚江、西川光二郎、幸徳らの弁士に伝えると、皆は『万朝報』の態度の急変に驚いていた。が、新聞の営業上からは無理もない、とも考えられた（以上「非戦論で万朝報を退いた時の事」『号外』一九二七年七月一日、『平民社百年コレクション2　堺利彦』四六九頁以下)。黒岩は、『万朝報』内にいて主戦論を唱える円城寺清や松井柏軒らに屈したらしい。威勢のいい主戦論は民衆に受けたたし、非戦論の『万朝報』は販売部数を減らして経営の危機を迎えていた。日露開戦を支持する民衆の意識の根底にあるのは、草の根ファシズムということではないか。

堺は、その八日夜、「戦争は人類の最大罪悪なり」と題して講演した。

「個人間に於いて、人を斃して独り立つことが不正、不義でありますならば、国際に於いても他を斃して独り立つ事は、ヤハリ不義、不道であります」

「我々武備を撤した者に取っては、抵抗力の無い所が我々の名誉であります、防禦力の無い所が我々の自尊であります」

「他国を侵略するのが罪悪であるならば、侵略の目的を以て多大な軍備を有する事は実に野蛮の状態であります。アレキサンドルや、ナポレオンや、豊臣秀吉やいづれも野蛮の隊長であります」

「(略)そうした上で万一止むを得ぬならば、国民の全力を挙げて最後の抵抗を試みる。勿論軍備は既に撤してあるのだから、決して勝つことを求めるのでは無い。只最後の抵抗に依て先方に不義不正の宣告を与えて我れは甘んじて自滅するのであります」

「其個人なり国家なりが暴行悪徳に依つて動く者としますならば、其個人なり国家なりが暴行悪徳に依つて強いて存在するよりも、仁義を守つて甘んじて自滅する方が、却つて十分に其特色を発揮し、十分にその天職を尽し、結局人類全体の為に貢献する所が多いではありますまいか」（『社会主義』七巻二三号、一九〇三年一一月三〇日、原文総ルビ）（太田英昭「堺利彦の思想形成と非戦論」小正路淑泰編著『堺利彦　初期社会主義の思想圏』（論創社、二〇一六）によってこの論文の存在を知った）

堺はこの論、仁義善政、惻隠の情を説く『孟子』を読んだことから始めているが「仁義を守って甘んじて自滅する」という性善説は、強欲で性悪なサディストに通じる話だろうか。

これは中江兆民の『三酔人経綸問答』の中で、武闘派で侵略主義者の豪傑君が「どこかの狂暴な国がわれわれが軍備を撤廃したのにつけこんで出兵し、襲撃してきたらどうします」と訊くのに（つまり、自分が侵略主義者だから、他者・他国も侵略してくると考えるのであろう）、平和主義者で民主主義者洋学紳士が、

「そんな狂暴な国は絶対ないと信じている。もし万一、そんな狂暴な国があったばあいは、（略）私たちは武器一つ持たず、弾一発たずさえず、静かに言いたいのです。「私たちは、あなたがたにたいして失礼をしたことはありません。（略）あなたがたに、やって来て私たちの国を騒がしていただきたくはありません。さっさとお国にお帰りください」と。彼らがなおも聞こうとしないで、小銃や大砲に弾をこめて、私たちをねらうなら、私たちは大きな声で叫ぶまでのこと、「君たちはなんという無礼非道な奴か」。そうして弾に当たって死ぬだけのこと。べつに妙策があるわけではありません」

（兆民『三酔人経綸問答』明治二〇＝一八八七年）

と答えたことに通じる。当然、堺は幸徳の師兆民のこの『三酔人……』を読んでいたはずだ。こ

れはガンジー（一八六九〜一九四八）の南アフリカでのサティアグラーハ運動（一九〇六）に先立つ非暴力主義・非戦論である。無抵抗の抵抗である。トルストイ（一八二八〜一九一〇）の影響があったかもしれない。だが、現実、こんな性格のいい人ばかりがいるわけではない。強欲で性悪の欧米帝国主義にスゝメられて、暴力・戦争をも辞さない明治の帝国主義・膨張主義・植民地主義・大国主義の時代にあってはなかなか受け入れられるものではなかっただろう。「戦争は人類の最大罪悪なり」などはどこ吹く風、ではなくて、これも逸早く弾圧の対象となった。

民衆はパンとサーカスがあれば充分で、そんな問題には無関心な舞踏派もいる。否、最大のパンとサーカスは戦争であるから、興味は大有りだろう。威勢のいい主戦論は民衆に受けた訳だから、舞踏派は簡単に武闘派になる。そんな中でも舞踏派であり続けると軟弱だとか「非国民」と呼ばれることになる？（堺と）同じ豊前中津出身の福沢諭吉（一八三五〜一九〇一）は、

「圧制を憎むは人の性なりと言うといえども、人の己を圧制するを憎むのみ。己れ自ら圧制を行うは、人間最上の愉快と言いて可なり」

（福沢「圧制もまた愉快なるかな」『時事新報』一八八二）

と言って、性格の悪さを露呈した。さらに好戦的な福沢の発言の中からほんの一例を挙げれば、

「世界各国の相対峙するは禽獣相食まんとするの勢いにして、食むものは文明の国人にして食まるるものは不文の国とあれば、我日本国は其食む者の列に加わりて文明国と共に良餌を求めん歟」

（福沢「外交論」『時事新報』一八八三）

などと言っている。こうした考えが「脱亜論」（一八八五）に収斂していくことになる。福沢はサディスチックで強欲な性格を露呈し、個人の性格の悪さは国家の性格の悪さに結びついた。「野蛮」な「文明」ほど質《たち》の悪いものはない。そし民衆を含めてて意気揚々と現実のさばるのは、福沢路線の方である（新木「福沢諭吉の権謀」二〇一一、『田中正造と松下竜一』海鳥社、二〇一七、参照）。

ナポレオンや豊臣秀吉は、一体何十万人を殺したんだろう。徳川家康は「厭離穢土　欣求浄土」を旗印に戦ったが、造ったのは江戸時代だった。人間はそれほど上等に出来ているわけではないようだ。ここはそういうタイプのサディストが凌ぎを削る恐ろしい修羅の世界であり、優弱なタイプのよく生きて行ける場所ではないのではないか？　嗚呼。

否、しかし、それにも拘わらず（デンノッホ）、それにも関わりながら、人間は平和への努力を諦めてはならない。

イエズス会士で作家のアベ・ド・サン＝ピエール（一六五八～一七四三）は、「民主制は、戦争をやめて平和を盛んにし、地球上のすべての国を一つの家族にするために不可欠です」と主張し、国家連合や国際軍などを構想したが、多くの者は空論だと嘲笑った。しかし、ジャン＝ジャック・ルソー（一七二四～七八）がこれに賛成し、ほめちぎった、さらにイマヌエル・カント（一七二四～一八〇四）はこれを受け継いで、『永遠平和のために』（一七九五）の中で、「平和連盟」、「一つの世界共和国」、「世界市民法」などを構想した。これは後に国際連盟、国際連合に発展する。カントは自然状態は戦争状態であり、人間性は邪悪なものであると言うが、それにも拘らず（デンノッホ）、否、それだからこそ、さらに謂うのである。兆民はそのカントの言葉を引いて、謂う。

「かりに一歩をゆずって、功名を好み勝利を喜ぶという感情が人間から除き去ることができず、平和の実現ということが、現実世界ではけっきょくのところ、不可能であるとしても、いやしくも道義を尊ぶものであるかぎり、この境地をめざして前進すべく努力しなければならない。ほかでもない、これこそまさに人間たるものの責任なのだから」

（兆民『三酔人経綸問答』二三〇頁）

人間は強欲で性悪で、世界は戦争状態であっても、それにも拘わらず人間は道義を尊び、互に傷つけ合うことのないように、人権を認め合い、倫理を育てていくのが経済的である。いちいち闘っていたら身が持たない。カントの平和と幸福のための有名な「唯一の断言的定言命題」は、

「汝は汝の人格ならびにあらゆる他人の人格における人間性をつねに同時に目的として使用し、決して手段としてのみ使用しないように行動せよ」（カント『人倫の形而上学の基礎づけ』『永遠平和のために』一七九五、中山元訳、光文社新訳古典文庫、二〇〇六）

である。個人の間でも国家間でも、相手を手段として扱わず、目的としてつき合うことが、重要である。カントが構想したのは、自由・平等・自立した「理性的な市民が啓蒙の精神のもとで作りあげる共和制の国家であった」（中山元、同書解説、三五五頁）。そうして「正義はなされよ、世界が滅ぶとも」（同書、二三四頁）と言うのである。この「道義を尊ぶ」、即ち互いの

自由・平等・自立を尊ぶという言葉は、博愛を加味して、幸徳や堺の反戦思想に繋がっていく。つまり、共同原理によってともに、友に、朋に、共に、伴に、倫に、生きて行くということである。

堺は前述の「戦争は人類の最大罪悪なり」の演説をし、終了後、幸徳と徹夜で話し合った。そして翌一〇月九日、内村鑑三とも話し合い、堺と幸徳は社会主義者の立場から、内村はキリスト者の立場から、日露開戦反対を主張し、『万朝報』を退社した。幸徳・堺の「退社の辞」、内村の「退社に際し涙香兄に贈りし覚書」は一二日に出た。

そして堺は幸徳とともに、小島竜太郎や医師の加藤時次郎（堺と同郷の田川郡香春《からわ》出身）の資金援助を得て（と簡単に言うが、新聞紙条例に基き、相当の資金が必要だった）、麹町区有楽町（現・千代田区有楽町）に平民社を興し、一一月一五日（日露戦争が始まる三ヶ月前）、週刊『平民新聞』を創刊した。これが日本での社会主義運動の始まりとされる。

明治三六（一九〇三）年一〇月、幸徳は日露戦争に非戦論を唱え、堺利彦、内村鑑三と共に『万朝報』を退社、一一月一五日、堺と共に週刊『平民新聞』を創刊し、自由‐平民主義、平等‐社会主義、博愛‐平和主義の三大要義を掲げ、非戦論を謳う「平民社宣言」を発表した。

［一、自由、平等、博愛は人生世に在る所以の三大要義也。

一、吾人は人類の自由を完からしめんが為に平民主義を捧持す。故に門閥の高下、財産の多寡、男女の差別より生ずる階級を打破し、一切の圧制束縛を除去せんことを欲す。

一、吾人は人類をして平等の福利を享けしめんが為に社会主義を主張す、故に社会をして生産、分配、交通の機関を共有せしめ、其の経営処理一に社会全体の為にせんことを要す。

一、吾人は人類をして博愛の道を尽さしめんが為に平和主義を唱道す、故に人種の区別、政体の異同を問わず、世界を挙げて軍備を撤去し、戦争を禁絶せんことを期す。

一、人既に多数人類の完全なる自由、平等、博愛を以て理想とす、故に之を実現するの手段も、亦た国法の許す範囲に於て多数人類の与論を喚起し、多数人類の一致協同を得るに在らざる可らず、夫の暴力に訴へて快を一時に取るが如きは、吾人絶対に之を否認す。／平民社同人」

（『堺利彦全集　第三巻』）

これは現状に満足できず、理想を追い求める人間のユートピア宣言である。自由・平等・博愛はフランス革命（一七八九）のスローガンであったが、堺は、フランス革命の、「成功の後には、（略）自由、平等はブルジョアだけの自由、平等に過ぎなかった。そこでそれに対する不平、不満、反抗が社会主義となって現はれた。社会主義はすなはち自由平等主義の徹底であり、延長であり、発展であった」。さらに続けて、「日本の自由民権運動もそれと同じだった。（略）私は嘗て屢々征矢野先生につげたことがある。私共の社会主義運動無産階級運動は、実に昔の、あなた方の、自由民権運動の継続であるのですと」（堺「帰郷雑筆」『大阪朝日新聞附録九州朝日』北九州版　昭和六年二月一四～一九日→小正路淑泰編著『堺利彦』四一七頁）

と書いている。フランス革命はもう一つのスローガン「博愛」、すなわち共同原理が希薄になることで、自由・平等もブルジョア（有産）階級（堺の用語では紳士閥）が反動・独占することになった。即ちブルジョア革命であった。明治維新も同じ軌跡であった。革命の後に「いちはやくのしあがってくる奴は昨日と同じ奴らである」（石原吉郎）。そこで本来の革命に戻すよう、自由民権運動が起こり、それがまた政権に絡め取られていく中で、自由民権運動の発展として新たに社会主義運動が起きたのである。。

この「平民新聞創刊宣言」は秋水が立案し、堺と二人、協議・推敲したものである。「発刊の序」では、「こういうときだからこそ、危険を冒してでも声を上げねばならない」と述べている。「国法の許す範囲に於て」という方針だったが、度々逸脱し、発禁や罰金、入獄、印刷機械没収などの憂き目に遭った。

伊藤銀月によれば、「経営に於ては枯川亭主役にして秋水女房役、一旦筆を執るに至れば秋水亭主役にして枯川女房役、内に於ては枯川旦那に秋水の細君、外に向っては秋水の主人に枯川の夫人」（「社会主義運動史話」全集第六巻）という配合であった由。毎週日曜日発行、タブロイド版、五段組、普通八ページ（創刊号は一二ページ、五〇〇〇部発行し、社会の大歓迎を受け、さらに三〇〇〇部増刷した）。（通常）四五〇〇部印刷し、三〇〇〇部は店頭で売りさばき、一〇〇〇余りは直接購読者に発送した。安部磯雄、片山潜、木下尚江、西川光二郎、斯波貞吉、石川三四郎、らは寄稿家であり、後援者であり、協力者であった。平福貞蔵（百穂）、竹久茂次郎（夢二）は絵（カット）を描いてくれた。三六年一二月、平民社は幸徳、堺、石川、西川の合議経営となった（「社会主義運動史話」）。

堺は創刊号に、トルストイの「一人の要する土地幾許《いくばく》」を要訳している。バクホムという男が、土地を耕して暮らしていれば、こんな安心なことはない、ただ地面の少ないのが一つのきずだが、と言うのを悪魔は暖炉の後ろでちゃんと聞いていた。「今に地面をたくさんくれてこっちのものしてやらァ」と悪魔は言った。陰で悪魔が手を引いているとも知らず、バクホムは土地を手に入れ、更に土地を広げ、日の入りまでに歩いて回っただけの土地をみなやるという話に乗って歩き始めたが、あまりに欲張ったために、出発点に帰りついた時には日が暮れて、疲労困憊で死んでしまった。彼は、まさに五尺の土地を要した。強欲は身を亡ぼす、足るを知るべきだ、ということであろうが、このエピソードは私有を否定しているわけではない。

また堺は明治三七年一月から四月、『平民新聞』に、ウィリアム・モリスの『News from Nowhere』の抄訳「理想郷」を連載した（大正九年、平民文庫刊）。「大変動」（作品内で、一九五二年？）後二〇〇〇年の英国にまぎれこんだ「予（ウィリアム・ゲスト）」の新社会見聞記である。しかし、一〇〇〇年や二〇〇〇年で人間性は変わるものだろうか。弱肉強食を脱して進化するものだろうか。そんな世界は文字通りNowhere（どこにもない）だろう（と僕は思う）。

［ハモンド翁は昔の国会を罵って「あれは一方には、上流社会の利益の侵害せられぬ様に見張りをする番人で、又一方には人民をゴマかして自分等がサモ政治に参与して居る様に想はせる目隠しであった」と云ひ、「昔神聖だ神聖だと称せられて居た所有権と云ふ者は、只或物品を片手に掴んで居て、そして隣人に向って、是れは己の物だから貴様達取ることは

ならんぞと叫ぶ様なものだ」と云ひ、「そこで此所有権の全く無くなった今の社会に、政府なんと云ふ者の必要がドウしてあるか」と結論した」〔(昔の) 政府が貧乏人に対して金持を保護する者だと云ふ事が分りませう。畢竟政府は多数の貧乏人の間に少数の金持を作る圧制的機械であったのです」(モリス『理想郷』堺訳『平民新聞』連載、一九〇四年一〜四月、『平民社百年コレクション2　堺利彦』三四二、三三頁)

私有制度を廃したら、民法も刑法も要らなくなった、と言うのだが、私有制度を禁じても、人間は自分だけのものを欲しがる生き物ではないか。「人間本源の動力たる権力意志」はそのように現象するのではないか。自分だけの「鹿」が欲しい(M・K・ロウリング『仔鹿物語』)。自分だけの時間・空間が欲しい。人間には欲望がある。独占欲や利己心や優越感／劣等感(コンプレックス)は人間の属性である。自分の自由になる一万円を稼ぎたい、という原理の果てに、「一人の要する土地幾許《いくばく》」といくら言っても、「吾唯足るを知る」と銭型で言っても、いくら欲張るなと言っても、抜け駆けし、頑張って一億円儲ける(才覚のある?)やつが居て(金は嵩張らないし、とりあえず腐らないし)、貧富の差が出来、下に威張り、上に諂い、忖度し、やがて階層、階級が出来……、自発的隷従システムのもとに、元の木阿弥ということになる。性悪な人間は度し難い。「大変動」に懲りない人間も多く居て、隙を窺っているだろうし、それを禁圧しては、それこそ逆弾圧・抑圧社会になるのでは、と思える。集会・結社取締法や新聞紙法、出版法、治安維持法、なんぞが出来たりしないか。ユートピアとディストピアは裏腹である。Aの自由はBの抑圧、Bの自由はAの抑圧。人間は邪悪で性悪であり、それほど上等には出来ていない。それにも拘らず（デンノッホ）、「正義はなされよ、世界が滅ぶとも」（カント）、人間は倫理を弁え、理想を目指さなければならない（「しなければならない」がうまくいったためしはめったにないのであるが）。

もしも、仮に（ほんとうに仮に）、「天地創造《ジュネシス》」の時、「良し《グッド》」、と自賛した「神《ゴッド》」が、今この世界（no-w-here）を見たら、何と言うだろうか？ 「大変なことになっている、こんなはずではなかった、NG《ノーグッド》だ、こりゃ失敗作だ」、と言うか知らん？ もう一度ノアの大洪水が必要か？ あるいは全球凍結か？

平民社は出版事業も行なった。堺『社会主義入門』、『百年後の新社会』、木下尚江『火の柱』、『良人の自白』、石川『消費組合の話』、安部『理想郷スイス』、などの平民文庫が続々と出版された（幸徳の『社会主義神髄』は『万朝報』時代の出版）。

また運動拡大のために、山口義三（孤剣、下関出身、一八八三〜一九二〇）、荒畑勝三（寒村、一八八七〜一九八一）、小田頼造、西村伊作らは伝道行商を行なった。赤塗りの箱車に新聞、書籍、小冊子など社会主義書類を満載して、東京市内はもとより、関東、東北、東海道、山陽道、九州まで売り歩いた。後に荒畑は鉱毒問題で揺れている谷中村にも行った（明治三八年七月一四日に田中正造と会い、『直言』三八年八月六日二七号に「忘れられた谷中村」を書き、四〇年、『谷中村滅亡史』を書いている）。

『平民新聞』と関係の深かった人物を挙げると、永井柳太郎、白柳秀湖、桜井鴎村、久津見蕨村、斎藤緑雨、山路愛山、斯波貞吉、田中正造、福田英子、逸見斧吉、南助松、与謝野晶子、延岡為子（堺利彦夫人）、内山愚童、大石誠之助、岩崎革也、花井卓蔵、今村力三郎らが居た。三六年、堺は独自に由分社（「堺」を分解した名）を始め、社会主義は先ず家庭からという考えで、『家庭雑誌』を創刊した。

明治三七（一九〇四）年二月、日露開戦。明治三七年三月、『平民新聞』二〇号に、幸徳は社説「ああ増税」を書き、桂内閣の軍事費予算の増額とその財源である増税案が挙国一致で承認されたことを批判した。さらに幸徳は四月三日二一号に、

「ああ、このようにして、政治は、すべて資本家の利益を基礎とし、平和の戦争は、すべて資本家の態度で決められているとき、そして半面において、これがために、多数の平民を飢寒に苦しめているとき、いったい世界のどこに、文明の外交、王者の師、仁義のたたかいが、存在できるのか。あの、ピカピカした金モールをはぎとり、そのものものしい儀式をとりさって、いちど、赤裸々な真相をむきだしにするがよい。いわゆる列強国の外交が、どんなにきたなく、見苦しいものか。あの正義・文明の平和という美名の背後には、ただ資本家的利益ということのはかに、はたしてなにものが存在しているのか」

（幸徳「列国紛争の真相」『平民主義』『日本の名著44　幸徳秋水』）

と戦争は資本家の利益の為にする、と戦争の本質を書いている。ところが先に書いた「ああ増税」が筆禍になり、『平民新聞』は発行停止になった。堺は発行兼編集人として起訴され、軽禁錮二ヶ月の判決をうけ、四月二一日から六月二〇日まで、「巣鴨の『理想郷』」に入る。第一回目の入獄であり、「社会主義者の入獄の皮切り」でもある。出獄後、「獄中生活」を『平民新

聞』（七月三日〜八月一四日）に連載した。三七年八月七日三九号には、「トルストイの日露戦争論」を訳載し、トルストイの、人々は悔い改め、隣人を愛し、自分が望むことを人に施すという宗教的反戦論を紹介した。次の四〇号にはこれに加え、堺・幸徳は社会主義の立場から、列国の経済競争の激化の原因である資本主義を廃止して、社会主義の制度の元に万民が平等に生涯を送れるようになれば、悲惨な戦争を引き起こす必要はなくなるという、戦争批判も行なった（『トルストイの日露戦争論』国書刊行会、二〇一一、要約して再掲）。

　明治三七年一一月六日、石川三四郎の「小学教師に告ぐ」を掲載した『平民新聞』五二号が発売禁止になった。「抑《そもそも》も小学校教育は教育中の教育なり」。「若し此〇〇（国家）てふ私欲野望を基礎とせる団体を脱して、博愛平等の上に建立せる世界的一社会に入らば、人類の教育に何の衝突かあらん」、「諸君若し真に人の教育を完全にせんと欲せば、先づ此社会を改造せざる可からざる也、即ち社会主義を実現せしめざる可らざる也」、「来れ諸君、満天下の小学教師諸君来れ、而して速かに社会主義運動に投ぜよ」云々、と述べた、だけなのに。

　三七年一一月一三日、『平民新聞』創刊一周年記念号五三号に幸徳と共に「共産党宣言」を翻訳（英訳からの重訳）、掲載したが、発行停止となった。西川（発行兼編集人）、幸徳、堺は起訴され、一二月二〇日、それぞれ八〇円の罰金刑を受けた（ただし「歴史上の事実とし、または学術研究の資料として新聞雑誌に掲載」するのは差し支えないということで、三九年三月創刊の『社会主義研究』（由分社）には「全文チャント載って」いる）。一周年記念に平民社絵葉書（マルクス、エンゲルス、ラサール、ベーベル、トルストイ、クロポトキンの肖像画六枚一組）も発行した。

翌三八年一月二九日六四号で、『平民新聞』は発行禁止となる前に進んで廃刊を宣言した（平民社は存続する）。度重なる弾圧、即ち発禁や入獄、印刷機械の没収などが効いて来た。二月五日、加藤時次郎が発刊していて、体裁が全く同じ『直言』が後継紙として発行された。

七月、堺は枯川の号を廃す。

「軽薄な少年や、大臣や軍人や金持ちなどまで、それぞれ一ツずつ、不熟な、キザな、俗悪な号というものを持っているのをみては、何だかしきりにいや気を催し、それにつけてもわが趣味好尚の俗悪な部分、キザな部分、不熟な部分を、鏡に照らして見せつけられるような気持ちもして、モウだいぶ以前から何となく不快不安を感じていたのであります」

（「平民日記」明治三八年七月九日、『全集第三巻』三九四～五頁）

堺は『直言』紙上で社会主義の神髄を次のように語った。

「ぜんたい、なにゆえに大名だの、武士だの、金持だの、紳士閥[注]だのという階級ができたかというに、畢竟は強いやつが土地だの財産だのをわがものにして子々孫々に譲り伝えてゆくからのことです。そこでこれらの階級を無くしようとするにはぜひとも土地や財産をわが物にすることをやめて、すべて人民の共有、社会全体の寄合い持ちにせねばならぬ。／土地や財産を人民共有にして、金持もなく、貧乏人もなく、紳士閥もなく、平民もなく、皆が寄り合って助け合って、真に兄弟同胞の思いをして、清く、美しく、高く、とうとき社会を現じようというのが、すなわち社会主義の心であります」

（「社会主義の大意」『直言』三八年八月二七日、『全集第三巻』一六四頁）

（注・紳士閥とは、ブルジョワ＝富豪貴族、これに付き従う官吏、学者、政治家、実業家、新聞記者、その他諸紳士をも包含した言葉で、今の上流社会、権力階級の全般をさす。）

（堺「新聞紙と紳士閥」『平民新聞』、『全集第三巻』九九頁）

これも「理想郷（ユートピア）」宣言である。

日露戦争は三八（一九〇五）年三月、奉天大会戦、五月二七日、日本海海戦などを経て、日本側が辛うじて勝利し、八月から九月、アメリカ大統領セオドア・ルーズベルトの斡旋により日露講和条約（ポーツマス条約）が結ばれようとしていた。日本は旅順港を含む遼東半島と南満州鉄道の支配権を得、樺太（サハリン島）南部を領有した。日本側の死傷者三七万余人、喪失戦艦九一隻（『ブリタニカ国際百科事典』）。そして戦争から帰還してきた者は、街中を大手を振って歩いた。

　九月五日から日露講話条約に反対する国民大会が日比谷公園で行われ、大暴動になり、交番や御用新聞（徳富蘇峰の国民新聞社）などが襲撃された。翌日も続いたので政府は戒厳令を布いて鎮圧した（日比谷焼打ち事件）。政府は新聞雑誌なども一時発行停止にしたが、『直言』は無期限であったため、九月一〇日三二号で終刊することになった。幸徳は南宋の詩人陸游の「山西の村に遊ぶ」から「山重水複疑無路、柳暗花明又一村」を引いて、「前途がいきづまったように見えていても、またまた道が開けてくるものである」と書いた。「花明」は桃の花であり、「一村」は桃花源郷であろう。一一月、幸徳はアメリカに渡る。翌年六月帰国。（余談ながら、金田一京助の花明という雅号はここから来ているか、また画家田中孝〈一村、一九〇八～一九五八奄美移住～一九七七〉の雅号もここから来ているか。）

　発行の中心に居た幸徳、堺、木下、石川は協議したが、結論は出なかった。石川三四郎の「小学教師に告ぐ」を掲載した『平民新聞』明治三七年一一月六日五二号が発売禁止になっていたが、編集発行人西川光二郎に禁錮五ヶ月＋二ヶ月、印刷人幸徳秋水に禁錮五ヶ月の判決が出ていた。二人は三八年二月二八日に入獄し、幸徳は先に出獄していた。明治三八年九月二六日、西川が巣鴨監獄を出て、先の四人と西川の五人で話し合い、平民社の解散が決められた。幸徳はアメリカに行き、石川と木下は『新紀元』を出すことにし、堺は由分社の仕事をすることになったが、出獄したばかりの西川は決められなかった。かくて、一〇月九日、七〇人の同志にはかり、平民社は、日露開戦反対で始まり、悪戦苦闘の末、日露講和と共に、二年で正式に解散した。

　「「平民社時代」は、わたしの生涯中、最も多く充実し、緊張した、二年間の一時期であった」

（「社会主義運動史話」『全集第六巻』）

と堺は言っている。

　平民社解散は政府の弾圧と、平民社の財政の窮乏と、キリスト教的傾向と唯物論的傾向の内部の不折り合いが原因であった。海老名弾正（牧師）が、貧富平均を実行するには富者がその財を割いて貧者に救与すればいいと言うのを、堺は、それはいわゆる慈善であり、その精神は階級思想にあり、奴隷制維持にあり、また何の相互扶助であろうか、と言って批判した。また海老名が、生存競争は千古の鉄案であり、経済競争は長《とこしなえ》であり、さればとて富は社会共有の財産にあらず、富者が倉廩《そうりん》の鍵を握るもまたいかんともすべからざるにあらずや、そこに博愛、同情というキリストの声を要す、と言うのを批判して、堺は、これでは貧民は富者の横暴に服従せよ、これ天理の自然なり、ということになる、キリストは彼ら富者にこ（乞）いていささかその慈善を要求すべし、なんじらよろしく感謝してこれを受くべしと言うのか、と言った。（「社会主義と海老名君」『直言』三八年七月二三日、『堺利彦全集第三巻』一五六頁）。

さらに堺は、社会主義者は社会と個人とを分離して考えない、と言う。社会を離れて個人はないからである。個人が悲惨に陥り、罪悪を犯すのを見たら、その責任を個人に問う前に、まず社会に問う。社会の不完全を見て、ただちに自己の責任を感じる。他人の悲惨と罪悪を見て、ただちに我が彼をしてここに至らしめたと感じる、と社会の仕組・組織を問題にする、と述べた（「難者に答う」『直言』明治三八年八月六日）。

明治三八年一一月一〇日、キリスト者の石川三四郎、木下尚江、安部磯雄らは月刊『新紀元』を発行した。

木下は明治三三年二月、毎日新聞記者として、足尾銅山鉱毒事件に関心を寄せて、川俣事件後に足尾銅山に出かけ、実地調査をして『毎日新聞』に「足尾鉱毒問題」を連載し、田中正造と知る。また三七年一月〜三月、小説「火の柱」を『毎日新聞』に連載、五月、平民社から刊行。八月〜一一月、小説「良人の自白」（前編）を、さらに三八年四月〜六月、「良人の自白」中篇を、七月から一〇月、後編を『毎日新聞』に連載、平民社（前篇、中篇）、由分社（後篇）

から刊行（三七〜三八年）していたが、『新紀元』三九年一〇月一〇日一二号に「旧友諸君に告ぐ」を書き、キリスト教と社会主義の板挟み状態を解消しようとして、母の死を契機に社会主義運動から離脱し、伊香保の山に籠もり、執筆活動に専念し、『懺悔』を書いた。

唯物論的傾向の西川光二郎、山口孤剣（二人ともキリスト者であったが）は、『新紀元』に一〇日遅れて、一一月二〇日、（『平民新聞』・『直言』の後継誌として）『光』を発行した。

堺は由分社から『家庭雑誌』を発行し、また翌三九年三月、月刊『社会主義研究』を発行し、創刊号に「共産党宣言」を掲載した。前述のとおり、「学術研究の資料」だから発禁にはならなかった。

幸徳は明治三八年一一月一四日に旅立ち、シアトル経由でサンフランシスコに遊学し、大地震に遭い、（啄木が函館大火の後に見た助け合いのような）市民の「無政府的共産制」の現出を見、無政府主義者となって帰国し（三九年六月二三日）、議会政策に反対し、直接行動論を宣明した。無論、各派は全くの別行動というわけではなく、連携して社会主義の運動に当ったのである。

堺は宗教について、自身の来し方を振り返って次のように語っていて、かなり寛容で間口が広い。

「もし予に宗教心があるならば、その根底は少年の時に読んだ論語孟子で作られたものである。（略）予の頭の中でも儒教の基礎のうえに、キリスト教だの、仏教だのの花が（もちろんきわめて小さな花ではあるが）いろいろに咲きわけているように思う。そして、予の考うるところによれば、宗教は万人万様であるべきもの、人は必ず自己の宗教をこしらえているものと思う。無神論といい、唯物論というのもまた一種の宗教（すなわちその人の宗教）であると思う。されば予はキリスト教（もしくは宗教）に対して、敵または味方というがごとき特別の態度は無いのである。（略）キリスト教徒にせよ、仏教徒にせよ、儒者にせよ、無神論者にせよ、社会主義を信ずる者はことごとく社会主義者である。（略）」（「キリスト教に対する予の態度」『光』明治三九年九月五日二〇号、『全集第三巻』二〇八頁）

明治三九（一九〇六）年二月、堺は深尾韶《あきら》（小学校教員）と共に日本社会党を結成、三月、国家社会党と共に電車賃値上反対運動を起こした。森近運平は、三電車会社は電車賃を三銭から五銭に値上げしようとしているが、合併で経費は減じ、収入は増えるはずで、むしろ値下げしろ、更には東京市有を断行すべし、と言う。この運動で、西川、山口、大杉、吉川守邦ら一〇名が兇徒嘯聚《しゅうしゅう》罪で検挙された。『電車賃値上反対意見』（『平民社百年コレクション2　堺利彦』所収）に詳細が載っている。

明治四〇（一九〇七）年一月一五日、日刊『平民新聞』創刊。堺はその第一号に「社会主義とは何ぞや」という文章を書いている。

「この世の中には貧乏という恐ろしいことがある。かせいでもかせいでも後ろから貧乏に追いつかれるという労働者が何ほどあるかしれぬ。いくら働いても作りあげた米はみんな取られてしまうという百姓も何ほどあるかしれぬ。かせごうにも、働こうにも、仕事がないからどうすることもできぬという人もずいぶん多い、よしや仕事があっても、からだが弱かったり、年を取っていたりするので、どうすることもできぬというひともずいぶん多い（注1）。それかと思えば一方には、金持ちとか、地主とか、紳士とか、貴族とかいう者（注2）があって、あきれかえるほどのぜいたくざんまいをして、何にもせずに遊んで暮らしている。／（略）／また中等社会の人々の中で、まさか自分は貧乏に苦しむほどの心配はなくても、あまりミジメな貧乏人のありさまをみてこれを見殺しにするのは人の道でない。これをこのまま見捨てておくには忍びないという志を起こし、一方には貧乏人を救い、一方には貴族富豪をたしなめる運動を始めた。それと同時に金持連中の間にも、あまり貧乏人がかわいそうだというので、慈善とか施しとかいうことを少しずつやる人もできた。／（略）／そこで知恵のある人たちがよくよく考えてみたところが、この貧乏の大敵は容易なことでは退治はできぬ。今の世の中の仕組ではどうしても一方に貧乏人ができ、一方に金持ができるはずである。この貧乏人を無くするには金持を無くするより外はない。いったい金持とは金を持ち、地面を持ち、財産を持っているから金持である。だから、その金や地面や財産を金持の手から離してしまえばすなわち金持はなくなるはずである。（略）だれ彼なしに共有（すなわち寄合いもち）のこととすれば、それで金持も無くなり、貧乏人も無くなり、ねたみも憎しみも無くなって、人民みな兄弟のむつまじい世の中になるは必定。これが社会主義の考えである。（略）」（堺「社会主義とは何ぞや」日刊『平民新聞』明治四〇（一九〇七）年一月一五日、『堺利彦全集第三巻』一二三頁）

（注1・彼らのことを無産階級という。『広辞苑』によると、無産階級とはプロレタリアの

訳語。生産手段（土地、道具、工場、資金など）をもたず労働賃金によって生活する階級。労働者・貧農）（注２・有産階級）

別のところで堺は、こう言っている。

「土地及び其他の生産機関を人民の共有として、之を人民全体の為に用ひ、之を人民全体で世話しようと云ふのです。丁度今の郵便や、電信や、電話などを国家事業にして居る様に田畑、山林、鉱山、鉄道、船舶、工場、器械、等を国有（即ち人民の共有）にしようと云ふのです。そうすれば従来金持の手にばかり落ちて居た一切の利益が皆国庫に入ることになって、即ち人民の所有となる訳です。そこで社会主義の根本は、此の国を此人民の所有と為し、少数なる富豪貴族の為に私用せらるゝを止めて、真に人民全体の利益の為に之を経営しようと云ふにあるのです」

（『通俗社会主義』『平民社百年コレクション２　堺利彦』三九六頁）

堺は「金持も無くなり、貧乏人も無くなり、ねたみも憎しみも無くなって、人民みな兄弟のむつまじい世の中になるは必定」と言うけれど、しかしながら、「金持」は多くのものを失うことになるわけで、貧乏人の「憎しみ」は無くなるかもしれないが、金持の「憎しみ」は無くなるだろうか。「貧乏人」も上昇志向があるはずで、その中から逸早くのし上ってくる者はいないだろうか。そののし上ってきた者は、今度はかつての「金持」を、かつて「金持」がやったように、つまり右は左を、左は右を、弾圧したりしないだろうか。刑務所や収容所が出来たりしないだろうか。国有、公有と言うけれど、それは国家統制になりはしないだろうか、。

堺は革命の夢を見ているが、革命の現実も、革命後の現実も厳しい。欲望自然主義と優越感が原動力である人間のことは、理想主義の一筋縄では行かない。「革命。おおこのなんたるおせっかい」、と石原吉郎は言っている。みんな、自分の身の丈を考えて、あまり強欲にならなければいいのに。足るを知る者は富む（老子）、のだから。

「元来、労働者が貧乏を忍んで働いているからこそ資本家がふところ手をしてますます金持になるのである。[注] そして資本家が莫大な利益を絞り取っている間は、労働者の浮かむ瀬は無いのである。畢竟するに、労働者の損はすなわち資本家の得で、資本家の利とするところはすなわち労働者の害となるのである。かくのごとく資本家と労働者との利害得失が一致せぬ以上、それが仲よくしてゆかれるはずがない。（略）資本家がいかに強くても、数千人、数万人、数十万人の労働者が一つになって掛かってゆく時には、とてもかなうものではない。そこで労働軍に大切なることは多数の一致団結である。（略）しかしそうなると資本家もまた一人一人離れてはおらぬ。資本家は資本家同志で手を取り合い、その恐ろしい全力をもって、学者だの、政治家だの、役人だの、みんな味方に買い込んでしまう。西洋などでは警察も買い込み、軍隊をも買い込みかねまじき勢いである。（略）しかしまたよく考えてみると、この世の中はどちらを向いても、大切な仕事はみな貧乏人労働者の手でやっている。その貧乏人労働者が真に目をさまして団結すれば、敵の連合軍といえども決して恐れるに足らぬ。警察でも、軍隊でも、その大多数はやはり貧乏人の子弟である、やはり労働者の兄弟である。／それで戦争の実際の道行きはどんなことになるか、議会に向かって進む者もあるだろう、ストライキ（同盟罷《ひ》工《こう》）で行く者もあるだろう、いずれにしても労働軍の勝利は当然である、資本家の滅亡は必然である」（堺「階級戦争」『日本平民新聞』明治四〇年一一月二〇日、『堺利彦全集第三巻』三二六〜八頁）

（注・つまり、労働は労働者が手にする賃金以上の価値を産み出す。この剰余価値を資本家が取るからこそ資本家は肥え太る。）

社会の歴史は貧富の戦争、階級闘争の歴史であると、社会主義の「いろは」を説いた要領を得た分かりやすい文章である。しかし、労働者の勝利、資本家の滅亡が当然でも必然・必定でもなかったのは、「真に目をさます」民衆（平民＝官位のない普通の人民）が少なかったことと、裏返せば貧しさから成り上がろうとする民衆（小マゾヒスト）が多かったこと、さらには天皇制のマインドコントロールがよく効いていて、恩賜の民権によって階級的自覚に到らず、一方で強権の弾圧が苛烈であったからである。左の二割の目覚めた労働者は運動に邁進したであろうが、右の二割の資本家側もヤワではない。強権政府御用の警察、軍隊、学者、政治家、役人などを「買い込み」、目覚めた民衆を激しく弾圧し、見せしめにし、中間の六割の日和見な民衆、無関心な民衆はとりあえず安全な方、痛くない方に流れたのだった。前述のように、パンとサーカスがあれば、人は生きて行ける。立身出世を求めて、努力と忖度で右に行く。小マゾヒストは（プチ）ブルジョワ化する。上昇志向は人の常であり、戦争だって、もしくは、戦争こそは、（最大の）パンとサーカスである。社会主義者の言っていたことが、ある程度実現されることになるのは、アジア・太平洋戦争に敗れてからである。それも時の流れとともに元の木阿弥となり、嗚呼。
それは兎も角、堺の言うように、社会主義者の中には議会に向かうもの、直接行動（デモやストやゼネラルストライキ）に向かうものがいたわけであるが、キリスト教社会主義、議会主義、無政府主義もしばらくは大合同をした。合同したはずの社会主義の運動はやはり一枚岩ではなく、硬軟両派の対立があった。明治四〇（一九〇七）年二月一七日、日本社会党は第二回大会を開き、まず党則を改正した。即ち「第一条　国法の範囲に於て社会主義を主張す」という恩賜の国法（欽定憲法）の範囲に捉われず、そこを脱して「本党は社会主義の実行を目的とす」に進んだ。しかし、硬軟両派の対立は根強く激しいものがあった。その対立軸を上げると、次のようになる。

硬派――直接行動派――幸徳・堺・山川・森近――『大阪平民新聞』――非軍備主義へ、サンヂカリズムへ、無政府主義へ。――（各組合の）自由連合主義。

――幸徳曰く「そもそも議会なるものは、（略）我々労働階級の血と汗をしぼりとるために案出せられたる器械である、しかるに労働階級が今この紳士閥を倒すためにもやはりこの器械によらねばならぬという必要いずこにある」。「ただ労働者全体が手を拱《きょう》して何事をもなさざること、数日、もしくは数週、もしくは数月なれば足れり。いわゆる総同盟罷工を得るにあるのみ」。――労働組合のゼネスト（の直接行動）によって社会革命を行なう。

軟派――議会政策派――片山・西川・田添鉄二・（堺）――東京・『社会新聞』――国家産

業の基礎を強固にするため、労働組合を作り、社会主義を実行する。――普通選挙・（中央）集権主義。――田添曰く「議会は日本の政治組織の中枢である。中心点に向かって労働団結の努力を向け、平民自覚の弾丸をなげ撃つことは最も必要にしてかつ有効なる事業である。議会という門を開いて権力者がここから談判においで下さいと言っているのに、わざわざ……裏に回って壁を破ったり窓を打たずともよいではないか」。――議会で多数派になって社会革命を行なう。

（堺「日本社会主義運動における無政府主義の役割」『全集第六巻』二八七～二九四頁）

この直接行動派と議会政策派の対立は、中江兆民の言う回復的民権と恩賜的民権の違いということも出来よう。人間が本来持っている（基本的）人権・民権を回復し進取するための直接行動と、恩賜的でも民権があるのだからそれでいいという立場との差である。堺はこの対立を収拾しようとして、幸徳と数十回の激論をたたかわせた。幸徳の言う「直接行動」とは、「組織あり秩序あり訓練ある平民労働者の団体運動」ということで、幸徳は「全然議会政策を非認して社会主義の運動はぜひとも労働者の直接行動（ディレクトアクション）でなければならぬ」と言う。しかし堺は「必ずしもしからず」と言う。

「今の議会はいかにもつまらぬいかにも愛想がつきる。しかし社会党の議員がこれに加わる時には、議会が初めて活問題の舞台となる。我々は議会という噴火口を有する以上、この噴火口からして気炎を噴出せしむるに努むるは当然である。しかしこの噴火口を我々の手に握らんがため、すなわち普通選挙権獲得のために、我々は我々の実力を示して政府と政党に肉迫せねばならぬ。すなわち幸徳君のいわゆる直接行動を必要とするのである。（略）今後社会主義運動の大方針としては、一方には議会政策をとり、一方には労働者の団結を計り、議会内と一般社会と常に相呼応して平民階級全体の活動を努むるにあるかと思う」（堺「社会党運動の方針」日刊『平民新聞』明治四〇年二月一〇日、『全集第三巻』二二六～七頁）

堺は議会と直接行動は両方必要と言うのである。幸徳は（明治四〇年）二月四～七日に起こった足尾銅山の暴動事件を念頭に置いている。足尾の労働者は過酷な労働条件に不満が爆発し、見張所などをダイナマイトで爆破し、倉庫や選鉱事務所など六五棟を破壊・焼き討ちした。ついに栃木県知事は第一師団長に出兵を要請し、高崎連隊三〇〇人が出動し足尾全山に戒厳令を布いて収拾している。幸徳は田中正造が二〇年議会で叫んでもどうにもできなかったことを、労働者は四日間の直接行動でわずかながらでも成果を上げた、と言う。

しかし、この直接行動か議会政策かの論争は長期化した。先走って言うと、大逆事件（一九一〇～一一）で幸徳らの刑死を経て、対立は頂点に達し、大正一一（一九二二）年九月、大阪での労働組合総連合大会が、熱狂化し、解散を命じられ、堺は検挙される。その後昭和期のアナ-ボル論争（アナルコ・サンディカリズムvs.ボルシェヴィズム論争）に続き、サンディカリズムが凋落していき、関東大震災後の大杉・伊藤・橘の虐殺（大正一二＝一九二三年）により、アナ系が退潮し、ボルシェヴィズムが主流となる。

山川均の堺評を堺自身が引用しているが、それによると、「当時の左翼は、改良主義に対する革命主義の一点では一致していたが、必ずしもその要素は純一ではなかった。堺は、理論上では常に右翼と、当時の極左翼たる無政府主義的傾向との中間の立場に立ち、正統マルクス主義の擁護につとめたが、実際運動においては常に極左分子と行動を共にし、彼らと共に左翼を形造っていた」（堺「日本社会主義運動における無政府主義の役割」明治四一年五月『全集第六巻』、三二三頁）ということである。

堺によると、社会主義には三派ある。

社会主義の三派

「軟派（入閣派）……政府侵入……改良的

硬派（非入閣派）……政府捕獲……議会的

無政府主義一派　……政府転覆……革命的」

（「社会主義と無政府主義」『光』三九年一一月五日、『全集第三巻』二一四頁）

「大づかみにいうと社会主義運動は、その右端は少しく国家主義的になり、その左端は少しく無政府主義的になると思う」

（「無題雑録」『日本平民新聞』明治四〇年一一月二〇日、『全集第三巻』二八二頁）

堺は正統マルクス派の立場を守り、直接行動と議会政策併用論者であり、社会主義と無政府主義とは区別し難い、と言うのである（「日本社会主義運動小史」『全集第六巻』三三〇、三四一頁）。普通選挙を社会主義運動の方法とした堺は、後に衆議院選挙（大正六年、落選）や東京市議会議員選挙（昭和四年、当選）、衆議院選挙（昭和五年、落選）に立候補したこともある。

明治四〇（一九〇七）年二月二二日、日本社会党が結社禁止処分を受ける。四月、相次ぐ弾圧により日刊『平民新聞』廃刊。六月一日、片山・西川（軟派）は田添に援助されて、東京で『社会新聞』を発行した。六月二日、堺は幸徳、山川（硬派）と共に、森近運平らが、『滑稽新聞』を出していた宮武外骨に援助されて発行した『大阪平民新聞』（後『日本平民新聞』）を支援した。堺は森近と共著『社会主義綱要』を刊行。森近は東京進出を図ったが、それどころではなくなった。

明治四一（一九〇八）年一月一七日夜、金曜会の集会が本郷弓町二丁目の平民書房で行なわれたが、警察によって解散を命じられた。しかし堺は二階の窓から路上の民衆に総同盟罷工を訴え、山川、大杉らと共に治安警察法違反に問われ、重禁錮一ヶ月半の判決を受け、二月二二日、巣鴨監獄に入る。二回目の入獄。

同年六月二二日、山口義三（孤剣、一八八三〜一九二〇）の出獄歓迎会が神田の錦輝館で行なわれた。山口は、平民社で伝道行商をし、平民社解散後は『光』を発刊、電車賃値上げ反対運動や、日刊『平民新聞』明治四〇年三月二七日五九号に「父母を蹴れ」という文章を書き、新聞紙条例違反で入獄が続いていた。その山口の歓迎会に硬軟両派六、七〇人が集ったが、大杉栄ら無政府主義者が「無政府」・「無政府共産」と書かれた二枚の赤旗を掲げ、屋外にデモ行進しようとして、玄関口で警察官とモミアイになった。堺が割って入り、旗を巻いて行くことになったが、もう一つの赤旗でまたもめた。これも巻いて行くことになったが、それが自然に解けた。たったこれだけのことで、警察官が飛び掛って、大杉栄、堺、荒畑勝三（寒村）、管野スガ（幽月）、山川均、村木源次郎らが治安警察法違反と官吏抗拒罪に問われ、逮捕された（赤旗事件）。（管野ら女性三人は無罪で釈放された。幸徳は故郷中村でクロポトキンの『麺麭の略取』を翻訳しながら養生していた。）八月、有罪判決は九人。堺は重禁錮二年の刑（三回目の入獄）、『大阪平民新聞』の筆禍でも禁錮二ヶ月の判決で、千葉監獄に入る（四回目の入獄）（三回目と四回目は同時連続で行なわれたのであるが、「犯罪」毎にカウントした）。獄中で堺はドイツ語をマスターし、多くの社会主義関係の洋書を差し入れてもらって読んだ。獄中から二ヶ月に一度許された手紙に、次のように書いて、意気軒昂である。事件の直前に当たる訳だが。

「（略）僕等は又、人類共同の力を以て、此の風波に堪へ得る程の大船巨船を作らうと云ふのだ。（略）人類共同の力は、未来永劫に亘る無限の時間に於て無限の発展をなし、無限に此の自然界を征伏し利用するのだと、然し是は理想だ、希望だ、遠く彼方に見ゆる光明だ。（略）」

（堺為子宛書簡　明治四三年四月一四日、『堺利彦獄中書簡を読む』）

さらにこの入獄を、「一面から見れば、保養と学問をさせて貰った様なものだ」（同、八月二〇日）と言って「楽天囚人」ぶりを発揮している。全く獄中大学である（この間に、五月、六月、大逆事件の逮捕が始まり終わっていたが、堺には知らされていなかった）。九月二日、市谷東京監獄に移され、「千葉監獄に於て面会などの際に同志友人の消息を聞いた事ナドについて色々訊問を受けた」（同、九月九日）。四三年九月二二日、出獄。この入獄により、堺は（大杉も荒畑らも）大逆事件の難をのがれ、生残ったが、このことは堺にとって大きな心の負担となる。

　赤旗事件後の四一年七月一四日、社会主義を寛容しすぎたということから西園寺内閣が倒れ、反動的な桂太郎内閣（第二次）がそれに代った。山県有朋の差し金である。八月、赤旗事件の逮捕者への判決は、前記のように、非常に重いものだった。八月、電車賃値上げ反対運動で、兇徒嘯聚罪により検挙された西川、山口、大杉、吉川守邦ら六人が、控訴審で懲役一年半の判決を受け、硬軟主立った社会主義者が獄中に入ることになった。

　かくて社会主義の運動は全く休止状態となった。赤旗事件の知らせで土佐中村から帰って来た幸徳が運動の立て直しにかかったが、それは殆ど無政府主義の運動であった。熊本の松尾卯一太、新見卯一郎ら『熊本評論』のグループ、新宮の大石誠之助のグループ、大阪の森近らと連絡を取り、東京に社会主義運動の中心を作ろうとしたが、新聞雑誌、集会、団体組織など運動らしい運動は出来なかった（クロポトキン著、幸徳訳『麺麭の略取』の秘密出版はあった）。幸徳の家の前にはテント張りの警察官出張所ができた（堺「日本社会主義運動史」『全集第六巻』三四三頁）。

四、大逆事件

「自分の歩んだ一本路の前方に於て、先に歩いてゐた人達が突然火の中へ飛び込んだのを遠くから目撃したやうな気持ちでした」

石川啄木（大島経男宛書簡　明治四四年二月六日）

ここで、多少重複するが、大逆事件の概要をまとめておきたい（田中伸尚『大逆事件　死と生の群像』岩波書店、二〇一〇、を主に参照した）。

大逆事件は、今では、予断と推測をもとにあれこれをつなげ、あるものをないとし、ないものをあるとしたでっち上げ事件とされる。芋づる式に一網打尽にしてやったつもりのなのであろう。権力の意向に逆らう奴は許さないという、白色テロである。

「捜査を指揮」した（みやこ町歴史民俗博物館前に法政大学学友会福岡県校友会・福岡県校友会北九州支部会員一同によって、二〇一六年四月に建てられた松室の碑文から）のは検事総長松室致《いたす》である。前述のように松室は嘉永五年（一八五二）年、小倉生れ、豊津藩校育徳館出身。

堺より一八年上、オランダ人教師カステールの豊津着任を妨害したことがあるが、司法省法学校正則科（現東大法学部）でフランス法を学び、明治三九（一九〇六）年に検事総長となり、大逆事件の「捜査を指揮し」、第一回公判で「予審調書」に基づいて事件の全体像を冒頭陳述した。覚え目出度く、大正一（一九一二）年、第三次桂内閣司法大臣となり、寺内内閣でも司法大臣となり、その他もろもろ位階勲等栄達を極めた。大正二年、法政大学初代学長となり、昭和六（一九三一）年、脳溢血で死亡するまで二〇年間勤めた（インターネットより）。二〇一六年四月九日、顕彰碑の除幕式が行われ、現法政大学総長の田中優子も出席して祝辞を述べた。

もう一人、民刑局兼大審院検事平沼騏一郎が検事をつとめ、これまた覚え目出度く大正一二年に司法大臣、一三年に国家主義団体国本社を作り、また日本大学総長をつとめた。昭和一四年に首相になり、枢密院議長（二回目）となって降伏反対の姿勢で終戦工作に関与した。戦後A級戦犯容疑で、東京裁判で終身刑になり、病気により釈放後、病死した（『日本歴史大事典』）。

大逆罪の法文、刑法第七三条は、次の通りである。

「天皇、太皇太后、皇太后、皇后、皇太子又ハ皇太孫ニ対シ危害ヲ加ヘ又ハ加ヘントシタル者ハ死刑ニ処ス」

大逆事件とは、「客観的に存在した犯罪事実が裁かれたのではなく、国家にとって都合の悪い思想を「殺す」ためにつくられた「物語」によって個人が有罪にされた事件であ」り（田中、同書、二六七頁）、「国家が個人の思想—自由・平等・博愛—を犯罪として裁き、いわば心の自由殺しの事件」である（田中、同書、三五〇頁）。

「〈いわれなき神〉のあるかぎり、〈いわれなき死〉があるという関係だけは、それだけは、
かならず絶たねばならないと思っています」

（上野英信『天皇陛下万歳　爆弾三勇士序説』筑摩書房、一九七一）

以下に大逆事件の経緯を略記するが、登場してくる人物に注を施した。大逆事件判決で、①は死刑＝一二人、②は死刑判決後無期に減刑＝一二人、③は爆発物取締罰則違反＝二人、計二六人。しかし、こんなことで、死刑にされてはたまったものではない。

黒岩周六（涙香）の『万朝報』は、桂太郎内閣（第一次）の日露戦争（一九〇四〜一九〇五）主戦論を支持したが、一九〇三年一〇月、堺利彦、幸徳傳次郎（秋水）と、内村鑑三（一八六一〜一九三〇）は非戦を唱えて退社し、一一月、平民社を設立、週刊『平民新聞』を創刊し、自由－平民主義、平等－社会（福祉）主義、博愛－平和主義、を「宣言」した（前述）。

しかし開戦に走る当局の弾圧にあい、一九〇五年一月の六四号で廃刊となった。続いて『直言』、さらに『光』を発刊したが、同じ憂き目にあった。幸徳①はアメリカに渡り、サン・フランシスコで無政府主義を学び、帰国後、一九〇六年六月二八日に「世界革命運動の潮流」を演説し、議会主義ではなく無産階級の直接行動（デモやスト）を主張した。また一九〇七年一月創刊の日刊『平民新聞』の二月五日一六号に「余が思想の変化」を書き、社会主義の目的を達するには直接行動しかない、と述べた。当局の弾圧も厳しくなり、日刊『平民新聞』は四月一四日七五号でついに廃刊に追い込まれた。

明治四〇（一九〇七）年、大阪では森近運平①が宮武外骨の援助を受けて、『大阪平民新聞』（後『日本平民新聞』と改称）を発刊した。森近は岡山県庁に勤める、果樹栽培の研究家で、『産業組合手引』という著書もある。『平民新聞』の読者であり、「平民新聞読書会」をつくり、日露戦争の公債不買の反戦演説をして、知事から社会主義を捨てるよう咎められ、敢然とこれを拒否し、退職に追い込まれていた。

熊本市では、松尾卯一太①、新美卯一郎①らが『熊本評論』（月二回）を発行したが、それぞれ一九〇八年五月と九月に、弾圧により廃刊に追い込まれた。一九〇八年五月、高崎市で『東北評論』が発行され、一〇月三号が発禁処分となり、廃刊。三号の印刷人新村忠雄①は二ヶ月の禁錮となり、その後、東京の平民社に寄宿した。

宮下太吉①は、『平民新聞』を読み、直接行動派にひかれていたようだ。宮下は大阪平民社で森近と会い、「宮下さん、私は日本の皇室だけが世界の大勢に逆らって特別の地位を保つことはできないと思います。それから紀元二五〇〇年というのも間違いで、橿原宮の即位という歴史も信じられませんね」と話した。

一九〇八年六月二二日午後一時から、神田の錦輝館で、筆禍事件で入獄していた山口義三（孤剣）の出獄歓迎会が開かれた。参加者は六、七〇人。大杉栄や荒畑寒村ら直接行動派が手作りの「無政府共産」などと書かれた赤旗を翻し、そのまま街頭に出て行ったため、警察から旗を巻けと言われ、いや巻けぬと言い争いになり、大杉、堺利彦、荒畑、山川均、管野スガら一四人が検挙され、留置場の中でも不当を訴え、大暴れした（赤旗事件）。幸徳は土佐中村へ帰郷していて、赤旗事件の難を逃れた（前述）。
一四人は官吏抗拒罪、治安警察法違反容疑で、起訴され、八月二九日、管野スガと神川松子だけが無罪となったが、他の一二人は最高重禁錮二年半（大杉は二年半、堺は二年、荒畑は一年半）という重い判決が下された。

管野は東京のある商家の「れっきとしたお上さん」だったが、そこからの脱出が管野の自由への第一歩だった。明治三五（一九〇二）年、大阪に来た管野は、宇田川文海の紹介で『大阪朝報』の記者になった。その時は、「陛下の行幸を辱うする程の神聖な場所」で「醜業婦」の「浪花踊り」は許せない、と言う「なかなかの忠君愛国者」だったが、機械の故障で『大阪朝報』は休刊し、廃刊になった。一九〇三年五月には、大阪矯風会に入り、一一月には大阪天満基督教会で洗礼を受け、平和主義に目覚め、日露戦争に反対した。婦人矯風会全国大会に出席のため、東京にやってきた管野は、木下尚江の講演を聞き、平民社を訪ねた。木下、堺と会い、女性の権利獲得のためには社会主義が不可欠だと認識した。その後、一九〇六年二月、堺からの推薦で、すでに荒畑勝三（寒村）が記者となっていた、和歌山県田辺の『牟婁《むろう》新報』の記者となり、「醜業婦」という言葉を捨て、底辺の女性たちを同胞とみるようになり、四ヶ月という短い期間ではあったが、女性解放をテーマとして活躍した（田中『飾らず偽らず欺かず』岩波書店、二〇一六）。

一九〇六年四月、荒畑寒村は東京に戻っていたが、一〇月、管野は京都法政大学（現・立命館大学）の事務職員をやめ、荒畑と結婚するため、結核の妹秀子を連れ東京に出てきた。管野は『毎日電報』の記者となったが、一九〇七年二月、秀子は亡くなり、しかし管野の結核の病状が進み、尾行もつくような状態で、職も失い、生活に窮した。荒畑は日刊『平民新聞』（一九〇七年一月創刊）の記者となった。

そして一九〇八年六月二二日、問題の赤旗事件が起こる。元老山県有朋（一八三八～一九二二）は、社会主義取締りが手ぬるいからこんなことになると、社会党結成を容認し日刊『平民新聞』の創刊も許すなどした、いくらか穏健な西園寺政権を批判した。七月、山県は山県閥の桂太郎（一八四七～一九一三）を首相にした（第二次）。これ以後、山県の意を体して桂政権は社会主義思想を厳しく取締り、言論弾圧を強化した。自らと国民も呑みこんだ自発的隷従システムである。ディストピアである。

幸徳[1]は結核療養のため、故郷の土佐中村に帰り、クロポトキンの『麺麭の略取』を翻訳していたが、「サカイヤラレタ、スグカエレ」という電報を受け取り、七月二一日、船で東京に向った。途中、和歌山県新宮に寄り、医師大石誠之助[1]の診察を受け、熊野の社会主義者と「えびかき」などをして遊んだ。その後、幸徳は伊勢神宮に参拝し、さらに箱根の林泉寺の内山愚童[1]とも会っている。

大石はアメリカに留学し、一八九五年に故郷に戻り、翌年「ドクトルおほいし」を開業した。さらにインドに留学し、すさまじいカースト制度による貧富の差を見て、イギリスから入った社会主義に目覚めた。一九〇一年に帰国した大石は、〇三年、週刊『平民新聞』の支援者となった。同時に熊野では太平洋食堂や新聞雑誌縦覧所を設けるなど、自由人であった。早くから幸徳や堺と交友のあった大石は、平民社への資金援助をしていた。

　明治四一（一九〇八）年一一月、大石は所用で東京に行き、その間、巣鴨の平民社に行き、幸徳を診察し、腸結核と診断した。また時代の閉塞状況を打開したいなどと話し合った。

　大石は、後に予審判事の尋問に次のように答えたとされる。「四十一（一九〇八）年一一月中私が上京したとき、（略）幸徳は日本でもロシアやフランスのように暴力の革命が必要であると申しました。その後二、三日たってまた幸徳を訪ねましたとき、同人はフランスのコムミュンの話をしまして、決死の士が五十人ばかりあれば、これに爆裂弾その他の武器を与え、裁判所や監獄、市役所やその他の官庁、さらに富豪の米倉を破壊し、暴力によって社会の勢力を占領すれば、革命の目的にとって非情に利益であると申しました」。これは話したというだけで、具体的な計画ではないし、しかも予審調書は「有罪に持ち込む意図を持」った当局の作文であり、相当の注意が要る。実際裁判でどう幸徳が答えたか不明である。裁判記録「公判始末書」は行方不明という不可解なことになっている（田中『大逆事件』五六、八二頁）。

　幸徳[1]は検事聴取書と予審調書について、その杜撰さと危険性を今村力三郎弁護士に手紙を書いている（一九一〇年一二月一八日付）。「検事の聴取書なる者は何を書いてあるか知れたものではありません、私は数十回検事の調べにあいましたが、初め二三回は聞取書を読み聞かされましたけれど、其後は一切其場で聞取書を作ることもなければ随つて読聞せるなどゝいふことはありません」。ところが、予審廷ではそれが読み上げられ、それは幸徳の述べたこととはほとんど違っていて、たいてい検事がそうであろうといった言葉が「私の中立として記されて」あった。言った言葉が外され、言わない言葉が挿入されている。幸徳は「多数の被告に付ても同様であったろう」と述べ、結局、「検事聴取書というものは、曲筆《きょくひつ》舞文《ぶぶん》牽強《けんきょう》付会《ふかい》で出来上がっている」と断言し、その危険性を強調している（啄木が筆写した、幸徳「陳弁書」）。

一九〇八年の一一月頃、赤旗事件で当局を批判し、廃刊にさせられた『熊本評論』の松尾卯一太[1]が別の用件で幸徳を訪問していた。当局は、熊本の巨魁と和歌山の巨魁が「同時」に幸徳を訪ねたということは、何か、不穏な話――「決死の士」を集める共謀――をしたに違いない、と推測した。しかもこの「決死の士」という言葉は当局の造語で、大逆事件をふくらまして行く重要なキーワードとなった。そして折悪しく、大阪の『日本平民新聞』の森近も九月下旬から一一月二六日まで平民社に同居していた。高知出身の坂本清馬[2]も幸徳の書生として平民社にいた。幸徳、大石、松尾、森近、坂本が、ばらばらに平民社にいた、これが当局が「一一月謀議」と呼んだ、架空の事件である（田中、同書、五八頁）。しかし、この「一一月謀議」を元に、事件は各地（熊野、熊本、大阪、神戸）に広がっていく。

他方、一九〇八年一一月、宮下太吉[1]は差出人不明の小包を受け取る。『無政府共産』という小冊子が五〇部入っていた。内容は、「小作人ハナゼ苦シイカ」という見出しに対して、一・地主に小作料を収めるのは当然とする迷信、二・納税義務は当然と思う迷信、三・軍備がないと外国人に殺されるから兵役義務は当然とする迷信、の三つの迷信に縛られているからだ、と答えていた。宮下はこの一五ページの小冊子の主張が納得できた。彼は、天子もわれわれと同じ血の出る人間なのだということとを人民に知らせ、迷信を打破するため、直情的に、いささか粗雑に、テロリストの道を駆け抜けていく。「言葉とおこなひとを分ちがたき／ただひとつの心を」と啄木が言ったような、かなしき、性急な心を持っていた。後にこの小冊子の贈り主にして著者は箱根の林泉寺（曹洞宗）の内山愚童①だということが分かった。内山は赤旗事件の影響を受けていた。

大石は東京からの帰り、京都に寄り、大阪では大阪平民社の武田九平②と、会社員で『大阪平民新聞』読者岡本頴一郎②、ブリキ職人三浦安太郎②ら数人と茶話会を持った。これも「一一月謀議」として当局は追及することになった。

明治四二（一九〇九）年一月下旬、東京から帰った大石①は新年会を開いた。成石平四郎①、高木顕明②、三重県相野谷村の臨済宗妙心寺派泉昌寺で留守居僧をしていた峯尾節堂②、崎久保誓一②の四人が参加したが、当局はこの新年会も「一一月謀議」の教宣の場として捉え、四三年七月七日に高木、崎久保、峯尾が勾引、起訴され、一〇日には新年会には出ていなかった平四郎の兄で薬種業の成石勘三郎②も勾引、起訴された。高木顕明は浄土真宗大谷派浄泉寺の住職で、「南無阿弥陀仏は平等の救済や平和や安慰を意味していると思う」と言う「真宗的社会主義」者であった。宗教者として差別問題に取り組み、日露戦争に反対し、本山の戦争協力とは反対の立場であった。戦勝祈願を拒み、戦勝記念碑や忠魂碑の建立にも反対した。

明治四二年二月、宮下太吉①は東京に行った折、平民社で幸徳と会い、爆裂弾による天皇暗殺という自分の方法を語ったが、幸徳は「そういう方法も必要かもしれないが、これからだね」と答えた。まだ（秋）水は到らず、渠は成らない、と考えたのであろう。森近にも話したが、森近①は「私には妻子がいるのでできない」と答えた。書生として入っていた新村忠雄①は強い印象を受けていた。その後、管野スガ①を通じて、新村忠雄①が同じ考えだと知り、さらに古河力作①を推薦された。古河は日頃の大言壮語の手前、イヤだと言えず、消極的に賛成した、という。後に、幸徳を除く四人（宮下①、管野①、新村①、古河①）は管野の下宿で、爆裂弾の投擲の練習をし、投げる順番をくじで決めるなどしたという。管野が後に、自分を含めた三、四人以外を助けてくれるなら、逆磔刑でも火あぶりでも……喜んで受ける、と言っている（「死出の道艸」）のはこの時のことがあったからだろう（田中伸尚は、こんなこと児戯にも等しい、と言っている。しかし、彼らの意志のあったことは認められる。ただし、考えただけで実行はしていない）。

明治四二（一九〇九）年、長野県明科で、国営明科製材所の機械据付工宮下太吉①は、同僚の新田 融《ゆずる》③らに、ブリキ缶（長さ約六センチ、直径約三センチ）に爆薬と小石をつめた爆裂弾を五つばかり作らせていた。一一月某夜、宮下は明科駅から一キロほど離れた大足山の会田川沿いの場所から、一〇メートルほど離れた崖に向かってブリキ缶を一個投擲した。耳をつんざくような轟音がした。実験はうまくいったと思った。残りのブリキ缶は処分してしまった。宮下は管野に「宿望ようやく端緒につけり」と手紙を書いた。

それから半年ほど経った明治四三（一九一〇）年五月、明科駐在所の小野寺藤彦巡査が張り付くように宮下を監視しており、密偵も送り込んで捜査したが、宮下の下宿からは何も出てこなかった。宮下は部下の清水太一郎に預けていた。二五日、清水を尋問したところ、宮下が天皇を爆裂弾で襲う計画で、新村と管野も一緒だと「証言」した。捜査員が明科製材所を家宅捜査し、ブリキ缶や薬品、信書などを押収した。宮下は昼ごろ、爆発物取締罰則違反の準現行犯で逮捕され、新村[1]も共犯者として逮捕された。新村の弟善兵衛[3]も、爆弾製造に使った薬研を調達したとして逮捕された。宮下の押収物のメモから、東京の園丁古河力作[1]も、二九日朝、逮捕された。事件は大逆罪含みで動いていく。

五月三一日、宮下と新村が、爆裂弾製造目的を天皇殺害のため、と「自供」したことにより、事件の性格が変わり、大審院の管轄である刑法第七三条違反事件（大逆罪）ということになり、検事総長松室致に送致された。

予審請求された七人のうち、宮下、新村、管野について、刑法七三条違反の証拠が揃っていたわけではない。新村善兵衛や新田は巻き込まれたにすぎない。幸徳については、管野は内縁の妻であり、新村と宮下も弟子同様であり、この事件に関係ないはずはない、という予断と推測によって起訴するようになった、と事件を担当した小山松吉は語った。それはまた、司法省民刑局長兼大審院次席検事平沼騏一郎の「秋水は首魁に違ひない。まず幸徳を捕らへねばならぬ」という予断と推測にみちた判断と同軌のものである。山県－桂－松室－平沼という社会主義弾圧を目的とする政権の方針に沿った行動である。

管野スガ[1]（幽月）は荒畑と結婚していた（一九〇六年中）。師岡千代子と別れた（一九〇九年三月）幸徳秋水[1]の世話で、管野は、二月頃、逗子の寺で病気療養した。志を同じくする二人は、その後千駄ヶ谷の家に同棲することになった。幸徳は、内縁関係の管野を連れ、湯河原の旅館で『通俗日本戦国史』を執筆していた。出獄した荒畑が、五月九日、二人を襲おうとしたが、二人はたまたま東京に出かけていて、難を逃れた。

管野は『自由思想』頒布による罰金刑四〇〇円を不服として上告していたが、払える見込みがないため、換金刑で一〇〇日入獄することにし、五月一八日、東京監獄に入獄した。その一週間後に爆発物取締罰則違反で宮下太吉らの逮捕があり、その「自供」から、大逆罪に切り替えられた。

幸徳は、六月一日朝、東京に出かけようとしていて門川駅近くで逮捕された。管野も予審の対象となり、二日から検事の聴取、三日から予審判事による訊問が始まった。

しかし当局は新聞紙法により、各紙に関係記事の差止めを命じた。四日には一部解除され、五日、各紙はいっせいに報道した。『東京朝日新聞』は「当局は一人の無政府主義者なきを世界に誇るに至るまで飽く迄其撲滅を期す方針なりと云ふ」と政府の方針を伝えた。この記事は石川啄木が校正したはずである。この事件は啄木の思想的転機となった。

事件はこれで終りではなかった。捜査の方針、「一一月謀議」（当局の用語）の芋づる式フレームアップが続く。天皇制強権が牙をむく。桂政権は社会主義者を逮捕し、社会主義の壊滅を目指す。社会主義者の冬の時代が始まる。

和歌山県熊野でも、新宮町の医師大石誠之助[1]が狙われた。平民社に資金援助をしていたし、すでに逮捕された新村忠雄[1]が幸徳の紹介で大石医院の薬局生として住み込んでいたからだった。忠雄の兄新村善兵衛は忠雄の逮捕を大石に知らせていた。大石宅からは、新村忠雄が一九〇九年八月に出した、「四ヶ月半の滞在は暴風の前の静寂」と書かれた葉書が出てきたが、これを当局は何か深い意味があるはずと考え、新たな物語をでっち上げ始めた。六月三日、東京地検検事局から派遣された検事高野兵太郎は大石医院と自宅を急襲し、大石を勾引した。次に大石の弟西村伊作宅、熊野川を渡った三重県市木村の元新聞記者崎久保誓一[2]宅を捜索した。その午後、新宮町の日本キリスト教新宮教会（沖野岩三郎牧師）など五件を家宅捜索した。また『牟婁新報』社も家宅捜索を受けたが、いずれも大逆罪に繋がるようなものは何もなかった。さらに請川村の薬種などを取り扱っていた雑貨商成石平四郎[1]を襲い、ダイナマイト四個を押収したが、これは魚獲りのために坑夫から買ったものだった。

「一一月謀議」（当局の用語）を元に、捜査は熊本に伸びる。当局は、松尾卯一太[1]は『熊本評論』を廃刊にさせられ、東京で幸徳に会い、「決死の士」（当局の用語）を集めるように言われ、それに同意したとして、熊本評論社の新美卯一郎[1]、同社に出入りしていた、来民《くたみ》村の元小学校教員で、『平民評論』の発行人兼編集人飛松与次郎[2]、浄土真宗本願寺派の即生寺住職の三男佐々木道元[2]の三人を起訴した。佐々木は社会主義の匂いを嗅いだ程度だった。

六月二八日、奥宮健之[1]が起訴された。土佐出身で、自由民権運動の闘士であり、幸徳に、目的も知らず、爆裂弾の製造法を教えたとされる。

松尾は『熊本評論』が新聞紙法違反に問われ、禁錮一年の刑で熊本監獄に入獄していたが、七月二〇日に刑法第七三条違反容疑で東京監獄に移送され、八月一二日、起訴された。また坂本清馬[2]は一時期『熊本評論』の記者をしており、「一一月謀議」に参画していたとして、「大逆罪」に切り替えられて起訴された。

さらに事件は大阪（前述）から神戸に延び、夢野の海民病院職員岡林寅松[2]、小松丑治[2]が予審請求された。二人は高知の小学校の同級生で、日露非戦論に共鳴し、『万朝報』や『平民新聞』[1]を読み、神戸平民倶楽部をつくり、社会主義の研究活動をしていた。二人の起訴には内山愚童[1]が絡んでいた。

内山は一九〇九年春に、永平寺で約一月の修行の後、名古屋や大阪の社会主義者に会い、神戸で岡松、小松らに会った。初対面であったが、すでに『無政府共産』（小冊子）を送っていた。内山は二人に「革命運動では儲嗣（皇太子）に危害を加えた方が効果的」などと言い、爆裂弾の製造方法なども話した、とされる。二人は内山の意見に「賛同の意を表し」（実は賛同していない）、爆裂弾の薬品について教えた（実は話の域を出るものではない）、とでっち上げられ、起訴されてしまった。内山は、五月に出版法違反や家宅捜索でダイナマイト（爆裂弾ではない）を所持していたことから爆発物取締罰則違反で逮捕され、一九一〇年四月に懲役七年の刑が確定し、横浜監獄に服役していた。一〇月一八日、服役中の内山[1]は刑法第七三条で起訴された。これで、大逆事件の捜査は終結した。

それぞれの宗派から、内山（曹洞宗）は住職を諭旨免職とされ、宗内擯斥《ひんせき》処分で僧籍を剥奪された。高木（浄土真宗大谷派）は住職を差免、峯尾（臨済宗妙心寺派）は擯斥処分にされた。宗教は権力に跪いていた。

これより前、明治四三（一九一〇）年八月二二日、桂内閣は日韓併合を行なった。

大逆事件の大審院裁判は一九一〇年一二月一〇日に始まる。裁判長鶴丈一郎、検事総長松室致、大審院検事平沼騏一郎、他、弁護側は花井卓蔵、磯部四郎、鵜沢総明、今村力三郎、平出修ら弁護士一一人。

人定尋問が終ると、裁判長は「本件は安寧秩序を紊《みだ》す虞あるをもって公開を禁止する」と告げ、新聞記者を含めて傍聴人全てを法廷外に追い出した。これによって、一審で終審という大逆事件の裁判は、全過程が国民の目から隠されたまま終始した。つまり秘密裁判である。松室検事総長が被告を有罪にするために作られた「予審調書」を基に冒頭陳述を行い、事件の全体像を示した。第二回公判は一二日、第三回は一三日、第四回は一四日、第五回は一五日、第六回は一六日、これで二六人全員の尋問を終えた。第六回の一六日には続けて証拠調べに入ろうとしたが、弁護側の反対にあい、二日おいて第七回の一九日から第一〇回の二二日まで、被告に対する補充の尋問が行なわれた。第一一回の二三日、弁護側は新宮教会牧師の沖野岩三郎らを証人申請したが、第一二回の二四日、全て却下された。不当であった。

第一三回の二五日、検事側は論告を行なった。裁判記録「公判始末書」は行方不明という不可解なことになっているが、平出修弁護士のメモによると、検事は、「被告人ノ多数ハ無政府共（産主義）ヲ信ズルモノドモナリ」、「動機ハ信念ニアル」、「此考ハ現今ノ国家組織トハ相容レザルモノナレバ現今ノ国家組織ヲ破壊セネバナラヌトスル」と述べ、求刑は死刑であった。思想が問題とされた。国家が個人の思想を裁くというところに、事件の核心があると、平出は見抜いた。権力の言うこと（命令）に逆らう者・思想は、弾圧・排除するということがこの事件の核心である。

二七日から二九日は弁護側の弁論にあてられた。平出は二八日に二時間の弁論を行なった。

「新しい思想と云うものは之を在来思想から見れば常に危険であらねばならぬ。それは新思想は、旧思想に対する反抗若しくは破壊であるからである。それで新旧両思想の何れが勝つか負くるかは、つまり何れの思想が人間本然の性情に適合するか否やによりて定まるので、之は社会進化論の是認し（て）来た法則である。平沼検事は茲の道理を閑却せられたのではあるまいか。（略）」

第二点。平沼は信念が予備・陰謀に結びついていると言うが、被告らの大多数にはそんな信念がなかった、と平出は述べる。検事は、東京での「一一月謀議」、それに続き大阪、新宮、熊本、の間で「決死の士」を集めたと言うが、紀州の同志に対して、大阪では之れ之れの話をし之れ之れの同志を得たと云ふことを云はねばならぬのに、本件記録には一点もそのことが云ふてない、

「もし真に被告等に東西相応じて機を見て不軌を計らうと云ふ実行的意思があったのなら、必ず大石を通じて東京、大阪、九州との連絡がとれて居ねばならぬ筈で、（略）何処を尋ねても、それが見えぬ。こんな馬鹿々々しい陰謀があろうか」

と嗤った（田中『大逆事件』八六頁）。

平出の弁論は被告たちを感激させ、被告たちは平出本人や堺利彦らに嘉檄の手紙を書いた。しかし秘密裁判ゆえに社会一般がこれを聞くことはなかった。

二九日夜九時頃、裁判長は、こんな重大な事件であるにもかかわらず、証人を認めず、わずか二〇日で結審を告げた。

裁判進行中、裁判手続きや公開禁止などの問題で、欧米諸新聞の論難、諸団体の抗議が旺んであったため、その誤解を解くため、四四年一月一五日、外務省は在外日本大公使に説明書を送り、かつその英訳を国内諸英字新聞にも送った。即ち判決より三日前のことであり、政府は判決前に有罪を予断していたことになる。と言うよりも政府の方針を受け入れた裁判であった。

判決は明治四四（一九一一）年一月一八日。裁判開始から（正月をはさんで）わずか約一月。この大事件を手際よく片付けたつもりかもしれないが、スピード捜査、スピード裁判、スピード判決は、拙速にして杜撰なものであった。禍根を残し、後世の批判にさらされた。

薄日の射す日だった。午後一時五分開廷。裁判長は主文を後に回すと告げて理由の朗読を始めた。四七分の朗読の後、主文を読み上げ、二四人に大逆罪による死刑を宣した。

幸徳伝次郎（三九歳）、管野スガ（二八歳）、宮下太吉（三五歳）、新村忠雄（二三歳）、
古河力作（二六歳）、森近運平（二九歳）、松尾卯一太（三一歳）、新美卯一郎（三一歳）、
奥宮健之（五三歳）、大石誠之助（四三歳）、成石平四郎（二八歳）、内山愚童（三六歳）
（以上一二人①。以下一二人は翌一九日に無期に減刑②）
高木顕明（四六歳）、峯尾節堂（二五歳）、崎久保誓一（二五歳）、成石勘三郎（三〇歳）、
佐々木道元（二一歳）、飛松与次郎（二一歳）、武田九平（三五歳）、岡本頴一郎（三〇歳）、
三浦安太郎（二二歳）、岡林寅松（三四歳）、小松丑治（三四歳）、坂本清馬（二五歳）

新田融（三〇歳）と新村善兵衛（三〇歳）に爆発物取締罰則違反で、それぞれ懲役一一年、懲役八年を言いわたした。

管野は「余りの意外と憤懣の激情」に制御できなくなり、無法な裁判だと独りごちた。網笠を被せられ、退廷を促された。管野が「みなさんさようなら」と言うと、誰かが「御機嫌よう」と応じ、そして「無政府バンザイ」の声が追ってきた。多くの被告が同じ言葉を叫んだ。「無政府党バンザイ！」。

管野は、東京監獄女監の独房で、「死刑の宣告を受けし今日より絞首台に上るまでの己を飾らず偽らず欺かず極めて率直に記し置かんとするものなれ」という言葉を冒頭において、「死出の道艸」という手記を書き始めた。

「我等は畢竟此の世界の大思潮、大潮流に先駆けて汪洋たる大海に船出し、不幸にも暗礁に破れたに外ならない。然し乍らこの犠牲は、何人かの必ずや踏まなければならない階梯である。破船、難船、其の他の数を重ねて初めて新航路は完全に開かれるのである。理想の彼岸に達しうるのである」

（田中『飾らず、偽らず、欺かず』一九六頁）

「民衆の敵」は未来を目指す。

平出は、判決直後に書いた「後に書す」という文の中で、

「『もし予備調書其ものを証拠として罪案を断ずれば、被告の全部は所謂大逆罪を犯すの意思と之が実行に加はるの覚悟を有せるものとして、悉く罪死刑に当って居る。乍併調書の文字を離れて、静に事の真相を考ふれば』、宮下、管野、新村の三人の企画で、やや実行の

姿を現しているだけだ」

（田中『大逆事件』九二頁）

と述べて、「予審調書」こそが問題であると指摘し、「二十四名悉く死刑！　之れ何たる事であらう。之れが事実の真相か、之れが時代の解釈か、之れが自由平等の愛情か、智識か、迎合か、公正か、血迷か」と怒りを叩きつけた。

翌一九日には、一二人が恩赦によって無期に減刑された。山県－桂－松室－平沼の書いたシナリオであった。社会には天皇の恩だけが印象付けられた。恩赦は、無実の人々への死刑判決の誤りを消してしまう効果があった。減刑された一二人は二一日から秋田、千葉、長崎（諫早）の三監獄に移送された。

死刑と決まった一二人は、二四日に一一人が、二五日に管野が死刑執行された。スピード処刑である。

事件に衝撃を受けていた石川啄木は判決を聞いて、「日本はダメだ」と考えた。怒りにふるえていただろう。二月六日には友人に宛てて、「自分の歩んだ一本路の前方に於て、先に歩いてゐた人達が突然火の中へ飛び込んだのを遠くから目撃したやうな気持ちでした」（石川啄木　大島経男宛書簡　明治四四年二月六日）と手紙を書いた。

徳富健次郎（蘆花）は死刑判決があって、一二人が減刑された後、さらに他の一二人も「皇室のおんため、日本のため、また逆徒ら自身のため、死一等を減ぜらるるの必要を痛感し」、減刑するよう、新聞や、桂の側近である兄徳富猪一郎（蘇峰）に働きかけ、また「天皇陛下に願ひ奉る」を書き、助命嘆願したが（これは間に合わず）、空しく一二人は殺されてしまった。そして、「僕は幸徳君等とは多少立場を異にする者である」、「僕は天皇陛下が大好きである」と前提して、早くも二月一日、「謀叛論」の演題で、第一高等学校で講演し、「ほとんど不意打ちの死刑――否、死刑ではない、暗殺――暗殺である」、と述べた。即ち政府による白色テロである、ということである。蘆花はさらに言う。

「新思想を導いた蘭学者にせよ、局面打破を事とした勤王攘夷の処士にせよ、時の権力からいえば謀叛人であった」（一一頁）

「しかしながら大逆罪の企に万不同意であると同時に、その企の失敗を喜ぶと同時に、彼ら十二名も殺したくはなかった。生かしておきたかった。彼らは乱臣賊子の名をうけても、ただの賊ではない、志士である。ただの賊でも死刑はいけぬ。まして彼らは有為の志士である。自由平等の新天新地を夢み、身を献げて人類の為に尽さんとする志士である。その行為はたとえ狂に近いとも、その志は憐むべきではないか。彼らはもと社会主義者であった。富の分配の不平等に社会の欠陥を見て、生産機関の公有を主張した、社会主義が何が恐い？　世界のどこにでもある」（一四頁）

「かくのごとくして彼らは死んだ。死は彼らの成功である。パラドックスのようであるが、人事の法則、負くるが勝である。死ぬるが生きるのである。（略）数え難き無政府主義者の種子は蒔かれた」（一五頁）

「死の判決で国民を嚇して、十二名の恩赦でちょっと機嫌を取って、余の十二名はほとんど不意打ちの死刑――否、死刑ではない、暗殺――暗殺である。せめて死骸になったら一滴の涙位は持っても宜いではないか。（略）できることならさぞ十二人の霊魂までも殺してしまいたかっ（た）であろう。否、幸徳等の躰を殺して無政府主義を殺し得たつもりでいる。彼等当局者は無神無霊魂の信者で、無神無霊魂を標榜した幸徳らこそ真の永生の信者である」（二一〇頁）

「諸君、幸徳君等は時の政府に謀叛人と見做されて殺された。諸君、謀叛を恐れてはならぬ。謀叛人を恐れてはならぬ。自ら謀叛人となるを恐れてはならぬ。新しいものは常に謀叛である。「肉体を殺して魂を殺す能わざる者を恐るるなかれ」。肉体の死は何でもない。恐るべきは霊魂の死である」（二一三頁）

（以上蘆花『謀叛論』岩波文庫、一九七六）

徳富蘆花は、この事件が冤罪・でっち上げであることを必ずしも理解していたわけではないが、蘭学者にしろ勤王攘夷の志士にしろ、「新しいものは常に謀叛である」と述べて、歴史の弁証法をよく知っていた。これは平出弁護士が、「新しい思想と云うものは之を在来思想から見れば常に危険であらねばならぬ。それは新思想は、旧思想に対する反抗若しくは破壊であるからである」と法廷で述べていたことと同じことである。弁証法的に勝ち取った地位を、絶対と信じて守ろうとしても、更なる新思想が現れ、弁証法を仕掛けられることになる。元に戻そうとする勢力もいる。思想は相対的なものであり、しかも自由なものであり、常に変化に晒されている。

無政府主義は暗殺主義（テロリズム）ではない。徳川幕府を倒した勤王・愛国主義のほうがよほど暗殺主義である。現に、この裁判の結果が、天皇愛国者が行なった暴力、「不意打ちの死刑――否、死刑ではない、暗殺――暗殺である」。

　蘆花は、「臆病で、血を流すのが嫌い」な、死刑反対論者であった。殺せば、かえって生きることになることも知っていた。権力は魂まで殺したかったであろうが、そうは行かない。肉体は殺しえても、魂まで殺しえないものを恐れるな。また、議会を初め、宗教界も大逆の名に恐れをなして、誰も逆徒の命乞いをする者がいないのは嘆かわしい。「管下の末寺から逆徒が出たと云っては、大狼狽で破門したり僧籍を剝いだり、恐れ入り奉るとは上書しても、御慈悲と一句書いたものが無い。何という情ないこと乎」（同書、一九頁）と述べて、日本人全部が思考停止に陥っていることを指摘している。しかし見せしめの効果は処刑後も引き続き、その遺族に対しても非国民扱いする民衆の態度にも表れている。

　大石誠之助と同郷の佐藤春夫（一八九二～一九六四）は、父と知り合いで、自身も会った事がある大石誠之助について、『スバル』四四年三月号に「愚者の死」を発表し、逆説を弄して世情を批判した。

「千九百十一年一月二十三日／大石誠之助は殺されたり。／／
げに厳粛なる多数者の規約を／裏切る者は殺さるべきかな。／／
死を賭して遊戯を思ひ、／民俗の歴史を知らず、／
日本人ならざる者／愚なる者は殺されたり。／／
「偽より出でし真実《まこと》なり」と／絞首台上の一語その愚を極む。／／
われの郷里は紀州新宮。／渠《かれ》の郷里もわれの町。／／

聞く、渠が郷里にして、わが郷里なり／紀州新宮の町は恐懼せりと。／
うべさかしかる商人《あきんど》の町は歎かん、／／
——町民は慎めよ。／教師らは国の歴史を更にまた説けよ。」

大石が語った「偽より出でし真実《まこと》なり」というのは、自分はまだそこまでは行っていなかったのに、当局は進んで大逆罪に育て上げてくれた、という意味なのか？

与謝野寛（鉄幹）は『三田文学』四月号に、「誠之助の死」を発表し、痛烈な皮肉を放った。

「大石誠之助は死にました、／いい気味な、
機械に挟まれて死にました。
人の名前に誠之助は沢山ある、／然し、然し、
わたしの友達の誠之助は唯一人、
わたしはもうその誠之助に逢はれない。
なんの、構ふもんか、機械に挟まれて死ぬやうな、
馬鹿な、大馬鹿な、わたしの一人の友達の誠之助。／／
それでも誠之助は死にました、／おお、死にました。
日本人で無かった誠之助、／立派な気ちがひの誠之助、
有ることか、無いことか、／神様を最初に無視した誠之助、
大逆無道の誠之助。／／
ほんにまあ、皆さん、いい気味な、／その誠之助は死にました。／／

誠之助と誠之助の一味が死んだので、／忠良な日本人はこれから気楽に寝られます。
おめでたう。」

堺利彦は赤旗事件で収監されていて大逆事件への連座を免れ、一九一〇年九月二二日、千葉監獄を出た。収監中、堺は「貝塚しぶ六（渋六）」の戯号を名乗った（貝塚は千葉監獄の所在地で、しぶ六は、刑務所の飯が、米が四分で六分が麦だったことからつけた）。同時に大逆事件被告たちへの差し入れ、面会、残された家族たちへの連絡と世話、生活費の工面など多くのことが堺の肩にかかってきた。堺には忸怩たる思いがあったであろう。それは大杉栄も同じであっただろう、後に大杉は「春三月縊り残され花に舞う」と詠んでいる。

堺は獄中でこの社会主義の「冬の時代」をどう生きるか考えていたが、明治四三（一九一〇）年末、売文社を始め、イ新聞、雑誌、書籍の原稿作成、ロ英、仏、独、その他外国語の翻訳、ハ和文の外国語訳、ニ演説、抗議などの筆記、ホ趣意書、意見書、祝辞、広告文、書簡文、その他一切の文章の立案、代作、及び添削、を営業種目とし、この困難な冬の時代を乗りきろうとした。荒畑寒村も大杉栄も加わった。

明治四四年一月二四日、一一人の死刑後、堺は悲憤やるかたなく、大酔淋漓《たいすいりんり》、杖をふりまわして軒燈をたたき毀し、深夜の街を彷徨した、と荒畑は伝えている。一九一一年一月二五日午前一一時頃、堺、大杉、石川三四郎、吉川守圀らは一部の親族たちと、東京監獄に幸徳らの遺体を引き取りに行っているが、夕方になってようやく幸徳ら六人分の棺が引き渡された。監獄の北にある不浄門から運び出し、堺らは荒縄でしばり、丸太棒を通して、担いで落合火葬場ま

で運んだ。途中で何度も警察や私服に行列を止められ、身体検査をされるなど妨害を受けた。この時（のことを）、

［バリバリと氷踏みわる夜道哉　　しぶ六］

と詠んだ。火葬場に着くと、配置されていた警官が全員検束して新宿署に連行した。堺はその前に、疲れきって動けないから、公費で人力車を用意して欲しいと申し出た。警察は数台の人力車を集める指示を出した。その間、堺らは棺の蓋を開け、幸徳らに最後の別れをした。結局、堺らが新宿署を解放されたのは、深夜二時だった。

二六日にも大杉らと出かけた。遺族からの連絡がなく、どう処置したらいいか分からない遺体は監獄に残し、管野スガら四人の棺を引き取った。落合火葬場に着くと、死体引取人になっていた堺為子だけを残して、あと全員が新宿署に同行を求められた。為子はたった一人で深夜の火葬場に残り、火葬が行なわれると、骨を拾って、二七日の明け方に遺骨を抱いて帰宅した。管野の遺骨は堀保子が引き取り、正春寺に埋葬された。堺は遺骨を自宅の床の間に安置し、最後までその世話をした。一二人の遺骨は堺から引取り人の手に渡され、それぞれの事情で埋葬された。また堺は幸徳や大石ら犠牲者の蔵書を収集し、「大逆文庫」として保管し、また「大逆帳」を作り、幸徳（一〇通）や管野（八通）、森近、大石、松尾、飛松、内山、新村、岡林（各一～三通）らの獄中書簡をスクラップ帳に貼り付け、散逸を防いだ（黒岩『パンとペン』二二六頁、二三四頁）。

さらに堺は明治四四年（一九一一）年三月三一日から五月八日まで、四〇日間をかけて西日

本の刑死者の遺族と無期刑者の家族の慰問を始めた。全て警察の尾行つきである（堺の行程は彼らの尾行記録「社会主義者沿革」で分かる）。三月三一日、東京をたち、京都の船井郡須知の岩崎革也を訪れ、出資三〇〇円を得る。四月七日、森近運平①の遺族を岡山に訪ねる。熊本の松尾卯一太①、新美卯一郎①、佐々木道元②の遺家族を見舞い、自身の故郷豊津に立ち寄り「故郷の七日」を書いた。［それはわたしの「危険」な思想と「不良」な行動のためであったが、（略）なつかしい昔の小学校にも、中学校にも「つつしんで訪問をご遠慮申し上げる身の上」であった］。そして海路四国へ渡り、四月二三日、土佐中村へ行き、幸徳秋水①の墓に参り、

「行春の若葉の底に生残る」

と詠んだ。高知の岡林寅松②の妹を訪ね、神戸の夢野で小松丑治②の妻を訪ね、大阪に出て武田九平②、三浦安太郎②の家族を訪ねた。その後再び岩崎革也を訪ね、旅の報告をし、資金不足を訴えたようだ。

それから五月三日、熊野新宮へ大石誠之助①の遺族と誠之助の墓を訪ねている。墓は白木のままで、堺は「大石誠之助の墓」と揮毫した（大正の初め頃、その字を彫った墓石が建立された）。また高木顕明の妻たし、峯尾節堂②の母うたらを慰問した。崎久保誓一②の留守家族を三重県市木村に訪ね、都合のつかなかった田辺の成石勘三郎②、平四郎①兄弟の遺家族には見舞いの書状を送っている。しかし新潟の内山愚童①、長野の新村忠雄①、山梨の宮下太吉①の遺族は訪ねていない。

平出弁護士（明治一一＝一八七八～大正三＝一九一四）は小説『逆徒』を『太陽』大正二（一九一三）年九月号に発表しようとしたが、たちまち発禁になった。

その後の無期刑者、有期刑者③の動向は次の通りである（地名は監獄、年は西暦）。

高木顕明　秋田　一九一四（大正三）年六月二四日、獄中で縊死、五〇歳。
三浦安太郎　長崎　一六年五月一八日、獄死（自殺？）
佐々木道元　千葉　一六年七月一五日、獄中病死、二七歳。
新村善兵衛③　千葉　一五年七月一五日、仮出獄。二〇年四月二日、病死、四九歳。
新田融③　千葉　一六年一〇月一〇日、仮出獄。三七年三月二〇日、死去、五六歳。
岡本頴一郎　長崎　一七年七月二七日、獄中病死、三六歳。
峯尾節堂　千葉　一九年三月六日、獄中病死、三三歳。
飛松與次郎　秋田　二五年五月一〇日、仮出獄。五三年九月一〇日、死去、六四歳。
成石勘三郎　長崎　二九年四月二九日、仮出獄。三一年一月三日、病死、四九歳。
武田九平　長崎　二九年四月二九日、仮出獄。三二年一一月二九日、交通事故死、五七歳。
崎久保誓一　秋田　二九年四月二九日、仮出獄。五五年一月三〇日、死去、七五歳。
小松丑治　長崎　三一年四月二九日、仮出獄。四五年一〇月四日、栄養失調死、六九歳。
岡林寅松　長崎　三一年四月二九日、仮出獄。四八年九月一日、病死、七二歳。
坂本清馬　秋田　三四（昭和九）年一一月三日、高知刑務所仮出獄。七五年一月一五日、死去、八九歳。

（田中伸尚『明治大逆事件に連座した26人』より）

一九四七年、刑法第七三条（大逆罪）は、新憲法に伴う刑法一部改正で削除された。

一九六一年一月一八日（判決から五〇年）、坂本清馬（当時ただ一人存命の直接の関係者）は、森近の妹栄子と共に、森長英三郎、神崎清らの力をかりながら、東京高裁に再審請求した。一九六三年六月、神崎清は衆議院法務委員会で、事件がフレームアップであることを語り、宮下らは天皇が神ではないことを示そうとし、忠孝の道徳を否定したが、その考えは戦後に生き、彼らは時代の先駆者であることを熱く語った。森長は、ただ一人の生存者坂本は、半世紀以上にわたって無実を訴えてきた、冤罪事件であり、無念に死んで行った被害者たちの「無実を訴えた悲痛な叫び声が墓の下から聞えてくるような気持ち」を背にして再審請求を担当している、と述べた（法廷でも述べた）（田中、『大逆事件』二九七頁）。問題だらけの「予審調書」を引用しながら、「法的安定性」をとる高裁は、一九六五年一二月一〇日、再審請求棄却を決定した。一二月一四日、最高裁に特別抗告したが、一九六七年一二月一日、棄却された。「法的安定性」とは、明治国家の過誤を過誤とせず、それを守ることである。人権無視であり、恥の上塗りである。「公判始末書」については、「公判記録は現在のところ原本はもとより写も見当たらない。終戦前後の混雑に取り紛れたものと推察されるが、確認出来ない」と言うのである。よくあることだが、ドサクサを利用してまずい文書は処分したのであろう、か。「最終的に問われていたのは「大逆事件」の審理開始以来、「司法の独立」を捨て、敗戦まで政治権力に追随、「思想の暗殺」に荷担しつづけた裁判官たちだった」（田中、『大逆事件』二九六頁、三〇九頁）。

法的な救済が無理だと分かったところで、市民的、社会的な復権、名誉回復の道が目指された。研究書の刊行や市民運動などで、タブーに挑戦した。新宮市では、一九六一年七月、熊野文化会（会長＝濱畑栄造新宮市立図書館長）が『熊野誌六号　大石誠之助特集』を発行し、大石らの人物像、事績を取り上げた。一部の市民から「大逆罪で処刑された大逆徒を顕彰するのか」などの批判があった。次に大石の遺稿集を出そうとしたが、教育長が濱畑館長に、発行中止を申し入れた。しかし、濱畑は大石を市民に伝えるのは図書館長の義務だといって譲らなかった。結局、濱畑が教育委員会に説明することで折り合ったが、その日、濱畑が行くと、もう委員会は終ったと言われ、頭に来た濱畑は「（刊行を）やめて欲しければ己の首を切れ」と啖呵を切った。濱畑が再任されることはなかった。濱畑はこの顚末を『紀南新聞』に四回連載した。そして、地元の出版社から『大石誠之助小伝』を一九七二年に刊行した。二〇〇〇年、『熊野誌四六号　大逆事件特集号』は、同誌六号の全作品を収録し、一〇〇〇部発刊し完売した。どこからも批判は出なかった。

　一九九六年三月、新宮市議会議員芳井昤吉は同僚等と建設会社社長大辻泰三宅で来年度予算について話していたが、大辻が、森長の書いた『碌亭大石誠之助』を取り出して、大石の復権について話し始めた。三月二一日、芳井は議会でドクトル大石誠之助について、西村伊作（大石の甥で文化学院の創始者）の記念館を作るなら、大石の名誉を回復し、一角に大石の資料を置いてはどうか、と質問した。岸順三市長は、「戦前の軍部を中心にした政治体系と申しましょうか、そういった中での冤罪であるというように認識しております」、と答え、大石を「庶民のお医者さんであり、すばらしいお医者さんであったと認識しております」、とも答え、芳井の提案を受けて、西村記念館に大石コーナーを設け、名誉回復の手立てを講じることを検討すると答弁した。市の広報誌で一九九六年一一月号から三回、大石、高木、峯尾の三人の人物像を紹介した。かつて「恐懼する町」と呼ばれた新宮市は確実に変わってきていた。

一九七一年七月一一日、渋谷区代々木の正春寺墓地に、管野スガの歌碑が建てられた。

表面「くろかねの窓にさし入る日の影の移るを守りけふも暮らしぬ／幽月女史獄中作／とし彦書」

裏面「革命の先駆者／管野スガここにねむる／１９７１年７月１１日／大逆事件の真実を明らかにする会　これを建てる／寒村書」。堺（一九三三年死去）は生前に書いていたのであろう。

一九七二年七月下旬、甲府市の光沢寺の墓苑に、山梨の労働運動家、文化人が中心になって、宮下太吉の碑が建てられた。

一九九三年四月一三日付けで、曹洞宗は内山の処分を、八三年ぶりに取消した。内山愚童の墓は箱根太平台の林泉寺にある。

一九九六年四月一日、浄土真宗大谷派は高木顕明に対する処分を取消した。

一九九六年九月二八日、臨済宗妙心寺派は峯尾節堂に対する処分を取消した。

二〇〇〇年、真宗大谷派は新宮市内で「人権と文化　新宮フォーラム２０００」を開いた。新宮市が一〇〇万円の公金を出した。中森常夫はこれが大きい、被害者の名誉回復に市が一歩も二歩も踏み出した、と思った。

同年九月二一日、新宮市議会は岸市長提案の「大逆事件の名誉回復宣言」を全会一致で議決した。「大石誠之助、高木顕明、峯尾節堂、成石平四郎、成石勘三郎、崎久保誓一の「紀州・新宮グループ」の六名は、今から九〇年前に「大逆事件」に連座させられ、死刑と無期懲役に処せられた。／しかし、戦後本件の研究が進む中で、その事件の真相は明らかにされた。このことは、軍国主義が進む中での自由主義者、社会主義者の弾圧事件であり、彼らはその犠牲者である。／彼らは、この熊野という風土の開明性の中で育ち、平和・平等・博愛を唱えた私たちの先覚者であった。今、闇に閉ざされてきた郷土の誇るべき先覚者たちの名誉を回復し、顕彰することを宣言する」。

　二〇〇四年六月、市は九〇万円を支出し、「志を継ぐ」と彫られた六人の顕彰碑を建て、明治天皇制国家による「大逆事件」を否定した。

　二〇〇〇年九月、新宮市の環境会議のメンバー中森は、「幸徳秋水を顕彰する会」と交流するために土佐中村を訪ねた。中森が、秋水の公的な復権にはどんなことをしているのか訊いた。森岡邦広会長は詩碑を建て、毎年墓前祭をやっていると答えた。中森が、議会での顕彰決議はどうか、と尋ねると、森岡は、あっ、と虚をつかれたような顔をした。その後、森岡は秋水の顕彰決議を議会で得るために奔走する。二〇〇〇年一二月一九日、中村市議会で幸徳秋水を顕彰する決議が、全会一致で議決された。

　二〇〇四年一一月一一日、隣の新宮市の動きに影響されて、本宮町長が町議会に成石兄弟の名誉回復宣言を提案し、全会一致で議決された。

　二〇〇九年一一月二〇日、「顕彰する会」は、は大石誠之助を名誉市民にするよう、新宮市議に要望を出した。「大石誠之助を名誉市民として顕彰することは、いまこそ謙虚に、かつて曾祖父や曾祖母たち、祖父や祖母たちの誤りを指摘し、大石誠之助の行いを真っ当に評価することによって、この地の歴史を正確に学び、この地に生きるわたしたちの矜持を改めて認識するものにしたいものです。そして何よりも、それは若い人々に向かって語りつづけることにもほかなりません」。市長は「慎重に研究したい」と即答を避けた。

熊本では、二〇〇四年に松尾卯一太の墓所に小さな案内板が地元の町おこしグループによって立てられた。

森近の故郷岡山県高屋では二〇〇九年の墓前祭に縁者の出席があった。

古河力作の故郷福井県小浜では復権の動きはないが、水上勉の「若州一滴文庫」には古河の資料が揃っている。

二〇一八年一月二四日、大石誠之助は新宮市名誉市民になった。死刑が執行されてから一〇七年である。

五、冬の時代

大幅に先走りすぎた話を、明治四三年に引き戻す。多少重複するが、堺利彦の行動から「冬の時代」を見てみる。

明治四三（一九一〇）年五月二五日、明科事件が発覚し、宮下、新村が逮捕され、六月、幸徳が逮捕され、二六人が逮捕された。（九月二二日、赤旗事件の堺、出獄。）「捜査を指揮した」検事総長は豊津藩校育徳館出身の松室致であった（それは「でっちあげ《フレームアップ》」であったと、歴史は証明する）。秘密裁判の結果、明治四四年一月一八日、幸徳ら二四人に死刑、二人に有期刑判決。翌日一二人が無期に減刑。二四日、一一人に死刑執行。二五日、管野スガに死刑執行。二五日、堺、大杉、石川、吉川らは、厳重な警戒態勢の中、秋水ら刑死者の遺体を引き取り、落合火葬場で荼毘にふした。二六日も残りの遺体を引き取りに行き火葬する。堺家には骨箱が幾つも並ぶことになった（前述）。

その後、社会主義運動は圧殺された状態であったが、（明治四四年）二月一日、堺の世話で幸徳の『基督抹殺論』が丙午出版社から出版された。かなり売れた。二月二一日と三月二四日（と四月二六日）、社会主義運動を立て直すため、堺と藤田四郎（軟派。啄木に社会主義関係の本を貸した）の呼びかけで社会主義各派の合同茶話会が行われた。二四日、大杉は「春三月縊り残され花に舞う」と寄せ書きに記した。

ただ、堺は大逆事件の概要について、「主任検事小山松吉氏の後に語るところ」をそのまま引用して、

「そのうち紀州の大石誠之助の一派、熊本の松尾卯一太の一派、東京の奥宮健之、箱根の僧侶内山愚童もそれぞれ共犯であることがわかり、幸徳もまたその事実を全部白状したので、事件の真相がスッカリわかった」（「日本社会主義運動小史」『全集第六巻』三四三頁）

などと言っているが、これは検事小山の事実誤認であり、それをそのまま載せるのはいかがなものか。堺にもまだ事件の真相は分からなかったということか。因みに、小山も覚え目出度く、後に大審院検事、検事総長、司法大臣、法政大学総長になっている。

後から振り返った形であるが、堺は「冬の時代」を乗り切るための方策を次のように語っている。

「日本の社会主義運動は、今まさに一頓挫の場合である。したがってすべての社会主義者は、ここしばらくねこをかぶるの必要に迫られている。ただしそのねこのかぶり方にはいろいろの別がある。ただ沈黙して手も足も出さぬのも一種のねこかぶりである。少し保護色を取って、何かやってみるのももとよりねこかぶりである。ところが僕自身として考えてみるに、僕がもし保護色を取るとすれば、一歩右隣に退却して国家社会主義に行くより外はない。しかし退却はイヤである。そこでやむをえず沈黙している次第である」

（「大杉君と僕」『近代思想』大正三年九月廃刊号、『全集第四巻』九〇頁）

明治四三年一二月三一日、社会主義（者）の冬の時代を乗り切ろうと、面倒見のいい堺は獄中で考えていた売文社を起こし、社会主義者の衣食を支える収入源としての仕事をプロデュースした。代筆、代作、英・仏・独語の翻訳業、報告書、広告文、書簡文など文章の立案、代作、添削などを業として孤塁を守り、「雌伏、無為、沈滞、鬱屈、自嘲、放狂の数年間」（「社会主義運動史話　二　売文社時代」）を送る。「ねこをかぶって」、「時機を待とう」としたのである。売文社の社員には大杉、高畠素之、山川、荒畑、橋浦時雄、小原慎三、百瀬晋、岡野辰之助ら一三人、特約寄書家と社友には、土岐哀果、高島米峰、白柳秀湖、安成貞雄、安成二郎、上司小剣、杉村楚人冠らがいた。

先の引用に直ぐ続けて、堺は大杉に関して次のように言う。

「しからば大杉君の立場はどうかというに、これは一歩左隣に前進して個人的無政府主義に行けばよい。そこに文芸の中立性がある。それならば同じねこかぶりにしても、形式が退却ではなく前進である。大杉君が『近代思想』をやりえたのは、一つはそういう理由からであると思う」

（「大杉君と僕」）

大杉栄（一八八五〜一九二三）と荒畑寒村（一八八七〜一九八一）は「時機をつくろう」として、大正一年（一九一二）年一〇月、『近代思想』を創刊した。堺は毎号寄稿し、『近代思想』大正一年一一月号には、堺の「大赦の結果、小生の前科五六《ごろく》犯、悉皆消滅致候由、難有仕合に奉存候」云々の広告が載った（黒岩『パンとペン』二七七頁）。堺の前科は帳消しとなった。同時に角袖《かくそで》尾行も解除となった、と記述は続くが、特別要視察人の監視は解かれはしなかった。

一九一三年、大杉は『近代思想』に「奴隷根性論」、「征服の事実」、「生の拡充」、「鎖工場」などを書く（『生の闘争』として大正三＝一九一四年、新潮社刊）。

「樗牛全集の中に、ブランデスの何かの本から抜いた、次の文がある。／「少なくともヨーロッパの四大国民の名は、いずれもみな外国の名である。フランスの名称は、ライン河の西岸に棲んでいたフランク人からきたもので、この国民の祖先たる古いケルト人とは、何の因縁もないのである。イギリスの名は、もとドイツの一地方からきたもので、アングロサクソン民俗とは、何の血族上の連絡もないのである。ロシアの名は、もと北方の起源で、スカンジナビアの一民族たる、ロゼルの転訛したものである。プロシアはプロイセンというスラブの一族の名で、十二世紀の終わりごろに、ドイツに入ったのである」。（略）征服だ！　僕はこう叫んだ。社会は、すくなくとも今日の人のいう社会は征服に始まったのである。（略）／征服のことが明瞭に意識されない間は、社会の出来事の何ものも、正当に理解することは許されない」（大杉「征服の事実」）

ヨーロッパには古来ケルト民族の文化があったが、ローマ帝国に征服され、またアジアのフン族の移動に押されて（ハンガリーにその名を留めている）、四〜六世紀、ゲルマン民族が大移動し、ローマ帝国を征服し、新しくフランク王国やブリタニアなどの王国を建国した。その上をキリスト教文化が受け継がれ、ヨーロッパ中世が始まる。それは日本も同じで、中国の戦国時代から戦争難民が東の海を渡って、あるいは朝鮮半島を経由して日本列島に漂着し、稲作や鉄器や（漢方）医薬や道教文化などをもたらし、古来の縄文文化を征服し、弥生時代を始め、戦争の結果、建国神話（『古事記』神話）をでっち上げ、聖性権威を作為・虚構した。

「主人に喜ばれる、主人に盲従する、主人を崇拝する。これが全社会組織の暴力と恐怖との上に築かれた、原始時代からホンの近代にいたるまでの、ほとんど唯一の大道徳律であったのである」　（大杉「奴隷根性論」）

「久しく主人と奴隷との社会にあった人類は、主人のない、奴隷のない社会を想像することができなかった。人の上の人の権威を排除して、われみずからわれを主宰することが、生の拡充の至上の手段であることに想いいたらなかった」　（「生の拡充」）

「おれみずからおれの鎖を鋳《い》、かつおれみずからおれを縛っている間、とうてい、この現実は、必然である、道理である、因果である。／おれはもうおれの鎖を鋳ることをやめねばならぬ」（「鎖工場」）（以上、『生の闘争』『日本の名著46　大杉栄』中央公論社、一九六九）

エティエンヌ・ド・ラ・ポエン（一五三〇〜一五六三）の『自発的隷従論』（一五四六か一五四八、ちくま学芸文庫、二〇一三）にも同じような記述がある。奴隷根性は古今東西同じなのであろう、か。

大杉は奴隷根性がもたらす上目使いの忖度や隷従を克服しなければ新しい社会は来ないと、信条を述べた。これは恩賜的民権を打破し、基本的人権に目覚めなければ新しい社会は来ない、と言うことも出来る。民衆は大勢順応、体制順応であり、現状維持、現状追認であり、目ざとくあざとく抜け目なく、長いものには巻かれ、大樹の陰に寄る。勝ち馬に乗り、主体的に取り入り甘い方に同調する、という性質を持っている。弾圧されるのは嫌。成り上がって弾圧する側になろう。快不快原則！　これら（有史以来の）奴隷根性を改造して行くのは容易なことではない。大杉は「時機を待つ」より「時機をつくろう」とした。

大正三年九月、『近代思想』を廃刊し、月刊『平民新聞』を発行したが発禁の連続で費えた。この頃、大杉は伊藤野枝と知り合い、やがて神近市子との恋愛、妻保子（堺の亡妻美知子の妹）との別居などを経て、大正五（一九一六）年一一月九日、野枝との三角関係に悩んだ神近が、大杉を短刀で刺し重症を負わせた日陰茶屋事件が起こる。自由恋愛は三角関係、四角関係、多角関係を生み出し、関係者を苦しめる。アナーキストの自由恋愛という欲望も、他者の抑圧となり、裏切りであり、嫉妬心が芽生え、人間の自然な心理がついて行かないようである。

『近代思想』に遅れて、大正三（一九一四）年一月に、堺は売文社から文芸的娯楽誌『へちまの花』（主筆・堺利彦、編集長・貝塚渋六）を創刊した。創刊号に「パンとペンの交叉は即ち私共が生活の象徴であります」（黒岩『パンとペン』七頁）というイラスト入り広告が載っていて、これが売文社のシンボルマークである。月刊、タブロイド版、四ページ。定価一部三銭、一年分三〇銭（惜しむに足る程の金額にあらず）、広告料一行（五号一八字詰）二〇銭（一段（六〇行）七円（敢て恐るゝ程の金額に非ず）、ということである。

次頁のような題号《タイトル》の書き方について一言言わせて貰うと、黒岩はこれを、「当時は日本語を横書きにする場合、右から左に書いていた。そのため、この『へちまの花』の題号も横書きで右から書かれているが、現代の私たちには『花のまちへ』と読めてしまう」（『パンとペン』二九二頁）と書いているが、これは間違いで、これは縦書きなのである。つまり見る通り一行が一

花のまちへ

棄石埋草

字の縦書きなのである。書道をやる人は分かると思うが、横長の扁額の書き方も縦書きである。堺の揮毫「棄石埋草」（『パンとペン』四一一頁に写真）も同様に一行が一字の縦書きである。

『へちまの花』は多少社会主義的色彩もまじえていたが、堺の「ねこかぶり」である。四年に『新社会』と改題して、「落人の一群が山奥のほら穴に立てこもって……持久の策を講ずる」様なものと言っている。

堺は他誌にも文章、翻訳を発表した。少し前の分から拾うと、明治三四年、『言文一致普通文』、『家庭の新風味』刊行。三九年、ウィリアム・モリス『理想郷』刊行（『News from Nowhere』の抄訳。三七年に週刊『平民新聞』に連載したもの）。四一年、『平民読本』刊行。四三年、『サンデー』に、ルブランの「探偵奇談　予告の大盗」を訳載。訳者名は馬岳隠士、としている。つまり故郷の馬ケ岳に因んだ名である。四四年、『都新聞』に、ディケンズの「Oliver Twist」の翻案「小桜新八」を連載、翌年刊行している（大正三年に『悲劇　不屈のみなし児』と改題して刊行している）。また四四年、『楽天囚人』（獄中書簡を含む）を刊行。明治四五年＝大正一年、ルソー『ルソー自伝　赤裸乃人』（『二六新聞』に連載した『懺悔録』の抄訳）、『売文集』、などを刊行。大正二年、カウツキー『社会主義倫理学』、バーナード・ショー『人と超人』などを刊行、同『ピグマリオン』（オードリー・ヘプバーン主演の映画『マイ　フェア　レディー』の原作）の梗概を、土岐哀果の『生活と芸術』誌に発表。大正四年、『文章速達法』、カーペンター『自由社会の男女関係』などを刊行。大正六年、『新社会』に、レーニン「ロシアの革命」

を訳載。『中外』にジャック・ロンドン『野性の呼声』を訳載、八年刊行。一四年、『ホワイト・ファング』を刊行した（黒岩『パンとペン』）。これらはほんの一部であり、この略伝では著書・訳書多数としか言いようがないし、『堺利彦全集　全六巻』に収まりきれるものではない。

　また売文社が取り扱った仕事も多岐多様であるが、それは黒岩比佐子『パンとペン』に詳しい。尾崎士郎（一八九八〜一九六四）は一九一八年に入社するが、それ以前から売文社と関わりを持ち、彼は堺を「忠臣蔵」における大石内蔵助のようだと観察した。（ただし、尾崎は後に次第に右傾化し、戦時中は国粋主義化した。）

（すでに先走っているが、さらに先走って、堺のその後の事跡をまとめて書いておきたい。）

大正六（一九一七）年一月、堺は東京より衆議院選挙に立候補し、次のような政策を訴えた。そもそも選挙制度がおかしいし（選挙権のあるのは富裕層だけ）、政見発表演説会は弾圧・妨害のため、五回とも中止・解散させられている。堺が選挙で訴えた広告は警察が押収したが、「幸い内務省警保局がビラの内容を記録していた」。

［一、予備政策　普通選挙。言論集会の自由。結社の自由（労働者団結の自由）。婦人運動の自由

二、応急政策　労働保険。養老年金。八時間の労働。最低賃銀。小児労働禁止。婦人労働の制限。夜業の禁止（特別の場合の外）。小農及び小作人保護。労働紛議仲裁機関の設置。職業紹介機関の設置。無料教育。無料診察。無料裁判。陪審制度。死刑廃止。間接税及関

税の廃止。土地及所得に対する累進税。累進相続税。都市政策。軍備縮小。秘密外交の廃止。国際仲裁裁判の設置

三、最後の大理想　土地及資本の公有」（黒岩『パンとペン』三二二頁）

堺はわずか二五票で落選したが、社会主義者の言っていることは真っ当なことである。しかし明治憲法下では到底不可能なことであった。これらがある程度実現されることになるのは、アジア・太平洋戦争の敗戦（一九四五年）後のことである。つまり、三〇年は先駆けていた。否「社会民主党宣言」（明治三四年＝一九〇一年）から数えれば四五年を先駆けていた。そんなことは許さないといっていた勢力の敗退により可能になったのであった。ただし、「最後の大理想　土地及資本の公有」は実現しそうにない。（しかし、もう一度言うが、国有公有というのは、国家統制とどう違うのか？　人間の性質（たとえば独占欲、優越感、嫉妬心など）からして、自由は私有に基くと考え、平等よりも自由が大事と考える資本家・民衆が多いからであろう。小マゾヒスト無産階級も、出来れば有産階級になりたいのだろうし、なれれば（自分の）問題は片付くのだから。小市民《プチブル》主義である。

第一次世界大戦（大正三＝一九一四〜一九一八）に続いて、大正六（一九一七）年三月（ロシア暦二月）、ロシア革命が起こり、一一月（ロシア暦一〇月）、レーニンの率いるボリシェビキによるソビエト政権が成立した。簡単に言うと、左による右の弾圧が始まった（簡単すぎるか知らん）。

大正四年、堺、山川、荒畑は「小さな旗上げ」として『新社会』を発行した。七年、山川、

荒畑はともに、『新社会』の付録のような形で労働者配布用リーフレット『青服』を発行していたが、これが筆禍事件になり、二人は四ヶ月の禁錮になった。『新社会』は、堺、山川、高畠の三人の合名会社売文社による発行に戻っていたが、山川、荒畑は入獄不在で、堺が自宅で仕事をして出社が稀になってき、高畠は「協調的、保守的、あるいは反動的傾向を顕著に」した（堺「日本社会主義運動史」『全集第六巻』三四八頁）。

八年春、出獄した山川、荒畑は『新社会』の編集に戻ったが、すでに大正八年一月、高畠は、陸軍中将、海軍中将などが会員の、皇室社会主義の気分のみなぎっていた老壮会に加入し（林尚男『評伝堺利彦』二四九頁）、遠藤友四郎（彼は『新社会』大正八年二月号に「君主社会主義の実行を勧む」という記事を書いた）、北原龍雄、茂木久平、尾崎士郎らを糾合して高畠派を形成し、堺を攻撃するようになった。さらに高畠は皇室中心の国家社会主義を主張したので、三月、堺、山川らは正統派マルクス主義の立場を守って高畠と分かれ、売文社を解散した（が、名義は高畠が引き継いだ。しかし、八月に解散）。堺は、五月、新社会社を起こし、マルクス主義の旗幟を鮮明にした。

高畠は、大正八（一九一九）年四月、『国家社会主義』を発行した。その巻頭言に言う。「資本労働の調和を斥け、国有主義を実行しやうとする点に於て、マルクス主義と全く立場を同じくする」のだそうである。さらに、「我々は先ず、資本労働の対立が、資本主義の存在が、国家滅亡の必然的原因であることを強調する。同時に又、資本労働の調和が絶対に不可能であることを主張する。而も国家の維持発展は、我々に取って何物にも換へ難き熱願でなくてはならぬ。

我々は資本主義を憎むに非らず、国家をヨリ多く愛するのだ。国家の為には、一切を犠牲にするも敢て持《ママ》せないのである。兹に於て、我々の到達すべき道は一あるのみ。曰く、資本主義の撤廃これである。資本労働の対立を不要ならしむる愛国的経済組織の樹立これである」（高畠「労働者に国家あらしめよ――国家社会主義の理論的根拠」『国家社会主義』大正八年四月創刊号）。『国家社会主義』は数日後に発売禁止処分を受け、資金難から第四号で終刊した（黒岩『パンとペン』三七六頁）。

　高畠は『資本論』を全訳した（大正九～一三年）人物であったが、上からの社会主義を言うようになった。中江兆民の言う「恩賜的民権」で満足していることになる。なお、堺は夙に、山路愛山の『国家社会主義梗概』を読んで、愛山を「中等階級主義」であり、「小資本家党なり」と言って、プチブル主義を批判している（「国家社会主義梗概」を読む」『光』明治三八年一二月二〇日、『全集第三巻』一八一頁）。

　大正一〇（一九二一）年秋、堺宅に一人の男が尋ねて来たが、堺は多忙中で会わなかった。その男の挙動が不審なので、堺の尾行巡査が誰何したところ、男の懐中に短刀があり、堺を殺しに来たと自白した。男は殺人予備罪で起訴されたが、情状酌量で執行猶予となった（林『評伝堺利彦』二九七頁）。愛国微罪！

　翌一一年一月、堺は社会主義者新年会で右翼の大塚某に暴行（テロル）を受けた、が堺は無事。裁判で検事は「その行為は憎むべきも慨世憂国の情は嘉すべし」と論告し、被告は執行猶予になった。愛国微罪！　一二月にも、一兵士森下弥吉が堺宅を訪れ、福知山から出てきて東京で就職したいから保証人になってくれと頼んだが、突然そんなことを言われても困る、まず話を聞こう、と堺が言うと、森下はいきなり錐と佩剣《はいけん》で堺の胸部などを数箇所刺し、重傷を負わせた。冬服（ドテラ）を着ていたため、錐は心臓まで達しなかった。ウワッという声に驚いて、真柄が台所から飛び出すと、森下は狼狽して逃げ出し、これを真柄が追いかけると、森下は交番に逃げ込んだ（黒岩『パンとペン』四〇〇頁、和田久太郎「赤い嘲けり」林『評伝堺利彦』二九七頁）。堺の恐怖はいかばかりであっただろう。それにもめげず、堺は運動を続けた。官憲は犯人に対して頗る同情ある態度をしめした、と荒畑は言っている。愛国微罪！

大正一一年七月、片山、堺、渡辺政之輔、市川正一、徳田球一らによって日本共産党が結成されたが、警視庁のスパイが居て、翌一二（一九二三）年六月五日未明、治安警察法違反で一斉検挙、幹部ら約八〇人が検挙され、堺ら二六人が起訴された（第一次日本共産党事件）。九月一日、堺は市谷刑務所未決監で関東大震災に遭う。堺は大声で監房の扉を開けさせ、所内の空き地に避難し、火災で真赤に染まった空を見上げて一夜を明かした。第二夜、三夜は手錠をかけられ、その後は監房に戻された（黒岩『パンとペン』四〇六頁）。九月一六日、大杉栄（三八歳）と伊藤野枝（二八歳）、大杉の甥の橘宗一（六歳）は、甘粕正彦憲兵大尉らによって虐殺された。堺はこの時も、獄中にいて命拾いしたのである。

甘粕への軍法会議判決は、懲役一〇年で（全国から減刑や無罪の嘆願書が数十万通寄せられたという）、恩赦などで刑期を短縮され、大正一五年に二年一〇ヶ月で釈放された（黒岩『パンとペン』四〇五頁）。愛国微罪！　その後、甘粕はフランスに渡り、昭和五（一九三〇）年、満州に現われ、満州事変（一九三一年九月一八日）以後は軍の工作活動や満州国建設に関与し、満州映画協会理事長などを歴任した。一九四五年八月一五日、アジア・太平洋戦争に敗れて、二〇日、ピストル自殺した。

堺は大正一二年一二月末、保釈（大正一五年六月、第一次共産党事件で上告を取下げ、刑期が確定し、禁錮一〇ヶ月（未決通算四ヶ月）で、豊多摩刑務所に入る。八月、巣鴨刑務所に移る。入獄五回目。一二月末、出所。

大正一四（一九二五）年、堺は『改造』に『堺利彦伝』を連載、翌年刊行。「社会主義運動史」を『マルクス・エンゲルス全集』の月報に連載。弾圧に屈することなく社会主義運動、反戦運動を続け、生涯の入獄は都合五回であった。

昭和二（一九二七）年一一月、堺（五七歳）は軽い脳溢血を起こし、約一ヶ月病臥した。堺、山川らの努力で、一二月、『労農』が創刊。翌三年一〇月も秋田県に遊説し、演説の途中卒倒し、伊豆長岡でしばらく静養した。同年一二月、無産派の七党が合同し日本大衆党が結成され、堺は中央委員になった。

昭和四年二月、堺は日本大衆党に推され、東京市会議員選挙に立候補、牛込区（現・新宿区の北東部）で二二七五票の最高点で当選。真柄と共に（おそらくはその場に居た支援者も）爆笑している写真がある。堺は選挙を人々への思想の宣伝の恰好の舞台と考えていた。無産市会議員として、堺は市会を浄化しようとし、機密費について質問したり、『無産市民』というミニコミを発行し、市会の内情を市民に知らせた。また東京ガスの料金値下げ運動を、合法のうちに始めた。ガス会社の工夫が堺宅へ来てガスの供給を止めようとしたとき、真柄は二階からホースで水をあびせかけ、堺は道路に大の字になって抵抗し工事を阻止した（成田龍一「都市構造転換期における堺利彦」小正路編『堺利彦』）。

昭和五年二月、衆議院総選挙に東京無産党より立候補、得票五千票余りで落選。

昭和六（一九三一）年二月一一〜二五日、堺利彦農民労働学校が行橋町門樋の蓑干《みのほし》精米所二階に間借りして始まった。「農民運動を発展させるため、農民一人一人に社会主義理論を身につけさせるため、当時日農福岡県連合会長田原春治が、在京の鶴田知也に相談した。話を受けた鶴田が堺に計画を話し、堺はその計画を即座に引き受けた」（川島成海「堺利彦農民労働学校」『全集第一巻』月報三）。その準備に貢献したのは、地元の落合久生、蓑干万太郎（全国大衆党京築支部長）、高橋信夫、宮原敏勝らであり、堺利彦、葉山嘉樹（「セメント樽の中の手紙」などプロレタリア作家）、鶴田友也（『コシャマイン記』で第三回芥川賞受賞。現在、講談社文芸文庫）、田原春次、浅原健三、古市春彦らであった。

堺は二月一一日、日本航空運輸株式会社のキャンペーンにのり「薩摩守忠度《ただのり》」で、立川から飛行機に乗り、大阪・木津川飛行場から水上機に乗り換え、福岡の名島水上飛行場に着き、午後七時から始まる行橋での開校式に出席した（小正路「「帰郷雑筆」解題」『堺利彦』四二二頁）。真柄は汽車で先に来ていた。

地元京築《けいちく》、田川、北九州から参加者延八〇〇人。講義内容は、堺利彦＝社会主義思想史、古市春彦＝農村経済学、行政長蔵＝農民運動史、岡田宗司＝財政学、田原春治＝社会運動史、堺

真柄＝婦人問題、鶴田知也＝プロレタリア文学論、落合久生＝唯物史観であった。ただ、堺の話は「身の上話」であったという。警察はこれを学校と認めず、政治集会として、「中止」の掛け声の連続であった。未成年だった森毅はこの学校に参加して検挙された。豊津中学では井上庄次校長が生徒を集め、「もしあの学校に行くなら退学を命ず」と言ったし、行橋の京都高等女学校（現・京都高校）でも「あの学校の方を見てはならない」と言った（小正路淑泰「堺利彦農民労働学校――校舎建設運動を中心に」小正路編『堺利彦』。林『評伝堺利彦』三二四頁）。しかし隠然たる歓迎をなした前田英俊（瓢鰻亭前田俊彦の弟、豊津中学四年生）のような生徒も居たのである。堺は鶴田、落合、田原らと母校豊津中学を訪問した。井上校長は親しく堺らを案内した（が生徒を近づけなかった）。多数の生徒たちは遠くの窓や廊下から一行をながめていた。堺らは帽子をふって、あるいは微笑を送った（堺「帰郷雑筆」）。

　八月二五〜三一日、第二期には農民労働学校で講演。参加者延二〇〇人。

　堺「ある山寺の和尚さんが、つぼに水あめを入れ、毎晩ひそかになめて楽しんでいた。小僧たちには、つぼのなかにおそろしい毒が入っていると、聞かせてあったので、さすがのいたずら小僧たちも、手を出さなかった。諸君、社会主義もこの通り、なめておいしい水あめを、当局は毒だという」。

　警官「弁士注意！」。

　堺「諸君、私のとなりに坐っているサーベルをさげた人が、注意せよ、といっている。諸君、よく注意してきいてください」（川島「堺利彦農民労働学校」）。学校は第五期、昭和八年九月二二～二三日まで続いた。

昭和六（一九三一）年九月一八日、満州事変＝柳条湖事件が起こった。（「一五年戦争〈の第一段階〉が始まる」と鶴見俊輔が言ったが、日清戦争〈一八九四～九五年〉から数えて一九四五年までの五一年戦争と言った方がよいのではないか）。堺は「寝食を廃して反戦運動に盡瘁《じんすい》」した（荒畑寒村が書いた、堺利彦歌碑の解説文）。一〇月、福田新生が所有していた土地を無償提供し、資金寄付により、豊津村本町に校舎も新築起工されたが、村には反対する者も多くいた。一二月一日に上棟、八年八月落成した。

しかし、この間、（昭和六年）一二月二日、堺は東京芝の新橋ビルの全国労農大衆党（労大党）本部で行われた対支出兵反対闘争委員会に出席、労大党内に発生した「帝国主義ブルジョアや軍部の成心ある宣伝に追従せんとする傾向」、即ち、労大党顧問・衆議院議員松谷与二郎が言う「満蒙の権益は之を資本家より奪還し労働者農民の手に渡せ」などという「松谷意見書」に対し、

「満州事変を帝国主義戦争ではないというような不都合な見解をもつ代議士を処分し得ないようなことで、どうして戦争反対の闘争ができよう」

と言って、激しい口調で強硬に反対した。正に「反戦運動に盡瘁」したのである。血圧が上昇したのであろう、その帰宅中、麹町の自宅近くまで来て、脳溢血で倒れた。近くの八百屋の雨戸を借り、自宅に運び込んだ。堺は翌一二月三日、

「僕ハ諸君ノ帝国主義戦争反対ノ叫ビノ中ニ死スルコトヲ光栄トスル」

と妻為子に筆記させた。これが堺の事実上の遺言である（小正路淑泰「堺利彦農民労働学校――校舎建設運動を中心に」小正路編著『堺利彦』）。

昭和八（一九三三）年一月二三日、堺利彦は波乱の生涯を閉じた（六二歳）。葬儀は青山斎場と、同時刻に豊津の農民労働学校でも行なわれた、警察の監視付きで。戒名は「枯川庵利彦帰道居士」。「堺利彦之墓」は横浜市鶴見の総持寺にある。同年五月より、『堺利彦全集』全六巻が中央公論社より刊行開始。堺利彦の生涯は、「棄石埋草」となって、社会主義の自由・平等・博愛の実現に苦心挺身した、正に千振の「苦底の甘味」と言うことができよう。

ところが、堺没後一年、昭和九年一月二三日、農民労働学校設立に携わった落合久生（六年二月の第一期で「唯物史観」を講義、七年一〇月の第三期では「社会主義概論」を講義し、堺利彦社会葬で司祭の辞を述べ、八年九月の第五期で「プロレタリア政治学」を講義した）は、社会運動から絶縁引退すると声明書を発表した。理由は沢山あるが、「堺先生死去されるやその親しき人々の態度の移変が意想の外にあったこと」などである。親しかった人々の態度の移変、つまり社会主義を見限る人々が意外に多かったから自分も、と言う。政府の弾圧と宣伝が奏効したということだろうか？　農家の次男三男や労働者は、メシの種を求めて（経済的な理由で）、満州で一旗上げ、成り上がる夢を見たということだろうか？　そっちの水の方が（弾圧もないし）甘く思えたのだろうか？　草の根ファシズム！

また浅原健三（大正九年の八幡製鉄所大争議を指導し（八時間労働制など要求）、溶鉱炉の火を消した。昭和三年と五年の総選挙で福岡二区から連続当選。六年八月の農民労働学校大会で「戦なき所に勝利なし」を講演、堺利彦社会葬で弔辞を読み、八年九月二一～二三日の第五期（参加者二四人）で「ファッショの研究」を講義した）も、昭和一〇年の総選挙（福岡二区）で落選した原因を分析して、「満州、上海事件ニ因ル民衆性理ノ変化ニ基因セシ結果」としている。「民衆性理」とは、啄木が言う「人間本源の動力たる権力意志」ということだろうか？　民衆が新領土（満州）を、戦って勝ち取ることを望んでいるということだろうか？　民衆が帝国主義に同調したということだろうか？　人民《ナロード》のファシズム化！　草の根ファシズム！　浅原はすでに八年頃から元関東軍参謀石原莞爾らのグループ（軍部）と接触を開始していたという。昭和一一（一九三六）年一月二九日、浅原は「無産運動と袂別」し「社会大衆党籍を退き、同時に党選出の公職を今日限り辞職」した。古市春彦も離脱・転向していった。こうして時代の流れとともに、堺利彦農民労働学校は終焉を迎えた（小正路「堺利彦農民労働学校」）。

　昭和一二（一九三七）年七月七日、盧溝橋事件。日中戦争（一五年戦争の第二段階）が始まる。あとは止め処も無い戦争拡大で、一五年戦争は行く所まで行ってしまう。民衆（の多くは）は大勢順応、体制順応である。逆らえば弾圧拷問がまっている。しかして現世利益の現状追認であり、勝ち馬に乗り、主体的に同調する、という性質（「性理」）を持っている。草の根ファシズム！

　一九四一年一二月八日、アジア太平洋戦争（一五年戦争の第三段階）が始まり、一九四五年八月一五日、敗戦。日本側三一〇万人（＝軍人軍属二三〇万人＋民間人八〇万人）の犠牲者を出した。相手側の犠牲者〈被戦殺者〉は二〇〇〇万人とも三〇〇〇万人とも言われる。民衆は皇居前広場に跪き、アジア・太平洋の人々にではなく、天皇に敗戦を詫びた。その天皇は「きっと死をもってその責任を償われるだろう」と、皇国少年で戦艦武蔵に乗り込み、レイテ島沖で九死に一生を得た渡辺清は思ったが、天皇は自決も退位もせず、敵軍指令官マッカーサーに逢いに行き、握手し、並んで写真を撮り、居直っている。渡辺は、新聞に載ったこの写真に、「一瞬めまいを感じ、暫くは体のふるえがとまらなかった」（略）「厚顔無恥。なんというぬけぬけとした、晏如《あんじょ》たる居直りであろう」、「無責任」と思ったという。しかも、渡辺は、天皇をそのように信じた自分に対する自分の責任を負わねばならぬ、と言う（渡辺「少年兵における戦後史の落丁」『私の天皇観』辺境社一九八一）。正にまさに無条件降伏だった。

一九四七年五月三日、パリ不戦条約（一九二八年）を取り入れ、世界人権宣言（一九四八年）を先取りした日本国憲法が施行され、人間には生まれながらに基本的人権があることが確認されたが、問題は人間宣言した天皇にそれが無く、疎外され（alienated）、天皇特権があるという矛盾があることである。

一九四七年五月六日、（新憲法施行後、政治には関わらないはずの）天皇はマッカーサーに三度目の訪問をし、対日講和条約成立後、アメリカが撤退した場合、誰が日本を守ることになるのかと直接問い、九月一九日、宮内庁御用掛の寺崎英成は天皇のメッセージとして、「アメリカが沖縄を始め琉球の他の諸島を軍事占領し続けることを希望している。〈略〉」とシーボルトに伝えた。ソ連の脅威に対応するためであったが、「日米安保体制の原像が、沖縄を結節点としてここでは逆に日本側から提示され、日米安保条約や地位協定が産み出された。その承認が要請されていると言えようか」（進藤栄一「分割された領土」『世界』一九七九年四月→『分割された領土』岩波現代文庫、二〇〇二、五六～六七頁）。天皇には憲法九条は武装解除としか思えなかったのである。

一九五一年九月八日、吉田茂首相はアメリカとサンフランシスコ講和条約（単独講和）を結び、同日午後、日米安全保障条約も結んだ。「安保条約第一条　アメリカ合衆国の陸軍、空軍および海軍を日本国内およびその附近に配備する権利を、日本国は、許与し、アメリカ合衆国は、これを受諾する。この軍隊は、極東における国際平和と安全の維持に寄与し、ならびに（略）外部からの武力攻撃に対する日本国の安全に寄与するために使用することができる」（これは一九六〇年の新安保条約では第六条に書かれている）。かくしてこの国は本土と沖縄に分割された。天王の意向が体現された形である。

さらに翌一九五二年二月、日米行政協定も結び、三段構造にした。その際、ダレス（米国務省政策顧問、安保の生みの親）は、協定には、講和条約や安保条約には書き込めない、「国会の承認や国連への登録も必要ない秘密の了解」（密約）を書き込むと言った。目的は「日本全土を米軍の潜在的基地（ポテンシャルベース）にする」ことだった。アメリカは「望む数の兵力を、望む場所に、望む期間だけ駐留させる権利を確保」し、「米軍の思い通りに運用できる」ことになった（前泊博盛編著『日米地位協定入門』創元社、二〇一三、五三、六〇頁）。辺野古の新基地建設を、名護市長選、沖縄県知事選、衆院選、県民投票、参院選で止めろと言っても止らないのは、このためである。民主主義はどうなっているのか？　米軍岩国基地の補完基地として築城基地の滑走路を三〇〇メートル延長して二七〇〇メートルにようとしているのも、このためである。

安保条約・行政協定（地位協定）は全くの不平等条約であり、米軍は様々な特権を持っている。①米軍、米兵の優位。②環境保護協定がなく、有害物質をたれ流しても罰則がない。③米軍の恣意的な運用。④協定で決められていることも守られない。⑤米軍には日本の法律が適用されない治外法権。（『日米地位協定入門』七五頁以下）

日本の属国的な、植民地的な地位は、この「売国的な」条約・協定に発する。現在に到る禍根の元である。

この条約・協定は憲法九条の平和原理とは相容れない。憲法に背反する条約を結ぶのはいけん（違憲）なのではないか。

さらにさらに、一九五七年、立川基地拡張に反対するデモ隊が米軍基地内に数メートル入ったことから刑事特別法違反で七人が逮捕された。一九五九年三月三〇日、一審の東京地裁で伊達秋雄裁判長は、「在日米軍は憲法九条2項で持たないことを定めた「戦力」に該当するため、その駐留を認めることは違憲である」として、七人を無罪とした。（そのうちの一人、武藤軍一郎さんは、今でも伊達判決を信じていると言っている。）

ところが、アメリカ側の介入で、日本政府は最高裁に「跳躍上告」し、その年の（うちの）一二月一六日、最高裁長官田中耕太郎は、伊達判決を覆し、「六　安保条約のごとき、主権国としてのわが国の存立の基礎に重大な関係を持つ高度な政治性を有するものが、違憲であるか否かの法的判断は、純司法的機能を使命とする司法裁判所の審査の原則としてなじまない性質のものであり、それが一見極めて明白に違憲無効であると認められない限りは、裁判所の司法審査の範囲外にあると解するを相当とする」と判決した。戦後最大の事件と言えるかも知れない(『日米地位協定入門』、二四〇～二五四頁)。

「高度な政治性を有するもの」は憲法判断をしないと言うのは、「統治行為論」と呼ばれるもので、三権分立や司法の独立をかなぐり捨てた形である。戦後の日米関係を決定づけるものであった。

かくして米の核の下で対米従属の姿勢は決まり、日米安保条約や地位協定は憲法より上位に位置づけられることになった。倒錯である。

一九六〇年六月、首相岸信介は国民の広範な反対運動にも関わらず、日米安保条約の改定を行い、行政協定を引き継いで日米地位協定を結んだ。現在、岸、吉田の孫の世代の安倍晋三、麻生太郎が、総理、副総理をしており、秘密保護法(二〇一三年一二月)防衛装備移転三原則(二〇一四年四月)集団的自衛権を容認する安全保障関連法(二〇一五年九月)共謀罪法(二〇一七年六月)等を成立させキナ臭いにおいをふりまいている。本丸は憲法九条改正であり、オリンピック(パンとサーカス)でナショナリズムを煽り、それに乗じて遣る心積もりである。

米軍は米軍で、かねてからの日本研究の結果、日本支配の為に天皇システムを利用しようとして、天皇を東京裁判にかけないことを決め、戦争責任、政治的責任を免責した。相互乗り合いで、戦後の日本が始まった。生きよ、墜ちよ。民衆も勝ち馬に乗り、アメリカ文化や貿易（パンとサーカス）にどっぷりと浸った。

一九六〇年、堺利彦生誕九〇年、豊津には農民労働学校跡地に堺利彦顕彰碑（「母と共に花しほらしの／薬艸の千振つみし／故郷の野よ」の歌碑）が堺利彦先生顕彰会（一九五六年発足）によって建てられた。解説文は荒畑寒村が書いた。一九七三年、著書や原稿、手紙、掛け軸、寄贈された書籍など六〇〇点を収めた堺利彦顕彰記念館も建てられた。一九八二年一月、堺利彦農民労働学校（校長鶴田知也）が記念館の二階で再開されたが、続かなかった。二〇〇二年、記念館は老朽化のため資料の保存・管理に問題があり、閉館、取り壊され駐車場になった。資料は豊津町歴史民俗資料館（二〇〇六年、豊津・犀川・勝山町の合併により、みやこ町歴史民俗博物館）に寄託された。また二〇〇五年一二月、堺利彦・葉山嘉樹・鶴田知也の三人の偉業を顕彰する会（会長＝みやこ町町長）により、「堺利彦農民労働学校址」の小さな碑が、行橋市南大橋五丁目（京都高校の筋向い）に建てられた。二〇一六年四月、みやこ町歴史民俗博物館の前に大逆事件の「捜査を指揮」した松室致の顕彰碑が建てられた（前述）。二〇一八年、町中に社会主義者の碑があるのが目障りだったのか？　堺利彦の歌碑は、葉山嘉樹（碑文＝「馬鹿にはされるが／真実を語るもの／がもっと多くなるといい」）と、鶴田知也（碑文＝「不遜なれば／未来の／悉ぐを失う」）の文学碑のある八景山の山の上に移設された。三基がそろったことになるが、葉山、鶴田の碑を、町中の堺の碑の隣（元記念館で現在駐車場になっている所）に移してもよかったのではないか。

●参考文献

川口武彦編『堺利彦全集』全六巻　法律文化社　一九七〇〜一九七一
　一・『万朝報』、「三十歳記」、「望郷台」、『枯川随筆』、『言文一致普通文』
　二・『家庭の新風味』、『家庭雑誌』より、小説と随想、「労働問題」（ゾラ原作）
　三・週刊『平民新聞』、『直言』、『光』、日刊『平民新聞』、『大阪平民新聞』等
　四・『売文集』、『近代思想』より、『へちまの花』、『新社会』、『恐怖・闘争・歓喜』
　五・『火事と半鐘』より、『猫の首つり』より、『桜の国地震の国』より、『女の世界』その他
　六・『堺利彦伝』、「日本社会主義運動小史」（昭和五年）「社会主義運動史話」（昭和六年）、論説と評論、
　　堺利彦略年譜
堺利彦『堺利彦伝』一九二六、中公文庫、一九七八
堺利彦著・堀切利高編『平民社百年コレクション第2巻　堺利彦』論創社、二〇〇二
堺利彦獄中書簡を読む会編『堺利彦獄中書簡を読む』菁柿堂、二〇一一
林尚男『評伝〈堺利彦〉』オリジン出版センター、一九八七、
黒岩比佐子『パンとペン　社会主義者堺利彦と「売文社」の闘い』講談社、二〇一〇
小正路淑泰編著『堺利彦　初期社会主義の思想圏』論創社、二〇一六
中江兆民『近代日本思想大系3　中江兆民集』筑摩書房、一九七四
中江兆民『日本の名著36　中江兆民』中央公論社、一九六九
大杉栄『日本の名著46　大杉栄』中央公論社、一九六九
幸徳秋水『日本の名著44　幸徳秋水』中央公論社、一九七〇
石川啄木「日本無政府主義者陰謀事件経過及び附帯現象」等（『全集第四巻』）一九一〇
堺利彦「社会主義運動史話」一九三一、『堺利彦全集　第六巻』法律文化社、一九七〇

田中伸尚『大逆事件　死と生の群像』岩波書店、二〇一〇
田中伸尚「明治大逆事件に連座した26人」Version13、二〇一一、五・二
田中伸尚『飾らず偽らず欺かず　管野須賀子と伊藤野枝』岩波書店、二〇一六

あとがき

二〇一九年八月六日、台風八号が来るぞとテレビで言っていたが、本当に来そうなので、早割りで買っていた福岡－新千歳のチケットをキャンセルし、北九州－羽田、羽田－函館のチケットを何とか買うことができた。費用は三倍位になったと、連れ合いはぼやいている。でもまあ、六日のうちに函館に着くことが出来て、以後の計画がくるわずにすんでよかった。しかし、スターフライヤーは東京湾の南から、ぐるっと迂回して房総半島の鴨川あたりを北に向かい、ようやく羽田に着陸した。つまり米軍支配の横田空域という訳である。

七日。函館朝市を見物し、ロープウエイで函館山（三三二メートル）に登る。啄木も見たはずの、いや、日記にはこの山に登ったという記述はないが（ただし「明治四十丁未歳日誌」は「函館の生活　五月十一日」から「函館の夏　九月六日」に飛んでいて、この間に函館山に〈友人と〉登ったかもしれない）、とにかくトンボロ（陸繋島）の景色を見た。この砂州ができるまで何（十）万年掛かったか知らないが、絵葉書どおりの絵に描いたような景色であった。それからタクシーに来てもらって、啄木の墓に行き、墓の近くにも咲いていたレッドクローバー（紅苜蓿）を供えた。墓については本文に書いた通りですが、「故郷は遠くから想ふべき処で帰るべきところじゃない」（「我等の一団と彼」）と思ったのなら、その方が「文学的」かも知れない、などと思えてくる。望郷は啄木の文学の一つのオリジンだったから。

それから立待岬、青柳町の居住地跡などを見学した。宮崎郁雨の家は、タクシーの運転手さんも会社に問い合わせてくれたりしたが、分からなかった。啄木像のある大森浜に行き、砂を一握り採取した。台座に「潮かほる北の浜辺の／砂山のかの浜薔薇《はまなす》よ／今年も咲けるや」の短歌の銅版がかかげられている。いかにも、花壇にはいっぱい浜薔薇のオレンジ色の実がなっていた。啄木は浜薔薇と書いているが、花を見たからであろう。本当は浜梨、または浜茄子と書くようで、僕は昔食べたことがあるが、全然おいしくない。今度は食べなかった。一〇〇メートルほど沖に、クジラ（の背中の）ような岩が波間に見え隠れしていた。あれは背美鯨だろう。

函館駅に戻り、朝市で昼食。生ビールを飲み、朝市丼を食べ、連れ合いは海鮮丼を食べ、午後は函館中央図書館で啄木の資料を見せてもらおうと思ったが、水曜日は休館なのであった。そんな、水曜休館なんて、全国でここだけじゃないのか。火曜休館は、よくある。祝日と日曜が重なると、月曜が休日になる、そういうことがよくあって、もう月曜も開けようということにして、火曜休館。

時間が出来たので、ある喫茶に入ってコーヒーを飲む。壁に「i believe in santa claus」という額が掛かっていた。僕はサンタ・クロースを信じている。人間には優しい心がある。惻隠の情がある。それがサンタ・クロースだ、と思うから。店の人に聞いたら、曖昧な答え。

函館から新函館北斗に向かい、待合室で待つ。ピアノがあって、誰かがドビュッシーを弾いていた。心地よかった。青函トンネルを抜けて盛岡へ。
八日。タクシーに乗って市内観光。盛岡中学跡地には岩手銀行本店が建っている。広い敷地には大企業が大きなビルを建てている。観光コースの啄木新婚の家というのは、奥まった所にあって、一人で行こうとしてもとても無理だろう（タクシーは便利だ）。盛岡城跡は、一五歳の啄木が学校をサボって本を読みに来た所だ。大きな土台が残っていて、何でも藩主の銅像があったらしい。こんなでかい土台の上の銅像はどれほどでかいものだったろう。恥ずかしくないか？　戦時中の金属供出で取り壊されたという。

　観光コースとなっている三ツ石と鬼の手形というものを見に行った。説明板によると、「伝説によると昔この地方に羅刹《らせつ》という鬼が住んでいて、付近の住民をなやまし旅人をおどしていました。そこで人々は三ツ石の神にお祈りをして鬼を捕えてもらい境内にある巨大な三ツ石に縛りつけました。鬼は二度と悪さをしないし、また二度とこの地方にはやってこないことを誓ったので約束のしるしとして三ツ石に手形を押させて逃がしてやりました。／この岩に手形を押したことが「岩手」の県名の起源といわれ、又鬼が再びこないことを誓ったのでこの地方を「不来《こず》方《かた》」と呼ぶようになったと伝えられています。」喜んだ住民は何日も踊り続けた。されが、「さんさ踊り」の起源だという。

　ははあ、なるほど。だけど、その「鬼」というのは、この地方の原住民・先住民のことじゃないか、とも、僕には思われる。侵略者の安寧を先住民がおびやかすから、「鬼」と呼んで、自己正当化する、ということは歴史上方々で見られる。

運転手さんのお勧めで盛岡駅近くのＰＰ舎という所で昼食。相当はやっているようだが、一つしかないレジに常に一〇人くらいが並んで待っている。そのため予定の電車に乗り遅れた。渋民に行くには東北線と思い込んでいたが、東北線の改札口できくと、盛岡より北は、いわて銀河鉄道という私鉄で、それは一階が乗り場だと言う。一階に降りたが、そこが乗り場ではない。分かりにくい。駅ビル商店街を抜けた二〇〇メートルも先のほうだった。この地方の人には常識だろうが、こっちは旅人なんで、さっぱり分からない。観光業でもあるのだろうから、そういう旅人にも分かるように標識を設置しておくのが親切というものではないだろうか。

一時間待って、渋民に向い、タクシーで石川啄木記念館へ行く。一九七四年に来たときは、北上川は旧松尾鉱山謹製のオレンジジュースを「泣けとごとくに」流していたが、今はどうなのか、記念館の人に訊いたが、それはもうおさまっていて、どこかに廃水を中和する施設ができていて……、専門じゃないので……、と言っている。（帰宅してインターネット「北上川を守り続けて」で調べた。松尾鉱山は岩手郡松尾村（現・八幡平市）にあり、昔は東洋一の硫黄鉱山で、最盛期、家族を含め一万五〇〇〇人が住んでいたが、（脱硫装置による）回収硫黄や輸入硫黄が出回って、一九七二年に閉山、松尾鉱業（株）は倒産。義務者不存在鉱山となった。閉山後も、砒素も入っているという強酸性水は赤川に流出し、これを中和するため赤川へ直接中和剤を投入し、暫定中和処理を行っていた。硫化鉄鉱に強酸性水が反応して酸化し、赤い水が赤川を流れ、赤川から松川へ、松川から北上川に流下して、社会問題になっていた。独立行政法人石油天然ガス金属鉱物資源機構（ＪＯＧＭＥＣ）が、「鉄バクテリア・炭酸カルシウム中和方式」による「旧松尾鉱山新中和処理施設」を一九八一年に完成させ、八二年から本格稼動させ、年間二万立方メートルの赤い泥を鉱山サイト内の貯泥ダムに貯め、上澄みを赤川に流し、北上川は清流に戻った、ということである。）

「やはらかに柳あをめる／北上の岸辺目に見ゆ／泣けとごとくに」の碑を見に行く。西に岩手山、東に姫神山がうすく見えた。北上川がその中心を北から南に流れている。

宝徳寺の入口にも標識がなく迷ってしまった。寺は二〇〇〇年に建て替えられて、啄木の部屋も保存されているそうである。北側に墓地が広がっていた。

渋民に戻り、盛岡に取って返した。岩手山の姿が電車の（東側の）窓に映り、それが姫神山と重なる、とある人が言っていたが、そんなことあるかなあと思っていたが、それは本当だった。東北線で花巻に行く。

九日。タクシーで宮沢賢治の墓参りをし、「雨ニモマケズ」詩碑を見て、イギリス海岸へ行き、駅前の林風舎で絵葉書などを買い、コーヒーを飲んで、釜石線で新花巻へ。宮沢賢治記念館を見学。タクシーの運転手さんの話では、土地は市有地で、故郷創生基金一億円で建てようとしたが足りず、宮沢家が一億円出した、ということである。校本全集などが売れたのだろう。記念館は一九八二年に開館。僕は初めて来た。感想ノートに次のように書いた。「やはり賢治は作品を読まなければ始まらない。作品を読んでも終らない。／あれから〇十年、世界は少しはマトモになっただろうか。こんなに多くの人が賢治の事蹟を学びに来るのだから、ちったあマシになるのだろうか？　それとも、いつまでたっても同じこと、どこもみんな同じ、みんな同じなのだろうか（これって、絶望よ）」。「人間は地球にとってガン細胞」と書くのはやめといた。

もう疲れ果てていて、イーハトーブ館とか行かなかった。タクシーで新花巻へ。新幹線で東京へ。台風8号がこっちまで来たのか、雲間から差す光がパイプオルガンのようで、きれいだった（賢治にそんな詩句があったような）。（「告別」という詩にある。）東京で乗り換え、小倉へ。八時間座っていた。天沢退二郎『宮沢賢治の彼方へ』を読んでしまった。二三時のバスで北九州空港へ。止めていた車で帰る。もう翌日になっていた。

ほんとに疲れ果てて、体力回復に三日かかった。

本書は、初め「石川啄木と宮沢賢治」の心算だったのですが、堺利彦のところが、地元の好で長くなったので、宮沢賢治はまたの機会にします。

今回も梶原得三郎さんに初稿を読んでもらいました。海鳥社の西俊明さんのお世話になりました。どうもありがとうございました。

二〇一九年八月二〇日

新木安利

新木安利（あらき・やすとし）
1949年，福岡県椎田町（現・築上町）に生まれる。北九州大学英文学科卒業。元図書館司書。1975年から『草の根通信』の発送を手伝う。
【著書】『くじら』（私家版，1979年）。『宮沢賢治の冒険』（海鳥社，1995年）。『松下竜一の青春』（海鳥社，2005年）。『サークル村の磁場』（海鳥社，2011年）。『田中正造と松下竜一　人間の低みに生きる』（海鳥社，2017年）。『石原吉郎の位置』（海鳥社，2018年）
【編著書】　前田俊彦著『百姓は米を作らず田を作る』（海鳥社，2003年）『勁き草の根　松下竜一追悼文集』（草の根の会編・刊，2005年）『松下竜一未刊行著作集』全5巻（海鳥社，2008年－2009年）

石川啄木《いしかわたくぼく》の過程《かてい》

■

2019年9月30日　第1刷発行

■

著者　新木安利

発行者　杉本雅子

発行所　有限会社海鳥社

〒812－0023　福岡市博多区奈良屋町13番4号

電話092（272）0120　FAX092（272）0121

http://www.kaichosha-f.co.jp

印刷・製本　モリモト印刷株式会社

ISBN978-4-86656-058-8

［定価は表紙カバーに表示］